钱锺书

选

杨绛

录

钱锺书选唐诗

【下】

人民文学出版社编辑部 整理

人民文学出版社

白居易

白居易（772—846），字乐天，号香山居士，祖籍太原（今属山西），后迁居下邽（今陕西渭南），出生于新郑（今属河南）。早年因避战乱多地迁居，后进士及第，授秘书省教书郎，历官翰林学士、左拾遗，累迁太子左赞善大夫。因"越职言事"，为当权者所恶，贬江州司马，写下著名的《与元九书》。后迁忠州刺史，召任主客郎中、知制诰、中书舍人，又出为杭州、苏州等地刺史，多有政绩。后为太子宾客分司东都，又任太子少傅等职，以刑部尚书致仕，闲居洛阳，直到逝世。与元稹友善，皆以诗名，世称"元白"；又与刘禹锡齐名，并称"刘白"。其诗继承并发展了自《诗经》以降到杜甫的现实主义传统，风格浅近通俗。存诗二千八百余首，是唐代存诗数量最多的诗人。

凶宅[1]

长安多大宅，列在街西东[2]。
往往朱门内，房廊相对空。
枭鸣松桂树[3]，狐藏兰菊丛。
苍苔黄叶地，日暮多旋风。
前主为将相，得罪窜巴庸[4]。
后主为公卿，寝疾殁其中[5]。
连延四五主，殃祸继相钟[6]。
自从十年来，不利主人翁。
风雨坏檐隙[7]，蛇鼠穿墙墉[8]。
人疑不敢买，日毁土木功。
嗟嗟俗人心[9]，甚矣其愚蒙。
但恐灾将至，不思祸所从。
我今题此诗，欲悟迷者胸。
凡为大官人，年禄多高崇[10]。
权重持难久，位高势易穷。
骄者物之盈，老者数之终。

四者如寇盗[11],日夜来相攻。
假使居吉土[12],孰能保其躬[13]。
因小以明大,借家可喻邦。
周秦宅殽函[14],其宅非不同。
一兴八百年[15],一死望夷宫[16]。
寄语家与国,人凶非宅凶。

注释

[1]凶宅:指闹鬼或常发生凶事的房舍。

[2]街:指长安的朱雀街。

[3]枭:猫头鹰。古以枭鸣为不吉之兆。

[4]巴庸:古国名,巴国、庸国,在今四川东部、湖北竹山一带。

[5]寝疾:卧病,多指重病。

[6]钟:聚集。

[7]檐隙:房檐裂缝。

[8]墉:高墙。

[9]嗟嗟:感慨声。

[10]禄:俸禄。高崇:犹丰厚。

[11]四者:指权、位、骄、老。

[12]假使:即使。吉土:谓吉祥之地。

[13]躬:身体。

[14]殽函:"殽"即今崤山。崤山与函谷关,自古为险要关隘。

[15]八百年:周朝享国之约数。

[16]望夷宫:秦宫名,故址在今陕西泾阳,秦二世胡亥为赵高逼迫,自杀于此。

宿紫阁山北村[1]

晨游紫阁峰,暮宿山下村。
村老见余喜,为余开一尊。

举杯未及饮,暴卒来入门。

紫衣挟刀斧[2],草草十余人[3]。

夺我席上酒,掣我盘中飧[4]。

主人退后立,敛手反如宾[5]。

中庭有奇树,种来三十春。

主人惜不得,持斧断其根。

口称采造家[6],身属神策军[7]。

主人慎勿语,中尉正承恩[8]。

注释

[1]紫阁山:终南名山之首,位于今陕西西安市鄠邑区。

[2]紫衣:唐代下层胥吏穿着为"粗紫",常称"紫衣吏",此指神策军军官。

[3]草草:嘈杂吵嚷貌。

[4]飧(sūn):泛指熟食、饭食。

[5]敛手:拱手,表示态度恭敬。

[6]采造家:犹采造之人。采造,采伐营造。

[7]神策军:唐肃宗时为驻扎陕州的一支边防军,代宗时因吐蕃犯京师时迎扈有功,成为天子的禁军。

[8]中尉:神策军中的护军中尉,此指宦官吐突承璀。

赠内[1]

生为同室亲,死为同穴尘[2]。

他人尚相勉,而况我与君。

黔娄固穷士[3],妻贤忘其贫。

冀缺一农夫,妻敬俨如宾[4]。

陶潜不营生,翟氏自爨薪[5]。

梁鸿不肯仕,孟光甘布裙[6]。

君虽不读书,此事耳亦闻[7]。

至此千载后,传是何如人[8]?

人生未死间，不能忘其身。
所须者衣食，不过饱与温。
蔬食足充饥，何必膏粱珍[9]。
缯絮足御寒，何必锦绣文[10]。
君家有贻训[11]，清白遗子孙。
我亦贞苦士[12]，与君新结婚。
庶保贫与素[13]，偕老同欣欣[14]。

注释

[1] 内：内子，妻子。白居易的妻子为杨氏。

[2] 同室、同穴：皆指夫妻之义，语出《诗经·王风·大车》："谷则异室，死则同穴。"

[3] 黔娄：春秋时鲁国人，高尚其志，隐居济之南山（今济南千佛山），励志苦节，安贫乐道。

[4] 冀缺：郤缺的别名，春秋时晋人。因其父芮封冀，故又称冀缺。臼季见其耕于冀野，其妻送饭田头，夫妻相敬如宾，荐之于晋文公，后代赵盾为政，谥成子。

[5] 陶潜：陶渊明。营生：谋生。翟氏：陶渊明之妻。爨（cuàn）薪：烧柴做饭。萧统《陶渊明传》记"其妻翟氏，亦能安勤苦，与其同志"。

[6] 梁鸿：东汉隐士，家贫好学，耿介有节操，以世道混乱，不愿事权贵。其妻孟光贤德，着布衣，举案齐眉，与之共甘苦。

[7] 此事：指上述黔娄、冀缺、陶潜、梁鸿等夫妻感人之事。

[8] 何如人：什么人。

[9] 蔬食：粗食，以菜蔬为食。膏粱：肥肉与细粮，泛指精美的食物。珍：珍馐美味。

[10] 缯（zēng）絮：缯帛丝绵。此指缯帛丝绵所制的粗劣衣服。缯，古代对丝织品的总称。锦绣文：用丝线在绸缎上绣出美丽的花纹。

[11] 贻训：先人留下的训诫，指杨氏夫人之前辈杨震以清白作为家产留给子孙。

[12] 贞苦：坚贞，艰苦。

[13]庶：希望。素：白色，借指品行高洁。

[14]偕老：白头到老。欣欣：高兴貌。

紫藤

藤花紫蒙茸[1]，藤叶青扶疏[2]。
谁谓好颜色，而为害有余。
下如蛇屈盘，上若绳萦纡[3]。
可怜中间树，束缚成枯株。
柔蔓不自胜，袅袅挂空虚[4]。
岂知缠树木，千夫力不如。
先柔后为害，有似谀佞徒[5]。
附着君权势，君迷不肯诛。
又如妖妇人，绸缪蛊其夫[6]。
奇邪坏人室[7]，夫惑不能除。
寄言邦与家，所慎在其初[8]。
毫末不早辨[9]，滋蔓信难图[10]。
愿以藤为戒，铭之于座隅[11]。

注释

[1]蒙茸：形容紫藤花茂密的样子。

[2]扶疏：枝叶高低疏密有致。

[3]萦纡：回旋曲折。

[4]袅袅：摇曳不定。

[5]谀佞徒：指李林甫、杨国忠相继用事，专引柔佞之人。

[6]绸缪：亲密，缠绵。蛊：诱惑。

[7]奇邪：同"奇衺"，意指谲诡，邪伪不正。

[8]慎：遵循，依顺。

[9]毫末：毫毛的末端，比喻极其细微的部分。

[10]滋蔓：草木生长蔓延，比喻祸患的滋长扩大。难图：难以对付。

[11]隅：旁边。

燕诗示刘叟[1]

梁上有双燕,翩翩雄与雌[2]。
衔泥两椽间[3],一巢生四儿。
四儿日夜长,索食声孜孜[4]。
青虫不易捕,黄口无饱期[5]。
觜爪虽欲敝,心力不知疲[6]。
须臾十来往,犹恐巢中饥[7]。
辛勤三十日,母瘦雏渐肥。
喃喃教言语,一一刷毛衣[8]。
一旦羽翼成,引上庭树枝。
举翅不回顾,随风四散飞。
雌雄空中鸣,声尽呼不归。
却入空巢里,啁啾终夜悲[9]。
燕燕尔勿悲,尔当返自思。
思尔为雏日,高飞背母时。
当时父母念,今日尔应知。

注释

[1]原题注:"叟有爱子,背叟逃去,叟甚悲念之。叟少年时,亦尝如是,故作《燕诗》以谕之。"燕诗:用"完山之鸟"事。颜回根据辨别完山之鸟离别时的悲鸣的经验,听出邻妇的哭声有生离死别之痛。完山,一作桓山。

[2]翩翩:运动自如、鸟飞轻疾的样子。

[3]椽(chuán):架在桁上用以承接木条及屋顶的木材。

[4]孜孜:形容鸟鸣声。

[5]黄口:指雏鸟,典出《说苑·敬慎》。

[6]觜爪:鸟类的嘴和爪。虽:即使。敝:疲惫,困乏。心力:精神和体力。

[7]须臾:片刻。

[8]毛衣:羽毛。

[9]啁啾:形容鸟的悲鸣声。

新制布裘[1]

桂布白似雪,吴绵软于云[2]。
布重绵且厚,为裘有余温。
朝拥坐至暮,夜覆眠达晨。
谁知严冬月,支体暖如春[3]。
中夕忽有念,抚裘起逡巡[4]。
丈夫贵兼济,岂独善一身[5]。
安得万里裘,盖裹周四垠[6]。
稳暖皆如我[7],天下无寒人。

注释

[1]布裘:布制的绵衣。

[2]桂布:唐代的桂管地区(今广西壮族自治区)出产木棉,用之织成的布。宋、元棉花普遍种植,但在中唐,棉花仍比较珍贵。吴绵:吴地(今江南一带)所产丝绵。

[3]支体:通"肢体",指整个身体。

[4]中夕:半夜。逡(qūn)巡:有所顾虑而徘徊不前。

[5]"丈夫"二句:出自《孟子·尽心上》"穷则独善其身,达则兼善天下"。

[6]四垠:四边,泛指天下。

[7]稳:睡稳。

秦中吟(十首录四)

议婚

天下无正声,悦耳即为娱[1]。
人间无正色,悦目即为姝[2]。

颜色非相远，贫富则有殊[3]。
贫为时所弃，富为时所趋。
红楼富家女，金缕绣罗襦[4]。
见人不敛手，娇痴二八初[5]。
母兄未开口，已嫁不须臾[6]。
绿窗贫家女[7]，寂寞二十余。
荆钗不直钱，衣上无真珠[8]。
几回人欲聘，临日又踟蹰[9]。
主人会良媒[10]，置酒满玉壶。
四座且勿饮，听我歌两途[11]。
富家女易嫁，嫁早轻其夫。
贫家女难嫁，嫁晚孝于姑[12]。
闻君欲娶妇，娶妇意何如？

注释

［1］正声：纯正雅正的乐声。娱：快乐。

［2］姝：美丽。

［3］颜色：容貌。相远：相异，差距大。殊：不同。

［4］红楼：富贵人家女子的居室。金缕：金丝。罗襦：丝绸制的短衣。

［5］敛手：拱手，呈现出恭敬的态度。娇痴：年幼无知、天真可爱的样子。二八：十六岁。

［6］不须臾：不长久。

［7］绿窗：指贫女的居室。

［8］荆钗：简陋的首饰。直：同"值"。真珠：即珍珠。

［9］临日：接近聘日。踟蹰：犹豫不决的样子。

［10］会：请来。

［11］两途：两种情况。

［12］姑：古时妻子对丈夫母亲的称呼。

伤宅

谁家起甲第[1]，朱门大道边。
丰屋中栉比[2]，高墙外回环。
累累六七堂，栋宇相连延[3]。
一堂费百万，郁郁起青烟[4]。
洞房温且清[5]，寒暑不能干[6]。
高堂虚且迥[7]，坐卧见南山[8]。
绕廊紫藤架，夹砌红药栏[9]。
攀枝摘樱桃，带花移牡丹。
主人此中坐，十载为大官。
厨有臭败肉，库有贯朽钱[10]。
谁能将我语，问尔骨肉间。
岂无穷贱者，忍不救饥寒。
如何奉一身，直欲保千年？
不见马家宅，今作奉诚园[11]。

注释

[1] 甲第：甲等的住宅。第，古代皇帝赐给臣子住宅，有甲乙第次，故称住宅为第。

[2] 丰屋：高大宽敞的房屋。栉(zhì)比：像梳齿般紧密排列。

[3] 栋宇：泛指房屋。

[4] 郁郁：烟云众多貌。青烟：青云。

[5] 洞房：幽深邃远的房子。

[6] 干：干扰，触犯。

[7] 虚且迥：空阔高大。

[8] 南山：终南山。

[9] 药：芍药。

[10] 贯朽：穿钱的绳子朽断，形容积钱久藏不用。

[11] 马家宅：唐司徒马燧的住宅。马燧，字洵美，唐中期名将。马燧去世后，其子马畅将园中大杏赠宦官窦文场，文场以进德宗，德宗以为未曾见，颇怪畅，派宦官往封其树。畅惧，因献其宅，废为奉诚园，屋宇树木都拆入禁中。

不致仕[1]

七十而致仕,礼法有明文。
何乃贪荣者,斯言如不闻。
可怜八九十,齿堕双眸昏。
朝露贪名利,夕阳忧子孙[2]。
挂冠顾翠緌[3],悬车惜朱轮[4]。
金章腰不胜[5],伛偻入君门[6]。
谁不爱富贵,谁不恋君恩。
年高须告老,名遂合退身。
少时共嗤诮[7],晚岁多因循[8]。
贤哉汉二疏[9],彼独是何人。
寂寞东门路[10],无人继去尘。

注释

[1] 致仕:退休。

[2] 夕阳:喻年老。忧子孙:指为子孙谋划。

[3] 挂冠:指辞官退休。緌(ruí):古时帽带打结后下垂的部分。

[4] 悬车:指退休。惜:舍不得。

[5] 金章:金质官印。不胜:承受不了。

[6] 伛偻:弯腰曲背。君门:指宫门。

[7] 嗤诮:讥笑责备。

[8] 因循:拖延,守旧。

[9] 二疏:西汉名臣疏广和侄子疏受。汉宣帝时,疏广任太子太傅,疏受任太子少傅,后二人功成身退。

[10] 东门路:辞官还乡之路。典出《汉书·疏广传》,疏广、疏受二人同时告病还乡,公卿大夫送行于东都门外,后遂以"东门路"代指辞官。

轻肥[1]

意气骄满路[2],鞍马光照尘。
借问何为者,人称是内臣[3]。
朱绂皆大夫[4],紫绶或将军[5]。
夸赴军中宴,走马去如云。
尊罍溢九酝[6],水陆罗八珍[7]。
果擘洞庭橘[8],脍切天池鳞[9]。
食饱心自若[10],酒酣气益振。
是岁江南旱[11],衢州人食人[12]。

注释

[1]轻肥:裘轻马肥,喻指豪华的生活。

[2]意气:意志和气概。

[3]内臣:宦官。

[4]朱绂(fú):红色的官服。

[5]紫绶(shòu):紫色的绶带。

[6]尊、罍(léi):均是酒器。九酝:美酒名,产于湖北宜城。

[7]八珍:八种珍贵的食物。

[8]擘(bò):剖。

[9]脍(kuài):细切的鱼肉。天池鳞:天池之鱼。

[10]自若:自如。

[11]江南旱:指元和三年至四年(808—809)江南发生的旱灾。

[12]衢州:唐代属江南东道,今浙江衢州。

海漫漫[1]

戒求仙也。

海漫漫,直下无底傍无边。
云涛烟浪最深处,人传中有三神山[2]。

山上多生不死药，服之羽化为天仙[3]。
秦皇汉武信此语，方士年年采药去[4]。
蓬莱今古但闻名，烟水茫茫无觅处。
海漫漫，风浩浩，眼穿不见蓬莱岛。
不见蓬莱不敢归，童男丱女舟中老[5]。
徐福文成多诳诞[6]，上元太一虚祈祷[7]。
君看骊山顶上茂陵头[8]，毕竟悲风吹蔓草。
何况玄元圣祖五千言[9]，
不言药，不言仙，不言白日升青天[10]。

注释

[1]漫漫：广远无极貌。

[2]三神山：即方丈、蓬莱、瀛洲。

[3]羽化：得道成仙。

[4]方士：求仙炼丹的道士。

[5]丱(guàn)：儿童束发成两角的样子。

[6]徐福：秦时方士，上书秦始皇说海上神山有不死之药，秦始皇遣其乘船载童男女数千人，入海求之，去而不返。文成：即李少翁，汉时方士。以鬼神之术深得汉武帝信任，封为文成将军，后被杀。

[7]上元：正月十五日，道教三元节之一。太一：亦作"太乙"，天帝神。

[8]骊山：在今陕西临潼区东南，秦始皇葬于此。茂陵：汉武帝陵墓，在今陕西兴平市东北。

[9]玄元圣祖：指老子李耳。唐朝奉李耳为始祖，天宝二年（743），加尊号"大圣祖"；天宝八载（749）六月又加尊号为"圣祖大道玄元皇帝"。

[10]白日升青天：道教语，指人服食仙丹，可以在白天升天成仙。

新丰折臂翁[1]

戒边功也。

新丰老翁八十八，头鬓眉须皆似雪。

玄孙扶向店前行，左臂凭肩右臂折[2]。
问翁臂折来几年，兼问致折何因缘。
翁云贯属新丰县[3]，生逢圣代无征战。
惯听梨园歌管声[4]，不识旗枪与弓箭。
无何天宝大征兵[5]，户有三丁点一丁。
点得驱将何处去？五月万里云南行。
闻道云南有泸水，椒花落时瘴烟起[6]。
大军徒涉水如汤[7]，未过十人二三死。
村南村北哭声哀，儿别爷娘夫别妻。
皆云前后征蛮者，千万人行无一回。
是时翁年二十四，兵部牒中有名字[8]。
夜深不敢使人知，偷将大石捶折臂[9]。
张弓簸旗俱不堪[10]，从兹始免征云南。
骨碎筋伤非不苦，且图拣退归乡土[11]。
此臂折来六十年，一肢虽废一身全。
至今风雨阴寒夜，直到天明痛不眠。
痛不眠，终不悔，且喜老身今独在。
不然当时泸水头，身死魂孤骨不收。
应作云南望乡鬼，万人冢上哭呦呦[12]。
老人言，君听取。
君不闻开元宰相宋开府，不赏边功防黩武[13]。
又不闻天宝宰相杨国忠，欲求恩幸立边功。
边功未立生人怨，请问新丰折臂翁[14]。

注释

[1]新丰：唐关内道京兆府属县，在今陕西临潼区东北。
[2]玄孙：曾孙的儿子。凭肩：扶着玄孙的肩头。
[3]贯属：籍贯所属。
[4]梨园：唐玄宗时教练伶人的地方。
[5]无何：不久。
[6]泸水：一名若水，经朱提（今四川宜宾市安边镇西南）至僰道（今四川宜

宾）入岷江，在嶲州南。泸水有瘴气，行路人三月、四月经过必死，五月后方无害。椒花：云南产椒。瘴烟：西南湿热蒸郁而成的气，能致疫病。

［7］徒涉：徒步过河。汤：开水。

［8］兵部牒：兵部的名单簿册。

［9］捶：敲断。

［10］簸旗：摇旗。

［11］拣退：挑选退回不合格的兵士。

［12］作者自注："云南有万人冢，即鲜于仲通、李宓曾覆军之所也。"

［13］宋开府：宋璟，开府仪同三司。作者自注："开元初，突厥数寇边，时天武军子将郝云岑出使，因引特勒回鹘部落，斩突厥默啜，献首于阙下，自谓有不世之功。时宋璟为相，以天子年少好武，恐徼功者生心，痛抑其党，逾年，始授郎将，云岑遂恸哭呕血而死也。"

［14］作者自注："天宝末，杨国忠为相，重构阁罗凤之役，募人讨之，前后发二十余万众，去无返者。又捉人连枷赴役，天下怨哭，人不聊生。故禄山得乘人心而盗天下。元和初，折臂翁犹存，因备歌之。"

太行路

借夫妇以讽君臣之不终也。

太行之路能摧车[1]，若比人心是坦途。
巫峡之水能覆舟[2]，若比人心是安流。
人心好恶苦不常，好生毛羽恶生疮[3]。
与君结发未五载，岂期牛女为参商[4]。
古称色衰相弃背，当时美人犹怨悔。
何况如今鸾镜中[5]，妾颜未改君心改。
为君熏衣裳，君闻兰麝不馨香[6]。
为君盛容饰[7]，君看金翠无颜色。
行路难，难重陈。

人生莫作妇人身，百年苦乐由他人。
行路难，难于山，险于水。
不独人间夫与妻，近代君臣亦如此。
君不见左纳言，右纳史[8]。
朝承恩，暮赐死。
行路难，不在水，不在山，只在人情反覆间。

注释

[1] 太行：太行山，以难行著称。摧：折断。
[2] 巫峡：长江三峡之一，江道狭隘，水流湍急，舟行极险。
[3] 好生毛羽恶生疮：语本张衡《西京赋》："所好生毛羽，所恶成创痏。"
[4] 牛女：牵牛星与织女星。参（shēn）商：参宿、商宿，均属于二十八宿。参宿在西，商宿在东，此出彼没，永不同现。借指人事相隔。
[5] 鸾镜：饰有鸾鸟图案的梳妆镜。
[6] 兰麝：名贵的香料。
[7] 盛容饰：刻意打扮。
[8] 纳言：官名，属门下省。纳史：官名，属中书省。

两朱阁[1]

刺佛寺浸多也。

两朱阁，南北相对起。
借问何人家，贞元双帝子[2]。
帝子吹箫双得仙，五云飘飖飞上天[3]。
第宅亭台不将去[4]，化为佛寺在人间。
妆阁伎楼何寂静[5]，柳似舞腰池似镜。
花落黄昏悄悄时，不闻歌吹闻钟磬。
寺门敕榜金字书[6]，尼院佛庭宽有余。
青苔明月多闲地，比屋疲人无处居[7]。
忆昨平阳宅初置，吞并平人几家地[8]。

仙去双双作梵宫[9]，渐恐人间尽为寺。

注释

[1] 朱阁：红色的楼阁，此指佛寺。
[2] 贞元：唐德宗的年号（785—805）。双帝子：德宗的两个女儿贞穆公主和庄穆公主。
[3] "帝子"二句：传说萧史擅吹箫，秦穆公之女弄玉嫁于他，二人模仿凤鸣吹箫，引来凤鸟，后二人跨凤飞升而去。五云，五色祥云。
[4] 将去：带走。
[5] 妆阁：梳妆用的阁楼。伎楼：歌舞女子所住之楼。二者均为贵族宅第所有。
[6] 敕榜：皇帝的御书题榜。
[7] 比屋：房屋相邻紧挨。疲人：疲民穷人。
[8] 平阳：汉武帝姊，封平阳公主，唐高祖的第三个女儿亦封平阳公主。此借指唐德宗的两个女儿。平人：平民。唐人避太宗李世民之讳，以"人"代"民"。
[9] 梵宫：佛寺。

杜陵叟[1]

伤农夫之困也。

杜陵叟，杜陵居，岁种薄田一顷余[2]。
三月无雨旱风起，麦苗不秀多黄死[3]。
九月降霜秋早寒，禾穗未熟皆青干。
长吏明知不申破[4]，急敛暴征求考课[5]。
典桑卖地纳官租[6]，明年衣食将何如？
剥我身上帛，夺我口中粟。
虐人害物即豺狼[7]，何必钩爪锯牙食人肉。
不知何人奏皇帝，帝心恻隐知人弊[8]。
白麻纸上书德音[9]，京畿尽放今年税[10]。
昨日里胥方到门[11]，手持尺牒榜乡村[12]。
十家租税九家毕，虚受吾君蠲免恩[13]。

注释

[1]杜陵:在今西安市东南,秦为杜县,汉宣帝葬于此,故名杜陵。

[2]一顷:唐制为百亩。

[3]秀:禾穗扬花。

[4]长吏:指地方长官。

[5]考课:考核官吏的政绩。唐代官吏每年考核一次,记录功过,分别等级。

[6]典:抵押。

[7]虐:残害。

[8]人弊:即民弊。

[9]白麻纸:唐代诏书,凡遇到重要的事用白麻纸写,次要的用黄麻纸写。德音:皇帝诏书。

[10]京畿(jī):京城附近地方。唐设京畿采访使,管辖京城附近四十余县。放:免除。

[11]里胥:管理乡里事物的公差。

[12]尺牒:指免税的文书。榜:张榜,张贴。

[13]蠲(juān)免:免除。

缭绫[1]

念女工之劳也。

缭绫缭绫何所似,不似罗绡与纨绮[2]。
应似天台山上月明前[3],四十五尺瀑布泉[4]。
中有文章又奇绝[5],地铺白烟花簇雪[6]。
织者何人衣者谁? 越溪寒女汉宫姬[7]。
去年中使宣口敕[8],天上取样人间织[9]。
织为云外秋雁行,染作江南春水色。
广裁衫袖长制裙,金斗熨波刀剪纹[10]。
异彩奇文相隐映,转侧看花花不定。

昭阳舞人恩正深[11],春衣一对直千金[12]。
汗沾粉污不再着,曳土蹋泥无惜心[13]。
缭绫织成费功绩[14],莫比寻常缯与帛[15]。
丝细缲多女手疼[16],扎扎千声不盈尺[17]。
昭阳殿里歌舞人,若见织时应也惜。

注释

[1]缭绫:绫为高级丝织品,缭绫则采用特殊丝织方法织成,产于越地(今浙江省)。

[2]罗:轻软有稀孔的丝织品。绡(xiāo):生丝。纨(wán):细绢。绮(qǐ):有文采的丝织品。

[3]天台山:在浙江天台县北,又名瀑布山。

[4]四十五尺:指一匹缭绫的长度。

[5]文章:指缭绫上的花纹和色彩。

[6]地:底子。花:花纹。

[7]越溪:在今浙江绍兴南。汉宫:借指唐宫。

[8]中使:宫中派出的宦官。口敕:皇帝的口头旨意。

[9]天上:皇家。样:图案。人间:指民间。

[10]金斗:用铜制成的熨斗。波、纹:均指织品上的花纹。

[11]昭阳舞人:借指宫中善舞而受宠之人。昭阳,汉宫殿名,皇后赵飞燕所居。

[12]一对:一套,指上衫和下裙。直:同"值"。

[13]曳:拖,拉。

[14]功绩(jī):指纺织劳动。

[15]缯、帛:普通的丝织品。

[16]缲(sāo):同"缫",把蚕茧浸在热水里抽丝。

[17]扎扎:同"札札",机杼声。盈:满。

卖炭翁

苦宫市也。[1]

卖炭翁,伐薪烧炭南山中[2]。

满面尘灰烟火色,两鬓苍苍十指黑[3]。
卖炭得钱何所营[4],身上衣裳口中食。
可怜身上衣正单,心忧炭贱愿天寒。
夜来城上一尺雪,晓驾炭车辗冰辙[5]。
牛困人饥日已高,市南门外泥中歇[6]。
翩翩两骑来是谁? 黄衣使者白衫儿[7]。
手把文书口称敕,回车叱牛牵向北[8]。
一车炭,千余斤,官使驱将惜不得[9]。
半匹红纱一丈绫[10],系向牛头充炭直[11]。

注释

[1] 官市:一作"宫市",是。据韩愈《顺宗实录》卷二记载,宫中有需要的货物,由官府承办,向民间采购。到贞元末年,改由宦官办理,他们不用文书,派"白望"数百人到长安东、西两市闹坊,看到需要的东西,便称宫市,付很少的钱,并让货主运到皇城,还向他们索要"门户钱"和"脚价钱"。

[2] 南山:终南山,在长安南。

[3] 苍苍:黑白相间的样子。

[4] 何所营:做什么。

[5] 辗:轧。

[6] 市南门外:唐代长安有东市、西市,每市均有东、西、南、北四门。

[7] 黄衣使者:宫廷派出来的宦官。白衫儿:充当宦官"白望"的游民。白衫,平民所穿之服。

[8] 牵向北:长安的东市、西市在城南,皇宫在城北,故牵向北。

[9] 官使:指宦官。驱将:驱赶。

[10] 纱、绫:唐代宫市常用丝帛交换商品。

[11] 直:同"值"。

时世妆[1]

儆戎也。

时世妆,时世妆,出自城中传四方。

时世流行无远近，腮不施朱面无粉。
乌膏注唇唇似泥[2]，双眉画作八字低。
妍媸黑白失本态[3]，妆成尽似含悲啼。
圆鬟无鬓堆髻样，斜红不晕赭面状[4]。
昔闻被发伊川中，辛有见之知有戎[5]。
元和妆梳君记取，髻堆面赭非华风[6]。

注释

[1] 时世妆：时髦的妆扮。

[2] 乌膏：妇女涂唇的化妆品。

[3] 妍媸：美好与丑恶。

[4] 堆髻：同"椎髻"，髻的形状如椎。斜红：斜抹丹红。赭（zhě）面：以赤色涂面。

[5] "昔闻"二句：语本《左传·僖公二十二年》："初，平王之东迁也，辛有适伊川，见被发而祭于野者，曰：'不及百年，此其戎乎？其礼先亡矣！'"被发，同"披发"。伊川，古地名，伊水所流经的伊河流域。戎：古时西部少数民族。

[6] 华风：中华风俗。

盐商妇

恶幸人也。[1]

盐商妇，多金帛，不事田农与蚕绩[2]。
南北东西不失家，风水为乡船作宅[3]。
本是扬州小家女，嫁得西江大商客[4]。
绿鬟富去金钗多，皓腕肥来银钏窄[5]。
前呼苍头后叱婢[6]，问尔因何得如此。
婿作盐商十五年，不属州县属天子[7]。
每年盐利入官时，少入官家多入私。
官家利薄私家厚，盐铁尚书远不知[8]。
何况江头鱼米贱，红脍黄橙香稻饭。

饱食浓妆倚柁楼[9],两朵红腮花欲绽。
盐商妇,有幸嫁盐商。
终朝美饭食,终岁好衣裳[10]。
好衣美食来何处,亦须惭愧桑弘羊[11]。
桑弘羊,死已久,不独汉时今亦有。

注释

[1]恶(wù):憎恨。幸人:侥幸之人,指以不正当手段获利,过着奢侈生活之人。
[2]蚕绩(jī):养蚕、纺织等劳动。
[3]风水为乡:船行水中,或顺风而行,或逆风而上,意指以水上为家。
[4]扬州:今江苏扬州。唐代扬州是经济繁华的城市,设盐铁巡院,专管盐政。小家女:贫贱人家的女儿。西江:长江下游的江西北部、安徽南部一带。
[5]绿鬓:乌黑发亮的发鬓。皓腕:洁白的手腕。银钏(chuàn):银手镯。
[6]苍头:男仆。
[7]婿:丈夫。属天子:盐商的户籍属中央盐铁机关。
[8]盐铁尚书:唐肃宗以后设置盐铁使,属尚书省,一般由六部尚书或宰相兼任,掌管全国盐铁税收事务。
[9]柁楼:大船尾部安置柁的地方有楼。
[10]终朝:整天。终岁:整年。
[11]桑弘羊:汉武帝时任治粟都尉,兼任大农令,掌管全国租税财政。他实行平准之法,由国家直接掌握物资和市价,使私商无法获利。

井底引银瓶[1]

止淫奔也。[2]

井底引银瓶,银瓶欲上丝绳绝。
石上磨玉簪,玉簪欲成中央折。
瓶沉簪折知奈何,似妾今朝与君别。
忆昔在家为女时,人言举动有殊姿[3]。

婵娟两鬓秋蝉翼[4]，宛转双蛾远山色[5]。
笑随戏伴后园中，此时与君未相识。
妾弄青梅凭短墙，君骑白马傍垂杨。
墙头马上遥相顾，一见知君即断肠[6]。
知君断肠共君语，君指南山松柏树[7]。
感君松柏化为心，暗合双鬟逐君去[8]。
到君家舍五六年，君家大人频有言[9]。
聘则为妻奔是妾[10]，不堪主祀奉蘋蘩[11]。
终知君家不可住，其奈出门无去处。
岂无父母在高堂[12]，亦有亲情满故乡。
潜来更不通消息，今日悲羞归不得。
为君一日恩，误妾百年身[13]。
寄言痴小人家女[14]，慎勿将身轻许人。

注释

[1]引：向上拉。银瓶：银制的瓶，汲水器。

[2]淫奔：女子未经父母之命、媒妁之言，私自与男子结合的。

[3]举动：举止行动。殊姿：非凡之貌。

[4]婵娟：美好貌。秋蝉翼：形容鬓发梳得蓬松，形状如蝉翼。

[5]宛转：形容细长而弯曲的样子。双蛾：双眉。

[6]断肠：形容极度喜爱。

[7]"君指"句：指著终南山的松柏立下山盟海誓。南山松柏，四季常青，象征着坚贞的爱情。

[8]暗合双鬟（huán）：古代未出嫁的女子梳左右两鬟，已婚后合双鬟为中间一个髻。逐君：跟随男子私奔。

[9]大人：父母。

[10]聘：订婚、迎娶之礼。

[11]"不堪"句：封建礼法认为只有正妻才可作为主妇捧着供品祭祀祖宗。蘋、蘩，皆为水草，祭祖所用供品。

[12]高堂：房屋的正室厅堂，父母所居。

[13]百年身：即终身。

[14]痴小：痴情而年幼。

杏为梁[1]

刺居处僭也。

杏为梁，桂为柱，何人堂室李开府[2]。
碧砌红轩色未干[3]，去年身殁今移主。
高其墙，大其门，谁家第宅卢将军[4]。
素泥朱版光未灭，今日官收别赐人[5]。
开府之堂将军宅，造未成时头已白。
逆旅重居逆旅中[6]，心是主人身是客[7]。
更有愚夫念身后，心虽甚长计非久。
穷奢极丽越规模，付子传孙令保守。
莫教门外过客闻，抚掌回头笑杀君。
君不见，马家宅，尚犹存，宅门题作奉诚园[8]。
君不见，魏家宅，属他人，诏赎赐还五代孙[9]。
俭存奢失今在目，安用高墙围大屋。

注释

[1]杏为梁：以文杏做屋梁。杏，即文杏，木质纹理坚密，是建筑的高级用材。
[2]桂为柱：以桂树为柱。桂，名贵之木。李开府：李锜（740—807），李国贞之子，官至镇海军节度使，因谋反被杀。
[3]砌：台阶。轩：门、窗或栏杆。
[4]卢将军：指唐昭义军节度使卢从史，因私通谋叛藩镇被贬死。
[5]官收：被官府没收。
[6]逆旅：客舍，旅店。
[7]"心是"句：《楞严经》以外缘为客，以真心自性为主人。
[8]马家宅：指马燧位于京城长安安邑坊的宅邸。参见白居易《伤宅》注。
[9]作者注："元和四年，诏特以官钱赎魏徵胜业坊中旧宅，以还其后孙，用奖忠俭。"史载，魏徵的玄孙魏稠贫困，以故地质钱于人，平卢节度使李师道欲用私财赎出故宅。白居易以为此事关激劝，宜由朝廷出面，皇上遂命白居

易草诏,出内库钱赎赐魏稠,并禁质卖。

古冢狐[1]

戒艳色也。

古冢狐[1],妖且老,化为妇人颜色好[2]。
头变云鬟面变妆,大尾曳作长红裳。
徐徐行傍荒村路,日欲暮时人静处。
或歌或舞或悲啼,翠眉不举花颜低。
忽然一笑千万态,见者十人八九迷。
假色迷人犹若是,真色迷人应过此。
彼真此假俱迷人,人心恶假贵重真。
狐假女妖害犹浅,一朝一夕迷人眼。
女为狐媚害即深,日长月增溺人心。
何况褒妲之色善蛊惑,能丧人家覆人国[3]。
君看为害浅深间,岂将假色同真色。

注释

[1] 冢:坟墓。
[2] 颜色:相貌。
[3] 褒妲:褒姒、妲己的合称。褒姒是周幽王宠妃,生性不爱笑,周幽王烽火戏诸侯,惹得褒姒大笑。后犬戎攻破镐京,周幽王被杀,褒姒被劫虏。妲己,商纣王的爱妃,助纣为虐,周武王灭商后被杀。蛊惑:使人心意迷惑。丧:祸乱。覆:覆灭。

闲居

空腹一盏粥,饥食有余味。
南檐半床日,暖卧因成睡。
绵袍拥两膝,竹几支双臂[1]。
从旦直至昏,身心一无事。
心足即为富,身闲乃当贵。

富贵在此中，何必居高位。
君看裴相国[2]，金紫光照地[3]。
心苦头尽白，才年四十四。
乃知高盖车[4]，乘者多忧畏。

注释

[1]竹几：夏日取凉用的竹制隐几，用以搁臂。
[2]裴相国：裴垍，字弘中，河东闻喜人。贞元中，制举贤良极谏，对策第一，授监察御史。元和三年冬，拜中书侍郎、同平章事。卒于元和六年。
[3]金紫：金章紫绶的省称。
[4]高盖车：权贵所乘。

闻早莺

日出眠未起，屋头闻早莺。
忽如上林晓，万年枝上鸣[1]。
忆为近臣时，秉笔直承明[2]。
春深视草暇，旦暮闻此声。
今闻在何处，寂寞浔阳城[3]。
鸟声信如一[4]，分别在人情。
不作天涯意，岂殊禁中听。

注释

[1]上林：上林苑，古宫苑名，此泛指帝王的园囿。万年枝：树名，即冬青，代指中书省。
[2]承明：承明庐，汉承明殿旁屋，侍臣值宿所居。三国魏文帝以建始殿朝群臣，门曰承明，朝臣止息之所亦称承明庐。
[3]浔阳：江名，长江流经江西省九江的一段。
[4]如一：相同，一致。

弄龟罗[1]

有侄始六岁，字之为阿龟。

有女生三年，其名曰罗儿。
一始学笑语，一能诵歌诗。
朝戏抱我足，夜眠枕我衣。
汝生何其晚，我年行已衰。
物情小可念，人意老多慈。
酒美竟须坏[2]，月圆终有亏。
亦如恩爱缘，乃是忧恼资[3]。
举世同此累，吾安能去之。

注释

[1]龟：白居易弟弟白行简的儿子阿龟。罗：白居易的女儿罗儿。

[2]竟：终究。

[3]"亦如"句：佛教认为，如果不能摆脱父子、夫妻之恩爱束缚，则不能得到解脱。

自秦望赴五松驿，马上偶睡，睡觉成吟[1]

长途发已久，前馆行未至。
体倦目已昏，瞌然遂成睡。
右袂尚垂鞭，左手暂委辔[2]。
忽觉问仆夫，才行百步地。
形神分处所[3]，迟速相乖异[4]。
马上几多时[5]，梦中无限事。
诚哉达人语[6]，百龄同一寐[7]。

注释

[1]秦望：一作"望秦"，是。白居易之前贬官赴江州作有"初贬官过望秦岭"，望秦岭当属秦岭山脉，在长安东南。五松驿：在赴襄邓路中，位于长安东南。觉：醒来。

[2]袂：衣袖。辔（pèi）：马缰绳。

[3]形神：形骸与精神。

[4]迟速：快慢。乖异：违逆。

[5]几多：多少。

[6]达人：通达事理之人。

[7]百龄：百年，指人的一生。

山雉[1]

五步一啄草，十步一饮水。
适性遂其生[2]，时哉山梁雉[3]。
梁上无罾缴[4]，梁下无鹰鹯[5]。
雌雄与群雏，皆得终天年[6]。
嗟嗟笼下鸡[7]，及彼池中雁。
既有稻粱恩[8]，必有牺牲患[9]。

注释

[1]山雉：俗称野鸡。

[2]适性：顺从于本性。

[3]时哉：感叹山雉生逢其时。

[4]罾缴（zēng zhuó）：亦作矰缴，猎取飞鸟的射具。

[5]鹰鹯（zhān）：鹰与鹯，为两种猛禽，连用泛指猛禽。

[6]终：终享。天年：自然的寿数。

[7]嗟嗟：表示感慨。

[8]稻粱恩：指人类饲养之恩。

[9]牺牲：祭祀用的供品。

移家入新宅

移家入新宅，罢郡有余赀[1]。
既可避燥湿[2]，复免忧寒饥。
疾平未还假[3]，官闲得分司[4]。
幸有俸禄在，而无职役羁[5]。

清旦盥漱毕，开轩卷帘帏[6]。
家人及鸡犬，随我亦熙熙[7]。
取兴或寄酒，放情不过诗[8]。
何必苦修道，此即是无为[9]。
外累信已遣[10]，中怀时有思[11]。
有思一何远[12]，默坐低双眉。
十载囚窜客，万里征戍儿。
春朝锁笼鸟，冬夜支床龟[13]。
驿马走四蹄[14]，痛酸无歇期。
硙牛封两目[15]，昏闭何人知？
谁能脱放去[16]，四散任所之？
各得适其性，如吾今日时。

注释

［1］余赀：剩余的钱财。

［2］燥湿：干燥和潮湿。

［3］疾平：病好了。还假：指销假。

［4］官闲：官事清闲。分司：职官名，唐时分设在东都洛阳的中央官员。

［5］职役：职事。羁：束缚，约束。

［6］帏：帐子，幔幕。

［7］熙熙：温和欢乐的样子。

［8］放情：纵情。

［9］无为：指老子清静无为思想。

［10］外累：身外事物的烦扰。

［11］中怀：内心。

［12］一何：何其，多么。

［13］支床龟：《史记·龟策列传》载，南方老人用龟支床足，行二十余年，老人死，移床，龟尚生不死。

［14］驿马：在驿站间传递文书的马匹。

［15］硙（wéi）牛：拉磨的牛。硙，石磨。

［16］脱放：放任不拘。

初与元九别后，忽梦见之，及寤而书适至，兼寄桐花诗，怅然感怀，因以此寄[1]

永寿寺中语，新昌坊北分[2]。
归来数行泪，悲事不悲君。
悠悠蓝田路[3]，自去无消息。
计君食宿程，已过商山北[4]。
昨夜云四散，千里同月色。
晓来梦见君，应是君相忆。
梦中握君手，问君意何如。
君言苦相忆，无人可寄书。
觉来未及说，叩门声冬冬。
言是商州使[5]，送君书一封。
枕上忽惊起，颠倒着衣裳[6]。
开缄见手札，一纸十三行。
上论迁谪心[7]，下说离别肠。
心肠都未尽，不暇叙炎凉[8]。
云作此书夜，夜宿商州东。
独对孤灯坐，阳城山馆中[9]。
夜深作书毕，山月向西斜。
月下何所有，一树紫桐花。
桐花半落时，复道正相思。
殷勤书背后[10]，兼寄桐花诗。
桐花诗八韵，思绪一何深。
以我今朝意，忆君此夜心。
一章三遍读，一句十回吟。
珍重八十字，字字化为金。

注释　[1]元九：元稹排行第九，故称。桐花诗：元稹有《桐花》诗及《三月二十四日宿曾峰馆,夜对桐花,寄乐天》。

[2]永寿寺:唐代时在清都关东,永乐里。景龙三年,唐中宗为永乐公主立。新昌坊:在长安延兴门内。

[3]悠悠:遥远。蓝田:今陕西蓝田县西,唐代属京兆府。

[4]商山:即商阪,亦曰楚山,在商州东八十里担水之南,路通武关。

[5]商州:隋上洛郡,武德元年,改为商州。

[6]颠倒:次序倒置。

[7]迁谪:因罪被降职外调。元和五年(810),元稹因与宦官仇士良、刘士元等人争住驿馆上厅之事,被宪宗贬为江陵府士曹参军。

[8]不暇:来不及。

[9]阳城:阳城驿,在今河南登封市告成镇。

[10]殷勤:情意深厚。

留别

秋凉卷朝簟[1],春暖撤夜衾[2]。
虽是无情物,欲别尚沉吟[3]。
况与有情别,别随情浅深。
二年欢笑意,一旦东西心。
独留诚可念,同行力不任。
前事讵能料[4],后期谅难寻[5]。
唯有潺湲泪[6],不惜共沾襟。

注释

[1]簟(diàn):竹席。

[2]衾:被子。

[3]沉吟:迟疑,犹豫。

[4]前事:未来之事,尤其指宦途升迁。讵:岂,怎。

[5]谅:料想。

[6]潺湲(chányuán):泪流不止貌。

朱陈村[1]

徐州古丰县,有村曰朱陈。
去县百余里,桑麻青氛氲[2]。
机梭声札札[3],牛驴走纭纭。
女汲涧中水[4],男采山上薪。
县远官事少[5],山深人俗淳。
有财不行商,有丁不入军[6]。
家家守村业[7],头白不出门。
生为村之民,死为村之尘。
田中老与幼,相见何欣欣。
一村唯两姓,世世为婚姻[8]。
亲疏居有族,少长游有群[9]。
黄鸡与白酒,欢会不隔旬[10]。
生者不远别,嫁娶先近邻。
死者不远葬,坟墓多绕村。
既安生与死,不苦形与神。
所以多寿考[11],往往见玄孙。
我生礼义乡,少小孤且贫[12]。
徒学辨是非,只自取辛勤。
世法贵名教,士人重冠婚[13]。
以此自桎梏[14],信为大谬人。
十岁解读书,十五能属文[15]。
二十举秀才,三十为谏臣[16]。
下有妻子累,上有君亲恩。
承家与事国[17],望此不肖身。
忆昨旅游初,迨今十五春。
孤舟三适楚,羸马四经秦[18]。
昼行有饥色,夜寝无安魂。

东西不暂住，来往若浮云。
离乱失故乡，骨肉多散分。
江南与江北，各有平生亲。
平生终日别，逝者来年闻。
朝忧卧至暮，夕哭坐达晨。
悲火烧心曲[19]，愁霜侵鬓根。
一生苦如此，长羡村中民。

注释　[1]朱陈村：在徐州古丰县东南一百余里深山中，民俗淳质。村中唯朱、陈两姓，世为婚姻。

[2]去：距离。桑麻：桑树和麻。泛指农作物和农事。氛氲：茂盛，丰盛。

[3]机梭：即机杼，指织机。札札：织机转动声。

[4]汲：取水。

[5]官事：公家事务。

[6]行商：经商。丁：成年男子。唐制：男二十一岁为成丁，天宝三载（744）改为二十二岁。

[7]村业：农事，农业。

[8]作者自注："其村唯朱陈二姓而已。"

[9]族：同姓之亲。游：交往。

[10]旬：十日。

[11]寿考：长寿。

[12]孤：《孟子·梁惠王下》："幼而无父曰孤。"

[13]士人：读书人。冠婚：行加冠、结婚之礼。

[14]桎梏：谓束缚。

[15]属文：撰写文章。

[16]谏臣：指任左拾遗之职。

[17]承家：继承家业。

[18]羸：瘦弱。

[19]心曲：内心深处。

夜雨

我有所念人,隔在远远乡。
我有所感事,结在深深肠。
乡远去不得,无日不瞻望。
肠深解不得,无夕不思量。
况此残灯夜,独宿在空堂。
秋天殊未晓,风雨正苍苍。
不学头陀法[1],前心安可忘。

注释　[1]头陀法:指佛教的修行法。

夜雪

已讶衾枕冷[1],复见窗户明。
夜深知雪重,时闻折竹声。

注释　[1]衾:被子。

寄行简[1]

郁郁眉多敛[2],默默口寡言。
岂是愿如此,举目谁与欢?
去春尔西征,从事巴蜀间[3]。
今春我南谪[4],抱疾江海壖[5]。
相去六千里,地绝天邈然[6]。
十书九不达,何以开忧颜?
渴人多梦饮,饥人多梦餐。
春来梦何处,合眼到东川[7]。

注释

[1]行简:白居易之弟白行简。

[2]敛:攒聚。

[3]"去春"二句:指白行简元和九年(814)春赴东川卢坦幕任职。

[4]南谪:指白居易元和十年(815)春贬为江州司马。

[5]壖(ruán):河边地。

[6]绝:尽。邈然:遥远貌。

[7]东川:谓白行简所在之地。

感情

中庭晒服玩[1],忽见故乡履[2]。
昔赠我者谁,东邻婵娟子[3]。
因思赠时语,特用结终始。
永愿如履綦[4],双行复双止。
自吾谪江郡[5],漂荡三千里。
为感长情人,提携同到此。
今朝一惆怅,反覆看未已[6]。
人只履犹双[7],何曾得相似。
可嗟复可惜[8],锦表绣为里。
况经梅雨来,色黯花草死[9]。

注释

[1]服玩:服饰玩好。

[2]履:鞋。

[3]东邻婵娟子:指诗人早年的恋人湘灵。

[4]綦:履系,即鞋带。

[5]谪江郡:指白居易元和十年(815)被贬为江州司马。

[6]未已:不停。

[7]只(zhī):孤独。

[8]可嗟:可叹。

[9]色黯花草死:谓鞋子因潮湿发霉而色彩黯淡,绣的花草图案也仿佛枯萎了一般。

过昭君村[1]

灵珠产无种,彩云出无根。
亦如彼姝子,生此遐陋村[2]。
至丽物难掩[3],遽选入君门。
独美众所嫉,终弃出塞垣[4]。
唯此希代色[5],岂无一顾恩?
事排势须去,不得由至尊[6]。
白黑既可变,丹青何足论[7]?
竟埋代北骨[8],不返巴东魂[9]。
惨澹晚云水,依稀旧乡园。
妍姿化已久[10],但有村名存。
村中有遗老,指点为我言。
不取往者戒,恐贻来者冤[11]。
至今村女面,烧灼成瘢痕。

注释

[1]昭君村:在湖北秭归县。
[2]彼姝子:指王昭君。遐(xiá)陋:偏远荒凉。
[3]至丽:极其美丽。
[4]出塞垣:指昭君嫁给匈奴呼韩邪单于。
[5]希代:即绝世。
[6]至尊:指皇帝。
[7]丹青:绘画。何足论:不值得谈论。
[8]代北:泛指塞北匈奴区域。
[9]巴东:指昭君村所在的巴东郡秭归县。

[10]妍姿:美好的容姿。
[11]贻:留。冤:冤屈。

生离别

食檗不易食梅难,檗能苦兮梅能酸[1]。
未如生别之为难,苦在心兮酸在肝[2]。
晨鸡再鸣残月没,征马连嘶行人出。
回看骨肉哭一声[3],梅酸檗苦甘如蜜。
黄河水白黄云秋,行人河边相对愁。
天寒野旷何处宿,棠梨叶战风飕飕。
生离别,生离别,忧从中来无断绝。
忧极心劳血气衰,未年三十生白发。

注释
[1]檗(bò):黄檗,亦称黄柏。茎可做黄色染料,树皮入药,味苦。梅:味酸。能:那么,这样。
[2]苦在心、酸在肝:古人以五味对应人之五脏,认为苦对应心,酸对应肝。
[3]骨肉:喻至亲。

送春归

元和十一年三月三十日作。

送春归,三月尽日日暮时。
去年杏园花飞御沟绿[1],何处送春曲江曲。
今年杜鹃花落子规啼[2],送春何处西江西[3]。
帝城送春犹怏怏[4],天涯送春能不加惆怅?
莫惆怅,送春人。
冗员无替五年罢[5],应须准拟再送浔阳春[6]。

五年炎凉凡十变,又知此身健不健。
好去今年江上春,明年未死还相见。

注释

[1]杏园:为新进士宴游之所,在曲江西南方向。
[2]杜鹃:杜鹃花多为红色,又称映山红。子规:即杜鹃鸟,叫声凄厉。
[3]西江:指长江。
[4]帝城:京都长安。怏怏:不高兴的样子。
[5]冗员:闲散的官员。
[6]准拟:准备,打算。

画竹歌[1]

植物之中竹难写,古今虽画无似者。
萧郎下笔独逼真,丹青以来唯一人。
人画竹身肥拥肿,萧画茎瘦节节竦[2]。
人画竹梢死羸垂[3],萧画枝活叶叶动。
不根而生从意生,不笋而成由笔成。
野塘水边碕岸侧[4],森森两丛十五茎。
婵娟不失筠粉态[5],萧飒尽得风烟情。
举头忽看不似画,低耳静听疑有声。
西丛七茎劲而健,省向天竺寺前石上见[6]。
东丛八茎疏且寒,忆曾湘妃庙里雨中看[7]。
幽姿远思少人别,与君相顾空长叹。
萧郎萧郎老可惜,手颤眼昏头雪色。
自言便是绝笔时,从今此竹尤难得。

注释

[1]原诗序:"协律即萧悦善画竹,举时无伦。萧亦自秘重。有终岁求其一竿一枝而不得者,知予天与好事,忽写一十五竿,惠然见投。予厚其意,高其艺,无以答贶,作歌以报之。凡一百八十六字云。"萧悦,兰陵人,唐代著名画家,

尤善画竹，白居易为杭州刺史时的僚属。

[2]竦：直立。

[3]梢：末端。

[4]碕(qí)岸：曲折的河岸。

[5]筠粉：竹节上附着的白粉。

[6]天竺寺：在杭州。

[7]湘妃庙：即黄陵庙。传说湘地之中产斑竹，为湘妃眼泪所染。

长恨歌[1]

汉皇重色思倾国[2]，御宇多年求不得[3]。
杨家有女初长成，养在深闺人未识[4]。
天生丽质难自弃，一朝选在君王侧。
回眸一笑百媚生，六宫粉黛无颜色[5]。
春寒赐浴华清池[6]，温泉水滑洗凝脂。
侍儿扶起娇无力，始是新承恩泽时。
云鬓花颜金步摇[7]，芙蓉帐暖度春宵。
春宵苦短日高起，从此君王不早朝。
承欢侍宴无闲暇，春从春游夜专夜。
后宫佳丽三千人，三千宠爱在一身。
金屋妆成娇侍夜[8]，玉楼宴罢醉和春。
姊妹弟兄皆列土[9]，可怜光彩生门户。
遂令天下父母心，不重生男重生女。
骊宫高处入青云[10]，仙乐风飘处处闻。
缓歌慢舞凝丝竹，尽日君王看不足。
渔阳鼙鼓动地来[11]，惊破霓裳羽衣曲[12]。
九重城阙烟尘生，千乘万骑西南行[13]。
翠华摇摇行复止[14]，西出都门百余里[15]。
六军不发无奈何[16]，宛转蛾眉马前死[17]。

花钿委地无人收[18],翠翘金雀玉搔头[19]。
君王掩面救不得,回看血泪相和流。
黄埃散漫风萧索,云栈萦纡登剑阁[20]。
峨嵋山下少人行[21],旌旗无光日色薄。
蜀江水碧蜀山青,圣主朝朝暮暮情。
行宫见月伤心色,夜雨闻铃肠断声[22]。
天旋日转回龙驭[23],到此踌躇不能去。 一九八八年一月
一日,开新笔
马嵬坡下泥土中,不见玉颜空死处。
君臣相顾尽沾衣,东望都门信马归。
归来池苑皆依旧,太液芙蓉未央柳[24]。
芙蓉如面柳如眉,对此如何不泪垂? 二日
春风桃李花开夜,秋雨梧桐叶落时。
西宫南苑多秋草[25],宫叶满阶红不扫。
梨园弟子白发新[26],椒房阿监青娥老[27]。
夕殿萤飞思悄然,孤灯挑尽未成眠。
迟迟钟鼓初长夜,耿耿星河欲曙天[28]。 三日
鸳鸯瓦冷霜华重[29],翡翠衾寒谁与共?
悠悠生死别经年,魂魄不曾来入梦。
临邛道士鸿都客[30],能以精诚致魂魄。
为感君王展转思,遂教方士殷勤觅[31]。
排空驭气奔如电,升天入地求之遍。 四日
上穷碧落下黄泉[32],两处茫茫皆不见。
忽闻海上有仙山,山在虚无缥缈间[33]。
楼阁玲珑五云起[34],其中绰约多仙子。
中有一人字太真,雪肤花貌参差是[35]。
金阙西厢叩玉扃[36],转教小玉报双成[37]。 五日
闻道汉家天子使,九华帐里梦魂惊[38]。
揽衣推枕起徘徊,珠箔银屏迤逦开[39]。
云鬓半偏新睡觉,花冠不整下堂来。

〇五七五 \ 白居易

风吹仙袂飘飘举,犹似霓裳羽衣舞。
玉容寂寞泪阑干[40],梨花一枝春带雨。
含情凝睇谢君王[41],一别音容两渺茫。
昭阳殿里恩爱绝[42],蓬莱宫中日月长[43]。
回头下望人寰处[44],不见长安见尘雾。
唯将旧物表深情,钿合金钗寄将去[45]。
钗留一股合一扇,钗擘黄金合分钿[46]。
但教心似金钿坚,天上人间会相见。
临别殷勤重寄词,词中有誓两心知。
七月七日长生殿[47],夜半无人私语时。
在天愿作比翼鸟,在地愿为连理枝[48]。
天长地久有时尽,此恨绵绵无绝期。

注释

[1]长恨:元和元年冬,白居易任盩厔(今陕西周至)县尉时,与友人陈鸿、王质夫相携游仙游寺,谈及唐玄宗与杨贵妃之事,相与感叹,遂应王质夫之邀,作《长恨歌》,陈鸿为作《长恨歌传》,歌和传皆以李杨二人的爱情悲剧为题材,故以"长恨"名篇。

[2]汉皇:汉武帝,借指唐玄宗。倾国:指美女。

[3]御宇:御临宇内,指统治天下。

[4]"杨家"二句:据《新唐书》载,杨玉环原为蜀州司户杨玄琰之女,后为唐玄宗子寿王妃。武惠妃薨,被召纳禁中,请求出家入女道是籍,号太真。更为寿王聘韦诏训女,而太真得幸。

[5]六宫:指皇后嫔妃。粉黛:代指女子。

[6]华清池:即骊山(今陕西临潼)华清宫温泉。唐开元中,建温泉宫,天宝时,改为华清宫。

[7]步摇:一种头饰,上有垂珠,走路便摇动。

[8]金屋:用汉武帝金屋藏娇之典。

[9]列土:分封土地。据《新唐书》《旧唐书》记载,杨玉环进册贵妃后,追赠父亲杨玄琰为太尉、齐国公,母封凉国夫人,擢叔父杨玄珪光禄卿,宗兄

铦为鸿胪卿，锜为侍御史，尚武惠妃女太华公主。从祖兄杨国忠为右丞相。杨贵妃的三个姐姐，玄宗呼为姨，封为韩、虢、秦三国夫人。

[10] 骊宫：骊山的华清宫。

[11] 渔阳鼙（pí）鼓：指安禄山反叛。渔阳，唐郡名，在今天津蓟州区。泛指范阳地带。鼙鼓，"鼙"通"鼙"，骑鼓。

[12] 霓裳羽衣曲：舞曲名，本名《婆罗门》，西域乐舞的一种，西凉节度使杨敬述依曲创声，开元时传入中国。

[13] "千乘"句：指明皇仓皇幸蜀。

[14] 翠华：指皇帝的仪仗。

[15] 西出都门百余里：指马嵬驿，故址在兴平市（今属陕西省）西北，距长安百余里。

[16] 六军：指皇帝的禁军。六军不发：据《旧唐书》《新唐书》《资治通鉴》载，玄宗至马嵬驿，诸军不进。将军陈玄礼奏，为社稷大计，可将杨国忠之徒置之于法。兵士围驿四合，诛杀杨国忠、魏方进一族，兵犹未解。唐玄宗无奈，乃命高力士赐杨贵妃自尽。

[17] 蛾眉：指杨贵妃。

[18] 花钿（diàn）：即金钿，嵌有金花的首饰。委地：委弃于地。

[19] 翠翘、金雀：钗名。玉搔头：即玉簪。

[20] 云栈：高入云端的栈道。萦纡：萦回曲折。剑阁：古栈道名，在今四川剑阁县大剑山、小剑山间。

[21] 峨嵋山：在今四川峨眉山市西南，玄宗幸蜀不经峨嵋，此代指蜀道。日色薄：日光暗淡。

[22] 夜雨闻铃：据《明皇杂录》《杨太真外传》记载："至斜谷口，属霖雨涉旬，于栈道雨中闻铃声，隔山相应。上既悼念贵妃，因采其声为《雨霖铃》曲，以寄恨焉。"此暗咏其事。

[23] "天旋"句：至德二载（757）九月，郭子仪军收复西京，十二月肃宗派韦见素接玄宗回长安。龙驭，皇帝的坐骑。

[24] 太液：汉池名。未央：汉宫名，汉萧何所建。此皆以汉代唐。

[25] 西宫：太极宫，又称西内。南苑：兴庆宫，又称南内。

〔26〕梨园弟子：唐玄宗亲自教练的伶人。

〔27〕椒房：后妃所居宫殿，以椒和泥涂壁，取其香暖，有避邪、多子之意。阿监：宫中女官。青娥：年轻美貌。

〔28〕耿耿：光明貌。

〔29〕鸳鸯瓦：屋瓦一俯一仰，相互嵌合，故称。

〔30〕临邛：邛州临邛县，唐属剑南道，在今四川邛崃市。鸿都：东汉洛阳宫门名，借指长安。

〔31〕展转：回环反复。殷勤：恳切周到。

〔32〕穷：尽。碧落：道教用语，天上。黄泉：地下。

〔33〕海上仙山：相传渤海中有蓬莱、方丈、瀛洲三座神山。

〔34〕五云：五色瑞云。

〔35〕参差：差不多。

〔36〕金阙：天上仙人或天帝居住的地方。玉扃(jiōng)：玉饰的门。

〔37〕小玉：吴王夫差之女。双成：董双成，王母的侍女。皆借指杨贵妃的侍女。

〔38〕九华帐：形容华丽之帐。

〔39〕珠箔：用珍珠缀成的帘子。银屏：用银制成的屏风。

〔40〕阑干：纵横交错貌。

〔41〕凝睇：出神凝视。睇，斜着眼看。

〔42〕昭阳殿：汉宫殿名，皇后赵飞燕所居处。此借指杨贵妃生前寝宫。

〔43〕蓬莱宫：指海上仙山之蓬莱。

〔44〕人寰：人间。

〔45〕旧物：杨贵妃与玄宗生前定情的信物，即钿合金钗。钿合：以金银珠宝镶嵌的盒子，由上下两扇合成。

〔46〕"钗留"二句："钗留一股"照应"钗擘黄金"，"合一扇"照应"合分钿"。"钗留一股合一扇"：即自己留下一半。"钗擘黄金合分钿"：即寄给对方的一半。擘(bò)，剖。

〔47〕七月七日：即七夕。长生殿：在华清宫内，天宝元年建，又名集灵台。

〔48〕连理枝：两树枝条相连。

妇人苦

蝉鬓加意梳[1],蛾眉用心扫。
几度晓妆成[2],君看不言好。
妾身重同穴[3],君意轻偕老[4]。
惆怅去年来,心知未能道。
今朝一开口,语少意何深。
愿引他时事,移君此日心。
人言夫妇亲,义合如一身[5]。
及至死生际,何曾苦乐均?
妇人一丧夫,终身守孤子[6]。
有如林中竹,忽被风吹折。
一折不重生,枯死犹抱节[7]。
男儿若丧妇,能不暂伤情?
应似门前柳,逢春易发荣[8]。
风吹一枝折,还有一枝生。
为君委曲言[9],愿君再三听。
须知妇人苦,从此莫相轻。

一月九日

一月十日

注释

[1]蝉鬓:两鬓梳理成状如蝉翼。

[2]晓妆:早晨的妆扮。

[3]同穴:夫妻合葬。

[4]偕老:夫妻共同生活到老。

[5]义合:指合夫妻之礼义。

[6]孤子:孤单。

[7]抱节:坚守节操。

[8]发荣:生长茂盛。

[9]委曲:详细。

寒食野望吟[1]

丘墟郭门外[2],寒食谁家哭?
风吹旷野纸钱飞,古墓累累春草绿。
棠梨花映白杨树[3],尽是死生离别处。
冥寞重泉哭不闻[4],萧萧暮雨人归去。

注释

[1] 寒食:清明节前一日或二日。
[2] 丘墟:坟墓。郭:古代城池的外墙。
[3] 棠梨:又名杜梨、甘棠,俗称野梨,叶长花白,果实球形。
[4] 冥寞:死亡。重泉:即九泉。

琵琶引 并序[1]

十一日

元和十年[2],予左迁九江郡司马[3]。明年秋,送客湓浦口[4],闻船中夜弹琵琶者。听其音,铮铮然有京都声[5]。问其人,本长安倡女,尝学琵琶于穆、曹二善才[6]。年长色衰,委身为贾人妇[7]。遂命酒[8],使快弹数曲[9]。曲罢悯默[10]。自叙少小时欢乐事,今漂沦憔悴[11],转徙于江湖间。予出官二年[12],恬然自安,感斯人言,是夕始觉有迁谪意。因为长句[13],歌以赠之,凡六百一十二言,命曰《琵琶行》。

浔阳江头夜送客[14],枫叶荻花秋索索[15]。 十三日
主人下马客在船,举酒欲饮无管弦。
醉不成欢惨将别,别时茫茫江浸月。
忽闻水上琵琶声,主人忘归客不发。
寻声暗问弹者谁,琵琶声停欲语迟。 十四日
移船相近邀相见,添酒回灯重开宴[16]。
千呼万唤始出来,犹抱琵琶半遮面。

转轴拨弦三两声[17],未成曲调先有情。
弦弦掩抑声声思[18],似诉平生不得志。
低眉信手续续弹,说尽心中无限事。
轻拢慢捻抹复挑[19],初为霓裳后六幺[20]。
大弦嘈嘈如急雨[21],小弦切切如私语[22]。
嘈嘈切切错杂弹,大珠小珠落玉盘。
间关莺语花底滑[23],幽咽泉流水下滩[24]。
水泉冷涩弦疑绝,疑绝不通声暂歇。
别有幽愁暗恨生,此时无声胜有声。
银瓶乍破水浆迸[25],铁骑突出刀枪鸣。
曲终收拨当心画[26],四弦一声如裂帛[27]。
东舟西舫悄无言,唯见江心秋月白。
沉吟放拨插弦中,整顿衣裳起敛容[28]。
自言本是京城女,家在虾蟆陵下住[29]。
十三学得琵琶成,名属教坊第一部[30]。
曲罢曾教善才伏,妆成每被秋娘妒[31]。
五陵年少争缠头[32],一曲红绡不知数[33]。
钿头云篦击节碎[34],血色罗裙翻酒污。
今年欢笑复明年,秋月春风等闲度[35]。
弟走从军阿姨死,暮去朝来颜色故。
门前冷落鞍马稀,老大嫁作商人妇。
商人重利轻别离,前月浮梁买茶去[36]。
去来江口守空船,绕船月明江水寒。
夜深忽梦少年事,梦啼妆泪红阑干[37]。
我闻琵琶已叹息,又闻此语重唧唧[38]。
同是天涯沦落人,相逢何必曾相识。
我从去年辞帝京,谪居卧病浔阳城。
浔阳地僻无音乐,终岁不闻丝竹声。
住近湓江地低湿,黄芦苦竹绕宅生[39]。

十五日

十六日

十七日

十八日

十九日

二十日

二十一日

其间旦暮闻何物,杜鹃啼血猿哀鸣[40]。
春江花朝秋月夜,往往取酒还独倾。
岂无山歌与村笛,呕哑嘲哳难为听[41]。
今夜闻君琵琶语,如听仙乐耳暂明。
莫辞更坐弹一曲,为君翻作琵琶行[42]。
感我此言良久立,却坐促弦弦转急[43]。
凄凄不似向前声[44],满座重闻皆掩泣。
座中泣下谁最多,江州司马青衫湿[45]。

注释

[1] 引:乐曲名,后成为乐府诗歌的一种体裁。

[2] 元和十年:公元815年。

[3] 左迁:贬谪。九江郡:江州。

[4] 湓(pén)浦口:即湓口,是湓水流入长江之处。在今九江市。

[5] 铮铮:金属撞击声。京都声:京城流行的声调。

[6] 善才:唐代称弹奏琵琶的艺人为善才。

[7] 委身:托身。贾(gǔ)人:商人。

[8] 命酒:命人摆酒。

[9] 快弹:畅快地弹奏。

[10] 悯默:悲愁不语。

[11] 漂沦:漂泊沦落。憔悴:枯槁瘦弱。

[12] 出官:贬官。

[13] 长句:指七言长诗。

[14] 浔阳江:长江流经九江的一段。

[15] 荻花:似芦苇,秋开紫花。索索:风吹草木声。

[16] 回灯:重新点灯。

[17] 转轴拨弦:弹奏前校音动作。三两声:即稍稍试音。

[18] 掩抑:声音低沉。思(sì):深长的情思。

[19] 轻拢:轻轻扣弦。慢捻(niǎn):慢慢揉弦。抹:顺手下拨。挑:反手回拨。

[20] 霓裳:《霓裳羽衣曲》。六幺:曲名,又名《绿要》《绿腰》。

〔21〕大弦：粗弦。嘈嘈：声音沉重而低缓。

〔22〕小弦：细弦。切切：声音轻细而急促。

〔23〕间关：鸟鸣声。滑：流利。

〔24〕幽咽：低沉微弱的水流声。水下滩：一作"水下难"。

〔25〕迸：涌出，喷射。

〔26〕拨：拨弦的工具。当心画：收拨时的弹法。

〔27〕如裂帛：形容声音清厉。

〔28〕敛容：收敛起面部表情，使神情庄重。

〔29〕虾蟆陵：在长安城东南曲江的附近。汉董仲舒墓地所在，名为"下马陵"，后传讹为"虾蟆陵"。

〔30〕教坊：唐代所设掌管优伶杂伎的机构，分为左、右教坊。第一部：教坊中最优秀的乐人。

〔31〕秋娘：长安有名的歌女。

〔32〕五陵：汉代五位帝王之墓，即长陵、安陵、阳陵、茂陵、平陵。汉代富贵之家多迁徙于此居住。缠头：舞女歌舞以罗锦缠头，观者以罗锦为赠，叫"缠头礼"。

〔33〕绡：轻而薄的丝织品。

〔34〕钿头云篦（bì）：两头镶有金属和珠宝的篦形发饰。篦，篦梳。击节：打拍子。

〔35〕等闲度：随便地度过。

〔36〕浮梁：唐县名，今江西省景德镇市。

〔37〕梦啼：梦中哭泣。妆泪：女子的粉泪。阑干：纵横貌。

〔38〕唧唧：叹息声。

〔39〕黄芦：芦苇的一种。

〔40〕杜鹃：又名子规，啼声凄苦，古人常以"啼血"形容其鸣声。

〔41〕呕哑：声音沙哑。嘲（zhāo）哳（zhā）：声音杂乱。

〔42〕翻：重新作词。

〔43〕却坐：退回原处，重新坐下。

〔44〕凄凄：悲伤哀痛的样子。

[45]江州司马:诗人自指。青衫:唐代章服制度规定,八九品文官服青色。

花非花

二十三日

花非花,雾非雾。
夜半来,天明去。
来如春梦几多时,去似朝云无觅处。

下邽庄南桃花[1]

村南无限桃花发,唯我多情独自来。
日暮风吹红满地,无人解惜为谁开[2]。

注释　[1]下邽:唐县名,在今陕西渭南,白居易故宅所在地。
　　　[2]解:懂得。

三月三十日题慈恩寺[1]

二十四日

慈恩春色今朝尽,尽日裴回倚寺门[2]。
惆怅春归留不得,紫藤花下渐黄昏。

注释　[1]慈恩寺:隋无漏寺之地,武德初废。贞观年间高宗为太子时,就无漏寺旧址为母文德皇后立为寺,以慈恩为名。在今陕西省西安市东南。
　　　[2]裴回:即徘徊,来回走动。

邯郸冬至夜思家

邯郸驿里逢冬至,抱膝灯前影伴身。
想得家中夜深坐[1],还应说着远行人。

注释　[1]想得:料想。

寒闺夜

二十五日

夜半衾裯冷[1],孤眠懒未能。
笼香销尽火,巾泪滴成冰。
为惜影相伴,通宵不灭灯。

注释　[1]衾裯:泛指被子。

题李十一东亭[1]

相思夕上松台立,蛩思蝉声满耳秋[2]。
惆怅东亭风月好,主人今夜在鄜州[3]。

注释　[1]李十一:李建,字杓直,行十一。举进士,授秘书省校书郎,擢为左拾遗、翰林学士。
　　　[2]蛩:蟋蟀。
　　　[3]鄜州:今陕西富县。

春村

二十六日

二月村园暖,桑间戴胜飞[1]。
农夫春旧谷[2],蚕妾捣新衣[3]。
牛马因风远,鸡豚过社稀[4]。
黄昏林下路,鼓笛赛神归[5]。

注释　[1]戴胜:鸟名,状似雀,头有冠,五色如方胜。

[2]舂：把东西放在石臼或钵里捣去皮壳或捣碎。
[3]蚕妾：育蚕之妇女。捣：用杵捶打半衣料，使衣料绵软，然后进行裁缝。
[4]豚：猪。社：村社，乡间祭祀之所。
[5]赛神：设祭酬神，是崇拜神祇的一种民俗活动。

重寻杏园[1] 二十七日

忽忆芳时频酩酊[2]，却寻醉处重裴回。
杏花结子春深后，谁解多情又独来。

注释

[1]杏园：为新科进士宴游之所，在曲江西南。
[2]芳时：开花时节。酩酊：大醉的样子。

曲江独行

自此后在翰林时作。

独来独去何人识，厩马朝衣野客心[1]。
闲爱无风水边坐，杨花不动树阴阴[2]。

注释

[1]厩马：皇家闲厩之马。朝衣：君臣上朝穿的礼服。野客：隐逸者。
[2]阴阴：幽暗貌。

同李十一醉忆元九[1] 二十八日

花时同醉破春愁，醉折花枝当酒筹[2]。
忽忆故人天际去，计程今日到凉州[3]。

注释

[1]李十一：李建，字杓直，行十一。元九：元稹。

[2]酒筹：饮酒时计数或行令的筹子，又名酒算、酒枚。

[3]凉州：当为"梁州"之误。元稹元和四年奉使东蜀，当途经梁州兴元府。

绝句代书赠钱员外[1]

欲寻秋景闲行去，君病多慵我兴孤[2]。
可惜今朝山最好，强能骑马出来无？

注释

[1]钱员外：钱徽，字蔚章，浙江吴兴（今湖州市）人，钱起之子。元和初入朝，三迁为祠部员外郎。

[2]慵：困倦。

答张籍因以代书[1]

二十九日

怜君马瘦衣裘薄[2]，许到江东访鄙夫[3]。
今日正闲天又暖，可能扶病暂来无？

注释

[1]张籍：字文昌，和州乌江（今安徽和县）人。乐府诗与王建齐名，并称"张王"。

[2]衣裘：泛指衣服。

[3]江东：曲江之东。当时白居易住新昌里，在曲江东北。鄙夫：诗人自谦之词。

惜牡丹花二首

一首翰林院北厅花下作，一首新昌窦给事宅南亭花下作[1]。

惆怅阶前红牡丹，晚来唯有两枝残。
明朝风起应吹尽，夜惜衰红把火看[2]。

三十日

寂寞萎红低向雨[3]，离披破艳散随风[4]。

晴明落地犹惆怅[5]，何况飘零泥土中？

注释
[1] 窦给事：窦易直，字宗玄，京兆人，元和八年（813）自御史中丞改给事中。
[2] 衰红：凋谢的花。把火：手持炬火。
[3] 菱红：干枯衰落的花。
[4] 离披：零落分散貌。破艳：指残花。
[5] 晴明：天气晴朗。

嘉陵夜有怀[1]

不明不暗朦胧月，不暖不寒慢慢风。
独卧空床好天气，平明闲事到心中[2]。　　　三十一日

注释
[1] 嘉陵：嘉陵驿，在四川广元县西。
[2] 平明：天亮的时候。

望驿台[1]

靖安宅里当窗柳[2]，望驿台前扑地花[3]。
两处春光同日尽，居人思客客思家[4]。

注释
[1] 望驿台：又名望喜驿，在嘉陵县。
[2] 靖安：即靖安坊，在长安朱雀门东第二街。元稹居此。
[3] 扑地：满地都是。
[4] 居人：家中的人。

眼暗

早年勤倦看书苦，晚岁悲伤出泪多。

眼损不知都自取[1],病成方悟欲如何?
夜昏乍似灯将灭,朝暗长疑镜未磨[2]。　　　二月一日
千药万方治不得,唯应闭目学头陀[3]。

注释

[1]眼损:视力受到损害。自取:自己招致。

[2]镜未磨:古之铜镜,磨光后方能照清。

[3]头陀:谓僧人。

寒食夜有怀[1]

寒食非长非短夜,春风不热不寒天。
可怜时节堪相忆[2],何况无灯各早眠。

注释

[1]寒食:节日名,清明节前一日或二日。

[2]堪:能,可以。

欲与元八卜邻先有是赠[1]　　　二月二日

平生心迹最相亲[2],欲隐墙东不为身[3]。
明月好同三径夜[4],绿杨宜作两家春。
每因暂出犹思伴,岂得安居不择邻?
何独终身数相见,子孙长作隔墙人。

注释

[1]元八:元宗简,字居敬,河南人。自举进士历御史府、尚书郎讫京兆亚尹,凡二十年。卜邻:选择邻居。

[2]心迹:心意,想法。

[3]墙东:指隐居之地。

[4]三径:东汉赵岐《三辅决录》:"蒋诩归乡里,荆棘塞门,舍中有三径,不出,唯求仲、羊仲从之游。"后用以喻指隐士居处。

题王侍御池亭[1]

三日

朱门深锁春池满,岸落蔷薇水浸莎[2]。
毕竟林塘谁是主[3],主人来少客来多。

注释
[1]王侍御:王起,元和间为殿中侍御史。
[2]莎:莎草。
[3]林塘:树林和池塘。

途中感秋

节物行摇落[1],年颜坐变衰。
树初黄叶日,人欲白头时。
乡国程程远[2],亲朋处处辞。
唯残病与老[3],一步不相离。

注释
[1]节物:秋季之景物。
[2]乡国:故乡。
[3]残:剩下。

放言(五首取一)

五日

赠君一法决狐疑[1],不用钻龟与祝蓍[2]。
试玉要烧三日满[3],辨材须待七年期[4]。
周公恐惧流言后[5],王莽谦恭未篡时[6]。
向使当初身便死[7],一生真伪复谁知。

注释
[1]狐疑:遇事犹豫不决。
[2]钻龟:古代占卜术。钻刺龟的里甲,并用火灼,视其裂纹,以断凶吉。

祝蓍：筮法用蓍草排列计算，预测事物之变化。

[3]"试玉"句：作者自注："真玉烧三日不热。"典出《淮南子·俶真训》："钟山之玉，饮以炉炭，三日三夜，色泽不变，则至德天地之精。"

[4]"辨材"句：作者自注："豫章木生七年而后知。"梗、柟、豫章的生长，要七年而后才能辨别是否为优良材料。

[5]周公：周公旦，周武王弟。据《史记》记载，成王年幼时，周公摄政当国，管叔及其群弟放言以诬之，周公避居于东，后成王悔悟，迎周公归。

[6]王莽：汉孝元皇后之侄，先为大司马，以恭俭收人望，平帝委政于他。后篡汉，自立为帝。

[7]向使：假如。

百花亭晚望夜归

六日

百花亭上晚裴回，云影阴晴掩复开。
日色悠扬映山尽，雨声萧飒渡江来。
鬓毛遇病双如雪，心绪逢秋一似灰[1]。
向夜欲归愁未了[2]，满湖明月小船回。

十日重抄，白居易《百花亭晚望夜归》

注释

[1]心绪：心情。
[2]向夜：日暮时分。

寒食江畔

草香沙暖水云晴，风景令人忆帝京[1]。
还似往年春气味，不宜今日病心情。
闻莺树下沉吟立，信马江头取次行[2]。
忽见紫桐花怅望，下邽明日是清明。

十一日重抄

注释

[1]帝京：帝都，京都。
[2]取次：随意。

悠揚暎山盡雨聲蕭颯渡江來鬢毛遇病雙雲心緒逢秋一似灰向晚欲歸愁未了滿湖明月船廻

白居易百花亭晚望夜归

寒食江畔

草香沙暖水雲晴風景令人憶帝京還似往年春氣味不宜今日病心情聞鶯樹下沈吟立

大林寺桃花[1]

人间四月芳菲尽,山寺桃花始盛开。
长恨春归无觅处,不知转入此中来。

注释　[1]大林寺:在庐山。详见白居易《游大林寺序》。

昭君怨

明妃风貌最娉婷[1],合在椒房应四星[2]。
只得当年备宫掖[3],何曾专夜奉帏屏[4]。
见疏从道迷图画[5],知屈那教配虏庭[6]。
自是君恩薄如纸,不须一向恨丹青[7]。　以上重抄七、八、九日书

注释
[1]明妃:晋代避司马昭讳,改昭君为明妃。
[2]合:应当。椒房:后妃所住的宫殿。四星:指女御四星,在钩陈以北。《晋书·天文志》:"钩陈,后宫也。大帝之正妃也,大帝之常居也。北四星曰女御宫,八十一御妻之象也。"
[3]备宫掖:指昭君入宫。
[4]帏屏:寝息之所。
[5]从道:从说。
[6]虏庭:匈奴王庭。
[7]丹青:指毛延寿所绘画像。

江南谪居十韵[1]　　　　　　十二日

自哂沉冥客[2],曾为献纳臣[3]。

壮心徒许国，薄命不如人。
才展凌云翅，俄成失水鳞[4]。
葵枯犹向日[5]，蓬断即辞春。
泽畔长愁地[6]，天边欲老身。
萧条残活计，冷落旧交亲[7]。
草合门无径[8]，烟消甑有尘[9]。　　十三日
忧方知酒圣[10]，贫始觉钱神[11]。
虎尾难容足[12]，羊肠易覆轮[13]。
行藏与通塞[14]，一切任陶钧[15]。

注释

[1]江南：此指江州，今江西九江。谪：贬谪。

[2]沉冥：隐居。

[3]献纳臣：指左拾遗之职。

[4]失水鳞：脱水之鱼，喻身处困境。

[5]葵：葵菜，有向光性。

[6]泽畔：形容贬谪失意。

[7]交亲：即亲交，指亲故友人。

[8]草合门无径：用东汉蒋诩隐居之事。

[9]甑：盛物瓦器。甑有尘：典出《后汉书·独行传·范冉传》："甑中生尘范史云。"比喻生活清贫。

[10]酒圣：古人以清酒为圣人，浊酒为贤人，典出《三国志·魏书·徐邈传》。

[11]钱神：指金钱之力有如神物。

[12]虎尾：老虎的尾巴，引申为危险的境地。

[13]羊肠：古坂道名，在太行山，因崎岖难行、状如羊肠而得名。后用来喻指险路。

[14]行藏：出处或行止。语本《论语·述而》："用之则行，舍之则藏。"通塞：境遇之顺逆。

[15]陶钧：制作陶器所用的转轮，引申为天地造化。

江楼夜吟元九律诗成三十韵[1]

昨夜江楼上，吟君数十篇。　　　　十四日
词飘朱槛底，韵堕渌江前。
清楚音谐律，精微思入玄[2]。
收将白雪丽，夺尽碧云妍。
寸截金为句，双雕玉作联。
八风凄间发，五彩烂相宣[3]。
冰扣声声冷，珠排字字圆。　　　　十五日
文头交比绣，筋骨软于绵。
濆涌同波浪[4]，铮𨱎过管弦[5]。
醴泉流出地，钧乐下从天[6]。
神鬼闻如泣，鱼龙听似禅。
星回疑聚集，月落为留连。
雁感无鸣者，猿愁亦悄然。　　　　十六日
交流迁客泪，停住贾人船。
暗被歌姬乞，潜闻思妇传。
斜行题粉壁，短卷写红笺。　　　　十七日元旦
肉味经时忘[7]，头风当日痊[8]。
老张知定伏[9]，短李爱应颠[10]。
道屈才方振，身闲业始专。
天教声炬赫，理合命迍邅[11]。　　　十八日
顾我文章劣，知他气力全。
工夫虽共到，巧拙尚相悬。
各有诗千首，俱抛海一边。
白头吟处变，青眼望中穿[12]。
酬答朝妨食，披寻夜废眠。
老偿文债负，宿结字因缘。　　　　十九日

　　　　每叹陈夫子[13]，常嗟李谪仙[14]。
　　　　名高折人爵，思苦减天年[15]。
　　　　不得当时遇，空令后代怜。
　　　　相悲今若此，溢浦与通川[16]。

注释　[1] 元九：元稹，字微之，行九，故称。
　　　[2] 入玄：达到玄妙的境界。
　　　[3] 八风、五彩：语本《礼记·乐记》："五色成文而不乱，八风从律而不奸。"形容声调谐和、文采灿烂。
　　　[4] 颍涌：指水势广阔汹涌。
　　　[5] 铮𨱍(cōng)：同"铮𨰻(chuāng)"，指乐器演奏声。
　　　[6] 钧乐：即"钧天广乐"的省称，指天上之仙乐。
　　　[7] 肉味经时忘：孔子在齐国闻《韶》乐，三月不知肉味。
　　　[8] 头风当日痊：曹操头风病发作，读陈琳草檄，顿时病愈。
　　　[9] 老张：指张籍。
　　　[10] 短李：李绅。李绅为人短小精悍，故称。上二句，作者自注："张十八籍、李十二绅，皆攻律诗，故云。"
　　　[11] 迍邅：指处境不利或困顿。
　　　[12] 青眼：晋嵇康好为"青白眼"，后以"青眼"表示对人之欣赏。
　　　[13] 陈夫子：指陈子昂。此句作者自注："陈子昂著《感遇诗》，称于世。"
　　　[14] 李谪仙：指李白。此句作者自注："贺知章谓李白为谪仙人。"
　　　[15] "名高"二句：作者自注："李竟无官，陈亦早夭。"
　　　[16] 溢浦：代指白居易所居之江州。通川：即通州，今四川达州。时元稹任通州司马。

元九以绿丝布白轻縠见寄，制成衣服，以诗报知[1]　二十日

　　　　绿丝文布素轻縠，珍重京华手自封。
　　　　贫友远劳君寄附，病妻亲为我裁缝。

袴花白似秋云薄,衫色青于春草浓。
欲着却休知不称,折腰无复旧形容。

注释　[1]轻裕(róng):薄纱名,一作"轻容"。

九江春望[1]

二十一日

淼茫积水非吾土[2],飘泊浮萍自我身。
身外信缘为活计,眼前随事觅交亲[3]。
炉烟岂异终南色[4],溢草宁殊渭北春[5]?
此地何妨便终老,譬如元是九江人[6]。

二十二日

注释
[1]九江:今江西省九江市。
[2]淼茫:水广远貌。
[3]交亲:亲故友人。
[4]炉烟:庐山有香炉峰,其上烟云散聚,形如香炉。
[5]溢草:溢水岸边的草木。
[6]譬如:一作"匹如",犹"比如"。诗末作者自注:"香炉峰上多烟,溢水岸足草,因而记之。"

赠内子[1]

白发长兴叹,青娥亦伴愁。
寒衣补灯下,小女戏床头。
暗澹屏帏故,凄凉枕席秋。
贫中有等级,犹胜嫁黔娄[2]。

注释
[1]内子:古人对妻子的谦称。
[2]黔娄:春秋时贫士,隐居不仕,志行高洁,死时衾不蔽体。其妻贤德,

安贫乐道。

醉中对红叶

二十三日

临风杪秋树[1]，对酒长年人[2]。
醉貌如霜叶，虽红不是春。

注释

[1]杪秋树：晚秋树木。
[2]长年人：年长之人。

东墙夜合树去秋为风雨所摧，今年花时，怅然有感[1]

二十四日

碧荑红缕今何在[2]，风雨飘将去不回。
惆怅去年墙下地，今春唯有荠花开。

注释

[1]夜合树：合欢的别名，其叶晨舒而暮合。
[2]碧荑(tí)：碧绿的嫩芽。

除忠州寄谢崔相公[1]

提拔出泥知力竭，吹嘘生翅见情深[2]。
剑锋缺折难冲斗[3]，桐尾烧焦岂望琴[4]？
感旧两行年老泪，酬恩一寸岁寒心。

二十五日

忠州好恶何须问，鸟得辞笼不择林。

注释

[1]忠州：唐属山南东道，今重庆市忠县。
[2]吹嘘：比喻奖掖，汲引。
[3]冲斗：据《晋书·张华传》载，张华望见斗牛间常有紫气，雷焕谓宝剑之

精，上冲于天，因于其下丰城掘得龙泉、太阿两宝剑。

[4]桐尾烧焦：据《后汉书·蔡邕传》载，吴人以桐木烧饭，邕闻火烈之音，知为良木，裁为琴，果音美，因其尾犹焦，名焦尾。

戏赠户部李巡官

好去民曹李判官[1]，少贪公事且谋欢。
男儿未死争能料，莫作忠州刺史看[2]。

注释

[1]民曹：户部。
[2]忠州刺史：诗人自谓。

题岳阳楼[1]

二十六日

岳阳城下水漫漫，独上危楼倚曲栏。
春岸绿时连梦泽[2]，夕波红处近长安[3]。
猿攀树立啼何苦，雁点湖飞渡亦难。
此地唯堪画图障[4]，华堂张与贵人看。

注释

[1]岳阳楼：湖南省岳阳市西门古城楼，西临洞庭湖，景致壮观，唐以后为著名游览胜地。
[2]梦泽：云梦泽。
[3]夕波：即合江亭，旧名夕波。
[4]图障：绘有图画的屏风、软障。

种荔枝

二十七日

红颗珍珠诚可爱，白须太守亦何痴。
十年结子知谁在，自向庭中种荔枝。

后宫词[1]

泪湿罗巾梦不成,夜深前殿按歌声。
红颜未老恩先断,斜倚薰笼坐到明[2]。

注释

[1]后宫词:即宫词,古代一种描写宫廷琐事的诗体,多为七绝。
[2]薰笼:古代覆于火炉上供烘物、取暖用的器具。

卜居

二十八日

游宦京都二十春,贫中无处可安贫。
长羡蜗牛犹有舍,不如硕鼠解藏身[1]。
且求容立锥头地[2],免似漂流木偶人[3]。
但道吾庐心便足,敢辞湫隘与嚣尘[4]。

注释

[1]解:懂得。
[2]立锥地:极言地方之小。
[3]木偶人:语见《战国策·齐策三》,木偶人对土偶人说:"你是西岸的土,雨降水至,将残缺不全。"土偶人对木偶人说:"我本西岸之土,虽残缺不全,仍会返回西岸。你是东国桃梗,雨降水至,将漂流向何处?"
[4]湫(qiǎo)隘:低下狭小。嚣尘:喧嚣纷扰。《左传·昭公三年》载,齐景公谓晏婴曰:"子之宅近市,湫隘嚣尘,不可以居。"

玉真张观主下小女冠阿容[1]

二十九日

绰约小天仙,生来十六年。
姑山半峰雪,瑶水一枝莲。
晚院花留立,春窗月伴眠。
回眸虽欲语,阿母在傍边。

注释

[1]玉真:指玉真女冠观。据徐松《唐两京城防考》卷四载,此观位于唐长安辅兴坊西南隅,景云二年(711),为玉真公主作观。

龙花寺主家小尼[1]

三月一日

头青眉眼细,十四女沙弥。
夜静双林怕[2],春深一食饥[3]。
步慵行道困,起晚诵经迟。
应似仙人子,花宫未嫁时。

注释

[1]龙花寺:即龙华尼寺。龙华尼寺在升道坊,位于曲江之北,高宗立,寻废,景龙二年(708)复置。

[2]双林:释迦牟尼涅槃处,借指佛寺。

[3]一食:佛教中一派的戒律,教徒每天只进午前一餐。

钱唐湖春行[1]

二日

孤山寺北贾亭西[2],水面初平云脚低。
几处早莺争暖树,谁家新燕啄春泥?
乱花渐欲迷人眼,浅草才能没马蹄。
最爱湖东行不足,绿杨阴里白沙堤[3]。

注释

[1]钱唐湖:即钱塘湖,西湖。

[2]孤山寺:一名永福寺,在杭州西湖孤山上。贾亭:贾公亭,在杭州西湖,传为贞元中贾全所筑。

[3]白沙堤:即今西湖白堤。

江楼夕望招客

三日

海天东望夕茫茫,山势川形阔复长。
灯火万家城四畔,星河一道水中央。
风吹古木晴天雨,月照平沙夏夜霜。
能就江楼销暑否,比君茅舍较清凉。

江楼晚眺景物鲜奇,吟玩成篇,寄水部张员外[1]

四日

澹烟疏雨间斜阳,江色鲜明海气凉。
蜃散云收破楼阁[2],虹残水照断桥梁。
风翻白浪花千片,雁点青天字一行。
好着丹青图画取[3],题诗寄与水曹郎。

注释

[1]水部张员外:张籍,时任水部员外郎。
[2]蜃散:指彩虹。古人认为蜃吐气而成虹。
[3]好着:好以。好用、好取的意思。

耳顺吟寄敦诗梦得[1]

五日

三十四十五欲牵[2],七十八十百病缠。
五十六十却不恶,恬淡清净心安然。
已过爱贪声利后,犹在病羸昏耄前[3]。
未无筋力寻山水,尚有心情听管弦。
闲开新酒尝数盏,醉忆旧诗吟一篇。
敦诗梦得且相劝,不用嫌他耳顺年。

注释

[1]耳顺:谓六十岁。《论语·为政》:"六十而耳顺。"敦诗:崔群,字敦诗。梦得:刘禹锡之字。崔、刘与白同岁,此年皆六十。

[2]五欲:佛教谓眼、耳、鼻、舌、身所生之欲望。

[3]病羸:衰病,瘦弱。昏耄:昏聩,衰老。

自感

六日

宴游寝食渐无味,杯酒管弦徒绕身。
宾客欢娱僮仆饱,始知官职为他人。

病中书事

三载卧山城,闲知节物情。
莺多过春语,蝉不待秋鸣。
气嗽因寒发,风痰欲雨生。
病身无所用,唯解卜阴晴。

赠侯三郎中

七日

老爱东都好寄身,足泉多竹少埃尘。
年丰最喜唯贫客,秋冷先知是瘦人。
幸有琴书堪作伴,苦无田宅可为邻。
洛中纵未长居得,且与苏田游过春。

故衫

八日

暗淡绯衫称老身,半披半曳出朱门。
袖中吴郡新诗本,襟上杭州旧酒痕。

残色过梅看向尽,故香因洗嗅犹存。
曾经烂熳三年着,欲弃空箱似少恩。

眼病

九日

散乱空中千片雪,蒙笼物上一重纱。
纵逢晴景如看雾,不是春天亦见花。
僧说客尘来眼界[1],医言风眩在肝家[2]。 十日,切芥菜一个,手抖不能写字
两头治疗何曾瘥[3],药力微茫佛力赊。

注释

[1]客尘:佛教语,指尘世的烦恼。眼界:眼为六根之一,又与六境、六识合称为十八界。

[2]医言风眩在肝家:《黄帝内经素问·标本病传论六十五》:"肝病,头目眩,胁支满。"

[3]瘥:病愈。

自思益寺次楞伽寺作[1]

十一日

朝从思益峰游后,晚到楞伽寺歇时。
照水姿容虽已老,上山筋力未全衰。
行逢禅客多相问,坐倚渔舟一自思。
犹去悬车十五载[2],休官非早亦非迟。

注释

[1]思益寺:据《吴地记》载,吴县西十二里有崿嶙山,梁天监二年(503)于此地置思益寺。次:留宿。楞伽寺:据《吴郡志》载,宝积寺,亦名楞伽寺,在横山下。

[2]悬车:致仕。古人多于七十岁辞官隐退,废车不用,故云。

自喜

十二日

自喜天教我少缘，家徒行计两翩翩。
身兼妻子都三口[1]，鹤与琴书共一船。
僮仆减来无冗食[2]，资粮算外有余钱。
携将贮作丘中费[3]，犹免饥寒得数年。

注释

[1] 妻子：妻子和儿女。

[2] 冗食：吃闲饭。

[3] 丘中费：隐居之花费。

见小侄龟儿咏灯诗并腊娘制衣因寄行简[1]

十三日

已知腊子能裁服，复报龟儿解咏灯。
巧妇才人常薄命，莫教男女苦多能[2]。

注释

[1] 龟儿：白居易弟白行简之子。腊娘：据诗意当为白行简之女。

[2] 苦：甚，很。

雨中招张司业宿[1]

十四日

过夏衣香润，迎秋簟色鲜。
斜支花石枕，卧咏蕊珠篇[2]。
泥泞非游日，阴沉好睡天。
能来同宿否，听雨对床眠。

注释

[1] 张司业：张籍，时任国子司业。

[2] 蕊珠篇：《蕊珠经》，道教经籍名。

送陕州王司马建赴任[1]

十五日

陕州司马去何如,养静资贫两有余。
公事闲忙同少尹,料钱多少敌尚书[2]。
只携美酒为行伴,唯作新诗趁下车[3]。
自有铁牛无咏者[4],料君投刃必应虚[5]。

注释

[1]陕州王司马建:王建(766—829?)字仲初,关辅人(今陕西),郡望颍川(今河南许昌),贞元、元和间转历淄青、幽州、岭南、荆南,入魏博幕,后任昭应丞、太府丞、秘书郎、陕州司马。长于乐府、宫词,与张籍并称"张王"。

[2]料钱:唐时官吏除俸禄外,还发给食料,或折钱。

[3]下车:下车伊始,指官员刚到任所。

[4]铁牛:在陕州城外黄河中,相传为大禹镇水所铸。

[5]投刃必应虚:即投刃皆虚,语本《庄子·养生主》:庖丁解牛,"三年之后,未尝见全牛也","彼节者有间,而刀刃者无厚;以无厚入有间,恢恢乎其于游刃必有余地矣"。

镜换杯

十六日

欲将珠匣青铜镜,换取金尊白玉卮[1]。
镜里老来无避处,尊前愁至有消时。
茶能散闷为功浅,萱纵忘忧得力迟[2]。

十七日

不似杜康神用速[3],十分一盏便开眉[4]。

注释

[1]白玉卮:白玉制成的盛酒器。

[2]萱:萱草。古人认为萱草可以令人忘忧。

[3]杜康:传说杜康为酿酒的创始人,后借代指酒。曹操《短歌行》:"何以解忧?惟有杜康。"

[4]十分：唐宋时俗语，指酒斟满的样子。

观幻

有起皆因灭，无睽不暂同[1]。
从欢终作戚，转苦又成空。
次第花生眼，须臾烛过风。
更无寻觅处，鸟迹印空中。

注释　[1]无睽不暂同：语本《易·睽·彖》："天地睽而其事同也。"

和春深（二十首录二）

十八日

何处春深好，春深贫贱家。
荒凉三径草[1]，冷落四邻花。
奴困归佣力，妻愁出赁车。
途穷平路险，举足剧褒斜[2]。

十九日

何处春深好，春深妓女家。
眉欺杨柳叶，裙妒石榴花。
兰麝熏行被[3]，金铜钉坐车。
杭州苏小小，人道最夭斜[4]。

注释
[1]三径：用东汉蒋诩三径隐居之典。
[2]剧：甚。褒斜：古道名，因取道褒水、斜水而得名。路势险峻，为川陕要道。
[3]兰麝：兰和麝香，均为香料，可用以熏被。
[4]苏小小：南齐钱塘名伎，才貌俱佳。夭斜：姿容婀娜。

不出

三月二十日

檐前新叶覆残花，席上余杯对早茶。
好是老身销日处，谁能骑马傍人家？

戊申岁暮咏怀（三首录二）[1]

二十一日

唯生一女才十二，只欠三年未六旬。
婚嫁累轻何怕老，饥寒心惯不忧贫。
紫泥丹笔皆经手[2]，赤绂金章尽到身[3]。
更拟跼蹐觅何事，不归嵩洛作闲人。

二十三日

七年囚闭作笼禽，但愿开笼便入林。
幸得展张今日翅，不能辜负昔时心。
人间祸福愚难料，世上风波老不禁。
万一差池似前事[4]，又应追悔不抽簪[5]。

注释

[1] 戊申：即大和二年（828）。
[2] 紫泥：古代以泥封书信，泥上盖印。皇帝诏书用紫泥封印。
[3] 赤绂：系官印的赤色绶带。金章：金鱼袋。白居易于大和元年（827）授秘书监，得赐金紫。
[4] 差池：错误。
[5] 抽簪：指弃官退隐。

游平原赠晦叔[1]

二十四日

照水容虽老，登山力未衰。
欲眠先命酒，暂歇亦吟诗。

且喜身无缚,终惭鬓有丝。
回头语闲伴,闲校十年迟。

注释　[1]晦叔:崔玄亮之字。

何处难忘酒(七首录三)

二十五日

何处难忘酒,天涯话旧情。
青云俱不达,白发递相惊。
二十年前别,三千里外行。
此时无一盏,何以叙平生?

二十六日

何处难忘酒,霜庭老病翁。
暗声啼蟋蟀,干叶落梧桐。
鬓为愁先白,颜因醉暂红。
此时无一盏,何计奈秋风?

何处难忘酒,青门送别多[1]。
敛襟收涕泪,簇马听笙歌。
烟树灞陵岸[2],风尘长乐坡[3]。
此时无一盏,争奈去留何?

注释
[1]青门:长安城青门外有灞桥,人多于此处折柳送别,后以"青门"泛指送别之处。
[2]灞陵岸:亦作霸陵岸,汉文帝霸陵所在地,在今陕西省西安市东。
[3]长乐坡:在今陕西省西安市郊。

哭微之（二首录一）[1]

二十七日

文章卓荦生无敌[2]，风骨英灵殁有神。
哭送咸阳北原上，可能随例作灰尘？

注释
[1]微之：元稹之字。
[2]卓荦：超凡绝俗。

过元家履信宅[1]

鸡犬丧家分散后，林园失主寂寥时。
落花不语空辞树，流水无情自入池。
风荡宴船初破漏，雨淋歌阁欲倾欹[2]。

二十八日

前庭后院伤心事，唯是春风秋月知。

注释
[1]元家履信宅：元稹旧宅，在洛阳履信坊。
[2]倾欹：倾斜。

春风

春风先发苑中梅，樱杏桃梨次第开。
荠花榆荚深村里，亦道春风为我来。

魏王堤[1]

花寒懒发鸟慵啼，信马闲行到日西。
何处未春先有思，柳条无力魏王堤。

二十九日

注释
[1]魏王堤：唐时名胜，在洛阳，亦称魏王池。

予与微之老而无子，发于言叹，著在诗篇。
今年冬各有一子，戏作二什，一以相贺，
一以自嘲（二首录一）

五十八翁方有后，静思堪喜亦堪嗟。
一珠甚小还惭蚌，八子虽多不羡鸦[1]。
秋月晚生丹桂实，春风新长紫兰芽[2]。
持杯祝愿无他语，慎勿顽愚似汝爷。

三十日

注释
[1]八子：语见《相和歌辞·乌生》："乌生八九子。"
[2]丹桂实、紫兰芽：皆喻指子弟秀拔。

晚桃花

一树红桃亚拂池[1]，竹遮松荫晚开时。
非因斜日无由见，不是闲人岂得知。
寒地生材遗校易，贫家养女嫁常迟。
春深欲落谁怜惜，白侍郎来折一枝。

三十一日

注释
[1]亚：低垂。

病眼花

头风目眩乘衰老，只有增加岂有瘳[1]。
花发眼中犹足怪，柳生肘上亦须休[2]。
大窠罗绮看才辨[3]，小字文书见便愁。
必若不能分黑白，却应无悔复无尤。

四月一日

四日

注释
[1]瘳：病愈。

[2]柳生肘："柳"同"瘤"。语见《庄子·至乐》，支离叔与滑介叔同游昆仑之虚，俄而滑介叔左肘生柳。但他认为生死皆虚，不以为恶。后以"柳生肘"喻通达的人生态度。

[3]窠：绣窠，绮罗上的团状花纹。

府西池

柳无气力枝先动，池有波纹冰尽开。
今日不知谁计会[1]，春风春水一时来。 　　五日

注释

[1]计会：知会，通知。

哭崔儿[1]

掌珠一颗儿三岁，鬓雪千茎父六旬。
岂料汝先为异物，常忧吾不见成人。
悲肠自断非因剑，啼眼加昏不是尘。
怀抱又空天默默，依前重作邓攸身[2]。

注释

[1]崔儿：阿崔，白居易之老生子。
[2]邓攸身：据《晋书·邓攸传》载，晋室南渡，邓攸于逃难途中舍子保侄，后终无子。后常用"邓攸无子"为无子嗣之典。

六十拜河南尹　　六日

六十河南尹，前途足可知。
老应无处避，病不与人期。
幸遇芳菲日，犹当强健时。

万金何假藉,一盏莫推辞。
流水光阴急,浮云富贵迟[1]。
人间若无酒,尽合鬓成丝。

注释　[1]浮云富贵:语本《论语·述而》:"不义而富且贵,于我如浮云。"

新制绫袄成感而有咏

水波文袄造新成,绫软绵匀温复轻。
晨兴好拥向阳坐,晚出宜披蹋雪行。
鹤氅毳疏无实事[1],木棉花冷得虚名。
宴安往往欢侵夜,卧稳昏昏睡到明。
百姓多寒无可救,一身独暖亦何情。
心中为念农桑苦,耳里如闻饥冻声。
争得大裘长万丈,与君都盖洛阳城。

注释　[1]鹤氅:鹤氅裘,鸟羽制成的宽大外套。

睡觉

星河耿耿漏绵绵[1],月暗灯微欲曙天。
转枕频伸书帐下,披裘箕踞火炉前[2]。
老眼早觉常残夜,病力先衰不待年。
五欲已销诸念息[3],世间无境可勾牵。

注释
[1]耿耿:光明、明亮貌。
[2]箕踞:一种随意的坐姿,两腿伸开坐着,形似簸箕。
[3]五欲:佛教谓眼、耳、鼻、舌、身所生的欲望。

秋凉闲卧

残暑昼犹长,早凉秋尚嫩。
露荷散清香,风竹含疏韵。
幽闲竟日卧,衰病无人问。
薄暮宅门前,槐花深一寸。

再授宾客分司[1]

优稳四皓官[2],清崇三品列[3]。
伊予再尘忝,内愧非才哲。
俸钱七八万,给受无虚月。
分命在东司,又不劳朝谒。
既资闲养疾,亦赖慵藏拙。
宾友得从容,琴觞恣怡悦。
乘篮城外去[4],系马花前歇。
六游金谷春[5],五看龙门雪[6]。
吾若默无语,安知吾快活。
吾欲更尽言,复恐人豪夺。
应为时所笑,苦惜分司阙。
但问适意无,岂论官冷热。

注释

[1]宾客分司:官职名,太子宾客分司在东都洛阳履职。

[2]优稳:优裕安逸。四皓官:四皓,指秦末隐居商山的东园公、甪里先生、绮里季、夏黄公四位隐士。汉高祖欲废太子刘盈,吕后请四皓出山辅佐太子,高祖遂罢。后以"四皓官"指太子属官,此指太子宾客分司。

[3]清崇:清贵显要。

[4]篮:篮舆,古代的一种交通工具,一般以竹制成,人力抬行,类似轿子。

[5]金谷:金谷园。晋石崇所建豪华园林,士宦多喜游历。在今河南省洛阳

市东北。

[6]龙门:龙门山,在今河南洛阳南。

把酒

十二日

把酒仰问天,古今谁不死?
所贵未死间,少忧多欢喜。
穷通谅在天[1],忧喜即由己。
是故达道人,去彼而取此。
勿言未富贵,久忝居禄仕。
借问宗族间,几人拖金紫[2]?
勿忧渐衰老,且喜加年纪。

十三日

试数班行中,几人及暮齿?
朝餐不过饱,五鼎徒为尔[3]。
夕寝止求安,一衾而已矣。
此外皆长物[4],于我云相似。
有子不留金[5],何况兼无子。

注释

[1]穷通:困厄与显达。

[2]金紫:唐代三品以上官员赐金鱼袋,服紫。泛指高官。

[3]五鼎:五鼎食,指高官豪奢的生活。

[4]长物:多余的东西。

[5]有子不留金:《汉书·韦贤传》记邹鲁之地谚语:"遗子黄金满籝,不如一经。"

首夏

林静蚊未生,池静蛙未鸣。
景长天气好,竟日和且清。

十四日

春禽余哢在[1],夏木新阴成。
兀尔水边坐[2],翛然桥上行[3]。
自问一何适,身闲官不轻。
料钱随月用,生计逐日营。
食饱惭伯夷[4],酒足愧渊明[5]。
寿倍颜氏子[6],富百黔娄生[7]。
有一即为乐,况吾四者并。
所以私自慰,虽老有心情。

十五日

注释

[1]哢:鸟鸣声。

[2]兀尔:寂静的样子。

[3]翛然:无拘束、自由超脱貌。

[4]食饱惭伯夷:伯夷乃商末孤竹君之子,商亡,耻食周粟,采薇为食,饿死于首阳山下。

[5]酒足愧渊明:作者自注:"陶渊明诗云:'饮酒常不足。'"

[6]颜氏子:指颜回,其英年早逝。

[7]黔娄:春秋时贫士,安贫乐道,隐居不仕,志行高洁。

咏所乐

兽乐在山谷,鱼乐在陂池[1]。
虫乐在深草,鸟乐在高枝。
所乐虽不同,同归适其宜。
不以彼易此,况论是与非。
而我何所乐,所乐在分司。
分司有何乐,乐哉人不知。
官优有禄料,职散无羁縻[2]。
懒与道相近,钝将闲自随。

十六日

昨朝拜表回[3],今晚行香归[4]。
归来北窗下,解巾脱尘衣。
冷泉灌我顶,暖水濯四肢。
体中幸无疾,卧任清风吹。
心中又无事,坐任白日移。
或开书一篇,或引酒一卮[5]。
但得如今日,终身无厌时。

十七日

注释

[1]陂池:池塘。

[2]羁縻:羁绊,束缚。

[3]拜表:上奏章。

[4]行香:古代礼拜神佛的一种焚香仪式。据《唐会要》卷二十三载,逢国忌,天下州府于寺庙行香。

[5]卮:盛酒器。

吟四虽 杂言

酒酣后,歌歇时。
请君添一酌,听我吟四虽。
年虽老,犹少于韦长史[1]。
命虽薄,犹胜于郑长水[2]。
眼虽病,犹明于徐郎中[3]。
家虽贫,犹富于郭庶子[4]。
省躬审分何侥幸,值酒逢歌且欢喜。
忘荣知足委天和,亦应得尽生生理。

十八日

注释

[1]韦长史:韦绩。原注:"分司同官中,韦长史绩,年七十余。"

[2]郑长水:郑俞。原注:"予为河南尹时,见同年郑俞始授长水县令。"

[3]徐郎中:徐晦。原注:"徐郎中晦,因疾丧明。"

[4]郭庶子：郭求。原注："郭庶子求，贫苦最甚。"

览镜喜老

十九日

今朝览明镜，须鬓尽成丝。
行年六十四，安得不衰羸。
亲属惜我老，相顾兴叹咨。
而我独微笑，此意何人知？
笑罢仍命酒，掩镜拄白髭。
尔辈且安坐，从容听我词。
生若不足恋，老亦何足悲。

二十日

生若苟可恋，老即生多时。
不老即须夭，不夭即须衰。
晚衰胜早夭，此理决不疑。
古人亦有言，浮生七十稀。
我今欠六岁，多幸或庶几。
倘得及此限，何羡荣启期[1]。
当喜不当叹，更倾酒一卮。

注释　[1]荣启期：春秋时隐士，尝自言有三乐：为人、为男子、行年九十。后多用作知足常乐之典。

雪中晏起偶咏所怀兼呈张常侍 韦庶子皇甫郎中[1]

二十一日

穷阴苍苍雪雰雰[2]，雪深没胫泥埋轮。
东家典钱归碍夜，南家籴米出凌晨[3]。
我独何者无此弊，复帐重衾暖若春。
怕寒放懒不肯动，日高眠足方频伸。

二十二日

瓶中有酒炉有炭,瓮中有饭庖有薪。
奴温婢饱身晏起,致兹快活良有因。
上无皋陶伯益廊庙材[4],的不能匡君辅国活生民。
下无巢父许由箕颍操,又不能食薇饮水自苦辛[5]。
君不见南山悠悠多白云,又不见西京浩浩唯红尘。
红尘闹热白云冷,好于冷热中间安置身。
三年徼幸忝洛尹[6],两任优稳为商宾[7]。
非贤非愚非智慧,不贵不富不贱贫。
冉冉老去过六十,腾腾闲来经七春。
不知张韦与皇甫,私唤我作何如人。

二十三日

二十四日

注释

[1]张常侍:张仲方。韦庶子:韦缜。皇甫郎中:皇甫曙。

[2]雾雾:雪飘落貌。

[3]贳(shì)米:赊米。

[4]皋陶:舜时掌管司法、刑狱的官。伯益:舜时东夷部落首领,曾助禹治水,禹欲让贤,伯益避于箕山之北。

[5]巢父:尧时巢居于树的隐士。许由:传说中的隐士,尧以天下让,遁迹于箕山之下,颍水之阳。食薇:伯夷、叔齐于商亡后耻食周粟,采薇于首阳山下。

[6]徼幸:同"侥幸"。

[7]优稳:优裕安逸。商宾:用"商山四皓"典,指担任太子宾客分司。

自在

杲杲冬日光[1],明暖真可爱。
移榻向阳坐,拥裘仍解带。
小奴捶我足,小婢搔我背。
自问我为谁,胡然独安泰。
安泰良有以,与君论梗概。

二十五日

心了事未了，饥寒迫于外。
事了心未了，念虑煎于内。
我今实多幸，事与心和会。
内外及中间，了然无一碍。
所以日阳中，向君言自在。

注释　[1]杲杲：明亮、光明貌。

狂言示诸侄

二十六日

世欺不识字，我乐攻文笔。
世欺不得官，我乐居班秩[1]。
人老多病苦，我今幸无疾。
人老多忧累，我今婚嫁毕。
心安不移转，身泰无牵率[2]。
所以十年来，形神闲且逸。
况当垂老岁，所要无多物。

二十七日

一裘暖过冬，一饭饱终日。
勿言舍宅小，不过寝一室。
何用鞍马多，不能骑两匹。
如我优幸身，人中十有七。
如我知足心，人中百无一。
傍观愚亦见，当己贤多失。
不敢论他人，狂言示诸侄。

注释　[1]班秩：官员的品级。
　　　[2]牵率：牵累、牵挂。

池上闲咏

二十八日

青莎台上起书楼,绿藻潭中系钓舟。
日晚爱行深竹里,月明多上小桥头。
暂尝新酒还成醉,亦出中门便当游。
一部清商聊送老[1],白须萧飒管弦秋。

注释 [1]清商:清商乐,也称"清乐",最初指南朝旧乐,隋平陈后,设清商署,管理这些音乐。在唐代贞观年间,用十部乐,清乐为其中一部。

把酒思闲事(二首录一)

二十九日

把酒思闲事,春愁谁最深?
乞钱羁客面[1],落第举人心。
月下低眉立,灯前抱膝吟。
凭君劝一醉,胜与万黄金。

注释 [1]羁客:旅客。

衰荷

白露凋花花不残,凉风吹叶叶初干。
无人解爱萧条境,更绕衰丛一匝看[1]。

注释 [1]匝:周。

自问

三十日

依仁台废悲风晚,履信池荒宿草春[1]。

自问老身骑马出，洛阳城里觅何人？

注释　[1]作者自注："晦叔亭台在依仁，微之池馆在履信。"崔玄亮，字晦叔，与白居易、元稹为贞元十九年（803）科第同年，当时居住在洛阳长夏门之东第五街的依仁坊。元稹，字微之，宅第在洛阳履信坊。

答梦得秋日书怀见寄

幸免非常病，甘当本分衰。
眼昏灯最觉，腰瘦带先知。
树叶霜红日，髭须雪白时。
悲愁缘欲老，老过却无悲。

五月一日

晚春闲居，杨工部寄诗，杨常州寄茶，同到，因以长句答之[1]

宿醒寂寞眠初起[2]，春意阑珊日又斜。
劝我加餐因早笋，恨人休醉是残花。
闲吟工部新来句，渴饮毗陵远到茶[3]。
兄弟东西官职冷，门前车马向谁家？

二日

注释
[1]杨工部：杨汝士，时为工部侍郎。杨常州：杨虞卿，时为常州刺史。
[2]宿醒：宿醉，醉后昏眠。
[3]毗陵：常州古称毗陵。

玉泉寺南三里涧下多深红踯躅，繁艳殊常，感惜题诗，以示游者[1]

玉泉南涧花奇怪，不似花丛似火堆。

三日

今日多情唯我到,每年无故为谁开?
宁辞辛苦行三里,更与留连饮两杯。
犹有一般辜负事,不将歌舞管弦来。

注释　[1]玉泉寺:位于河南洛阳城南玉泉山上。踯躅(zhízhú):杜鹃花别名。

杨柳枝词(八首录二) 四日

红板江桥青酒旗,馆娃宫暖日斜时[1]。
可怜雨歇东风定,万树千条各自垂。

叶含浓露如啼眼,枝袅轻风似舞腰。
小树不禁攀折苦,乞君留取两三条。

注释　[1]馆娃宫:在江苏苏州灵岩山上,为春秋时吴王夫差为西施所建。

读禅经 五日

须知诸相皆非相,若住无余却有余。
言下忘言一时了,梦中说梦两重虚。
空花岂得兼求果,阳焰如何更觅鱼[1]?
摄动是禅禅是动,不禅不动即如如[2]。

注释
[1]阳焰:佛经称日光下旷野中所见的水相幻影为阳焰。
[2]如如:佛家语,常在不变之意。《金刚经》:"不取于相,如如不动。"

闲卧有所思二首 六日

向夕搴帘卧枕琴[1],微凉入户起开襟。

偶因明月清风夜,忽想迁臣逐客心。
何处投荒初恐惧,谁人绕泽正悲吟?
始知洛下分司坐,一日安闲直万金。

权门要路是身灾,散地闲居少祸胎。
今日怜君岭南去,当时笑我洛中来。
虫全性命缘无毒,木尽天年为不才[2]。
大抵吉凶多自致,李斯一去二疏回[3]。

注释

[1]搴:掀起,撩起。
[2]木尽天年为不才:《庄子·山木》载,庄子行于山中,见大木,枝叶繁茂,伐木者以其无用而不取,庄子曰:"此木以不材得终其天年。"
[3]李斯:为秦丞相,曾辅秦始皇统一六国。始皇崩,与赵高谋立少子胡亥为帝。后被赵高陷害,腰斩于咸阳。二疏:汉宣帝时太傅疏光、侄少傅疏受,功成乞退,百官送于东都门外。后以"二疏"喻功成身退,辞官归乡。

八月十五日夜同诸客玩月

月好共传唯此夜,境闲皆道是东都。
嵩山表里千重雪,洛水高低两颗珠。
清景难逢宜爱惜,白头相劝强欢娱。
诚知亦有来年会,保得晴明强健无?

集贤池答侍中问[1]

主人晚入皇城宿,问客裴回何所须。
池月幸闲无用处,今宵能借客游无?

注释　[1]集贤池：裴度洛阳集贤坊宅之园池。侍中：指裴度。

从同州刺史改授太子少傅分司[1]

承华东署三分务[2]，履道西池七过春[3]。
歌酒优游聊卒岁，园林萧洒可终身。
留侯爵秩诚虚贵，疏受生涯未苦贫[4]。
月俸百千官二品，朝廷雇我作闲人。

十日

注释　[1]从同州刺史改授太子少傅分司：据《旧唐书·文宗纪》载，大和九年（835）九月辛亥，以太子宾客分司东都白居易为同州刺史。十月乙未，改授太子少傅分司。
　　　[2]承华：太子东宫门。
　　　[3]履道西池：洛阳履道坊白居易旧宅之园池。
　　　[4]"留侯"二句：作者自注："张良、疏受并为少子太傅。"留侯：张良，曾为少傅，封留侯。疏受：汉宣帝时任少傅，功成身退，辞官归乡。

自咏

细故随缘尽，衰形具体微。
斗闲僧尚闹，较瘦鹤犹肥。
老遣宽裁袜，寒教厚絮衣。
马从衔草展，鸡任啄笼飞。
只要天和在，无令物性违。
自余君莫问，何是复何非。

十一日

初冬月夜得皇甫泽州手札并诗数篇因遣报书偶题长句[1]

十二日

清泠玉韵两三章，落箔银钩七八行。
心逐报书悬雁足[2]，梦寻来路绕羊肠[3]。
水南地空多明月，山北天寒足早霜[4]。
最恨泼醅新熟酒[5]，迎冬不得共君尝。

注释

[1]皇甫泽州：皇甫曙。长句：指七律。
[2]心逐报书悬雁足：苏武出使匈奴被困。汉使者诈称天子在上林苑射得一雁，雁足系帛书，曰武等在某泽中。单于不得已，归还苏武。因以"雁足悬书"指书信往来。
[3]羊肠：古坂道名，在太行山，因崎岖难行、状如羊肠而得名。
[4]"水南"二句：作者自注："履道所居在水南，泽州在太行之北地也。"
[5]泼醅(pēi)：亦作"酦醅"，重酿未滤的酒。

偶作

十三日

篮舁出即忘归舍[1]，柴户昏犹未掩关。
闻客病时惭体健，见人忙处觉心闲。
清凉秋寺行香去[2]，和暖春城拜表还。
木雁一篇须记取，致身才与不才间[3]。

注释

[1]篮舁：同"篮舆"，古代的一种交通工具，类似于轿辇。
[2]行香：据《唐会要》卷二三载，逢国忌，天下州府于寺庙行香。
[3]木雁：据《庄子·山木》载，友人杀不能鸣之雁享之，弟子问曰："昨日木以不材终天年，今日雁以不材死，何也？"庄子曰："周将处乎材与不材之间。"后以"木雁"指才与不才。

小岁日喜谈氏外孙女孩满月[1]

今旦夫妻喜,他人岂得知。
自嗟生女晚,敢讶见孙迟?
物以稀为贵,情因老更慈。
新年逢吉日,满月乞名时。
桂燎熏花果,兰汤洗玉肌。
怀中有可抱,何必是男儿。

十四日

注释 [1]小岁日:腊后一日。谈氏外孙女孩:白居易婿谈弘谟之女引珠。

自罢河南,已换七尹,每一入府,怅然旧游,因宿内厅,偶题西壁,兼呈韦尹常侍[1]

每入河南府,依然似到家。
杯尝七尹酒,树看十年花。
且健须欢喜,虽衰莫叹嗟。
迎门无故吏,侍坐有新娃。
暖阁谋宵宴,寒庭放晚衙。
主人留宿定,一任夕阳斜。

十五日

注释 [1]韦尹常侍:韦长。大和九年(835),任检校散骑常侍、荆南节度使。开成三年(838),官河南尹。

初病风

六十八衰翁,乘衰百疾攻。
朽株难免蠹[1],空穴易来风。
肘瘰宜生柳[2],头旋剧转蓬。

十六日

恬然不动处,虚白在胸中[3]。

注释

[1]蠹:被蠹虫蛀坏。
[2]肘瘠(bì)宜生柳:《庄子·至乐》载,滑介叔左肘生柳,但他认为生死皆虚,不以为恶。后以"柳生肘"喻达观的人生态度。
[3]虚白:指无欲求。语出《庄子·人间世》:"瞻彼阕者,虚室生白,吉祥止止。"

岁暮呈思黯相公皇甫朗之及梦得尚书[1]

岁暮皤然一老夫,十分流辈九分无。
莫嫌身病人扶侍,犹胜无身可遣扶。

注释

[1]思黯相公:牛僧孺,字思黯。皇甫朗之:皇甫曙,字朗之,白居易亲家。梦得尚书:刘禹锡,字梦得。

岁暮病怀赠梦得　　　　十七日

十年四海故交亲,零落唯残两病身。
共遣数奇从是命[1],同教步蹇有何因[2]?
眼随老减嫌长夜,体待阳舒望早春。
新乐堂前旧池上,相过亦不要他人。

注释

[1]数奇(jī):命运不好,遇事不顺。
[2]步蹇:行步迟缓,跛行。

酬梦得贫居咏怀见赠　　　　十八日

岁阴生计两蹉跎,相顾悠悠醉且歌。

厨冷难留乌止屋[1]，门闲可与雀张罗。
病添庄舄吟声苦[2]，贫欠韩康药债多[3]。
日望挥金贺新命，俸钱依旧又如何？

注释

[1]"厨冷"句：作者自注："诗云：'瞻乌爰止，于谁之屋？'言乌多止富贵之屋也。"所引诗，出自《诗·小雅·正月》。

[2]庄舄：战国时越人，仕于楚，有病思乡，吟越声。

[3]韩康：东汉人，游名山采药，卖于长安都市，口不二价。

前有别杨柳枝绝句，梦得继和云"春尽絮飞留不得，随风好去落谁家"，又复戏答[1]

十九日

柳老春深日又斜，任他飞向别人家。
谁能更学孩童戏，寻逐春风捉柳花？

注释

[1]"春尽絮飞留不得，随风好去落谁家"二句，见刘禹锡《杨柳枝词九首》之九。

晚池泛舟遇景成咏赠吕处士

二十日

岸浅桥平池面宽，飘然轻棹泛澄澜。
风宜扇引开怀入，树爱舟行仰卧看。
别境客稀知不易，能诗人少咏应难。
唯怜吕叟时相伴，同把磻溪旧钓竿[1]。

注释

[1]磻溪：周文王遇吕尚处，此以比吕处士。

梦微之[1]

二十一日

夜来携手梦同游，晨起盈巾泪莫收。

漳浦老身三度病[2],咸阳草树八回秋。
君埋泉下泥销骨,我寄人间雪满头。
阿卫韩郎相次去,夜台茫昧得知不[3]?

注释

[1]微之:元稹之字。

[2]漳浦:漳水岸边。三国时刘祯曾卧病清漳之滨,后用为卧疾之典。此以自比。

[3]此句作者自注:"阿卫,微之小男。韩郎,微之爱婿。"夜台:指坟墓或阴间。

开成二年夏闻新蝉赠梦得[1]

二十二日

十载与君别,常感新蝉鸣。
今年共君听,同在洛阳城。
噪处知林静,闻时觉景清。
凉风忽袅袅,秋思先秋生。
残槿花边立,老槐阴下行。
虽无索居恨,还动长年情[2]。
且喜未聋耳,年年闻此声。

二十三日

注释

[1]作者题注:"十年来常与梦得索居,同在洛下,每闻蝉,多有寄答,今喜以此篇唱之。"索居:独居。

[2]长年:老年。

春日闲居(三首录二)

陶云爱吾庐[1],吾亦爱吾屋。
屋中有琴书,聊以慰幽独。

是时三月半，花落庭芜绿。
舍上晨鸠鸣，窗间春睡足。
睡足起闲坐，景晏方栉沐。
今日非十斋[2]，庖童馈鱼肉。
饥来恣餐歠[3]，冷热随所欲。
饱竟快搔爬，筋骸无检束。
岂徒畅肢体，兼欲遗耳目。
便可傲松乔[4]，何假杯中渌。

劳者不觉歌，歌其劳苦事。
逸者不觉歌，歌其逸乐意。
问我逸如何，闲居多兴味。
问我乐如何，闲官少忧累。
又问俸厚薄，百千随月至。
又问年几何，七十行欠二。
所得皆过望，省躬良可愧。
马闲无羁绊，鹤老有禄位。
设自为化工，优饶只如是[5]。
安得不歌咏，默默受天赐。

注释

[1] 陶云爱吾庐：语见陶渊明《读山海经》："众鸟欣有托，吾亦爱吾庐。"

[2] 十斋：十斋日。据《地藏经》载，佛教每月一、八、十四、十五、十八、二十三、二十四、二十八、二十九、三十日十天，吃斋并禁杀生。

[3] 歠（chuò）：饮、喝。

[4] 松乔：传说中的仙人赤松子和王子乔。

[5] 优饶：安闲富裕。

夏日闲放

时暑不出门,亦无宾客至。
静室深下帘,小庭新扫地。
褰裳复岸帻[1],闲傲得自恣。
朝景枕簟清,乘凉一觉睡。
午餐何所有,鱼肉一两味。
夏服亦无多,蕉纱三五事。
资身既给足[2],长物徒烦费。
若比箪瓢人[3],吾今太富贵。

二十八日

注释

[1]岸帻:推头巾,露出前额。
[2]资身:资养自身。
[3]箪瓢人:指颜回。《论语·雍也》载:颜回箪食瓢饮,不改其乐。

洗竹

布裘寒拥颈,毡履温承足。
独立冰池前,久看洗霜竹。
先除老且病,次去纤而曲。
剪弃犹可怜,琅玕十余束[1]。
清清复籊籊[2],颇异凡草木。
依然若有情,回头语僮仆。
小者截鱼竿,大者编茅屋。
勿作篘与箕[3],而令粪土辱。

二十九日

注释

[1]琅玕:形容竹之青翠,也用以代指竹。
[2]籊籊(tì):长而细貌。《诗·卫风·竹竿》:"籊籊竹竿,以钓于淇。"

[3]篲：扫帚。箕：簸箕。

戒药

促促急景中，蠢蠢微尘里。
生涯有分限，爱恋无终已。
早夭羡中年，中年羡暮齿。
暮齿又贪生，服食求不死。
朝吞太阳精，夕吸秋石髓。
徼福反成灾[1]，药误者多矣。
以之资嗜欲，又望延甲子。
天人阴骘间[2]，亦恐无此理。
域中有真道，所说不如此。
后身始身存[3]，吾闻诸老氏。

注释

[1]徼(yāo)：求，祈。
[2]阴骘：阴德。《尚书·洪范》："惟天阴骘下民，相协厥居。"
[3]后身始身存：语本《老子》第七章："圣人后其身而身先，外其身而身存。"

遇物感兴因示子弟

圣择狂夫言，俗信老人语。
我有老狂词，听之吾语汝。
吾观器用中，剑锐锋多伤。
吾观形骸内，骨劲齿先亡[1]。
寄言处世者，不可苦刚强。
龟性愚且善，鸠心钝无恶。
人贱拾支床[2]，鹘欺擒暖脚。
寄言立身者，不得全柔弱。

彼固罹祸难[3]，此未免忧患。
于何保终吉，强弱刚柔间。
上遵周孔训，旁鉴老庄言。
不唯鞭其后[4]，亦要轭其先[5]。

注释

[1]齿先亡：语本《淮南子·原道训》："齿坚于舌，而先之敝。"
[2]拾：拾来。支床：支床之龟。《史记·龟策列传》："南方老人用龟支床足，行二十余岁，老人死，移床，龟尚生不死。"
[3]罹：遭遇，遭受。
[4]鞭其后：据《庄子·达生》载，周威公问田开之养生，田开之认为养生若牧羊，视其后者而鞭之。威公不解，开之举两例：鲁地单豹岩居饮水，养其内，恶虎食其外形；张毅奔趋结交，养其外，病攻其内而亡。二者皆不鞭其后者。
[5]轭：驾车时套在牲口脖子上的曲木，引申为束缚、控制。

二年三月五日斋毕开素当食偶吟赠妻弘农郡君[1]

睡足肢体畅，晨起开中堂。
初旭泛帘幕，微风拂衣裳。
二婢扶盥栉[2]，双童舁簟床[3]。
庭东有茂树，其下多阴凉。
前月事斋戒，昨日散道场。
以我久蔬素，加笾仍异粮[4]。
鲂鳞白如雪，蒸炙加桂姜。
稻饭红似花，调沃新酪浆。
佐以脯醢味[5]，间之椒薤芳。
老怜口尚美，病喜鼻闻香。
娇骏三四孙[6]，索哺绕我傍。
山妻未举案[7]，馋叟已先尝。

忆同牢卺初[8]，家贫共糟糠。
今食且如此，何必烹猪羊。
况观姻族间，夫妻半存亡。
偕老不易得，白头何足伤。
食罢酒一杯，醉饱吟又狂。
缅想梁高士[9]，乐道喜文章。
徒夸五噫作[10]，不解赠孟光[11]。　　　　　六月六日

注释

[1] 开素：开斋、开荤。弘农郡君：白居易妻杨氏，封弘农郡君。

[2] 盥栉：梳洗。

[3] 舁：抬。

[4] 加笾：指礼数厚于平日。笾，古代祭祀及宴会所用竹器。

[5] 脯醢：菜肴。

[6] 娇騃：天真可爱。

[7] 举案：用梁鸿妻孟光举案齐眉之典。

[8] 牢卺（jǐn）：指新婚夫妇共食同一牲畜之肉、交杯而饮。《礼记·昏礼》："共牢而食，合卺而酳。"

[9] 梁高士：指东汉高士梁鸿。

[10] 五噫：据《后汉书·逸民传》，梁鸿好学不仕，作《五噫歌》讽刺朝廷。

[11] 孟光：梁鸿之妻，夫妇埋名隐居，相敬如宾。

感旧[1]

晦叔崔坟荒草已陈，梦得刘墓湿土犹新。
微之元捐馆将一纪[2]，杓直李归丘二十春[3]。
城中虽有故第宅，庭芜园废生荆榛。
箧中亦有旧书札，纸穿字蠹成灰尘[4]。　　　　　七日
平生定交取人窄，屈指相知唯五人。
四人先去我在后，一枝蒲柳衰残身[5]。

岂无晚岁新相识，相识面亲心不亲。
人生莫羡苦长命[6]，命长感旧多悲辛。

注释

[1]此诗原序："故李侍郎杓直，长庆元年春薨（hōng）。元相公微之，太和六年秋薨。崔侍郎晦叔，太和七年夏薨。刘尚书梦得，会昌二年秋薨。四君子，吾之执友也。二十年间，凋零共尽。唯予衰病，至今独存。因咏悲怀，题为《感旧》。"又，下文诗句中姓氏，为杨绛所加，《全唐诗》原无。白居易所述"四君子"，即李建、元稹、崔玄亮、刘禹锡，分别去世于公元821年、832年、833年、842年。

[2]捐馆：死的委婉说法。一纪：十二年。

[3]归丘：去世。

[4]蠹：虫蛀。

[5]蒲柳：据《世说新语·言语》载，顾悦与简文帝同年，而发早白，简文问其因，顾对曰："蒲柳之姿，望秋而落；松柏之质，经霜弥茂。"

[6]苦：甚，太。

达哉乐天行

达哉达哉白乐天，分司东都十三年。
七旬才满冠已挂，半禄未及车先悬[1]。
或伴游客春行乐，或随山僧夜坐禅。
二年忘却问家事，门庭多草厨少烟。
庖童朝告盐米尽，侍婢暮诉衣裳穿。
妻孥不悦甥侄闷，而我醉卧方陶然。
起来与尔画生计，薄产处置有后先。
先卖南坊十亩园，次卖东都五顷田。
然后兼卖所居宅，髣髴获缗二三千[2]。
半与尔充衣食费，半与吾供酒肉钱。

吾今已年七十一，眼昏须白头风眩。
但恐此钱用不尽，即先朝露归夜泉。
未归且住亦不恶，饥餐乐饮安稳眠。
死生无可无不可[3]，达哉达哉白乐天。

注释

[1] 半禄：一半俸禄。唐五品以上官员致仕给半禄。车先悬：悬车，即致仕。

[2] 髣髴：同"仿佛"。缗：一千钱为一缗。

[3] 无可无不可：语本《论语·微子》，孔子在评论伯夷、叔齐等七位隐士后曰："我则异于是，无可无不可。"

池上寓兴二绝　　六月十一日

濠梁庄惠谩相争[1]，未必人情知物情。
獭捕鱼来鱼跃出，此非鱼乐是鱼惊。

水浅鱼稀白鹭饥，劳心瞪目待鱼时。
外容闲暇中心苦，似是而非谁得知[2]。

注释

[1] 濠梁庄惠谩相争：《庄子·秋水》：庄子与惠子游于濠梁之上，庄子曰："鲦鱼出游从容，是鱼之乐也。"惠子曰："子非鱼，安知鱼之乐？"庄子曰："子非我，安知我不知鱼之乐？"惠子曰："我非子，固不知子矣；子固非鱼也，子之不知鱼之乐，全矣。"庄子曰："请循其本。子曰'汝安知鱼乐'云者，既已知吾知之而问我。我知之濠上也。"

[2] 似是而非：语见《庄子·山木》。

偶吟　　十二日

人生变改故无穷，昔是朝官今野翁。
久寄形于朱紫内[1]，渐抽身入蕙荷中[2]。

无情水任方圆器，不系舟随去住风。

犹有鲈鱼莼菜兴，来春或拟往江东[3]。

注释　[1]朱紫：指官服。

[2]"渐抽"句：作者自注："荷衣、蕙带，是《楚词》也。"《楚辞·九歌·少司命》："荷衣兮蕙带。"蕙荷，荷衣蕙带，野人之服。

[3]"犹有"二句：用《晋书·张翰传》之典。东晋张翰，吴地人，在洛阳为官，见秋风起而思江东莼菜羹、鲈鱼脍，遂弃官归乡。

哭刘尚书梦得二首

十三日

四海齐名白与刘，百年交分两绸缪。
同贫同病退闲日，一死一生临老头。
杯酒英雄君与操[1]，文章微婉我知丘[2]。
贤豪虽殁精灵在，应共微之地下游。

今日哭君吾道孤，寝门泪满白髭须。　　　　　十四日
不知箭折弓何用，兼恐唇亡齿亦枯。
窅窅穷泉埋宝玉[3]，骎骎落景挂桑榆[4]。
夜台暮齿期非远，但问前头相见无。

注释　[1]杯酒英雄君与操：作者自注："曹公曰：'天下英雄，唯使君与操耳。'"见《三国志·蜀书·先主传》。

[2]文章微婉我知丘：作者自注："仲尼云：'后世知丘者《春秋》。'又云：'《春秋》之旨微而婉。'"

[3]窅窅（yǎo）：幽静。

[4]骎骎（qīn）：迅速，急速。

游赵村杏花

六月十五日

赵村红杏每年开,十五年来看几回?
七十三人难再到,今春来是别花来。

杨柳枝词

一树春风千万枝,嫩于金色软于丝。
永丰西角荒园里[1],尽日无人属阿谁。

注释

[1] 永丰:永丰坊。据徐松《唐两京城防考》,永丰坊位于洛阳长夏门东街第一街。

春眠

十六日

枕低被暖身安稳,日照房门帐未开。
还有少年春气味,时时暂到梦中来。

禽虫十二章(录六)

江鱼群从称妻妾[1],塞雁联行号弟兄[2]。

十七日

但恐世间真眷属,亲疏亦是强为名。

注释

[1] 江鱼群从称妻妾:白诗原注:"江沱间有鱼,每游辄三,如媵随妻,一先二后,土人号为婢妾鱼。"
[2] 塞雁联行号弟兄:白诗原注:"《礼》云:'雁兄弟行。'"语本《礼记·王制》:"父之齿随行,兄之齿雁行,朋友不相逾。"

蚕老茧成不庇身,蜂饥蜜熟属他人。
须知年老忧家者,恐是二虫虚苦辛。

兽中刀枪多怒吼,鸟遭罗弋尽哀鸣。 十八日
羔羊口在缘何事,暗死屠门无一声。

蟭螟杀敌蚊巢上[1],蛮触交争蜗角中[2]。 十九日
应是诸天观下界[3],一微尘内斗英雄。

注释

[1]蟭螟:传说中一种微虫名。葛洪《抱朴子·刺骄》:"蟭螟屯蚊眉之中,而笑弥天之大鹏。"
[2]蛮触交争蜗角中:语出《庄子·则阳》,蜗牛左角有触氏国,右角有蛮氏国,两国争地而战,伏尸数万。
[3]诸天:佛教用语,指天界。

蚁王化饭为臣妾,蜾母偷虫作子孙[1]。
彼此假名非本物,其间何怨复何恩。

注释

[1]蜾母:即蜾蠃,将卵子寄生在螟蛉体内,古人误以为蜾蠃以螟蛉为子。《诗·小雅·小宛》:"螟蛉有子,蜾蠃负之。"

豆苗鹿嚼解乌毒[1],艾叶雀衔夺燕巢。 六月二十日
鸟兽不曾看本草,谙知药性是谁教?

注释

[1]乌毒:箭毒。

不能忘情吟

鬻骆马兮放杨柳枝[1]，掩翠黛兮顿金羁。

马不能言兮长鸣而却顾，杨柳枝再拜长跪而致辞。

辞曰：主乘此骆五年，凡千有八百日。

衔橛之下[2]，不惊不逸。

素事主十年，凡三千有六百日。

巾栉之间，无违无失。

今素貌虽陋，未至衰摧。

骆力犹壮，又无虺隤[3]。

即骆之力，尚可以代主一步。

素之歌，亦可以送主一杯。

一旦双去，有去无回。

故素将去，其辞也苦。

骆将去，其鸣也哀。

此人之情也，马之情也，岂主君独无情哉？

予俯而叹，仰而咍[4]，

且曰：骆骆尔勿嘶。素素尔勿啼。

骆反厩，素反闱。

吾疾虽作，年虽颓，幸未及项籍之将死。

何必一日之内，弃骓兮而别虞兮[5]。

乃目素兮素兮，为我歌《杨柳枝》。

我姑酌彼金罍[6]，我与尔归醉乡去来。

注释

[1] 杨柳枝：白居易家歌伎樊素，即下文之"素"。

[2] 橛：马口中所衔横木。

[3] 虺隤（huītuí）：疲惫病态。语本《诗·周南·卷耳》："陟彼崔嵬，我马虺隤。我姑酌彼金罍，维以不永怀。"

[4] 咍（hāi）：表示感叹。

[5]弃骓别虞:据《史记·项羽本纪》载,项羽有骏马名骓,美人名虞。既败,慷慨悲歌曰:"力拔山兮气盖世,时不利兮骓不逝。骓不逝兮可奈何,虞兮虞兮奈若何!"

[6]我姑酌彼金罍(léi):语本《诗·周南·卷耳》。罍,酒器。

寄韬光禅师

一山门作两山门,两寺原从一寺分。 二十四日
东涧水流西涧水,南山云起北山云。
前台花发后台见,上界钟声下界闻。
遥想吾师行道处,天香桂子落纷纷。

杨衡

杨衡,字仲师,吴兴(今属浙江)人。生卒年不详,约代宗大历前后在世。曾与符载、崔群、宋济隐居庐山,号"山中四友"。后进士及第,官至大理评事。《全唐诗》有诗一卷。

送春

三月三十日,春归日复暮。
惆怅问春风,明朝应不住[1]。
送春曲江上[2],眷眷东西顾[3]。
但见扑水花,纷纷不知数。
人生似行客,两足无停步。
日日进前程,前程几多路。
兵刃与水火[4],尽可违之去。
惟有老到来,人间无避处。
感时良未已,独倚池南树。
今日送春心,心如别亲故。

注释

[1] 不住:不停留。

[2] 曲江:唐代长安风景胜地,位于长安东南,以池水曲折得名。

[3] 眷眷:留恋貌。

[4] 兵刃:兵器,代指战争。

长门怨[1]

丝声繁兮管声急[2],珠帘不卷风吹入。
万遍凝愁枕上听,千回候命花间立[3]。
望望昭阳信不来[4],回眸独掩红巾泣。

注释

［1］长门怨：古乐府诗题。据《乐府解题》，汉武帝皇后陈阿娇失宠，退居长门宫，司马相如为作《长门赋》。后人因其赋而为《长门怨》。

［2］丝声：弦乐声。管声：管乐声。

［3］候命：等候皇帝的召唤。

［4］昭阳：汉宫名，汉成帝为宠妃赵飞燕所建，后赵飞燕成为皇后，昭阳宫便成为正宫皇后所居之处。

春梦

二十七日

空庭日照花如锦，红妆美人当昼寝[1]。
傍人不知梦中事，唯见玉钗时坠枕。

注释

［1］红妆：盛装打扮。

王播

王播(759—830),字明扬,并州太原(今山西太原市)人。贞元十年(794)进士及第,又举贤良方正科,历任监察御史、盐铁转运使、剑南西川节度使等职,长庆初年拜中书侍郎、同平章事。文宗大和初年,迁尚书左仆射,封太原郡公。太和四年(830)病逝,追赠太尉。工书能诗,《全唐诗》有诗三首。

题木兰院二首[1]

三十年前此院游,木兰花发院新修。
如今再到经行处,树老无花僧白头。

上堂已了各西东,惭愧阇黎饭后钟[2]。
三十年来尘扑面,如今始得碧纱笼[3]。

注释

[1] 木兰院:扬州惠明寺禅院名,王播少年时孤贫,曾寄居于此。

[2] "上堂"二句:据五代王定保《唐摭言》卷下,王播寄居扬州惠明寺木兰院时,随僧斋食。日久,众僧厌恶,故意斋后才敲钟。王播就食,已开过饭了,因题下"上堂已了各西东,惭愧阇黎饭后钟"两句诗。已了,已结束,指已开过饭了。阇(shé)黎,梵文音译,佛教用语,指可以传授佛法的高僧,此泛指僧人。

[3] 碧纱笼:王播飞黄腾达后,木兰院中他的旧日题咏被僧人罩以绿纱保护。

刘言史

刘言史,赵州邯郸(今属河北)人,约自唐玄宗天宝元年(742)至宪宗元和八年(813)间在世。少尚气节,不举进士。与李贺同时,工诗,风格美丽恢赡,自贺外世莫能比。亦与孟郊友善。客居镇冀,尝造访成德军节度使王武俊。武俊喜诗歌,对言史特别敬重,表请封官。诏授枣强县令,言史辞疾不受。人因称为刘枣强。后应山南东道节度使李夷简请,为其幕宾,不久卒于襄阳。《全唐诗》有诗一卷。

立秋日[1]

商风动叶初[2],萧索一贫居[3]。
老性容茶少,羸肌与簟疏[4]。
旧醅难重漉[5],新菜未胜锄。
才薄无潘兴[6],便便昼偃庐[7]。

廿九日

注释

[1]立秋日:二十四节气之一,秋天的第一个节气。

[2]商风:即秋风、西风。

[3]萧索:衰败,冷落。

[4]簟(diàn):竹席。

[5]旧醅(pēi):过去酿的酒,陈酒。重漉:重新过滤。

[6]潘兴:即潘安秋兴。晋潘岳(别名潘安)曾作《秋兴赋》,后以"潘安秋兴"喻指赏秋的兴致和咏秋的才情。

[7]便便:随随便便,无拘无束。偃庐:躺在草庐里睡觉。

观绳伎[1]

泰陵遗乐何最珍[2],彩绳冉冉天仙人。
广场寒食风日好,百夫伐鼓锦臂新[3]。
银画青绡抹云发[4],高处绮罗香更切。

三十日

重肩接立三四层[5]，着屦背行仍应节[6]。
两边丸剑渐相迎[7]，侧身交步何轻盈。
闪然欲落却收得[8]，万人肉上寒毛生[9]。
危机险势无不有，倒挂纤腰学垂柳。
下来一一芙蓉姿[10]，粉薄钿稀态转奇。
坐中还有沾巾者[11]，曾见先皇初教时。

注释

[1]绳伎：在绳上表演各种动作的一种杂技，类似今之走钢丝。

[2]泰陵：本为唐玄宗的陵墓，此以代指玄宗。

[3]伐鼓：敲鼓。锦臂：臂膀上的锦衣。

[4]银画青绡：饰有银色图饰的青纱，指伎人的头巾。云发：女子浓黑的头发。

[5]重肩接立：谓在绳上叠罗汉。

[6]应节：配合音乐的节拍。

[7]丸剑：铃与剑。《文选·张衡》："跳丸剑之挥霍，走索上而相逢。"张铣注："丸，铃也。挥霍，铃剑上下貌。"

[8]闪然欲落：身子一晃要掉下去的样子。收得：收住，控制住。

[9]肉上寒毛生：毛发竖立，形容紧张、惊恐的样子。

[10]芙蓉姿：喻姿态美丽如出水芙蓉。

[11]沾巾：泪下沾巾，借指哭泣。

岁暮题杨录事江亭[1]

垂丝蜀客涕濡衣[2]，岁尽长沙未得归。
肠断锦帆风日好[3]，可怜桐鸟出花飞。

注释

[1]杨录事：蜀人，客居长沙，具体不详。录事，府县等衙门里掌管文书簿籍的低级官员。又或为负责地方监察事务的录事参军的简称。

[2]垂丝蜀客：谓杨录事。垂丝，喻白发。濡：润湿。

[3]肠断锦帆：望见远去的船只引起乡愁而极度悲伤。锦帆，代指船。风日：天气。

乐府杂词（三首录一）

不耐檐前红槿枝[1]，薄妆春寝觉仍迟。
梦中无限风流事，夫婿多情亦未知。

注释　[1]红槿：开红花的木槿。木槿，落叶灌木或小乔木，俗称木菊。叶卵形，互生；花钟形，有红、粉、白、紫等色。

扶病春亭

强梳稀发着纶巾[1]，舍杖空行试病身。
花间自欲裴回立[2]，稚子牵衣不许人[3]。

注释　[1]纶（guān）巾：一种配有青色丝带的头巾，据说三国时诸葛亮常佩戴，故又称诸葛巾。
[2]裴回：缓缓行走的样子。
[3]稚子：幼稚的小孩子。

长孙佐辅

长孙佐辅,朔方(今宁夏灵武西南)人。生卒年不详,约生活于唐德宗贞元时期。累举进士不第,放荡不羁。弟公辅为吉州刺史,遂往依之。后终不仕。工诗,尤以乐府诗见长。《全唐诗》存其诗十七首。

别友人

愁多不忍醒时别,想极还寻静处行。
谁遣同衾又分手[1],不如行路本无情。

注释　[1]同衾:共被而寝,喻亲密无间。

古宫怨

窗前好树名玫瑰,去年花落今年开。
无情春色尚识返,君心忽断何时来。
忆昔妆成候仙仗[1],宫琐玲珑日新上[2]。
拊心却笑西子颦[3],掩鼻谁忧郑姬谤[4]。
草染文章衣下履[5],花黏甲乙床前帐[6]。
三千玉貌休自夸[7],十二金钗独相向[8]。
盛衰倾夺欲何如[9],娇爱翻悲逐佞诙[10]。
重远岂能惭沼鹄[11],弃前方见泣船鱼[12]。
看笼不记熏龙脑[13],咏扇空曾秃鼠须[14]。
始喜类萝新托柏[15],终伤如荠却甘茶[16]。
院深独开还独闭,鹦鹉惊飞苔覆地。
满箱旧赐前日衣,渍枕新垂夜来泪[17]。
痕多开镜照还悲,绿鬓青蛾尚未衰[18]。
莫道新缣长绝比,犹逢故剑会相追[19]。

注释

[1]妆成：打扮好了。仙仗：本谓仙人的仪仗，此借指皇帝仪仗。

[2]宫瑱：宫中饰有连锁花纹的小门。

[3]"拊（fǔ）心"句：谓自恃美貌嘲笑西施犹有捧心皱眉的毛病。据《庄子·天运》，西施有心痛的毛病，经常捧着心口皱起眉头。拊，抚摸。西子，西施。颦（pín），皱起眉头。

[4]"掩鼻"句：据《战国策·魏策》，楚王新宠魏美人，王后郑袖心中嫉恨，却装作与魏美人十分亲热，在解除了魏美人的戒心后她对魏美人说：大王不喜欢你的鼻子，你以后见大王时最好遮住自己的鼻子。魏美人信以为真，便照办了，结果引起楚王的疑惑，就问郑袖是怎么回事。郑袖说：魏美人不喜欢大王身上的气味。结果楚王大怒，割去了魏美人的鼻子。此用其事，谓充满自信不怕像郑袖那样的阴险小人挑拨离间。郑姬，即指郑袖。

[5]文章：花纹。

[6]甲乙：指春季，见《礼记·月令》。

[7]三千玉貌：谓皇宫中众多美丽的妃嫔宫女。

[8]十二金钗：南朝梁武帝《河中之水歌》："头上金钗十二行，足下丝履五文章。"本指女子头上金钗众多，此借喻众多的妃嫔。

[9]倾夺：竞争，争夺。

[10]逐：本义为追赶，引申指效仿。佞谀：谓善于阿谀奉承的小人。

[11]重远：谓志向高远岂能不及鸿鹄。沼鹄：即鸿鹄，以其生活于沼泽，故称。据《史记·陈涉世家》，陈涉在伙伴们不理解自己的志向时说："燕雀安知鸿鹄之志哉。"后因以鸿鹄之志代指高远的志向。

[12]"弃前"句：谓被遗弃前才理解以往失宠妃嫔的悲伤。泣船鱼，据《战国策·魏策四》，龙阳君从自己钓得大鱼而要抛弃小鱼，联想到有朝一日自己也有可能为魏王所遗弃，因而流泪。此用其事。

[13]笼：香笼，熏香的熏笼。龙脑：香料名，即冰片。

[14]咏扇：汉班婕妤作《团扇诗》，以团扇入秋被弃宫中喻后妃失宠的命运。鼠须：做毛笔的材料，此以代指毛笔。

[15]类萝：如女萝一样。萝，即女萝、松萝，多附生在松树上，成丝状下垂。

《诗·小雅·頍弁》:"茑与女萝,施于松柏。"后多以女萝托松柏喻女子依附男子。

[16]如荠却甘荼:《诗经·邶风·谷风》:"谁谓荼苦? 其甘如荠。"荼菜虽苦,但是和内心的痛苦相比,觉得就像荠菜一样甜美。荠,此指甜菜。荼,一种苦菜。

[17]渍枕:浸湿枕头。

[18]绿鬒青蛾:乌黑的发鬒和青黛画的眉毛,代指美丽的容貌。

[19]"莫道"二句:汉代古诗《上山采蘼芜》中,写一位弃妇遇到故夫,问起新人如何,故夫说:"新人虽言好,未若故人姝","新人工织缣,故人工织素。织缣日一匹,织素五丈余。将缣来比素,新人不如故。"此用其事,谓自己还不如那位弃妇,弃妇还能见到故夫,而且故夫对她还有情意。缣,双丝的细绢。绝比,无比。故剑,指故夫。

寻山家[1]

独访山家歇还涉[2],茅屋斜连隔松叶。
主人闻语未开门,绕篱野菜飞黄蝶。

注释

[1]山家:山中人家。

[2]歇还涉:谓时而停下,时而再次上路。涉,此指上路,登程。

张碧

张碧,字太碧,籍贯与生卒年不详,约生活于贞元间。屡举进士不第,纵情山水与诗酒。诗风学李白,内容多反映民生疾苦,孟郊读其集赞曰:"下笔证兴亡,陈词备风骨。"《全唐诗》存诗十六首。

题祖山人池上怪石[1]

寒姿数片奇突兀,曾作秋江秋水骨[2]。
先生应是厌风云,着向江边塞龙窟[3]。
我来池上倾酒尊,半酣书破青烟痕。
参差翠缕摆不落[4],笔头惊怪黏秋云。
我闻吴中项容水墨有高价[5],邀得将来倚松下。
铺却双缯直道难[6],掉首空归不成画。

注释

[1] 祖山人:不详。山人,隐居山野之人。
[2] "寒姿"二句:谓此石形状奇特,曾在江中,且颜色青碧有如秋水凝成。
[3] 龙窟:当即指其池。
[4] 参差翠缕:谓石上长短不齐的绿色条纹。
[5] 吴中:泛指吴地。项容:项容,画家,生卒年不详。被称作天台处士,是唐著名画家郑虔门人,善水墨山水画。长于用墨,在水墨画发展过程中,有很重要的影响。
[6] 双缯(zēng):两幅画绢。缯,泛称丝织品。

卢殷

卢殷(746—810),范阳(今河北涿州)人。曾任登封县尉,因病去官,卒于登封。博学能诗,与孟简、孟郊等友善。卒后,孟郊有《吊卢殷十首》对其颇加称颂。《全唐诗》存诗十三首。

仲夏寄江南[1]

五月行将近,三年客未回。
梦成千里去,酒醒百忧来。
晚暮时看槿[2],悲酸不食梅。
空将白团扇,从寄复裴回[3]。

注释　[1]仲夏:指农历五月。

[2]看槿:槿,木槿,春季开红色或粉色花,花期短暂,故见木槿花而引起岁月流逝之伤感。隋张正见《白头吟》诗:"颜如花落槿,鬓似雪飘蓬。"

[3]裴回:徘徊。

王鲁复

王鲁复,字梦周,连江(今属福建)人,生卒年不详,约生活于贞元、元和年间。曾任邕管经略使府中从事。性情狂傲,曾当面直斥皇甫湜不能师法韩愈之道。能诗,《全唐诗》存诗四首。

故白岩禅师院[1]

能师还世名还在[2],空闭禅堂满院苔。
花树不随人寂寞,数枝犹自出墙来。

注释

[1] 白岩禅师:不详。

[2] 能师:即惠能(638—713),岭南新州(今广东新兴县)人,佛教禅宗祖师,传播佛教于岭南,为南宗禅的开创者,世称禅宗六祖。此以喻白岩禅师。还世:转世重生。

雍裕之

雍裕之，字号、生平、生卒年均不详，蜀人。约唐德宗贞元至宪宗元和年间前后在世。贞元后，数举进士不第，飘零四方。有诗名，尤工乐府与咏物诗，善用典故，极有情致。《全唐诗》有诗一卷。

四色

七月九日

壶中冰始结[1]，盘上露初圆[2]。
何意瑶池雪[3]，欲夺鹤毛鲜[4]。

道士牛已至[5]，仙家鸟亦来[6]。
骨为神不朽[7]，眼向故人开[8]。

劳魴莲渚内[9]，汗马火旗间[10]。
平生血诚尽，不独左轮殷[11]。

已见池尽墨[12]，谁言突不黔[13]。
漆身恩未报[14]，貂裘弊岂嫌[15]。

十日

注释

[1] 壶中冰：即玉壶冰。南朝宋鲍照《代白头吟》："直如朱丝绳，清如玉壶冰。"本喻高洁，此取其洁白。

[2] 盘上露：承露盘上的甘露。据《汉书·郊祀志》，汉武帝建仙人承露盘，承接天上甘露，和玉屑饮服，以求仙道长生。

[3] 瑶池：据《列子·周穆王》，为西王母所居之地。

[4] 夺：超越。鲜：洁白鲜明。

[5] 道士：谓太上老君，传说其坐骑为青牛。

[6] 仙家：指西王母，青鸟为其使者。见《穆天子传》。

[7] "骨为"句：据晋干宝《搜神记》卷五："蒋子文者，广陵人也。嗜酒好色，挑达无度。常自谓己骨清，死当为神。""清"与"青"谐音。

[8]"眼向"句:据《晋书·阮籍传》,阮籍善为青白眼,见到不喜欢的人就白眼相对,见到自己的朋友则对以青眼。

[9]劳鲂:疲劳的鲂鱼。《诗经·周南·汝坟》:"鲂鱼赪尾,王室如燬。"毛传:"赪,赤也;鱼劳则尾赤。"莲渚:长满莲花的水边。

[10]汗马:汗血马,古代西域骏马名,流汗如血,故称。见《史记·大宛列传》。火旗:即赤旗,红旗。

[11]左轮殷(yān):据《左传·成公二年》,齐晋两国在鞌地交战,晋国统帅郤克伤于矢,流血及屦,未绝鼓音,说:我受伤了。其御者张侯说:从开始交战,而矢贯余手及肘,余折以御,左轮朱殷,岂敢言病!请你坚持吧。殷,血色久了的暗红色。

[12]池尽墨:据《后汉书》,东汉书法家张芝临池学书,于池中漂洗毛笔,日久水为之黑。

[13]突不黔:据东汉班固《答宾戏》:"孔席不暖,墨突不黔。"谓墨翟东奔西走,每至一地,烟囱尚未熏黑,又到别处去了。此反用其意,取字面意义,隐含一个黑字,以咏黑色。突,烟囱。黔,黑色。

[14]漆身:以漆将身体涂黑,用战国晋豫让为智伯复仇事。据《战国策·赵策一》:"豫让又漆身为厉,灭须去眉,自刑以变其容。"

[15]貂裘弊:据《战国策·秦策》,苏秦曾以连横说秦,十年不成,黑貂之裘弊,黄金百斤尽。

刘皂

刘皂,咸阳(今陕西咸阳市)人,生卒年及生平事迹不详,约活动于唐德宗贞元年间。能诗,其绝句情意深长,为人称道。《全唐诗》录存其诗五首。

长门怨[1]（三首录二）

雨滴长门秋夜长,愁心和雨到昭阳[2]。
泪痕不学君恩断,拭却千行更万行。

宫殿沉沉月欲分,昭阳更漏不堪闻[3]。
珊瑚枕上千行泪[4],不是思君是恨君。

注释

[1]长门怨:古乐府诗题。据《乐府解题》,汉武帝陈皇后失宠后退居长门宫,愁闷悲思。因请司马相如为作《长门赋》。后人因其赋而为《长门怨》。长门,汉宫名,为陈皇后失宠后所居,故后以代指冷宫。

[2]昭阳:汉宫名,汉成帝为宠妃赵飞燕所建,后赵飞燕成为皇后,便成为正宫皇后所居的宫殿。

[3]更漏:即漏壶。古时夜间凭漏壶表示的时刻报更,所以漏壶又叫更漏。此指漏壶滴水的声音。

[4]珊瑚枕:饰有珊瑚的玉枕。

旅次朔方[1]

客舍并州数十霜[2],归心日夜忆咸阳[3]。
无端又渡桑干水[4],却望并州似故乡。

注释

[1]旅次:旅途中临时住宿。朔方:本指北荒之地,西汉时置郡,治所在今内蒙古自治区内。至唐代,辖区屡变,治所不一,桑干河以北属朔方地区。

[2]客舍:犹客居。并州:古州名,辖境包括今河北保定与山西太原、大同一

带。数十霜:即数十年。一年一霜,故称。

[3]咸阳:即今陕西咸阳,是作者故乡。

[4]无端:没有来由,不知为何。桑干水:即桑干河,源出西北部管涔山,为永定河的上游,是海河的重要支流,位于河北省西北部和山西省北部朔州朔城区南河湾一带。相传每年桑葚成熟的时候河水干涸,故得名。

苏郁

苏郁,生卒年、籍贯及仕履均不详,活动于贞元、元和年间。《全唐诗》有诗三首。

咏和亲[1]

关月夜悬青冢镜[2],寒云秋薄汉宫罗。
君王莫信和亲策,生得胡雏虏更多[3]。

注释

[1]和亲:历史上汉族统治者通过以女子与外族首领缔结婚姻谋求和平的政治策略。

[2]青冢:王昭君墓。据说,北地草皆白,唯独昭君墓上草青,故名青冢。冢,陵墓。昭君墓在呼和浩特市南九公里大黑河南岸平原上。

[3]胡雏:胡人孩子。虏:古代对北方外族的蔑称。

蔡京

蔡京,生卒年、籍贯不详,活动于晚唐时期。早年曾为僧,后经令狐楚劝谕参加科考,及第后历任御史、澧州刺史、抚州刺史等职。《全唐诗》录诗三首。

咏子规[1]

千年冤魄化为禽[2],永逐悲风叫远林。
愁血滴花春艳死[3],月明飘浪冷光沉。
凝成紫塞风前泪[4],惊破红楼梦里心[5]。
肠断楚词归不得[6],剑门迢递蜀江深[7]。

注释

[1] 子规:杜鹃鸟的别名。

[2] "千年"句:传说古蜀国开国国君名杜宇,又称望帝,后国破家亡,逃于山中,忧愤而死,其精魂化为杜鹃鸟,终日悲啼。

[3] "愁血"句:传说杜鹃终日悲啼以至嘴角流血,血流到花上,就成了杜鹃花。

[4] 紫塞:即北方边塞。据晋崔豹《古今注·都邑》:"秦筑长城,土色皆紫,汉塞亦然,故称紫塞焉。"

[5] 红楼:指身在家乡的思妇所居闺楼。

[6] 肠断楚词:据《史记·项羽本纪》,刘邦将项羽围困于垓下,派人四面唱起楚歌。楚军将士引发思乡之情,纷纷逃去。此用其事。

[7] 剑门:即大剑山,在今四川剑阁县。据《大清一统志·四川保宁府》,大剑山在剑州北二十五里。其山削壁中断,两崖相嵌,如门之辟,如剑之植,故又名剑门山。迢递:遥远貌。蜀江:泛指蜀地江河。

徐凝

徐凝，睦州（今浙江建德）人，生卒年均不详，活动于元和、长庆年间。与白居易、元稹友善，曾受二人奖掖。终身未仕，回乡优游诗酒而终。一说官至侍郎。能诗，以五、七言绝句最为见长，诗风朴实无华，流畅自然。《全唐诗》编诗一卷。

庐山瀑布

虚空落泉千仞直[1]，雷奔入江不暂息[2]。
今古长如白练飞[3]，一条界破青山色[4]。

注释

[1] 虚空：谓天上。仞：古代长度单位，一仞等于八尺。
[2] 雷奔：谓发出雷鸣般的响声奔流而下。
[3] 白练：白色的绸带。
[4] "一条"句：谓瀑布如一条分界线般把青山的绿色分割成两半。

嘉兴寒食[1]

嘉兴郭里逢寒食[2]，落日家家拜扫回。
唯有县前苏小小[3]，无人送与纸钱来。

注释

[1] 嘉兴：地名，今属浙江。
[2] 郭：城的外城城墙。
[3] 苏小小：南朝齐时期钱塘第一名伎，自小能书善诗，文才横溢。虽为歌伎，却洁身自爱，不随波逐流。曾资助贫寒书生，死后葬于杭州西湖畔。

忆扬州[1]

萧娘脸下难胜泪[2]，桃叶眉头易得愁[3]。

天下三分明月夜，二分无赖是扬州[4]。

注释

[1]扬州：地名，今属江苏。

[2]萧娘：据《南史·梁临川靖惠王宏传》，萧宏受诏伐魏，军次洛口，前军克梁城。宏闻魏援近，畏懦不敢进。魏军知其不武，遗以巾帼，并歌曰："不畏萧娘与吕姥，但畏合肥有韦武。"萧娘，即姓萧的女子，言宏怯懦如女子。后以"萧娘"为女子的泛称。胜：能承受。

[3]桃叶：原为晋王献之爱妾名。据南朝陈僧智匠《古今乐录》，晋王献之有妾名桃叶，笃爱之，作《桃叶歌》。后常用作咏歌伎的典故。这里代指作者所思念的佳人。

[4]无赖：可爱。

喜雪

十五日

长爱谢家能咏雪[1]，今朝见雪亦狂歌。
杨花道即偷人句[2]，不那杨花似雪何[3]。

注释

[1]谢家能咏雪：据《晋书·王凝之妻谢氏传》及《世说新语·言语》篇载，"谢太傅（谢安）寒雪日内集，与儿女讲论文义。俄而雪骤，公欣然曰：'白雪纷纷何所似？'兄子胡儿（谢朗）曰：'撒盐空中差可拟。'兄女（谢道韫）曰：'未若柳絮因风起。'公大笑乐。"

[2]杨花：柳絮。偷人句：因谢道韫已用杨花比雪，故云。

[3]不那：无奈。

二月望日[1]

长短一年相似夜，中秋未必胜中春[2]。
不寒不暖看明月，况是从来少睡人。

注释

[1]望日:通常指旧历每个月的十五月圆日。

[2]中春:即二月。

古树

七月十六日

古树欹斜临古道[1],枝不生花腹生草[2]。

行人不见树少时,树见行人几番老。

注释

[1]欹(qī)斜:歪斜不正。

[2]腹:树腹,指树洞中。

观钓台画图[1]

一水寂寥青霭合[2],两崖崔崒白云残[3]。

画人心到猿啼破,欲作三声出树难。

注释

[1]钓台:即严子陵钓台,位于桐庐县城南富春江畔的富春山麓,东汉高士严子陵拒绝光武帝刘秀之召,来此地隐居垂钓。

[2]寂寥:寂静空旷。青霭:青色的云气。

[3]崔崒(zú):形容山峰高耸险峻。

玩花(五首录四)

七月十七日

一树梨花春向暮,雪枝残处怨风来[1]。

明朝渐校无多去[2],看到黄昏不欲回。

曲尘溪上素红枝[3],影在溪流半落时。

时人自惜花肠断,春风却是等闲吹。

朱霞焰焰山枝动[4]，绿野声声杜宇来[5]。　　十八日
谁为蜀王身作鸟，自啼还自有花开[6]。

谁家踯躅青林里[7]，半见殷花焰焰枝。
忆得倡楼人送客，深红衫子影门时[8]。

注释

[1]雪枝：喻开满白花的梨树枝。

[2]校：比较。

[3]曲尘：即麴尘，本酒曲上所生菌，因色淡黄如尘，亦以指淡黄色。此借指初春时嫩柳倒映水中而呈鹅黄色的春水。

[4]朱霞焰焰：喻繁密成片的红花。朱霞，红霞。焰焰，火焰炽烈貌。

[5]杜宇：杜鹃鸟。

[6]"谁为"二句：传说古蜀国国王杜宇国破家亡，死后其精魂化为杜鹃鸟，终日悲啼，啼血落于花上，化为杜鹃花。

[7]踯躅（zhízhú）：徘徊。

[8]影门：犹映门。

和夜题玉泉寺[1]　　十九日

岁岁云山玉泉寺，年年车马洛阳尘。
风清月冷水边宿，诗好官高能几人。

注释

[1]玉泉寺：佛寺名，位于洛阳南万安山。

和嘲春风

源上拂桃烧水发[1]，江边吹杏暗园开[2]。
可怜半死龙门树[3]，懊恼春风作底来[4]。

注释

[1]烧水发:形容桃花红艳如火像要把水烧开。发,开。
[2]暗园开:谓原本黯淡的园子因杏花开放而变得明媚。
[3]半死龙门树:喻参加科举考试落第者,或即指作者本人。龙门,本为地名,在今山西省河津市西北和陕西省韩城市东北。黄河至此,两岸峭壁对峙,形如门阙,故名。据《艺文类聚》引辛氏《三秦记》:河津一名龙门,大鱼集龙门下数千,不得上,上者为龙,不上者亡。借指科举会试。会试中式为登龙门。
[4]懊恼:本义为烦恼,此引申为埋怨。作底:为什么。

自鄂渚至河南将归江外留辞侍郎[1] 七月二十日

一生所遇唯元白[2],天下无人重布衣[3]。
欲别朱门泪先尽,白头游子白身归[4]。

注释

[1]鄂渚:地名,在今湖北武昌黄鹤山上游长江中,代指武昌。江外:江南。在中原人看来,地在长江之外,故称。侍郎:指白居易,白曾任刑部侍郎。
[2]元白:元稹与白居易,二人均曾对徐凝有所奖掖。
[3]布衣:平民百姓。
[4]白身:本义为赤身,引申指未获得任何功名或官职。

李德裕

李德裕(787—850),字文饶,赵郡赞皇(今河北赞皇县)人。中唐名臣宰相李吉甫之子。以门荫入仕,经宪宗、穆宗、敬宗、文宗、武宗五朝,历任翰林学士、中书舍人、浙西观察使、兵部侍郎、西川节度使、兵部尚书、山南西道节度使、中书侍郎、镇海节度使、淮南节度使等职,并于文宗、武宗朝两度入朝为相。主政期间,排除党争干扰,外御回纥,内平泽潞,裁汰冗官、压制宦官,使唐王朝出现了中兴的局面。因功绩显赫,被拜为太尉,封赵国公。唐宣宗继位后,以私憾将其五贬为崖州司户。卒于任所。懿宗即位,赠尚书左仆射,封卫国公。后人誉之为"万古良相"。兼擅诗文,有《会昌一品集》传世。其诗含蕴深厚,格律精严。《全唐诗》编诗一卷。

长安秋夜

内宫传诏问戎机[1],载笔金銮夜始归[2]。
万户千门皆寂寂,月中清露点朝衣。

注释

[1] 戎机:军事机宜。
[2] 载笔:谓携带文具以记录皇帝的指示。金銮:金銮殿,唐宫殿名,文臣学士待诏之所。

离平泉马上作[1]

二十一日

十年紫殿掌洪钧[2],出入三朝一品身[3]。
文帝宠深陪雉尾[4],武皇恩厚宴龙津[5]。
黑山永破和亲虏[6],乌岭全坑跋扈臣[7]。
自是功高临尽处,祸来明灭不由人。

注释

[1] 平泉:李德裕私家别墅,位于今洛阳市南十五公里伊川县梁村沟。
[2] "十年"句:李德裕于文宗朝与武宗朝两次拜相,历时共八年余,此言"十

年"，为大概言之。紫殿，据《三辅黄图·汉宫》："武帝又起紫殿，雕文刻镂黼黻，以玉饰之。"后以指帝王宫殿。洪钧，本义为天，喻指国家政权。

[3]三朝：指穆宗、文宗、武宗三朝。

[4]文帝：指唐文宗。雉尾：即雉尾扇，古代帝王仪仗用具之一，代指御驾。见晋崔豹《古今注·舆服》与《新唐书·仪卫志上》。

[5]武皇：指唐武宗。龙津：喻皇宫。

[6]"黑山"句：据《新唐书·李德裕传》，唐武宗会昌初年，回纥乌介可汗挟持唐和亲的太和公主，对唐提出种种过分要求，并对唐边境进行骚扰。李德裕坚持不再妥协，亲自制定战略并选用大将石雄，于杀胡山大败乌介可汗，夺回太和公主。乌介逃走后数年被族人杀死。黑山，即杀胡山，位于丰州中受降城西北（今内蒙古自治区包头市西北）。和亲房，指回纥。因回纥出兵帮助唐朝平定"安史之乱"，唐王朝三度嫁公主于回纥可汗。

[7]"乌岭"句：据《新唐书·李德裕传》，会昌三年（843）四月，昭义军节度使刘从谏病卒，其侄刘稹秘不发丧，自领军务，要求继任节度使。诸宰相都拟妥协，独李德裕坚持用兵，于武宗会昌四年（844），李德裕部署成德、魏博、河中等镇兵力进攻昭义军泽、潞二州，过乌岭，破昭义军五寨。刘稹军心动摇，其部下郭谊等将刘稹骗至别院杀死，屠其族，传首京师。乌岭，在今翼城县东北六十五里，南接泽州府沁水县界。一名黑水岭，有二岭相对，曰东乌、西乌。跋扈臣，指刘稹及其族人。

谪岭南道中作[1] 二十二日

岭水争分路转迷，桄榔椰叶暗蛮溪[2]。
愁冲毒雾逢蛇草[3]，畏落沙虫避燕泥[4]。
五月畬田收火米[5]，三更津吏报潮鸡[6]。
不堪肠断思乡处，红槿花中越鸟啼[7]。

注释

[1]岭南：指五岭以南的地区，即今广东、广西等地。按唐宣宗即位，大中元年（847）贬李德裕潮州司马，大中二年再贬崖州司户参军，贬所均在岭南。

[2]桄榔(guāngláng):亦作桄桹,木名。俗称砂糖椰子、糖树,产于热带、亚热带的一种羽叶棕榈。蛮溪:泛指岭南的溪流。古人以岭南为蛮夷之地。

[3]毒雾:指瘴气。蛇草:谓蛇咬过的有毒的草。

[4]沙虫:古人传说南方有一种叫沙虱的虫,细小而有毒,进入人的皮肤能使人中毒死亡。见《本草纲目·虫四·沙虱》引《录异记》。燕泥:燕子筑巢所衔的泥。

[5]畲田:用火烧掉田地里的草木,然后耕田种植。火米:指旱稻。

[6]津吏:管理渡口的小吏。潮鸡:又名伺潮鸡、石鸡。据南朝梁顾野王《舆地志》:"移风县有鸡,雄鸣,长且清,如吹角,每潮至则鸣,故呼为潮鸡。"

[7]红槿:开红花的木槿。越鸟:越地(泛指岭南)的鸟。汉《古诗十九首·行行重行行》:"胡马依北风,越鸟巢南枝。"

登崖州城作[1]

二十三日

独上高楼望帝京[2],鸟飞犹是半年程。
青山似欲留人住,百匝千遭绕郡城[3]。

注释

[1]崖州:州名,治所在今海南省海口市琼山区灵山镇。
[2]帝京:指都城长安。
[3]百匝(zā)千遭:谓围了无数圈,围绕紧密。匝、遭,均为周、圈的意思。

怀山居邀松阳子同作[1]

七月二十四日

我有爱山心,如饥复如渴。
出谷一年余,常疑十年别。
春思岩花烂[2],夏忆寒泉洌[3]。
秋忆泛兰卮[4],冬思玩松雪。

晨思小山桂，暝忆深潭月[5]。
醉忆剖红梨，饭思食紫蕨[6]。
坐思藤萝密，步忆莓苔滑。　　　二十五日
昼夜百刻中，愁肠几回绝。
每念羊叔子，言之岂常辍[7]。
人生不如意，十乃居七八。
我未及悬舆[8]，今犹佩朝绂[9]。　　二十六日
焉能逐麋鹿[10]，便得游林樾[11]。
范恣沧波舟[12]，张怀赤松列[13]。
惟应讵身恤[14]，岂敢忘臣节。
器满自当欹[15]，物盈终有缺。
从兹返樵径[16]，庶可希前哲[17]。

注释

[1]山居：指作者洛阳的平泉山庄。松阳子：不详。

[2]烂：灿烂，美丽。

[3]冽：寒冷，清凉。

[4]泛兰卮：即泛酒。兰卮，酒杯的美称，代指酒。古代风俗，每逢三月三日，宴饮于环曲的水渠旁，浮酒杯于水上，任其飘流，停则取饮，相与为乐，谓之"泛酒"。又古人用于重阳或端午宴饮的酒，多以菖蒲或菊花等浸泡，亦称"泛酒"。此指后者。

[5]暝：黄昏，傍晚。

[6]蕨：一种野菜。

[7]"每念"二句：据《晋书·羊祜传》：羊祜与王沈为好友，当时司马氏与曹爽争权斗争激烈，二人都曾被曹爽征辟。王沈劝羊祜应辟，羊祜预见到曹爽必定失败，拒绝应辟并对王沈说："豁出身家性命去侍奉别人，不是容易的事。"于是王沈单独应辟，而羊祜始终游离于两大集团之外。后曹爽被司马懿所杀，王沈受到牵连被罢职但保住了性命。他对羊祜说："我时时记住你对我说的话呀。"此用其事。羊叔子，即羊祜（221—278），字叔子，泰山南城（今山东新泰）人，魏晋时期名臣。此借指松阳子，其或曾规劝作者急流勇退，

脱离政治漩涡。辍，停止。

［8］悬舆：悬车，指致仕。古人一般至七十岁辞官家居，废车不用，故云。

［9］佩朝绂（fú）：谓佩带印绶于身，仍然做官。朝绂，标志官阶等级的彩色绶带。

［10］逐麋鹿：追随麋鹿，谓隐居山林。

［11］林樾：指林木或林间空地，借指山林。

［12］"范恣"句：春秋末越国大夫范蠡，辅佐越王勾践灭吴，功成身退，乘轻舟隐于五湖。事见《国语·越语下》。恣，恣意，任意。沧波舟，泛舟湖上。又据晋王嘉《拾遗记》卷四："有宛渠之民，乘螺舟而至，舟形似螺，沉行海底，而水不浸入，一曰'沧波舟'，其国人长十丈，两目如电，耳出于项间，颜如童稚，编鸟兽之毛以蔽形。秦始皇与之语及天地初开之时，了如亲睹。"此用其事。

［13］"张怀"句：谓愿效仿张良出世求仙。据《史记·留侯世家》："留侯乃称曰：'愿弃人间事，欲从赤松子游耳。'乃学辟谷，导引轻身。"此用其事。张，谓留侯张良。赤松，赤松子，传说中神仙人物。据司马贞《史记索隐》引《列仙传》："神农时雨师也，能入火自烧，昆仑山上随风雨上下也。"

［14］讵身恤：怎能只关心自己。讵，岂。恤，关心。

［15］"器满"句：《荀子·宥坐》："孔子观于鲁桓公之庙，有欹器焉。孔子问于守庙者曰：此为何器？守庙者曰：此盖为宥坐之器。孔子曰：吾闻宥坐之器者，虚则欹，中则正，满则覆。"此以喻盛极必衰之理。欹，倾斜。

［16］樵径：打柴的小路，借指走隐居道路。

［17］前哲：前代的贤者。

李涉

李涉（生卒年不详），自号清溪子，洛阳（今河南洛阳）人。早岁逢兵乱，避地南方，与弟李渤同隐庐山。后应辟出仕。宪宗时，曾任太子通事舍人。不久，贬为峡州（今湖北宜昌）司仓参军，在峡中蹭蹬十年，长庆初遇赦放还，游历吴楚间。敬宗时任国子博士，后又以事流康州（今广东德庆），不知所终。擅七言古诗与绝句，风格平易清新，雅俗共赏。《全唐诗》编诗一卷。

题鹤林寺僧舍[1]

终日昏昏醉梦间，忽闻春尽强登山。
因过竹院逢僧话[2]，又得浮生半日闲[3]。

注释

[1] 题下原注："寺在镇江。"鹤林寺：佛寺名，在今江苏镇江市，始建于晋代，原名古竹院。

[2] 竹院：即指鹤林寺。

[3] 浮生：语本《庄子·刻意》："其生若浮，其死若休。"以人生在世，虚浮不定，因称人生为"浮生"。

再宿武关[1]

远别秦城万里游[2]，乱山高下出商州[3]。
关门不锁寒溪水，一夜潺湲送客愁[4]。

注释

[1] 武关：位于今陕西省商洛市丹凤县东武关河的北岸，与函谷关、萧关、大散关成为"秦之四塞"。

[2] 秦城：指京都长安。

[3] 乱山：指商州附近的商山。商州：指商州城，在今商洛市商州区。

[4] 潺湲：水慢慢流动的样子。

井栏砂宿遇夜客[1]

暮雨萧萧江上村[2],绿林豪客夜知闻[3]。
他时不用逃名姓[4],世上如今半是君[5]。

注释

[1]井栏砂:村庄名,在皖口(今安庆市,皖水入长江的渡口)。据《唐诗纪事》:"涉尝过九江,至皖口,遇盗,问:'何人?'从者曰:'李博士(涉曾任太学博士)也。'其豪酋曰:'若是李博士,不用剽夺,久闻诗名,愿题一篇足矣。'涉赠一绝云。"夜客:夜间的不速之客,指强盗。
[2]萧萧:即潇潇,象声词,形容雨声。江上村:即井栏砂,以在长江边,故称。
[3]绿林豪客:即绿林好汉。据《汉书·王莽传》,西汉末,新市人王匡、王凤等聚集在绿林山中,至七八千人,于王莽天凤四年(17)起事,号下江兵。后遂称除暴安良的英雄或啸聚山林打家劫舍的强盗为绿林好汉。知闻:来访。
[4]逃名姓:即隐瞒名姓。
[5]"世上"句:谓世道黑暗,许多百姓揭竿而起,做了强盗。

竹里

竹里编茅倚石根[1],竹茎疏处见前村。
闲眠尽日无人到,自有春风为扫门。

注释

[1]编茅:谓搭建茅屋。石根:山脚,山根。

李廓

李廓,生卒年不详,陇西人,宰相李程之子。少有志功业,与贾岛友善。元和十三年(818)登进士第,累官颍州刺史、刑部侍郎。宣宗大中年间,任武宁节度使,后因不善治军,为将士所逐。以诗名于当时,《全唐诗》有诗十八首。

镜听词[1]

七月二十九日

匣中取镜辞灶王[2],罗衣掩尽明月光。
昔时长着照容色[3],今夜潜将听消息。
门前地黑人来稀,无人错道朝夕归。
更深弱体冷如铁,绣带菱花怀里热[4]。
铜片铜片如有灵,愿照得见行人千里形。

注释

[1]镜听:古代一种占卜法之一,怀镜胸前,出门听人言,以占吉凶休咎。据元伊世珍《琅嬛记》卷上:"先觅一古镜,锦囊盛之,独向神灶,双手捧镜,勿令人见。诵咒七遍,出听人言,以定吉凶。又闭目信足走七步,开眼照镜,随其所照,以合人言,无不验也。"本诗原有序曰:"古之镜听,犹今之瓢卦也。"瓢卦,当是唐代民间一种以瓢占卜吉凶的方法。

[2]灶王:即道教神仙系统中的灶神,传说其职责除掌管厨房饮食外还负责考察一家善恶,每年腊月二十四日上天向玉皇汇报。

[3]着:用来。

[4]菱花:铜镜上多有菱花图案的装饰,故以代指铜镜。

落第

三十日

牓前潜制泪[1],众里自嫌身[2]。
气味如中酒[3],情怀似别人[4]。
暖风张乐席,晴日看花尘[5]。

尽是添愁处，深居乞过春。

注释　[1]潜制泪：暗中强忍眼泪。

[2]自嫌身：自己嫌弃自己，觉得丢人。

[3]中酒：醉酒。

[4]别人：与他人（及第者）不同。

[5]花尘：谓落花。

李绅

李绅(772—846),字公垂,唐朝宰相李敬玄曾孙。祖籍亳州谯县(今安徽亳州市谯城区),后随父辈迁居润州无锡(今属江苏)。元和元年(806)进士及第,历任校书郎、国子助教、右拾遗、翰林学士、中书舍人、户部侍郎、宣武节度使、淮南节度使等职。会昌二年(842)拜相。后又出为淮南节度使,会昌六年(846)在扬州逝世,追赠太尉,谥文肃。李绅与元稹、白居易交游密切,对新乐府运动有倡导之功。其诗多反映民生疾苦或抒写政治情怀,诗风通俗平易。著有《乐府新题》二十首,已佚。《全唐诗》存其诗四卷。

古风二首[1]

三十一日

春种一粒粟[2],秋收万颗子。
四海无闲田,农夫犹饿死。

锄禾日当午,汗滴禾下土。
谁知盘中餐,粒粒皆辛苦。

注释
[1]古风二首:一作"悯农二首"。
[2]粟:即北方所谓谷子,去皮后为小米。

长门怨[1]

八月一日

宫殿沉沉晓欲分[2],昭阳更漏不堪闻[3]。
珊瑚枕上千行泪[4],不是思君是恨君。

注释
[1]此诗已选入前刘皂诗,仅有一字之差。
[2]沉沉:深邃昏暗貌。欲分:谓渐渐可以分辨。
[3]昭阳:汉宫殿名,汉成帝为宠妃赵飞燕所建,后赵为皇后,昭阳殿便为正宫皇后所居。更漏:报更的漏壶滴水声。
[4]珊瑚枕:用珊瑚装饰的枕头。

舒元舆

舒元舆（791—835），字升远，唐婺州东阳（今浙江金华）人。元和八年（813）进士，初仕即有能名，历任监察御史、刑部员外郎等职。文宗时，拜刑部侍郎、同中书门下平章事（宰相）。因与李训、郑注谋诛宦官，事机不密，于"甘露之变"中被宦官所杀。兼擅诗文，著有《舒元舆集》等，《全唐诗》录其诗六首。

坊州按狱[1]

二日

中部接戎塞[2]，顽山四周遭[3]。
风冷木长瘦[4]，石硗人亦劳[5]。
牧守苟怀仁[6]，痒之时为搔[7]。
其爱如赤子[8]，始得无啼号。
奈何贪狼心[9]，润屋沉脂膏[10]。
攫搏如猛虎[11]，吞噬若狂獒[12]。

三日

山秃逾高采，水穷益深捞。
龟鱼既绝迹，鹿兔无遗毛。
氓苦税外缗[13]，吏忧笑中刀。
大君明四目[14]，烛之洞秋毫[15]。
眷兹一州命[16]，虑齐坠波涛[17]。
临轩诏小臣[18]：汝往穷贪饕[19]。
分明举公法，为我缓穷骚[20]。

四日

小臣诚小心，奉命如煎熬。
饮冰不待夕[21]，驱马凌晨皋[22]。
及此督簿书，游词出狴牢[23]。

五日

门墙见狼狈[24]，案牍闻腥臊[25]。
探情与之言，变态如奸猱[26]。
真非既巧饰[27]，伪意乃深韬[28]。
去恶犹农夫，粮莠须耘耨[29]。
恢恢布疏网[30]，罪者何由逃。

自顾孱钝姿[31]，利器非能操[32]。
六旬始归奏，霜落秋原蒿。
寄谢守土臣[33]，努力清郡曹[34]。
须知听甚卑，勿谓天之高[35]。

八月六日

注释

[1] 坊州：唐州名，619年分鄜州设置，因为境内有马坊，所以称坊州。治所在中部县（今陕西省黄陵县西北隆坊镇），辖境包括今陕西省黄陵县、宜君县。按狱：巡视监狱。

[2] 中部：指坊州治所中部县。戎塞：军事要塞。

[3] 顽山：指处于原始状态未被开发的山。

[4] 瘦：此指矮小。

[5] 硗（qiāo）：土地坚硬不肥沃。劳：辛苦。

[6] 牧守：指州郡地方长官。怀仁：怀有仁爱之心。汉陆贾《新语·道基》："圣人怀仁仗义。"

[7] 痒：喻百姓疾苦。为搔：喻为百姓解除疾苦。

[8] 赤子：本义为出生的婴儿，喻纯洁无瑕。《孟子·离娄下》："大人者，不失其赤子之心者也。"

[9] 贪狼：喻地方官贪婪凶狠如狼。

[10] "润屋"句：谓用民脂民膏富了自己家。润屋，本义使居室华丽生辉，引申为富有。《礼记·大学》："富润屋，德润身。"

[11] 攫搏：攫取，掠夺。

[12] 狂獒：狂犬。獒，一种体型大、凶猛善斗的狗。

[13] 氓：民的古称。税外缗（mín）：正常赋税之外勒索的钱财。缗，穿钱的绳子，后亦以称一串钱（一千文），此借指钱财。

[14] 大君：天子。四目：能观察四方的眼睛。《尚书·舜典》："询于四岳，辟四门，明四目，达四聪。"孔传："广视听于四方，使天下无壅塞。"

[15] 烛：洞悉。秋毫：秋季鸟兽的毫毛，比喻极小的事。

[16] 眷：顾念。

[17] 虑齐：谓清除杂念，夙夜忧劳。波涛：喻艰难的处境。晋葛洪《抱朴

子·正郭》:"无故沉浮于波涛之间,倒雇于埃尘之中。"

[18] 小臣:作者自谓。

[19] 穷:穷追,尽力追究。贪饕(tāo):贪得无厌,借指贪官污吏。

[20] 穷骚:穷人的忧愁。

[21] 饮冰:形容十分惶恐焦灼。语出《庄子·人间世》"今吾朝受命而夕饮冰"。

[22] 皋:高地。

[23] 游词:浮夸、虚假的言辞。狴(bì)牢:牢狱。狴,狴犴,传说中的兽名。古代牢狱门上绘其形状,故用为牢狱的代称。

[24] "门墙"句:谓贪官依仗师门,狼狈为奸。门墙,师长之门。语出《论语·子张》。

[25] 案牍:公文。腥臊:借喻丑恶的事物。《国语·周语上》:"国之将亡,其君贪冒辟邪,淫佚荒怠,麤秽暴虐,其政腥臊,馨香不登。"韦昭注:"腥臊,臭恶也。"

[26] 变态:谓情状变化。猱(náo):一种猴类,即猕猴,灵活敏捷,善攀援。

[27] 真非:真实的罪行。巧饰:虚诈粉饰。《三国志·蜀书·诸葛亮传》:"服罪输情者虽重必释;游辞巧饰者虽轻必戮。"

[28] 韬:本义为弓或剑的套子,引申为隐藏,隐蔽。

[29] 稂莠(láng yǒu):稂和莠,都是形状像禾苗、妨害禾苗生长的杂草,比喻坏人。耨(nòu):中耕锄草,喻铲除坏人。

[30] "恢恢"句:谓天网恢恢,疏而不漏。语出《老子》:"天网恢恢,疏而不失。"

[31] 孱钝姿:懦弱愚笨的资质,作者自谓。

[32] 利器:锋利的武器。此喻执法之权。

[33] 守土臣:指地方长官。

[34] 郡曹:郡衙。

[35] "须知"二句:谓不要以为皇帝高高在上,要知道他可以洞察人间最卑微的地方。语出《史记·宋微子世家》:"天高听卑。君有君人之言三,荧惑宜有动。"卑,低下。天,原指上天神明,喻指皇帝。

陈去疾

陈去疾,字文医,生卒年不详,侯官(今福建福州)人。元和十四年(819)进士及第,曾任邕管节度副使。《全唐诗》录诗十三首。

送人谪幽州

临路深怀放废惭[1],梦中犹自忆江南。
莫言塞北春风少,还胜炎荒入瘴岚[2]。

注释
[1] 放废:放弃不用,指谪贬。
[2] 炎荒:南方极远的蛮荒之地。瘴岚:热带山林中的湿热蒸郁致人疾病的雾气。岚,山林中的雾气。

西上辞母坟

八月七日,立秋

高盖山头日影微[1],黄昏独立宿禽稀[2]。
林间滴酒空垂泪,不见丁宁嘱早归。

注释
[1] 高盖:高大的伞盖,喻又高又密遮蔽山头的林木。
[2] 宿禽:归巢的禽鸟。

李播

李播(789—?),字子烈,籍贯、仕履不详。元和中进士及第,曾官蕲州刺史。与白居易有诗歌往还。《全唐诗》仅录存诗一首。

见志

去岁买琴不与价[1],今年沽酒未还钱。
门前债主雁行立[2],屋里醉人鱼贯眠[3]。

注释　[1]不与价:不还价。

[2]雁行立:喻排队站着,犹如大雁的队伍。

[3]鱼贯:一个接一个。

王初

王初，生卒年仕履不详，并州（今山西太原）人，为著名清官王仲舒之长子。元和末（819），登进士第。诗风流丽，对仗精工，善用典故。《全唐诗》存诗十九首。据陈尚君考订，《全唐诗》所收王初诗，均为北宋人王初所作。

青帝[1]

钟书识：大似义山，已开玉溪而无人拈出。八日

青帝邀春隔岁还，月娥孀独夜漫漫[2]。
韩凭舞羽身犹在[3]，素女商弦调未残[4]。
终古兰岩栖偶鹤[5]，从来玉谷有离鸾[6]。
几时幽恨飘然断，共待天池一水干[7]。

注释

[1] 青帝：我国古代神话中的五天帝之一，是位于东方的司春之神。

[2] 月娥：即传说中奔月的嫦娥。孀独：丧夫独居。

[3] 韩凭舞羽：据晋干宝《搜神记》卷十一及唐代俗赋《韩朋赋》：贤士韩凭仕宋，三年不归，其妻思夫而寄书，不慎为宋王所得。宋王爱其文美，骗其入宫，立之为后。其妻坚贞不从，宋王囚禁韩凭，使筑青陵台。其妻往青陵台见到韩凭，裂裙裾作书，射到台下。凭得书自杀，其妻求王以礼葬之。葬日，妻以苦酒浸衣，自投圹中。宋王觅之不获，惟见青白二石，分别埋于道之东西，各生桂树、梧桐，枝叶相交。王伐之，二札落水，化为双鸳鸯飞去。王得其一羽，以之拂颈，其头自落。韩凭，又作韩朋。

[4] 素女：神话传说中的女神，与黄帝同时，善鼓瑟。据《史记·孝武本纪》，泰帝使素女鼓五十弦瑟，悲，帝禁不止，将其瑟改为二十五弦。商弦：弹奏商调的丝弦。商调，乐曲七调之一，其音凄怆哀怨。

[5] 兰岩：对山岩的美称。偶鹤：雌雄成双的鹤。

[6] 玉谷：山谷的美称。离鸾：比喻分离的配偶。据南朝宋范泰《鸾鸟诗序》："昔罽宾王结置峻祁之山，获一鸾鸟。王甚爱之，欲其鸣而不能致也。乃饰以金樊，飨以珍羞，对之愈戚，三年不鸣。其夫人曰：'尝闻鸟见其类而后鸣，何不悬镜以映之？'王从其言。鸾睹形感契，慨然悲鸣，哀响中宵，一奋而

绝。"此用其事。

[7]天池:此即指天河。

银河

九日

阊阖疏云漏绛津[1],桥头秋夜鹊飞频[2]。
犹残仙媛湔裙水[3],几见星妃度袜尘[4]。
历历素榆飘玉叶[5],涓涓清月湿冰轮[6]。
年来若有乘槎客[7],为吊波灵是楚臣[8]。

注释

[1]阊阖(chānghé):传说中的天门,借指天界。绛津:红色的渡口,指银河的渡口。

[2]"桥头"句:古代民间传说每年七夕(农历七月初七晚上)天上的织女渡银河与牛郎相会,喜鹊来搭引渡桥。桥头,指鹊桥。

[3]仙媛:仙女。湔(jiān)裙:古代的一种风俗。《北史·窦泰传》:"(窦泰母)遂有娠。期而不产,大惧。有巫曰:'度河湔裙,产子必易。'"湔,洗濯。

[4]星妃:即指织女。袜尘:语出曹植《洛神赋》:"凌波微步,罗袜生尘。"《文选》五臣注,吕向曰:"微步,轻步也。步于水波之上,如尘生也。"

[5]历历:清楚分明的样子。素榆:白色的榆钱,指星。《古乐府·陇西行》:"天上何所有,历历种白榆。"

[6]涓涓:水缓缓流淌的样子,喻月光如水。冰轮:喻晶莹的明月。

[7]乘槎(chá)客:喻指游仙之人。典出晋·张华《博物志》卷十:"旧说天河与海通。近世有人居海渚者,每年八月有浮槎去来,不失期,人有奇志,立飞阁于槎上,多赍粮、乘槎而去。十余日中犹观星月日辰,自后茫茫忽忽亦不觉尽夜。去十余月,奄至一处,有城郭状,屋舍甚严。遥望宫中有织妇,见一丈夫牵牛渚次饮之。牵牛人乃惊曰:'何由至此?'此人为说来意,并问此是何处,答云:'君还至蜀都,访严君平,则知之。'竟不上岸,因还如期。后至蜀,问君平,君平曰:'某年某月,有客星犯牵牛宿。'计年月,正此人到天河时也。"槎,又作"查"或"楂",竹筏、木筏。

[8]吊：吊唁。波灵：水神。楚臣：指屈原。屈原忠君爱国，投水而死，作者想象他成为银河水神。

书秋

八月十日

千里南云度塞鸿[1]，秋容无迹淡平空。
人间玉岭清宵月[2]，天上银河白昼风。
潘赋登山魂易断[3]，楚歌遗佩怨何穷[4]。
往来未若奇张翰[5]，欲鲙霜鲸碧海东[6]。

注释

[1]塞鸿：塞外南飞的鸿雁。

[2]玉岭：一般为对山岭的美称，此当指月光笼罩下的山岭。清宵：清静的夜晚。

[3]"潘赋"句：西晋诗人潘岳《秋兴赋》云："夫送归怀慕徒之恋兮，远行有羁旅之愤。临川感流以叹逝兮，登山怀远而悼近。彼四戚之疚心兮，遭一涂而难忍。嗟秋日之可哀兮，谅无愁而不尽。"魂易断，谓极度悲哀。

[4]楚歌遗佩：典出屈原《九歌·湘夫人》："捐余玦兮江中，遗余佩兮醴浦。采芳洲兮杜若，将以遗兮下女。"

[5]张翰：字季鹰，吴郡吴人。齐王冏辟为大司马东曹掾。后翰因见秋风起，乃思吴中菰菜、莼羹、鲈鱼脍，曰："人生贵得适志，何能羁宦数千里以要名爵乎！"遂命驾而归。人们都赞赏他的旷达。见《晋书·张翰传》。

[6]"欲鲙"句：夸张张翰的气势。语化自杜甫《戏为六绝句》："或看翡翠兰苕上，未掣鲸鱼碧海中。"鲙，一作"脍"，细切的肉，此处用为动词，谓细切。霜鲸，谓深秋的鲸鱼。

自和书秋

陇首斜飞避弋鸿[1]，颓云萧索见层空[2]。
汉宫夜结双茎露[3]，闾阖凉生六幕风[4]。

湘女怨弦愁不禁[5],鄂君香被梦难穷[6]。
江边两桨连歌渡,惊散游鱼莲叶东[7]。　　十二日

注释

[1]陇首:此泛指高山之巅。避弋鸿:躲避猎人的鸿雁,暗喻避世的隐士,或为作者自指。化自扬雄《法言·问明》:"治则见,乱则隐。鸿飞冥冥,弋人何慕焉?"

[2]颓云:犹柔云。层空:高空。

[3]"汉宫"句:据《史记·封禅书》,汉武帝在建章宫西边作承露盘,高二十丈,上有仙人掌,用于承接露水,和玉屑饮用,以求成仙。双茎,两根铜柱。见《文选·班固两都赋》:"抗仙掌以承露,擢双立之金茎。"李善注。

[4]阊阖:神话传说中天宫之门,亦借指皇宫之门。六幕:指天地四方。典出《汉书·礼乐志·郊祀歌·天门》。

[5]湘女:指湘水女神湘夫人。屈原《九歌·湘夫人》:"帝子降兮北渚,目眇眇兮愁予。"怨弦:抒发哀怨的琴声。

[6]鄂君香被:据汉刘向《说苑》,楚国令尹鄂君子皙是个美男子。一日,鄂君坐在一条游船上,听见一位掌管船楫的越国人在拥桨歌唱。歌声委婉动听,鄂君很受感动。越人的歌词如下:"今夕何夕兮,搴舟中流。今日何日兮,得与王子同舟。蒙羞被好兮,不訾诟耻。心几烦而不绝兮,得知王子。山有木兮木有枝,心悦君兮君不知。"鄂君子皙听明白歌词的意思后,乃行而拥之,举绣被而覆之。此用其事。

[7]游鱼莲叶东:化自汉乐府诗《江南》:"江南可采莲,莲叶何田田。鱼戏莲叶间。鱼戏莲叶东,鱼戏莲叶西,鱼戏莲叶南,鱼戏莲叶北。"

立春后作[1]

东君珂佩响珊珊[2],青驭多时下九关[3]。
方信玉霄千万里[4],春风犹未到人间。

注释

[1]立春:二十四节气之一,时间在农历正月上半月中,被视为是春天的开始。

[2]东君:太阳神,见《楚辞·九歌·东君》。珂佩:玉石的佩饰。珂,似玉

的美石。珊珊:形容玉佩撞击发出的声音。

[3]青驭:传说中司春之神青帝的车驾。九关:谓九重天之门或九天之关。

[4]玉霄:指天界,传说中天帝、神仙的居处。

春日咏梅花(二首录一) 十三日

靓妆才罢粉痕新[1],递晓风回散玉尘[2]。
若遣有情应怅望,已兼残雪又兼春。

注释

[1]"靓妆"句:梅花初开时呈较鲜艳的粉红色,衰败时则变为白色,故云。靓妆,浓妆艳抹,喻梅花初开。

[2]递晓:传送清晨。玉尘:喻落花。

雪霁[1]

星榆叶叶昼离披[2],云粉千重凝不飞[3]。 八月十四日
昆玉楼台珠树密[4],夜来谁向月中归[5]。

注释

[1]雪霁:谓雪停,天放晴了。

[2]星榆:榆荚形似钱,色白成串,因以"星榆"形容繁星。语本《玉台新咏·古乐府·陇西行》:"天上何所有,历历种白榆。"离披:纷纷下落貌。

[3]云粉:喻白雪。

[4]昆玉楼台:形容白雪覆盖下的楼台仿佛白玉砌成。昆玉,昆仑山的玉。珠树:喻落满白雪的树木。

[5]"夜来"句:谓怀疑来到月中,所见为月中景象。

舟次汴堤[1]

曲岸兰丛雁飞起,野客维舟碧烟里[2]。

竿头五两转天风[3]，白日杨花满流水。

注释　[1]次：停驻。汴堤：汴河河堤。汴河即隋炀帝所修通济渠，连接黄河与淮河，全长六百余公里。
　　　[2]野客：山野之人，或指隐居者。维：系，拴。
　　　[3]五两：古代的测风器，以鸡毛五两或八两系于高竿顶上，借以观测风向、风力。见《文选》郭璞《江赋》"觇五两之动静"李善注。

殷尧藩

殷尧藩（780—855？），嘉兴（今属浙江）人。唐元和九年（814）进士及第，曾任永乐县令、福州从事等职，大和七、八年（833、834）曾居潭州，在湖南观察使李翱幕中。后官至侍御史。与沈亚之、姚合、雍陶、许浑、马戴为诗友，跟白居易、刘禹锡等也有往来。一生漂泊，性好山水，诗多羁旅写景抒怀之作。著有诗集一卷，《全唐诗》编诗一卷。

寄许浑秀才[1]

十五日

文字饥难煮，为农策最良。
兴来锄晓月，倦后卧斜阳。
秋稼连千顷，春花醉几场。
任他名利客[2]，车马闹康庄[3]。

注释

[1]许浑（791？—858？）：晚唐诗人。字用晦（一作仲晦），润州丹阳（今江苏丹阳）人。文宗大和六年（832）进士及第，历任当涂、太平令，润州司马，虞部员外郎，睦、郢二州刺史等职。晚年归丹阳丁卯桥村舍闲居，自编诗集曰《丁卯集》，因又称"许丁卯"。

[2]名利客：追求名利的人，指官场中人。

[3]闹康庄：谓在大道上喧闹地招摇过市。康庄，四通八达的大路。

喜雨

十六日

临岐终日自裴回[1]，干我茅斋半亩苔。
山上乱云随手变，溆东飞雨过江来[2]。
一元和气归中正[3]，百怪苍渊起蛰雷[4]。
千里稻花应秀色，酒樽风月醉亭台。

注释

[1]临岐：临别。裴回：徘徊不进，留恋。

[2]淛:即"浙"。

[3]一元:事物的开始,此谓一年的开始,即新春。和气:春日的暖气。中正:本义为不偏不倚、得当,此谓不冷不热正合适。

[4]百怪:各种怪物。苍渊:沧渊,即沧海。蛰雷:惊蛰的雷声。

沈亚之

沈亚之(781—832),字下贤,吴兴(今浙江湖州)人。曾投韩愈门下,与李贺结交,与杜牧、张祜、徐凝等友善。元和十年(815)进士及第,泾原节度使李汇辟掌书记,后入朝为秘书省正字。长庆元年(821)补栎阳尉。四年,升任福建团练副使,后累迁至殿中丞御史内供奉。大和三年(829)为德州行营使柏耆判官。耆贬,亚之亦谪南康尉。后终郢州掾。工诗善文,尤擅传奇。著有传奇小说《湘中怨辞》《异梦记》《秦梦记》,有《沈下贤集》十卷,《全唐诗》录诗一卷。

宿白马津寄寇立[1]

十七日

客思听蛩嗟[2],秋怀似乱砂[3]。
剑头悬日影,蝇鼻落灯花[4]。
天外归鸿断,漳南别路赊[5]。
闻君同旅舍,几得梦还家。

> 沈亚之,小说家也。著有《寻梦记》(梦为秦弄玉婿)及《湘中怨》,皆有诗记其事。季识

注释

[1] 白马津:渡口名,在今河南省滑县北。寇立:不详。

[2] 蛩(qióng):蝉。

[3] 乱砂:喻心乱。

[4] 蝇鼻:喻灯花,极言其小。

[5] 漳南:古县名,治所在今河北故城县东北故城镇,属贝州。赊:远。

施肩吾

施肩吾(780—861),字东斋,号栖真子,睦州(今浙江建德)人。唐宪宗元和十五年(820)进士及第后,曾隐居于洪州(今江西南昌),从师学道。诗风清丽,多五言、七言绝句,情思曲折,刻画精细,语言较为明白浅易。《全唐诗》编诗一卷。

效古兴

八月十八日

金雀无旧钗,缃绮无旧裾。
唯有一寸心,长贮万里夫[1]。
南轩夜虫织已促[2],北牖飞蛾绕残烛[3]。
只言众口铄千金[4],谁信独愁销片玉[5]。
不知岁晚归不归,又将啼眼缝征衣。

注释

[1]"金雀"四句:谓发钗与衣裙虽已换了新的,但心里一直装着万里外的丈夫。金雀,发钗上的雀形装饰。缃绮,浅黄色的丝绸。裾,本指衣襟,代指衣裙。

[2]南轩:南窗。织已促:像织布声一般的虫鸣已很急促。

[3]北牖(yǒu):北窗。

[4]众口铄千金:舆论力量大,连金属都能熔化。比喻众口一词可以混淆是非。

[5]独愁销片玉:一个人的忧愁可以毁坏自己的身体。销,毁坏。片玉,喻女子的身体。

古别离二首

十九日

古人谩歌西飞燕[1],十年不见狂夫面。
三更风作切梦刀[2],万转愁成系肠线[3]。
所嗟不及牛女星[4],一年一度得相见。

老母别爱子,少妻送征郎[5]。

血流既四面,乃一断二肠[6]。

不愁寒无衣,不怕饥无粮。

惟恐征战不还乡,母化为鬼妻为孀[7]。

注释

[1]谩歌:休要歌唱。

[2]切梦刀:喻风把梦吹醒。

[3]系肠线:系紧肠子的线,喻忧愁之强烈。

[4]牛女星:即牛郎星与织女星。

[5]征郎:出征的丈夫。

[6]一断二肠:谓一人出征使母亲与妻子二人无比悲伤。

[7]孀:寡妇。

壮士行

二十一日

一斗之胆撑脏腑[1],如礧之筋碍臂骨[2]。

有时误入千人丛,自觉一身横突兀[3]。

当今四海无烟尘[4],胸襟被压不得伸。

冻枭残虿我不取[5],污我匣里青蛇鳞[6]。

注释

[1]一斗之胆:胆如斗大,形容勇敢。

[2]"如礧"句:夸张形容筋肉之发达。礧(lěi),堆砌。

[3]突兀:出乎意料。

[4]烟尘:代指战争。

[5]冻枭残虿(chài):喻失去抵抗能力的敌人。冻枭,冻僵的猫头鹰。残虿,受伤的毒虫。虿,蝎子一类的毒虫。喻残兵败将。

[6]青蛇鳞:宝剑上的花纹,代指宝剑。

上礼部侍郎陈情[1]

二十二日

九重城里无亲识[2],八百人中独姓施[3]。
弱羽飞时攒箭险[4],蹇驴行处薄冰危[5]。
晴天欲照盆难反[6],贫女如花镜不知[7]。
却向从来受恩地[8],再求青律变寒枝[9]。

注释

[1] 礼部侍郎:不详,从此诗后二句看,疑与作者科考有关。陈情:陈述衷情。

[2] 九重城:本指天子之居,宋玉《九辩》:"君之门以九重。"此借指朝廷。

[3] 八百人:指到京城参加进士会试的人。据《唐摭言》卷一,每年参加进士举的人有八九百之多。

[4] "弱羽"句:喻自己在仕途中受到很多打压。弱羽,羽毛未丰,飞行能力差的小鸟,此为作者自喻。攒,聚集。

[5] "蹇驴"句:喻己处处坎坷,寸步难行。蹇驴,跛驴,喻驽钝之人。

[6] "晴天"句:晴天在水盆里很难照出人影,喻自己得不到表现才能的机会。

[7] "贫女"句:喻无人赏识自己的才能。贫女如花,喻己出身寒门而身负俊才。

[8] 从来受恩地:指主持科举考试并选拔自己登第的礼部。

[9] 青律:古代为了预测节气,将苇膜烧成灰,放在律管内(每一律管代表一个月,共十二律管,以十二律吕命名,如黄钟、太簇等),到某一月份,相应律管内的灰就会自行飞出。青律为代表春天的律管,此以代指春天。寒枝:严寒中的树枝,作者自喻。

冲夜行[1]

八月二十三日,处暑

夜行无月时,古路多荒榛。
山鬼遥把火[2],自照不照人。

注释

[1] 冲夜:犯夜。

[2] 山鬼:山中女神,见屈原《九歌·山鬼》。把火:打着火把。

杂古词（五首录一）

红颜感暮花[1]，白日同流水[2]。
思君若孤灯，一夜一心死[3]。

注释
[1]红颜：女子美丽的容颜，代指年轻女子。暮花：即将凋零的花。
[2]白日：代指时光。
[3]心：与灯芯之"芯"谐音双关。

幼女词

幼女才六岁，未知巧与拙。
向夜在堂前，学人拜新月[1]。

注释
[1]拜新月：唐代有拜新月的风俗，妇女在七夕（农历七月初七）拜月，祈求婚姻美满或夫妻团圆、幸福长寿。见李端《拜新月》诗。

湘川怀古

二十四日

湘水终日流，湘妃昔时哭[1]。
美色已成尘，泪痕犹在竹。

注释
[1]湘妃昔时哭：舜之二妃娥皇、女英。相传舜死后二妃赶到湘水边伤心痛哭，泪滴竹上，化为斑痕，后称湘妃竹。

湘竹词[1]

万古湘江竹，无穷奈怨何。
年年长春笋，只是泪痕多。

注释　［1］湘竹：即指湘妃竹。

乞巧词[1]

乞巧望星河，双双并绮罗。
不嫌针眼小[2]，只道月明多。

注释　［1］乞巧：古代风俗，农历七月初一到七月七日夜，穿着新衣的少女们在庭院摆上瓜果，向织女星乞求传授聪慧的心灵与巧手，称为"乞巧"。据说，织女是天上的织布能手。见《开元天宝遗事》。
［2］针眼小：乞巧时要有穿针引线和做针线活的内容，称为验巧和赛巧。

不见来词　　　　　　　一九八八年八月廿五日

乌鹊语千回[1]，黄昏不见来。
漫教脂粉匣[2]，闭了又重开。

注释　［1］乌鹊：指喜鹊。据《西京杂记》，乌鹊噪而预示远人将归。
［2］漫教：竟使。

笑卿卿词[1]

笑向卿卿道，耽书夜夜多[2]。
出来看玉兔[3]，又欲过银河。

注释　［1］卿卿：当为作者妻子或情人。卿，第二人称称呼，多用于亲密的夫妻或情人之间。典出宋刘义庆《世说新语·惑溺》：王安丰妻子常以卿称呼安丰，安丰不满，其妻说："亲卿爱卿，是以卿卿；我不卿卿，谁当卿卿？"

[2]耽书：沉迷于读书。

[3]玉兔：传说月中有玉兔，此以代指月。

宿南一上人山房[1]

窗牖月色多，坐卧禅心静[2]。
青鬼来试人[3]，夜深弄灯影。

注释

[1]南一上人：不详。南一，僧人名。上人，对僧人的尊称。山房：山中禅房。

[2]禅心：佛教用语。谓清静寂定的心境。

[3]青鬼：青色的鬼，在地狱呵责罪人者。

金尺石[1] 廿六日

丹砂画顽石，黄金横一尺[2]。
人世较短长，仙家爱平直[3]。

注释

[1]金尺石：价值一尺黄金的石头。

[2]"丹砂"二句：谓道士以丹砂画的石头竟要用一尺黄金来换。丹砂，即朱砂，古代道士画符常用的颜料。

[3]"仙家"句：讽刺道士假冒仙人骗钱，贪欲赤裸裸不加掩饰。

秋洞宿

夜深秋洞里，风雨报龙归。
何事触人睡[1]，不教胡蝶飞[2]。

注释

[1]触人睡：将人惊醒。

[2]胡蝶飞：谓梦中所见景象。蝴蝶结对飞舞，视为美好爱情的象征。

效古词

二十七日

姊妹无多兄弟少,举家钟爱年最小。
有时绕树山鹊飞,贪看不待画眉了[1]。

注释

[1]了(liǎo):结束,完成。

望夫词

手爇寒灯向影频[1],回文机上暗生尘[2]。
自家夫婿无消息,却恨桥头卖卜人[3]。

注释

[1]爇(ruò):烧,点着。
[2]回文机:织璇玑图的布机。十六国时前秦苏蕙因其夫窦滔被徙流沙,而织锦为《璇玑图》寄托相思之情,其上为回文诗,宛转循环皆可诵读。
[3]卖卜人:靠卜卦为生的人。

帝宫词

二十八日

自得君王宠爱时,敢言春色上寒枝[1]。
十年宫里无人问,一日承恩天下知。

注释

[1]春色上寒枝:喻君王的宠爱及于卑微的宫女。寒枝,严寒中的枯枝,喻底层宫女。

听南僧说偈词[1]

师子座中香已发[2],西方佛偈南僧说。
惠风吹尽六条尘[3],清净水中初见月[4]。

注释

[1]南僧:南方的僧人,亦或指南宗禅主张顿悟说的僧人。偈词:偈语,偈文,即佛经中的唱词,为梵语"偈佗"的音译转来。其中多包含僧人修行实践中得到的体悟。
[2]师子座:此指狮子形状的香炉。师子,即狮子。
[3]惠风:和风,喻南僧说偈。六条尘:六根(眼、耳、鼻、舌、身、意)上沾染的尘埃。
[4]"清净"句:喻六根清净的感受。

赠莎地道士[1]

二十九日

莎地阴森古莲叶,游龟暗老青苔甲[2]。
池边道士夸眼明,夜取蟭螟摘蚊睫[3]。

注释

[1]莎地:长满莎草之地。莎,多年生草本植物,今名香附。
[2]青苔甲:长满青苔的龟甲。
[3]蟭螟:传说中一种极微小的虫名。据晋葛洪《抱朴子·刺骄》,蟭螟可以住在蚊子的眉毛之中。蚊睫:蚊子的睫毛,夸张其小。

诮山中叟[1]

老人今年八十九,口中零落残牙齿。
天阴伛偻带嗽行[2],犹向岩前种松子。

注释

[1]诮(qiào):责备,讥讽。叟:老翁。
[2]伛偻(yǔlǚ):腰背弯曲。

秋夜山居(二首录一)

八月三十日

去雁声遥人语绝,谁家素机织新雪[1]。

秋山野客醉醒时[2]，百尺老松衔半月。

注释

[1]素机：织素的织机。素，未染色的白绢。新雪：喻白绢之白。
[2]野客：山野之人，多指隐者。

夏日题方师院[1]

火天无处买清风[2]，闷发时来入梵宫[3]。
只向方师小廊下，回看门外是樊笼[4]。　　三十一日

注释

[1]方师：应是一位禅师，具体不详。
[2]火天：指炎热的夏日。
[3]梵宫：指佛寺，即方师的禅院。
[4]樊笼：兽笼，语意双关，既形容院外炎热如火笼，又喻世俗世界对人的束缚。

仙客归乡词[1]（二首录一）

六合八荒游未半[2]，子孙零落暂归来。
井边不认捎云树[3]，多是门人在后栽。

注释

[1]仙客：客游四方修仙之人。
[2]六合：上下和四方，泛指天下。八荒：谓四面八方遥远之地，犹称天下。
[3]捎云树：高耸入云的大树。

妓人残妆词

云髻已收金凤皇[1]，巧匀轻黛约残妆[2]。　　一九八八年
不知昨夜新歌响，犹在谁家绕画梁[3]。　　　　九月一日

注释

[1]云髻:高耸的发髻。金凤皇:指凤形金钗。

[2]轻:淡。黛:女子画眉的青黑色颜料。约:涂饰。

[3]绕画梁:赞美伎人歌唱得好,余音绕梁,一夜不绝。

观舞女

缠红结紫畏风吹,袅娜初回弱柳枝[1]。
买笑未知谁是主[2],万人心逐一人移。

注释

[1]袅娜:形容女子体态轻盈柔美。

[2]买笑:花钱买乐,指狎妓。

鄠县村居[1]

欲住村西日日慵[2],上山无水引高踪[3]。
谁能求得秦皇术[4],为我先驱紫阁峰[5]。

注释

[1]鄠(hù)县:即今西安市鄠邑区,唐时属京兆府管辖。

[2]慵:懒惰。

[3]高踪:高人的行踪。

[4]秦皇术:据晋伏琛《三齐略记》,秦始皇欲造桥过海观日出,有神人为其驱石入海,走得慢的石头还会受到神人的鞭打。

[5]紫阁峰:山名,又名佛掌峰,为终南山诸峰之一,景色雄伟壮丽,位于鄠县范围。

望夫词(二首录一)

看看北雁又南飞,薄幸征夫久不归[1]。

蟢子到头无信处,凡经几度上人衣[2]。

注释
[1]薄幸:薄情负心。
[2]"蟢子"二句:蟢子,即长腿蜘蛛。民间传说见到蟢子是预报喜事的吉兆,但蟢子已几次爬到思妇衣服上却并无喜事,故责怪其没有信用。

玩花词 三日

今朝造化使春风[1],开折西施面上红[2]。
竟日眼前犹不足[3],数株舁入寸心中[4]。

注释
[1]造化:自然界的创造者,造物主。
[2]西施:本为古代越国美女名,此喻开放的春花。
[3]竟日:终日,整天。
[4]舁(yú)入:抬进,搬进。

谢自然升仙[1]

分明得道谢自然[2],古来漫说尸解仙[3]。
如花年少一女子,身骑白鹤游青天。

注释
[1]升仙:成仙升天。
[2]谢自然(729—794):唐代女道士,四川南充人,祖籍兖州(今属山东),世号为"东极真人"。传说谢自然在西山(今四川南充)的飞仙石上飞升得道。
[3]尸解仙:道教认为修仙者得道后可遗弃肉体而仙去,或不留遗体,只假托一物(如衣物、宝剑等)离开俗世升天,即尸解成仙。

姚合

姚合（782？—846？），吴兴（今浙江湖州）人，祖籍陕州硖石（今河南陕州区），曾寄居相州（今河南安阳）。姚崇曾侄孙，姚元景曾孙。元和十一年（816）进士。授校书郎，辟魏博节度使幕中从事，调武功主簿，世号"姚武功"。历万年、富平尉。授监察御史、分司东都。入朝转殿中侍御史，历户部员外郎。出为金州刺史，召回，先后任刑、户二部郎中。大和八年（834）出为杭州刺史。开成元年（836）入为谏议大夫，三年改给事中，四年为陕虢观察使，兼陕州刺史。会昌中，入为秘书少监，人称"姚少监"。官终秘书监，故亦称"姚秘监"，卒谥曰懿。其诗多描摹日常生活及山林风景，刻意求工，风格以平淡为主，质朴中寓工巧，后世名其诗为"武功体"。与贾岛并称"姚贾"，对后世影响较大。南宋江湖诗派及明代竟陵派均诗法姚贾，蔚然成风。《全唐诗》存诗七卷。

送李侍御过夏州[1]

酬恩不顾名，走马觉身轻。
迢递河边路，苍茫塞上城。
沙寒无宿雁，虏近少闲兵。
饮罢挥鞭去，旁人意气生。

注释　[1]李侍御：李廓。夏州：州名，治所在今陕西靖边。

寄李干

寻常自怪诗无味，虽被人吟不喜闻。
见说与君同一格，数篇到火却休焚。

武功县中作（三十首录六）[1]

县去帝城远，为官与隐齐。

> 马随山鹿放,鸡杂野禽栖。
> 绕舍惟藤架,侵阶是药畦。
> 更师嵇叔夜[2],不拟作书题[3]。

六日

注释

[1]武功:今陕西省武功县。

[2]嵇叔夜:嵇康。据《晋书》卷四十九载,嵇康不与司马氏合作,隐居不仕。好友山涛将去选官,举荐嵇康,康作《与山巨源绝交书》,拒不出仕。

[3]书题:题写在书籍上的文字。

> 微官如马足,只是在泥尘。
> 到处贫随我,终年老趁人[1]。
> 簿书销眼力[2],杯酒耗心神。
> 早作归休计,深居养此身。

注释

[1]趁人:随人,求人。

[2]簿书:官府中的文书。

> 簿书多不会,薄俸亦难销。
> 醉卧慵开眼,闲行懒系腰。
> 移花兼蝶至,买石得云饶。
> 且自心中乐,从他笑寂寥。

七日

> 一日看除目[1],终年损道心[2]。
> 山宜冲雪上,诗好带风吟。
> 野客嫌知印[3],家人笑买琴。
> 只应随分过,已是错弥深。

注释

[1]除目:除授官吏的名单。
[2]道心:悟道之心。
[3]知印:掌管官印。姚合时任主簿,主印。

作吏荒城里,穷愁欲不胜。
病多唯识药,年老渐亲僧。
梦觉空堂月,诗成满砚冰。
故人多得路[1],寂寞不相称。

注释

[1]得路:谓仕途得意。

腥膻都不食[1],稍稍觉神清。
夜犬因风吠,邻鸡带雨鸣。
守官常卧病,学道别称名。
小有洞中路[2],谁能引我行。

注释

[1]腥膻:亦作"腥羶",指肉食。
[2]小有洞:即"小有洞天"之义,道家以此指仙境。

闲居

九月十二日

不自识疏鄙[1],终年住在城。
过门无马迹[2],满宅是蝉声。
带病吟虽苦,休官梦已清。
何当学禅观[3],依止古先生[4]。

注释

[1]疏鄙:才疏学浅。

[2]过:拜访。马迹:车马之迹,指拜访者。
[3]禅观:禅宗义理。
[4]依止:皈依。古先生:东汉末年有老子西游华胡成佛,自号为"古先生"的传说,后世因以称佛及佛像。

春日闲居

十三日

居止日萧条[1],庭前唯药苗。
身闲眠自久,眼荒(音吒。事异也,一作暗。)视还遥[2]。
檐燕酬莺语,邻花杂絮飘[3]。
客来无酒饮,搔首掷空瓢。

注释
[1]居止:住处。萧条:冷落。
[2]眼荒:视力下降。
[3]邻花杂絮飘:谓视物不清。

独居

十四日

深闭柴门长不出,功夫自课少闲时[1]。
翻音免问他人字[2],覆局何劳对手棋[3]。
生计如云无定所,穷愁似影每相随。
到头归向青山是,尘路茫茫欲告谁。

注释
[1]功夫:需要费力的工作,指下联的"翻音""覆局"。自课:自己督促自己。
[2]翻音:即切音、反切,用两个字注一个字之音,上字取声母,下字取韵母。
[3]覆局:按照棋谱摆棋或将下过的棋重新摆出以作研究。

原上新居[1]

十五日

秋来梨果熟，行哭小儿饥。
邻富鸡长往，庄贫客渐稀。
借牛耕地晚，卖树纳钱迟[2]。
墙下当官道，依前夹竹篱。

注释

[1] 此诗一作王建诗。原：宽广而平坦的高地。
[2] 纳钱：交纳赋税。

将归山

野人惯去山中住[1]，自到城来闷不胜[2]。
宫树蝉声多却乐[3]，侯门月色少于灯。
饥来唯拟重餐药，归去还应只别僧。
闻道旧溪茆屋畔，春风新上数枝藤。

注释

[1] 野人：诗人自称。
[2] 不胜：受不了。
[3] 却：犹"于"。

客舍有怀

十六日

旅人无事喜[1]，终日思悠悠。
逢酒嫌杯浅，寻书怕字稠。
贫来许钱圣，梦觉见身愁。
寂寞中林下[2]，饥鹰望到秋[3]。

注释

[1] 旅人：诗人自谓。
[2] 中林：林中。

[3]饥鹰望到秋：鹰常于百草凋零之秋季捕猎。姚合此时正在长安待选，故以自喻。

客游旅怀

十七日

客行无定止[1]，终日路岐间。
马为赊来贵，僮缘借得顽。
诗书愁触雨，店舍喜逢山。
旧业嵩阳下[2]，三年未得还。

注释

[1]定止：固定的居处。
[2]旧业：故居之宅院。嵩阳：嵩山之南。

游春（十二首录四）

十八日

正月一日后，寻春更不眠。
自知还近僻[1]，众说过于颠。
看水宁依路，登山欲到天。
悠悠芳思起[2]，多是晚风前。

十九日

官卑长少事，县僻又无城。
未晓冲寒起，迎春忍病行。
树枝风掉软，菜甲土浮轻[3]。
好个林间鹊，今朝足喜声[4]。

一九八八年九月二十日

疏顽无异事[5]，随例但添年[6]。
旧历藏深箧，新衣薄絮绵。
暖风浑酒色，晴日畅琴弦。

同伴无辞困[7],游春贵在先。

二十一日

看春长不足,岂更觉身劳。
寺里花枝净,山中水色高。
嫩云轻似絮,新草细如毛。
并起诗人思,还应费笔毫。

注释

[1]僻:孤僻,不合群。
[2]芳思:谓游春之念。
[3]菜甲:菜初生的嫩芽。
[4]喜声:民俗以闻鹊声为喜兆。
[5]疏顽:疏放固执。异事:特殊之事。
[6]随例:照例。添年:增长年岁。
[7]无辞:谓不要推辞。

春晚雨中

寂寂春将老,闲人强自欢[1]。
迎风莺语涩[2],带雨蝶飞难。
傍砌木初长,眠花景渐阑[3]。
临轩平目望,情思若为宽[4]。

注释

[1]强:勉强。
[2]涩:不顺畅、不流利。
[3]阑:残。
[4]若为:如何。

别春 二十二日

留春不得被春欺，春若无情遣泥谁[1]。
寂寞自疑生冷病，凄凉还似别亲知[2]。
随风未辨归何处，浇酒唯求住少时[3]。
一去近当三百日，从朝至夜是相思。

注释　[1]泥(nì)：紧缠、沾泥。
　　　[2]亲知：亲近知交。
　　　[3]浇酒：洒酒于地。

秋日有怀[1] 二十三日

秋来不复眠，但觉思悠然。
菊色欲经露，虫声渐替蝉。
诗情生酒里，心事在山边。
旧里无因到，西风又一年[2]。

注释　[1]此诗一作卢仝诗。
　　　[2]西风：秋风。

除夜（二首录一） 一九八八年九月二十四日

殷勤惜此夜，此夜在逡巡[1]。
烛尽年还别，鸡鸣老更新。
傩声方去疫[2]，酒色已迎春。
明日持杯处[3]，谁为最后人[4]。

注释　[1]逡巡：片刻，顷刻。

[2]傩:古人于腊月驱除疫鬼的仪式。

[3]明日:指元旦。

[4]最后人:最年长者。据《荆楚岁时记》载,古人于正月初一以次拜贺,进屠苏酒,从最小者饮起,饮至末位,为最年长者。

对月

银轮玉兔向东流[1],莹净三更正好游。
一片黑云何处起,皂罗笼却水精球[2]。

注释

[1]银轮、玉兔:均为月之别称。

[2]皂罗:黑色的罗纱,指黑云。水精球:喻指月。

恶神行雨[1]

二十五日

凶神扇簸恶神行,汹涌挨排白雾生[2]。
风击水凹波扑凸,雨潪山口地嵌坑[3]。
龙喷黑气翻腾滚,鬼掣红光劈划挶[4]。
哮吼忽雷声揭石,满天啾唧闹轰轰。

注释

[1]恶神:指凶恶暴猛之神,与下凶神同。行雨:指司雨水之神降雨。

[2]白雾:指云。

[3]潪(chuáng):大水冲击流淌貌。

[4]挶:引。

天竺寺殿前立石[1]

二十六日

补天残片女娲抛[2],扑落禅门压地坳[3]。
霹雳划深龙旧攫[4],屈盘痕浅虎新抓。
苔黏月眼风挑剔,尘结云头雨磕敲。
秋至莫言长矻立[5],春来自有薜萝交[6]。

注释

[1]天竺寺:寺名,在杭州,今杭州天竺山上。
[2]补天、女娲:据《淮南子·览冥训》载,女娲曾炼五色石以补苍天。
[3]坳:洼坑。
[4]攫:抓取。
[5]矻立:高耸矗立貌。
[6]薜萝:薜荔和女萝,皆为藤蔓类野生植物。

题薛十二池亭[1]

二十七日

每日树边消一日[2],绕池行过又须行。
异花多是非时有,好竹皆当要处生。
斜立小桥看岛势,远移幽石作泉声。
浮萍着岸风吹歇[3],水面无尘晚更清。

注释

[1]此诗一作王建诗。
[2]消:消遣,消磨。
[3]歇:止息。

过杨处士幽居

九月二十八日

引水穿风竹,幽声胜远溪。
裁衣延野客[1],剪翅养山鸡。

酒熟听琴酌，诗成削树题。
惟愁春气暖，松下雪和泥。

注释　[1]延：请。

过不疑上人院[1]　　二十九日

九经通大义[2]，内典自应精[3]。
帘冷连松影，苔深减履声。
相逢幸此日，相失恐来生。
觉路何门去[4]，师须引我行。

注释　[1]上人：对僧人的尊称。
　　　[2]九经：儒家的九种经典，分别为《周易》《尚书》《毛诗》《礼记》《周礼》《仪礼》《春秋左传》《公羊传》《穀梁传》。
　　　[3]内典：佛教经典。
　　　[4]觉路：佛教语，即成佛之道路。

过昙花宝上人院　　三十日

九陌最幽寺[1]，吾师院复深。
烟霜同覆屋，松竹杂成林。
鸟语境弥寂，客来机自沉[2]。
早知能到此，应不戴朝簪[3]。

注释　[1]九陌：同"九衢"，此指长安。
　　　[2]机：机巧之心。
　　　[3]朝簪：古代官员上朝所佩之冠簪，此借指为官。

游天台上方[1]

一九八八年十月一日

晓上上方高处立,路人羡我此时身。
白云向我头上过,我更羡他云路人[2]。

注释

[1]天台:山名,在浙江省天台县北。上方:佛寺。

[2]云路人:指僧人。

霁后登楼[1]

高楼初霁后,远望思无穷。
雨洗青山净,春蒸大野融[2]。
碧池舒暖景,弱柳軃和风[3]。
为有登临兴,独吟落照中。

注释

[1]霁:雨后天晴。

[2]融:和煦温暖。

[3]軃(duǒ):飘动貌。

穷边词(二首录一)[1]

十月二日

箭利弓调四镇兵[2],蕃人不敢近东行。
沿边千里浑无事[3],唯见平安火入城[4]。

注释

[1]穷边:极远的边地。

[2]四镇:据《旧唐书·陆贽传》载,指朔方、泾源、陇右、河东四镇。

[3]浑:全,都。

[4]平安火:报平安之火。

周贺

周贺,字南卿,洛阳(今属河南)人,早年居庐山为僧,法名清塞,后客南徐,居少室山。姚合爱其诗,遂命还俗,后仕途不顺,依名山终其天年。贺工诗,长于近体,其诗格调清雅,与贾岛、无可齐名。《全唐诗》存诗一卷。

寻北冈韩处士

相过值早凉[1],松帚扫山床[2]。

坐石泉痕黑,登城藓色黄。

逆风沉寺磬,初日晒邻桑。

几处逢僧说,期来宿北冈。

注释
[1]过:拜访。
[2]松帚:松枝做成的笤帚。山床:山间之石床。

郑巢

郑巢,钱塘(今属浙江杭州)人。文宗大和八、九年(834、835)向杭州刺史姚合献诗。性疏野。《全唐诗》存诗一卷。

送李式

潇湘路杳然,清兴起秋前。
去寺多随磬,看山半在船。
绿云天外鹤,红树雨中蝉。
莫使游华顶[1],逍遥更过年。

注释　[1]华顶:华顶峰,浙江天台山主峰,在九峰之中,如莲花之顶,故称。

崔涯

崔涯，郡望博陵（今河北安平），吴、楚间人，排行六，官至汜水令。久客扬州，流连青楼酒肆，为之题诗，妓得其誉则车马不断，得其毁则门前冷落。工诗，与张祜齐名。

侠士诗

太行岭上二尺雪，崔涯袖中三尺铁[1]。
一朝若遇有心人[2]，出门便与妻儿别。

注释　[1]三尺铁：指宝剑。
　　　[2]有心人：指能赏识自己的知遇之人。

杂嘲（二首录一）

日暮迎来香阁中，百年心事一宵同。
寒鸡鼓翼纱窗外，已觉恩情逐晓风。

崔郊

崔郊,生卒年不详,德宗贞元十五年(799)前后寓居襄州(今湖北襄樊),宪宗元和年间秀才。

赠去婢

公子王孙逐后尘,绿珠垂泪滴罗巾[1]。
侯门一入深如海,从此萧郎是路人[2]。

注释

[1]绿珠:晋石崇的宠妓。石崇因不愿将她转让于孙秀而获罪,绿珠遂坠楼而死,事见《晋书·石崇传》,后多以绿珠指婢妾。

[2]萧郎:女子的情郎和夫君。

刘鲁风

刘鲁风,会昌二年(842)至九江谒刺史张又新,门人不为通报,愤而赋一绝。张又新见诗,乃善待之。

江西投谒所知为典客所阻因赋[1]

十月五日

万卷书生刘鲁风,烟波万里谒文翁[2]。
无钱乞与韩知客[3],名纸毛生不肯通[4]。

注释

[1]典客:负责通报之门役。
[2]文翁:汉代廉吏,治蜀有功绩,倡导教化。此指拜访之主人。
[3]乞与:赠予。知客:管门差人。
[4]名纸:唐人谒官用的名片。毛生:指纸质粗劣。通:通报。

章孝标

章孝标,桐庐(今属浙江)人,家于钱塘(今浙江杭州),诗人章八元之子。元和十四年(819)进士,授秘书省正字,迁校书郎。大和中为山南道从事,试大理评事。有诗名,曾得李绅奖赞。

日者[1]

十指中央了五行[2],说人休咎见前生[3]。
我来本乞真消息,却怕呵钱卦欲成[4]。

注释

[1] 日者:占候卜筮之人。

[2] 了:了解,明了。五行:阴阳家称金木水火土为五行。

[3] 休咎:祸福。

[4] 呵钱:卜卦前对着卦钱呵气。

裴潾

裴潾（？—838），河东闻喜（今属山西）人，以门荫入仕。宪宗元和间，历右拾遗、左补阙、起居舍人。十四年（819），因谏阻宪宗服方士丹剂贬江陵令。穆宗时，擢兵部员外郎，历刑部、考功、吏部郎中。敬宗宝历初，迁给事中。文宗大和四年（830），出为汝州刺史，坐事贬太子左庶子分司东都，迁左散骑常侍、集贤殿学士，改刑部侍郎，为华州刺史。开成元年（836），召拜刑部侍郎，出为河南尹，不久复任兵部侍郎，卒赠户部尚书，谥曰敬。潾善书法，有诗名。

白牡丹[1]

长安豪贵惜春残，争赏先开紫牡丹[2]。
别有玉杯承露冷[3]，无人起就月中看。

注释

[1]《唐诗纪事》卷五六："慈恩寺元果院花最先开，太平院开最后，潾作《白牡丹》诗题壁间。大和中，驾幸此寺，吟玩久之，因令宫嫔讽念。及暮归，则此诗满六宫矣。"

[2]紫牡丹：唐人重深色牡丹而轻白色者。

[3]玉杯：形容白牡丹。

陈标

陈标,生卒年不详,长庆二年(822)进士,官终侍御史。工诗,张为《诗人主客图》列其为广大教化主白居易之"及门"者。

蜀葵[1]

眼前无奈蜀葵何,浅紫深红数百窠[2]。
能共牡丹争几许[3],得人嫌处只缘多[4]。

注释

[1]蜀葵:锦葵科植物,亦称一丈红、戎葵、胡葵。

[2]窠(kē):丛。

[3]争:比美。几许:几分。

[4]嫌:嫌弃,不喜。

平曾

平曾,穆宗长庆二年(822),以府元荐举而受黜,号为"举场十恶"之一。为人恃才傲物、狂放不羁,潦倒终生,殁于县曹。

谒李相不遇[1]

老夫三日门前立,珠箔银屏昼不开。
诗卷却抛书袋里,正如闲看华山来。

七日

注释 [1]李相:李固言,大和八年(834)自右丞出为华州刺史,次年入相。《唐诗纪事》卷六五记平曾"曾谒华州李固言,不遇,因吟一绝而去"。

絷白马诗上薛仆射[1]

白马披鬃练一团[2],今朝被绊欲行难。
雪中放去空留迹,月下牵来只见鞍。
向北长鸣天外远,临风斜控耳边寒。
自知毛骨还应异,更请孙阳仔细看[3]。

八日

注释 [1]薛仆射:薛平。长庆元年(821),薛平于平卢节度使任上加右仆射。此诗掌故,见《云溪友议》卷中、《唐诗纪事》卷六五。
[2]练:白绢,这里形容白马之鬃毛。
[3]孙阳:即伯乐,古之善相马者,喻薛平。

顾非熊

顾非熊（795—854？），苏州海盐（今属浙江海盐）人，顾况之子。会昌五年（845）进士，为盱眙尉，后弃官隐居茅山。与姚合、项斯、贾岛、王建等友善，早有诗名，其诗多为羁旅行役及送别寄赠之作，以五律见长。

落第后赠同居友人

有情天地内，多感是诗人。
见月长怜夜，看花又惜春。
愁为终日客，闲过少年身。
寂寞正相对，笙歌满四邻。

哭韩将军

将军不复见仪形，笑语随风入杳冥。
战马旧骑嘶引葬[1]，歌姬新嫁哭辞灵[2]。
功勋客问求为志[3]，服玩僧收与转经[4]。
寂寞一家春色里[5]，百花开落满山庭。

注释

[1] 引葬：牵挽灵车。
[2] 辞灵：丧葬中辞别灵柩之仪式。
[3] 为志：撰写墓志。
[4] 转经：诵读佛经，以超度亡灵。
[5] 一家：谓坟墓。

张祜

张祜(792？—853？)，字承吉，行三，郡望清河东武城(今山东武城西北)，南阳(今属河南)人，晚年寓居丹阳(今属江苏)。早年曾浪迹江湖，狂放不羁。长庆、宝历中，曾两谒白居易。大和中，又为令狐楚所举荐，遭权贵贬抑，一生遂以处士而终。张祜苦心作诗，宫词及五律中颇有名篇，当时即享盛名。

涢川寺路[1]

十一日

日沉西涧阴，远驱愁突兀。
烟苔湿凝地，露竹光滴月。
时见一僧来，脚边云勃勃[2]。

注释

[1]涢川：即涢水，源出襄阳随县西南大洪山。

[2]勃勃：烟雾蒸腾貌。

车遥遥[1]

东方曈曈车轧轧[2]，地色不分新去辙。
闺门半掩窗半空，斑斑枕花残泪红。
君心若车千万转，妾身如辙遗渐远。

十二日

碧川迢迢山宛宛[3]，马蹄在耳轮在眼。
桑间女儿情不浅[4]，莫道野蚕能作茧[5]。

注释

[1]车遥遥：乐府古题，属《杂曲歌辞》。

[2]曈曈：微明貌。轧轧：象声词，车行之声。

[3]宛宛：婉转曲折貌。

[4]桑间：桑间濮上，男女幽会之所。

[5]莫道野蚕能作茧：谓不会有好结果。作茧，指吐丝，用"丝""思"谐音。

观徐州李司空猎[1]

晓出郡城东[2],分围浅草中。　　一九八八年十月十三日
红旗开向日,白马骤迎风。
背手抽金镞[3],翻身控角弓。
万人齐指处,一雁落寒空。

注释

[1]李司空:不详。疑为李愿或李愬。

[2]郡城:指徐州。

[3]金镞:金属箭头,代指箭。

题圣女庙[1]　　　　　　　　　　　　　　　　十四日

古庙无人入,苍皮涩老桐。
蚁行蝉壳上,蛇蜕雀巢中。
浅水孤舟泊,轻尘一座蒙。
晚来云雨去,荒草是残风。

注释

[1]圣女庙:即宿松小孤山之神女庙。一说即圣女祠,在今陕西宝鸡市西南。《水经注》云:"悬崖之侧,列壁之上,有神像若图,指状妇人之容,其形上赤下白,世名之曰圣女神。"

题山水障子[1]　　　　　　　　　　　　　　　十五日

一见秋山色,方怜画手稀。
波涛连壁动,云物下檐飞。　　　　　　　　　　十六日
岭树冬犹发,江帆暮不归。
端然是渔叟,相向日依依。

注释　[1]山水障子:即绘有山水的画轴。

题润州金山寺[1]

一宿金山寺,超然离世群。
僧归夜船月,龙出晓堂云[2]。
树色中流见,钟声两岸闻。
翻思在朝市,终日醉醺醺。

注释　[1]润州:在今江苏镇江。金山寺:在镇江西北金山上,始建于东晋的名寺。
　　　[2]"龙出"句:言僧堂云烟缭绕,如同有龙出入其上。

赠庐山僧　十七日

一室炉峰下[1],荒榛手自开[2]。
粉牌新薤叶[3],竹援小葱台。
树黑云归去,山明日上来。
便知心是佛,坚坐对寒灰。

注释　[1]炉峰:庐山香炉峰。
　　　[2]荒榛:杂乱丛生的草木。
　　　[3]薤:百合科,多年生草本植物。

公子行[1]　十九日

锦堂昼永绣帘垂[2],立却花骢待出时[3]。
红粉美人擎酒劝,青衣年少臂鹰随。
轻将玉杖敲花片,旋把金鞭约柳枝[4]。

近地独游三五骑，等闲行傍曲江池[5]。

注释
[1]公子行:郭茂倩《乐府诗集》归入《新乐府辞》。
[2]昼永:白日漫长。
[3]花骢:青白色之马。
[4]柳枝:指《杨柳枝》歌曲。
[5]等闲:寻常，轻易。

墙头花二首[1]

二十日

蟋蟀鸣洞房[2]，梧桐落金井[3]。
为君裁舞衣，天寒剪刀冷。

妾有罗衣裳，秦王在时作。
为舞春风多[4]，秋来不堪着[5]。

注释
[1]墙头花:诗一又见《全唐诗》卷二七，为佚名诗。据《乐府诗集》卷八十，无作者，当属佚名作。诗二又作崔国辅诗。墙头花，曲名，崔令钦《教坊记》载有此曲。《乐府诗集》属《近代曲辞》。
[2]蟋蟀鸣洞房:化用《诗经·唐风·蟋蟀》:"蟋蟀在堂，岁聿其莫。"
[3]金井:有雕栏装饰之井。
[4]为:因为。
[5]不堪:不能。

宫词二首

故国三千里[1]，深宫二十年。
一声河满子[2]，双泪落君前[3]。

　　　　自倚能歌日，先皇掌上怜[4]。　　　二十一日
　　　　新声何处唱，肠断李延年[5]。

注释

[1]故国：故乡。三千里：极言其远。
[2]河满子：唐大曲名，亦作《何满子》，相传因乐工何满子而得名。
[3]君：君主，皇帝。张祜有《孟才人叹》，序云：唐武宗即将驾崩，欲以孟才人为殉，孟才人唱了一声《何满子》便气绝而亡。诗曰："偶因歌态咏娇颦，传唱宫中二十春。却为一声《何满子》，下泉须吊旧才人。"
[4]先皇：去世的前任皇帝。掌上怜：据传汉成帝皇后赵飞燕体轻，能作掌中舞。
[5]李延年：汉武帝时宫中乐士，精于音律，受宠于武帝，封协律都尉。其妹李夫人亦受宠于武帝。

昭君怨二首

　　　　万里边城远，千山行路难。
　　　　举头唯见日，何处是长安[1]。

　　　　汉庭无大议，戎虏几先和。
　　　　莫羡倾城色，昭君恨最多。

注释

[1]"举头"二句，语本《世说新语·夙慧》："举头见日，不见长安。"

苏小小歌三首[1]　　　二十二日

　　　　车轮不可遮[2]，马足不可绊。
　　　　长怨十字街，使郎心四散。

　　　　新人千里去，故人千里来。

剪刀横眼底,方觉泪难裁。

登山不愁峻,涉海不愁深。
中擘庭前枣,教郎见赤心[3]。

注释　[1]苏小小:钱塘人,南朝齐名伎。
　　　[2]车轮:郭茂倩《乐府诗集·杂歌谣辞》有《苏小小歌》云:"我乘油壁车,郎乘青骢马。"
　　　[3]赤心:双关,指枣与女子的"赤心"。

树中草[1]

青青树中草,托根非不危。
草生树却死,荣枯君可知。

注释　[1]树中草:见郭茂倩《乐府诗集》之《杂曲歌辞》,梁简文帝萧纲有作。

读曲歌五首　　　　　　二十三日

窗中独自起,帘外独自行。
愁见蜘蛛织,寻思直到明[1]。

碓上米不舂,窗中丝罢络。
看渠驾去车[2],定是无四角[3]。

不见心相许,徒云脚漫勤。
摘荷空摘叶,是底采莲人[4]。

窗外山魈立[5],知渠脚不多。　　　二十四日三更机底下,摸着是谁梭[6]。

郎去摘黄瓜,郎来收赤枣。
郎耕种麻地[7],今作西舍道。

注释　[1]寻思:"思"即"丝"之谐音。
　　　[2]渠:指心上人。
　　　[3]定是无四角:因不希望心上人远去,所以盼望车轮生出四角,不能转动。
　　　[4]底:唐人口语,什么。
　　　[5]山魈:木石之精怪,独足。
　　　[6]"摸着"句:机梭无脚独足,故以山魈为谑。
　　　[7]麻:胡麻,即芝麻。种麻时必夫妇两手同种,其麻倍收。

赠内人[1]

禁门宫树月痕过[2],媚眼唯看宿燕窠[3]。
斜拔玉钗灯影畔,剔开红焰救飞蛾[4]。

注释　[1]内人:即宫中的女伎。崔令钦《教坊记》:"伎女入宜春院,谓之内人,亦曰前头人,常在上前头也。"
　　　[2]禁门:宫门。月痕过:指月斜夜深。月痕,月色暗淡朦胧貌。
　　　[3]媚眼:娇媚美丽的眼睛。窠:鸟巢。
　　　[4]红焰:此指灯芯之火苗。

读老庄　　　　　　　　　　二十五日

等闲缉缀闲言语,夸向时人唤作诗。
昨日偶拈庄老读,万寻山上一毫厘[1]。

注释

[1]寻:古代长度单位,八尺为一寻。毫厘:都是很小的数量单位,极言其小。

集灵台(二首录一)[1]

八八年十月二十五日

虢国夫人承主恩[2],平明骑马入宫门[3]。
却嫌脂粉污颜色,淡扫蛾眉朝至尊[4]。

注释

[1]集灵台:长生殿之别称。《旧唐书·玄宗本纪》:"新成长生殿,名曰集灵台,以祀天神。"此二首诗乃咏玄宗与杨贵妃及其姊虢国夫人故事,这首"虢国夫人承主恩"或谓杜甫作,非是。
[2]虢国夫人:杨贵妃之姊,排行第三,嫁裴氏,天宝七载(748),玄宗封其为虢国夫人。
[3]平明:天刚亮。虢国夫人常与堂兄杨国忠骑马入朝,可见当时玄宗对其恩宠之甚。
[4]朝至尊:朝见天子。据《旧唐书·杨国忠传》,虢国夫人自恃美艳,常不施粉黛朝见玄宗。

听歌二首

二十六日

儿郎漫说转喉轻[1],须待情来意自生。
只是眼前丝竹和[2],大家声里唱新声。

十二年前边塞行,坐中无语叹歌情。
不堪昨夜先垂泪,西去阳关第一声[3]。

注释

[1]漫说:莫说。
[2]丝竹:弦乐与管乐。
[3]阳关第一声:指王维《送元二使安西》的第一句"渭城朝雨浥轻尘"。王维诗后被入乐府,称第一声指入乐后的首句。《渭城曲》,又称《阳关三叠》。

峰顶寺[1]

二十七日

月明如水山头寺,仰面看天石上行。
夜半深廊人语定,一枝松动鹤来声。

注释　[1]峰顶寺:在庐山香炉峰上。

题金陵渡[1]

金陵津渡小山楼[2],一宿行人自可愁。
潮落夜江斜月里,两三星火是瓜州[3]。

注释　[1]金陵渡:在今江苏镇江附近。此诗作于诗人游历江南之时。
　　　[2]津渡:渡口。小山楼:傍山而建之楼。
　　　[3]星火:星星点点的灯火。瓜州:亦作瓜洲,在今江苏邗江区南大运河入长江处,与镇江相对,本是江中沙洲,积沙渐多,其状如瓜,故名瓜洲。

纵游淮南

二十八日

十里长街市井连,月明桥上看神仙。
人生只合扬州死,禅智山光好墓田[1]。

注释　[1]禅智山:在扬州江都县,上有禅智寺。禅智寺在江都县北五里,本隋炀帝故宫。

裴夷直

裴夷直,字礼卿,郡望河东闻喜(今属山西),吴(今江苏苏州)人。元和十年(815)进士,拜右拾遗,历吏部、左司员外郎,迁中书舍人、御史中丞。武宗立,出为杭州刺史,又贬骧州司户参军。宣宗立,召入朝,复为江、苏、华等州刺史,终散骑常侍。为人有名节,工诗,多感怀酬赠之作。

遣意

梧桐坠露悲先朽,松桂凌霜倚后枯[1]。
不是世间长在物,暂分贞脆竟何殊[2]?

注释

[1]松桂凌霜倚后枯:语本《论语·子罕》:"岁寒,然后知松柏之后凋。"倚,恃。

[2]贞脆:坚贞与脆弱。竟:最终。何殊:有何区别。

忆家　　　　　　　　　　　二十九日

天海相连无尽处,梦魂来往尚应难。
谁言南海无霜雪,试向愁人两鬓看[1]。

注释

[1]此以鬓发比霜雪,婉言鬓发之白。

朱庆余

朱庆余,生卒年不详,名可久,以字行,越州(今浙江绍兴)人。宝历二年(826)进士,授秘书省校书郎,早岁曾得张籍奖掖,诗名广传,与贾岛、姚合皆有唱和。

湖州韩使君置宴

老大成名仍足病,纵听丝竹也无欢。
高情太守容闲坐[1],借与青山尽日看。

注释 [1]高情:厚爱。

宫词

寂寂花时闭院门[1],美人相并立琼轩[2]。
含情欲说宫中事[3],鹦鹉前头不敢言[4]。

注释
[1]花时:百花盛开之时。
[2]相并:并肩。琼轩:玉做的长廊,极言长廊之精美。
[3]含情:娇媚的神态。
[4]鹦鹉:能模仿人的声音。不敢言:怕谈论的宫中之事被鹦鹉学舌,泄露出去,故不敢言。

过旧宅

古巷戟门谁旧宅[1],早曾闻说属官家[2]。
更无新燕来巢屋,唯有闲人去看花。
空厩欲摧尘满枥,小池初涸草侵沙。
荣华事歇皆如此,立马踟蹰到日斜。

注释

[1] 戟门：唐代三品以上高官方可立戟于门，后用以借称显贵之家。
[2] 官家：皇家。

近试上张籍水部[1]

洞房昨夜停红烛[2]，待晓堂前拜舅姑[3]。
妆罢低声问夫婿，画眉深浅入时无[4]？

注释

[1] 近试：将近科举考试。张籍：时为水部员外郎，曾选朱庆余诗二十六章广为揄扬，使其诗名大著。
[2] 洞房：新婚夫妇的新房。停：安置，摆放。
[3] 待晓：等待天明。舅姑：指丈夫的父母，即公公婆婆。拜舅姑：给公公婆婆行礼问安。
[4] 画眉：用黛色描眉。入时无：时髦不时髦。

杨发

杨发,字至之,同州冯翊(今陕西大荔)人,客居苏州(今属江苏)。文宗大和四年(830)进士,历官校书郎、侍御史、礼部郎中、左司郎中、太常少卿,后出为苏州刺史、福建观察使,改岭南东道节度使,严以治军,军乱,贬婺州刺史,卒于贬所。辛文房《唐才子传》称其"工诗,亦当时声韵之伟者"。

玩残花

十一月一日

十日浓芳一岁程[1],东风初急眼偏明[2]。
低枝似泥幽人醉[3],莫道无情似有情。

注释

[1]十日浓芳一岁程:谓短短十天的花期需要经过一年的培育。
[2]眼偏明:耀人眼目。
[3]泥:缠着,软求。幽人:隐士,诗人自谓。

尹璞

尹璞,懿宗时人,生平事迹无考。

题杨收相公宅[1]

十一月三日

祸福从来路不遥,偶然平地上烟霄[2]。
烟霄未稳还平地,门对孤峰占寂寥。

注释　[1]杨收:字藏之,祖籍同州冯翊(今陕西大荔),生于苏州,隋越国公杨素之后。幼时博闻强记,善于文咏,为人呼为神童。咸通四年(863)为相,咸通七年(866)罢相,出为宣歙观察使,贬为端州司马,寻尽削官封,长流驩州,旋下诏赐死。
　　[2]烟霄:指高空。

雍陶

雍陶(805？—？)，字国钧，成都(今属四川)人。文宗大和八年(834)进士，宣宗时，授国子毛诗博士，后出为简州刺史，故世称"雍简州"，晚年辞官归隐。陶恃才傲物，尝自比谢朓、柳恽，与白居易、姚合、贾岛、殷尧藩等人友善，工诗善赋，其诗长于写景抒怀，绝句尤佳。

自述

万事谁能问，一名犹未知[1]。
贫当多累日[2]，闲过少年时。
灯下和愁睡，花前带酒悲。
无谋常委命[3]，转觉命堪疑。

注释

[1] 一名：指进士及第。

[2] 多累：多种负担和拖累。

[3] 委命：委身于命运。

咏双白鹭[1]

双鹭应怜水满池，风飘不动顶丝垂[2]。
立当青草人先见，行傍白莲鱼未知。
一足独拳寒雨里[3]，数声相叫早秋时。
林塘得尔须增价[4]，况与诗家物色宜[5]。

注释

[1] 诗题《唐百家诗选》作《崔少卿池塘咏双白鹭》。崔少卿，崔杞。

[2] 顶丝垂：白鹭头顶有十数茎如丝之长毛。

[3] 一足独拳：白鹭一腿收缩、一腿站立之貌。拳，屈曲。

[4] 尔：指白鹭。

[5] 物色：谓展现出的自然声色。

秋居病中

幽居悄悄何人到,落日清凉满树梢。
新句有时愁里得,古方无效病来抛[1]。
荒檐数蝶悬蛛网,空屋孤萤入燕巢。
独卧南窗秋色晚[2],一庭红叶掩衡茅[3]。

六日

注释
[1]方:药方。
[2]南窗:陶渊明《归去来兮辞》:"倚南窗以寄傲,审容膝之易安。"
[3]衡茅:衡门之茅舍,言住所之简陋。

长安客感

七日

日过千万家[1],一家非所依。
不及行尘影,犹随马蹄归[2]。

注释
[1]家:指权贵之家。
[2]马蹄:代指权贵。

伤靡草[1]

十一月八日

靡草似客心,年年亦先死。
无由伴花落[2],暂得因风起。

注释
[1]靡草:草名,《礼记·月令》:"(孟夏之月)靡草死,麦秋至。"孔颖达疏:"以其枝叶靡细,故云靡草。"
[2]由:机会。

蝉

高树蝉声入晚云[1],不唯愁我亦愁君。
何时各得身无事,每到闻时似不闻。

九日

注释

[1]高树:《吴越春秋·夫差内传》:"夫秋蝉登高树,饮清露,其吟悲鸣,自以为安。"

秋怀

古槐烟薄晚鸦愁,独向黄昏立御沟[1]。
南国望中生远思[2],一行新雁去汀洲。

注释

[1]御沟:流入皇宫的河道。
[2]南国:江汉之间。《诗经·小雅·四月》:"滔滔江汉,南国之纪。"

喜梦归

十日

旅馆岁阑频有梦[1],分明最似此宵希。
觉来莫道还无益,未得归时且当归[2]。

注释

[1]岁阑:即岁暮。
[2]未得归时且当归:犹言不能回家时做个回家的梦也就权当回家了,极言思归之甚。

苦寒

今年无异去年寒,何事朝来独忍难?
应是渐为贫客久,锦衣着尽布衣单[1]。

注释

[1]着:穿。

闻杜鹃（二首录一） 十一日

蜀客春城闻蜀鸟[1]，思归声引未归心。
却知夜夜愁相似，尔正啼时我正吟。

注释

[1]蜀客:诗人自谓。春城:指长安。蜀鸟:杜鹃。相传杜鹃为蜀王杜宇所化，啼声为"不如归去"。

宿嘉陵驿 一九八八年十一月十二日

离思茫茫正值秋，每因风景却生愁。
今宵难作刀州梦[1]，月色江声共一楼。

注释

[1]刀州梦:升官之梦。典出《晋书·王濬传》，王濬梦到卧室梁上有三刀，又增益一刀，以为是噩梦，主簿李益祝贺并释梦，因三刀为"州"字篆书，又益一刀故为主益州，实为"益州刺史"之兆。

和孙明府怀旧山

五柳先生本在山[1]，偶然为客落人间。
秋来见月多归思，自起开笼放白鹇[2]。

注释

[1]五柳先生:陶渊明自号。
[2]自起开笼放白鹇:因自身羁绊不得归而起放白鹇，推己及物，益见思归之切。

初出成都闻哭声[1]

十三日

但见城池还汉将,岂知佳丽属蛮兵[2]。
锦江南度遥闻哭[3],尽是离家别国声。

注释

[1] 选自组诗《哀蜀人为南蛮俘虏五章》。据《新唐书·南蛮传》:"西川节度使杜元颖治无状,障候弛沓相蒙,时大和三年也。嵯巅乃悉众掩邛、戎、巂州,陷之,入成都,止西郭十日,慰赉居人,市不扰肆。将还,乃掠子女、工技数万引而南,人惧,自杀者不胜计。救兵逐,嵯巅身自殿,至大渡河,谓华人曰:此南吾境,尔去国,当哭。众号恸,赴水死者十三。"
[2] 佳丽:被南诏劫掠之美女。
[3] 锦江:即濯锦江、大江、流江、汶江,今名府河。岷江支流,发源于四川郫县而流经成都西南。秦蜀郡太守李冰引岷江入成都,即濯锦江。传说蜀人织锦时,在其中洗涤则锦色鲜艳,濯于他水则暗淡,故称。

出青溪关有迟留之意[1]

欲出乡关行步迟,此生无复却回时。
千冤万恨何人见,唯有空山鸟兽知。

注释

[1] 选自组诗《哀蜀人为南蛮俘虏五章》。青溪关:属巂州越巂郡,在今四川越西县境内。

入蛮界不许有悲泣之声[1]

十四日

云南路出陷河西[2],毒草长青瘴色低[3]。
渐近蛮城谁敢哭[4],一时收泪羡猿啼。

注释

[1] 选自组诗《哀蜀人为南蛮俘虏五章》。蛮界:南诏国界。

[2]云南:云南驿,在今云南祥云县东。河西:在今云南省弥渡东。

[3]瘴色:瘴气。

[4]蛮城:南诏都城,今云南大理。

送客二首

与君同在少年场,知己萧条壮士伤。
可惜报恩无处所,却提孤剑过咸阳。

行人立马强盘回[1],别字犹含未忍开。
好去出门休落泪,不如前路早归来。

注释　[1]盘回:盘桓,徘徊。

李远

李远（？—860？），字求古，一作承古，夔州云安（今重庆云阳）人。文宗大和五年（831）进士，尝以侍御任福建从事，历司门、司勋员外郎，岳、杭、忠、建、江诸州刺史，官终御史中丞。与李商隐、许浑、温庭筠、杜牧等人友善，少有大志，诗赋皆有佳作，尤以赋著称于世，与许浑齐名，时号"浑诗远赋"。

题僧院   一九八八年十一月十六日

不用问汤休[1]，何人免白头。
百年如过鸟，万事尽浮沤[2]。
别绪长牵梦，情由乱种愁。
却嫌风景丽，窗外碧云秋。

注释

[1] 汤休：汤惠休之省称，南朝宋高僧，俗姓汤，有诗才，与鲍照有诗文往来。后因以美称有文才的僧人。

[2] 浮沤：水面上的泡沫，佛经中常用以形容世事无常。

听话丛台[1]   十七日

有客新从赵地回[2]，自言曾上古丛台。
云遮襄国天边去[3]，树绕漳河地里来[4]。
弦管变成山鸟哢[5]，绮罗留作野花开。
金舆玉辇无行迹[6]，风雨惟知长绿苔。

注释

[1] 丛台：相传战国赵武灵王为阅兵与欣赏歌舞而建，原有数台，故名丛台，又称武灵丛台，在今河北邯郸市。

[2] 赵地：邯郸古为赵国都城，故称。

[3] 襄国：赵国一部分，秦并天下，于钜鹿置信都县，项羽改为襄国县。

［4］漳河：上源有清漳、浊漳两河，皆发源于山西东南部山区，东流至今河北、河南两省界汇为漳河，向东在河北、山东边界流入卫河。

［5］哗：鸣叫。

［6］金舆玉辇：帝后乘坐的车轿。

失鹤

十八日

秋风吹却九皋禽[1]，一片闲云万里心。
碧落有情应怅望[2]，青天无路可追寻。
来时白雪翎犹短，去日丹砂顶渐深。
华表柱头留语后[3]，更无消息到如今。

注释

［1］九皋禽：指鹤。典出《诗·小雅·鹤鸣》："鹤鸣于九皋。"

［2］碧落：道家称东方第一层天为碧落，此泛指天上。

［3］华表柱头留语：用辽人丁令威化鹤事。据《搜神后记》卷一载，丁令威学道成仙后化鹤归辽，停于城门华表柱，作歌言："有鸟有鸟丁令威，去家千年今始归。城郭如故人民非，何不学仙冢累累！"

〇七四四 ＼ 李远

杜牧

杜牧(803—852),字牧之,京兆万年(今陕西西安)人。杜佑之孙。祖居长安樊川,世称"杜樊川"。大和二年(828)进士,复登贤良方正,初为授弘文馆校书郎。曾任江西、宣歙、淮南诸使幕吏,后入为监察御史、左补阙。因受到宰相李德裕排挤,出黄州、池州、睦州刺史。经宰相周墀力荐,入朝为司勋员外郎,后升为考功郎中,知制诰,位终中书舍人。其诗众体皆备,尤以绝句体咏史著称,风格俊爽。与李商隐齐名,为别李白、杜甫,时号"小李杜"。

感怀诗一首[1]

十九日

高文会隋季,提剑徇天意[2]。
扶持万代人,步骤三皇地[3]。
圣云继之神,神仍用文治[4]。

二十一日

德泽酌生灵[5],沉酣熏骨髓。
旄头骑箕尾,风尘蓟门起[6]。

一九八八年
十一月二十二日

胡兵杀汉兵,尸满咸阳市[7]。
宣皇走豪杰,谈笑开中否[8]。
蟠联两河间,烬萌终不弭[9]。
号为精兵处,齐蔡燕赵魏[10]。
合环千里疆,争为一家事[11]。

二十三日

逆子嫁虏孙,西邻聘东里[12]。
急热同手足,唱和如宫徵[13]。
法制自作为,礼文争僭拟[14]。

二十八日

压阶螭斗角,画屋龙交尾[15]。
署纸日替名[16],分财赏称赐。
刳隍欪万寻,缭垣叠千雉[17]。
誓将付孱孙,血绝然方已[18]。
九庙仗神灵,四海为输委[19]。

如何七十年，汗靦含羞耻[20]。

韩彭不再生，英卫皆为鬼[21]。　　　　二十九日

凶门爪牙辈，穰穰如儿戏[22]。

累圣但日吁，阃外将谁寄[23]。

屯田数十万，堤防常慑惴[24]。

急征赴军须，厚赋资凶器[25]。

因隳画一法[26]，且逐随时利。　　　　三十日

流品极蒙龙，网罗渐离弛[27]。

夷狄日开张，黎元愈憔悴[28]。

邈矣远太平，萧然尽烦费[29]。

至于贞元末，风流恣绮靡[30]。

艰极泰循来，元和圣天子[31]。

元和圣天子，英明汤武上[32]。　　　　一九八八年
　　　　　　　　　　　　　　　　　　十二月一日

茅茨覆宫殿，封章绽帷帐[33]。

伍旅拔雄儿，梦卜庸真相[34]。

勃云走轰霆，河南一平荡[35]。　　　　二日

继于长庆初，燕赵终舁襁[36]。

携妻负子来，北阙争顿颡[37]。

故老抚儿孙，尔生今有望。　　　　　　一九八八年
　　　　　　　　　　　　　　　　　　十二月三日

茹鲠喉尚隘，负重力未壮[38]。

坐幄无奇兵，吞舟漏疏网[39]。

骨添蓟垣沙，血涨滹沱浪[40]。

只云徒有征，安能问无状[41]。

一日五诸侯[42]，奔亡如鸟往。　　　　四日

取之难梯天[43]，失之易反掌。

苍然太行路，翦翦还榛莽[44]。

关西贱男子，誓肉虏杯羹[45]。

请数系虏事[46]，谁其为我听。

荡荡乾坤大，瞳瞳日月明[47]。

叱起文武业，可以豁洪溟[48]。
安得封域内，长有扈苗征[49]。
七十里百里，彼亦何尝争[50]。
往往念所至，得醉愁苏醒。
韬舌辱壮心，叫阍无助声[51]。
聊书感怀韵，焚之遗贾生[52]。

注释

[1] 此诗题下自注："时沧州用兵。"指讨李同捷事。敬宗宝历二年（826）四月，横海军节度使李全略死，其子李同捷擅领留后，以求承继。大和元年（827）五月，朝廷调李同捷为兖海节度使，李不受朝命。八月，朝廷下诏征讨李同捷，攻下沧州。

[2] 高文：指高祖李渊、文皇帝李世民。会：正逢。隋季：隋朝末年。提剑：比喻发动兵力。徇：顺从。

[3] 步骤：缓行和疾走，此指效法。三皇：一般指伏羲、神农、黄帝。

[4] 圣：高祖。神：太宗。文治：以文德治国。

[5] 生灵：生民，人民。

[6] 旄头：星名，二十八宿中的昴七宿。古人以为旄头跳跃则兵大起。箕尾：二十八宿中的星名，箕四星，尾九星。箕、尾分野下应燕地。"旄头"句指安禄山在幽燕一带叛乱。风尘：喻战乱。蓟（jì）门：即蓟丘，在今北京德胜门外。

[7] 胡兵：安史叛军。汉兵：唐军。咸阳：秦都，在今陕西咸阳东北二十里。此指唐长安城。

[8] 宣皇：即唐肃宗，谥号"文明武德大圣大宣孝皇帝"，故称。走豪杰：使天下豪杰为之奔走。开中否（pǐ）：此指唐肃宗平定"安史之乱"，收复两京，扭转了唐朝中衰之局面。否，《周易》卦名，本义阻塞。

[9] 蟠联：盘踞联结。两河：指河南、北二道。弭：平息、停止。

[10] 齐蔡燕赵魏：指唐兵力最强的五个藩镇。齐，淄青节度使，治青州（今山东益都）。蔡，彰义节度使，治蔡州（今河南汝南）。燕，卢龙节度使，治幽州（今北京）。赵，成德节度使，治镇州（今河北正定）。魏，魏博节度使，治魏州（今河北大名）。

[11]一家事：一家一姓的利益。

[12]"逆子"二句：指五个藩镇相互联姻。逆、虏，对叛逆藩镇的称呼。

[13]急热：打得火热。宫徵(zhǐ)：古代音乐中有宫、商、角、徵、羽五音，此是宫音、徵音的并称。

[14]"法制"二句：叛镇私自制订法令制度，僭拟天子礼仪。僭(jiàn)拟，越分妄比。

[15]"压阶"二句：天子的殿阶以螭头装饰。螭，无角的龙。交尾，龙的尾巴互相缠结，也是帝王宫殿的装饰。

[16]署纸：唐代官员批发公文应署名，君主下诏则不署名，用玉玺。替名：废除署名。

[17]刳隍(kūhuáng)：挖掘护城壕。猃(xiān)：贪欲。寻：古代长度单位，八尺为一寻。缭垣：围墙。雉：古代计算城墙面积的单位，方丈为堵，三堵为雉。长三丈高一丈为一雉。

[18]孱孙：弱小的子孙。血绝：血缘断绝。

[19]九庙：天子祭祀祖先之庙有九庙。输委：输送财物。

[20]七十年：从天宝十四载(755)"安史之乱"爆发至杜牧作此诗之文宗大和元年(827)，凡七十三年。汗赧(xì)：指流汗脸红。赧，大红色。

[21]韩彭：韩信、彭越，汉初名将。英卫：英国公李勣、卫国公李靖，唐初名将。

[22]"凶门"二句：指武将。穰穰，众多的样子。儿戏，轻率，不严肃。

[23]累圣：唐朝的历代帝王。吁：表惊疑。阃(kǔn)：国门。

[24]屯田：兵士在驻扎地垦殖荒地，以取得军饷和税粮。堤防：堤坝，喻边防军。慑惴：恐惧。

[25]军须：军队需要的各种物品。资：供给。凶器：古代称兵为凶器。

[26]隳(huī)：毁坏。画一法：统一的制度。

[27]流品：品类、等级，泛指人的社会地位。蒙茏(méng)：杂乱。网罗：喻法令，法网。离弛：离散松弛。

[28]夷狄：边远地区的少数民族。开张：扩张。黎元：老百姓。憔悴：枯槁瘦病的样子。

[29]邈:远。萧然:扰乱骚动貌。烦费:大量耗费。

[30]贞元:唐德宗年号(785—805)。恣:放纵。绮靡:华丽奢侈。

[31]泰:《周易》卦名,与"否"相反,本义通顺。循来:依序而来。元和:唐宪宗年号(806—820)。

[32]汤武:商汤、周武王。

[33]茅茨:用茅草盖的房子。相传尧住茅草之屋。此颂扬唐宪宗如尧一样节俭。封章:机密之奏章。绽:缝补。据《汉书·东方朔传》,汉文帝宫殿集书囊为帷帐。

[34]"伍旅"二句:指唐宪宗在军旅中将高崇文等人提拔为勇将,也像殷武丁访得傅说、周文王举用太公望一样,先后任命杜黄裳、武元衡、裴度等人为相。伍旅,古代军队的编制单位,五人为伍,五百人为旅。雄儿,勇将。梦卜,据《史记》记载,殷王武丁夜梦得圣人,便派人到野外寻访,得傅说,任用为相。周文王出猎前占卜,知将得辅佐之臣,后得垂钓于渭水的太公望。庸,举用。真相,有真才实干的宰相。

[35]轰霆:响雷。"河南"句:据《新唐书·宪宗纪》记,元和十二年(817)平淮西吴元济,十四年(819)二月平淄青李师道,七月,宣武韩弘率汴宋诸州归朝。

[36]长庆:唐穆宗年号(821—824)。燕赵:指卢龙与成德军辖地。舁襁(yúqiǎng):背上包在被中婴儿,准备归顺朝廷。襁,包婴儿的被子。

[37]北阙:宫殿北面的门楼。阙,宫门前的望楼。顿颡(sǎng):磕头。

[38]"茹鲠"二句:喻唐穆宗对于藩镇力不从心,如喉咙不能吞吃鱼骨,如力弱不能负重。茹鲠,吞吃鱼骨。

[39]坐幄:坐于帷幕之中。吞舟:吞舟之鱼的略语,喻归顺后又叛乱的藩镇将帅。

[40]"骨添"二句:据《新唐书·穆宗纪》载,长庆元年(821)七月,幽州卢龙军都知兵马使朱克融囚其节度使张弘靖以反,又纵兵掠易州、寇蔚、定二州等事。成德大将王廷凑杀其节度使田弘正以反。滹沱,河名,源出山西繁峙,东南流经河北正定。

[41]徒有征:仅有征战。无状:罪大不可言状。

[42]"一日"句：指五节度使于长庆元年（821）八月十四日发兵讨伐王廷凑。五诸侯，指魏博节度使田布、横海节度使乌重胤、昭义节度使刘从谏、河东节度使裴度、义武节度使陈楚。

[43]梯天：如同登梯子上天。

[44]苍然：广远的样子。蔫蔫：狭隘，浅薄。榛莽：草木茂盛。

[45]关西：潼关以西。贱男子：诗人自称，杜牧为京兆万年人。肉：吃肉。虏：叛乱的藩镇。羹：肉汤。

[46]数：列举。系虏：擒敌。

[47]荡荡：空旷广远貌。瞳瞳：明亮貌。

[48]叱起：振作精神。文武业：周文王、周武王的事业。豁：开阔，宽敞。洪溟：大海。

[49]扈苗征：有扈、有苗是古代叛乱的部落首领，据《尚书》，夏后启征有扈，夏禹征有苗。

[50]"七十"二句：商汤以七十里、周文王以百里统一天下，皆以文德治理国家，不曾以武力相争。

[51]韬舌：缄口不言。韬，藏。叫阍：人民有冤枉或意见到皇帝宫门前陈诉。阍，宫门。

[52]遗（wèi）：赠送。贾生：西汉贾谊，其年少才高，在汉文帝时屡次上书论政，切中当时弊害。

张好好诗[1] 六日

君为豫章姝[2]，十三才有余。
翠茁凤生尾，丹叶莲含跗[3]。
高阁倚天半，章江联碧虚[4]。
此地试君唱，特使华筵铺[5]。
主人顾四座，始讶来踟蹰[6]。
吴娃起引赞，低徊映长裾[7]。
双鬟可高下，才过青罗襦[8]。 十日

盼盼乍垂袖[9]，一声雏凤呼。
繁弦迸关纽，塞管裂圆芦[10]。
众音不能逐，袅袅穿云衢[11]。
主人再三叹，谓言天下殊。
赠之天马锦，副以水犀梳[12]。
龙沙看秋浪，明月游朱湖[13]。
自此每相见，三日已为疏。
玉质随月满[14]，艳态逐春舒。
绛唇渐轻巧，云步转虚徐[15]。
旌旆忽东下，笙歌随舳舻[16]。
霜凋谢楼树，沙暖句溪蒲[17]。
身外任尘土，樽前极欢娱[18]。
飘然集仙客，讽赋欺相如[19]。
聘之碧瑶佩，载以紫云车[20]。
洞闭水声远，月高蟾影孤[21]。
尔来未几岁，散尽高阳徒[22]。
洛城重相见，婥婥为当垆[23]。
怪我苦何事，少年垂白须。
朋游今在否，落拓更能无[24]。
门馆恸哭后[25]，水云秋景初。
斜日挂衰柳，凉风生座隅[26]。
洒尽满襟泪，短歌聊一书。

一九八八年十二月十一日

十二日

十三日

注释

[1] 此诗杜牧自序："牧大和三年，佐故吏部沈公江西幕。好好年十三，始以善歌来乐籍中。后一岁，公移镇宣城，复置好好于宣城籍中。后二岁，为沈著作述师以双鬟纳之。后二岁，于洛阳东城，重睹好好、感旧伤怀，故题诗赠之。"

[2] 豫章：郡名，唐时洪州（今江西南昌）。姝：美女。

[3] 苗：长出。跗（fū）：花萼。

[4]高阁:指滕王阁,在今江西南昌。章江:此指赣江。由章水和贡水在赣县合流为赣水,流经南昌。碧虚:天空。

[5]华筵:丰盛的宴席。

[6]主人:指江西观察使沈传师。踟蹰:徘徊不前。

[7]吴娃:吴地美女,此指张好好。裾:衣襟。

[8]罗襦:用丝罗制作的短袄。

[9]盼盼:注视貌。

[10]繁弦:繁杂的弦乐声。迸:涌出,喷射。关纽:弦乐器上的转轴。塞管:芦管,塞外的胡乐器。

[11]袅袅:形容音乐绵延不绝,婉转悠扬。云衢:天空。

[12]天马锦:沙狐皮制成的锦裘。水犀梳:犀牛角制成的名贵梳子。

[13]龙沙:沙洲名,在南昌城北。朱湖:在南昌城东,与赣江相通。

[14]玉质:质美如玉,指张好好。

[15]云步:轻盈如云的脚步。虚徐:从容不迫。

[16]"旌旆"二句:指沈传师调任宣州观察使,率部乘船沿江东下,好好随船前往。旌旆,旗帜。笙歌,奏乐歌唱。舳舻(zhúlú),船尾为舳,船头为舻,此指船。

[17]谢楼:谢朓楼,在宣城城北,南齐宣城太守谢朓所建。句(gōu)溪:一名东溪,流经宣城东。

[18]樽:酒杯。

[19]集仙客:指沈述师。沈述师为沈传师之弟,沈述师曾为集贤殿校理。集仙,宫殿名,开元十三年(725)改为集贤殿。讽赋:作赋。欺:压倒。相如:司马相如。

[20]聘之:沈述师聘娶张好好。碧瑶佩:青绿色的玉佩。紫云车:豪华的车子。

[21]"洞闭"句:据《太平广记》载,刘晨、阮肇二人入天台山采药,遇到仙女,共处甚欢,后来离别仙女,回到尘世。"月高"句:嫦娥为后羿之妻,因偷窃长生不老药逃到月中,托身于月。此二句指张好好成为沈述师的妾后,与故人不再往来。

[22]高阳徒:酒徒。典出《史记·郦生陆贾列传》。

[23]婷婷(chuò):姿态柔美的样子。当垆:开酒店卖酒,用卓文君当垆卖酒之典。

[24]落拓:不受拘束。

[25]"门馆"句:羊昙为太行人,为谢安所爱重。谢安去世后,羊昙辍乐弥年,行不由西州路,后因醉经过,以马策扣扉,诵曹植之诗,恸哭而返。此指杜牧为沈传师的去世而恸哭。

[26]座隅:座边。

冬至日寄小侄阿宜诗[1]

十四日

小侄名阿宜,未得三尺长。
头圆筋骨紧[2],两眼明且光。
去年学官人,竹马绕四廊[3]。
指挥群儿辈,意气何坚刚。

十五日

今年始读书,下口三五行。
随兄旦夕去,敛手整衣裳。
去岁冬至日,拜我立我旁。
祝尔愿尔贵,仍且寿命长。
今年我江外,今日生一阳[4]。

十六日

忆尔不可见,祝尔倾一觞[5]。
阳德比君子[6],初生甚微茫。
排阴出九地,万物随开张[7]。
一似小儿学,日就复月将[8]。
勤勤不自已,二十能文章[9]。
仕宦至公相,致君作尧汤[10]。
我家公相家,剑佩尝丁当[11]。

十七日

旧第开朱门[12],长安城中央。
第中无一物,万卷书满堂。
家集二百编,上下驰皇王[13]。

多是抚州写,今来五纪强[14]。
尚可与尔读,助尔为贤良[15]。
经书括根本[16],史书阅兴亡。
高摘屈宋艳,浓熏班马香[17]。 十八日
李杜泛浩浩,韩柳摩苍苍[18]。
近者四君子,与古争强梁[19]。
愿尔一祝后,读书日日忙。
一日读十纸,一月读一箱。
朝廷用文治[20],大开官职场。
愿尔出门去,取官如驱羊[21]。 十九日
吾兄苦好古,学问不可量。
昼居府中治,夜归书满床。
后贵有金玉,必不为汝藏。
崔昭生崔芸,李兼生窟郎[22]。
堆钱一百屋,破散何披猖[23]。
今虽未即死,饿冻几欲僵。 二十日
参军与县尉,尘土惊劻勷[24]。
一语不中治,笞箠身满疮[25]。
官罢得丝发[26],好买百树桑。
税钱未输足,得米不敢尝。
愿尔闻我语,欢喜入心肠。
大明帝宫阙,杜曲我池塘[27]。
我若自潦倒,看汝争翱翔。 二十一日
总语诸小道,此诗不可忘。

注释
[1]冬至:指开成五年(840)冬至。
[2]紧:紧实,牢固。
[3]官人:做官的人。竹马:儿童玩具,以竹竿制成,充作马骑。
[4]江外:江南。生一阳:即一阳生,冬至别称。

[5]觞:酒杯。

[6]阳德:阳气。

[7]排阴:比喻排除小人。九地:地的最深处。开张:展开。

[8]日就复月将:每日有成就,每月有进步。语本《诗经·周颂·敬之》:"日就月将,学有缉熙于光明。"

[9]二十能文章:语见杜甫《醉歌行》:"陆机二十作文赋。"

[10]仕宦:做官。公相:公侯将相。致君:辅助国君,使其成为圣明之主。尧汤:古代帝尧和商汤。

[11]公相家:杜牧祖父杜佑任德、顺、宪三宗宰相,封岐国公;从兄杜悰为武宗、懿宗二朝宰相,封邠国公。

[12]旧第:指杜佑旧宅。

[13]"家集"二句:指杜佑所撰《通典》二百卷,分食货、选举、职官、礼、乐、兵刑、州郡、边防八门,上溯黄、虞,下迄天宝,博取五经群史及汉魏六朝人之文集奏疏中有稗得失者,类聚汇为一编。

[14]抚州:唐时属江南道。杜佑曾任抚州刺史。五纪强:六十多年。十二年为一纪。杜佑从大历十四年(779)至开成五年(840)任抚州刺史,共六十一年,故为五纪。

[15]贤良:有德行之人。

[16]经书:儒家经典著作。根本:事物的本源。

[17]屈宋:屈原、宋玉。班马:班固、司马迁。

[18]李杜:李白、杜甫。浩浩:形容李杜诗歌的气势如水流一样盛大。韩柳:韩愈、柳宗元。摩苍苍:高接云天。

[19]争强梁:一争高下。

[20]文治:以文教施政。

[21]驱羊:典出《帝王世纪》,黄帝梦有人执千钧之弩,驱羊万群,醒而依占得到力牧、风后两位名臣。

[22]"崔昭"二句:崔昭、李兼家中富贵,而其子无能,最终家产破散。

[23]披猖:分散,此指钱财用尽。

[24]劻勷(kuāngráng):急迫不安的样子。

[25] 答箠：抽打。疮：伤口。

[26] 丝发：丝毫，形容细微。

[27] 大明：大明宫，唐宫殿名。杜曲：今陕西西安市长安区东少陵原东南，唐时在启夏门外，向西即少陵原，为杜氏聚集处。

偶游石盎僧舍[1]

一九八八年十二月二十一日，冬至

敬岑草浮光，句汜水解脉[2]。

益郁乍怡融，凝严忽颓坏[3]。

梅颣暖眠酣，风绪和无力[4]。

凫浴涨汪汪，雏娇村幂幂[5]。　　二十二日

落日美楼台，轻烟饰阡陌[6]。

潋绿古津远[7]，积润苔基释。

孰谓汉陵人，来作江汀客[8]。

载笔念无能，捧筹惭所画[9]。

任辔偶追闲[10]，逢幽果遭适。

僧语淡如云，尘事繁堪织。

今古几辈人，而我何能息。

注释

[1] 石盎：石盎寺在宣州敬亭山旁。僧舍：僧人的住所，寺院。

[2] 敬岑：敬亭山。句汜：句溪中小块陆地。

[3] 乍：忽然。怡融：怡悦舒畅。凝严：严寒。颓坏：颓败坏裂。

[4] 梅颣(lèi)：梅花花苞。风绪：风丝。

[5] 凫：水鸟，俗称野鸭。幂幂：浓密貌。

[6] 阡陌：田间小路。

[7] 潋：水波相连的样子。古津：古老的渡口。

[8] 汉陵人：诗人自指。杜牧家在杜陵，即汉宣帝陵。江汀：江中小洲。

[9] 载笔：携带文具以记录王事。筹：计数用具，多用竹子制成。

[10] 辔：驾驭马的缰绳，此借指马。

惜春

二十三日

春半年已除,其余强为有。
即此醉残花,便同尝腊酒。
怅望送春怀,殷勤扫花帚。
谁为驻东流,年年长在手。

题安州浮云寺楼寄湖州张郎中[1]

二十五日

去夏疏雨余,同倚朱阑语[2]。
当时楼下水,今日到何处。
恨如春草多,事与孤鸿去。
楚岸柳何穷,别愁纷若絮[3]。

注释

[1]安州、湖州:唐代州名。安州治所在今湖北安陆,湖州治所在今浙江吴兴。张郎中:张文规,会昌元年(841)自安州刺史授湖州刺史。

[2]朱阑:朱红色的围栏。

[3]纷:众多。絮:柳絮。

大雨行[1]

二十六日

东埧黑风驾海水[2],海底卷上天中央。
三吴六月忽凄惨[3],晚后点滴来苍茫。
铮栈雷车轴辙壮,矫躩蛟龙爪尾长[4]。
神鞭鬼驭载阴帝[5],来往喷洒何颠狂。

二十七日

四面崩腾玉京仗,万里横互羽林枪[6]。
云缠风束乱敲磕,黄帝未胜蚩尤强[7]。
百川气势苦豪俊,坤关密锁愁开张[8]。

二十八日

太和六年亦如此，我时壮气神洋洋[9]。
东楼耸首看不足，恨无羽翼高飞翔。
尽召邑中豪健者，阔展朱盘开酒场[10]。
奔觥槌鼓助声势，眼底不顾纤腰娘[11]。
今年阘茸鬓已白[12]，奇游壮观唯深藏。
景物不尽人自老，谁知前事堪悲伤。

二十九日

注释

[1] 作者自注："开成三年宣州开元寺作。"大雨：开成三年（838），宣州大雨。
[2] 东垠：东边。
[3] 三吴：泛指江苏南部、浙江北部一带。
[4] 铮栈：响声如铮敲的车。铮，金属撞击声。栈，竹木制成的车。雷车：雷神之车。矫矍（jué）：跳跃。
[5] 阴帝：指司雨之神。
[6] 玉京：天帝居住之处。仗：仪仗。羽林：皇帝禁军。
[7] "黄帝"句：黄帝与蚩尤曾于涿鹿之野战斗，这里借以形容云与风的缠斗。
[8] 坤：大地。开张：开放。
[9] 太和：即大和，唐文宗年号（827—835）。洋洋：得意貌。
[10] 酒场：酒会。
[11] 觥：用兽角制成的酒器。槌鼓：擂鼓。纤腰娘：指舞女。
[12] 阘茸（tàróng）：弩弱，精神颓靡。

过华清宫绝句[1]（三首录一）

三十日

长安回望绣成堆，山顶千门次第开[2]。
一骑红尘妃子笑[3]，无人知是荔枝来。

注释

[1] 华清宫：唐宫殿名，在陕西省临潼县城南骊山上，其地有温泉。唐贞观十八年（644）置汤泉宫，咸亨二年（671）改名温泉宫。天宝六载（747）大加扩建，改为华清宫。宫治汤井为池，称为华清池。

[2]次第:依次,一个接一个地。

[3]妃子:指杨贵妃。

登乐游原[1]

长空澹澹孤鸟没[2],万古销沉向此中[3]。
看取汉家何事业,五陵无树起秋风[4]。

注释

[1]乐游原:在唐长安东南,地势高旷,可登临游览,位于今陕西西安市。

[2]澹澹:广漠的样子。

[3]销沉:消逝,消失。

[4]五陵:汉代五个皇帝的陵寝,即长陵、安陵、阳陵、茂陵、平陵。

街西长句[1]　　　　三十一日

碧池新涨浴娇鸦,分锁长安富贵家。
游骑偶同人斗酒[2],名园相倚杏交花。
银鞦騕褭嘶宛马[3],绣鞅璁珑走钿车[4]。
一曲将军何处笛[5],连云芳草日初斜。

注释

[1]街西:朱雀门大街以西。唐长安以朱雀门大街为界,街东属万年县,街西属长安县。

[2]斗酒:比酒量。

[3]银鞦:络在牲口股后的银色皮带。騕褭(yǎoniǎo):良马名,泛指骏马。宛马:西域大宛所产宝马。

[4]鞅:用马拉车时套在马颈上的皮套子。璁(cōng)珑:明洁的样子。钿车:用金花装饰的车子。

[5]将军:指笛曲《将军令》。

读韩杜集

一九八九年元旦

杜诗韩集愁来读,似倩麻姑痒处搔[1]。
天外凤凰谁得髓[2],无人解合续弦胶[3]。

注释

[1] 倩:请。麻姑搔痒:麻姑为传说中的仙女,据《神仙传》,麻姑手爪如鸟爪,宜搔痒。
[2] 髓:骨髓,喻精华。
[3] 续弦胶:据《十洲记》,凤麟洲在西海中,上有凤、麟,煮凤喙及麟角,合煎作胶,能续弓弩已断之弦,名为"续弦胶"。

长安秋望

楼倚霜树外[1],镜天无一毫。
南山与秋色[2],气势两相高。

注释

[1] 霜树:经霜的树木。
[2] 南山:即终南山,在今陕西西安市南。

不饮赠酒

一月二日

细算人生事,彭殇共一筹[1]。
与愁争底事[2],要尔作戈矛。

注释

[1] 彭:彭祖,长寿之代表。殇:未成年而死。一筹:一个数码。
[2] 底事:何事。

将赴吴兴登乐游原一绝[1]

清时有味是无能[2],闲爱孤云静爱僧。
欲把一麾江海去[3],乐游原上望昭陵[4]。

注释

[1]吴兴:湖州古称,即今浙江湖州。
[2]清时:清平之时。有味:有兴致、有情趣。
[3]欲把一麾江海去:指京官外任。江海,此指吴兴。
[4]昭陵:唐太宗的陵墓,在今陕西省礼泉县东北的九嵕山主峰内。

江南春绝句

三日

千里莺啼绿映红,水村山郭酒旗风[1]。
南朝四百八十寺[2],多少楼台烟雨中。

注释

[1]郭:外城。
[2]"南朝"句:言南朝寺庙之多。南朝,宋、齐、梁、陈四朝的总称。
四百八十寺:言其多,非实指。

题宣州开元寺水阁,阁下宛溪,夹溪居人[1]

四日

六朝文物草连空[2],天淡云闲今古同。
鸟去鸟来山色里,人歌人哭水声中。
深秋帘幕千家雨,落日楼台一笛风。
惆怅无因见范蠡[3],参差烟树五湖东[4]。

注释

[1]水阁:开元寺中临宛溪二建的楼阁。宛溪:源出宣城东南峄山,东北流为九曲河,折而西绕城东。开元寺就在宛溪畔。
[2]六朝:东吴、东晋、宋、齐、梁、陈六朝,均建都金陵,故称。

[3]无因:无缘,无法。范蠡:春秋末年军事家,辅助越王勾践灭吴,功成身退,乘轻舟以隐五湖。

[4]五湖:指太湖及其附近的湖泊。

九日齐安登高[1]

江涵秋影雁初飞[2],与客携壶上翠微[3]。
尘世难逢开口笑[4],菊花须插满头归。
但将酩酊酬佳节[5],不用登临叹落晖。
古往今来只如此,牛山何必泪沾衣[6]。

注释

[1]九日:指会昌五年(845)重阳节。齐安:在今安徽贵池区东南。

[2]涵:包含。

[3]翠微:指齐山。

[4]尘世:人间。

[5]酩酊:大醉貌。

[6]牛山:在今山东淄博境内。春秋时齐景公登牛山,感叹人生短暂,悲极而泣,见《晏子春秋·谏上十七》。

池州春送前进士蒯希逸[1]

芳草复芳草,断肠还断肠。
自然堪下泪,何必更残阳。
楚岸千万里,燕鸿三两行。
有家归不得,况举别君觞。

注释

[1]蒯希逸:字大隐,会昌三年(843)进士。

齐安郡中偶题二首

两竿落日溪桥上,半缕轻烟柳影中。
多少绿荷相倚恨,一时回首背西风。

秋声无不搅离心,梦泽蒹葭楚雨深[1]。
自滴阶前大梧叶,干君何事动哀吟[2]。

注释

[1]梦泽:即云梦泽,古大泽名。
[2]干(gān):关涉。哀吟:悲哀的吟咏。

齐安郡后池绝句

菱透浮萍绿锦池,夏莺千啭弄蔷薇[1]。
尽日无人看微雨[2],鸳鸯相对浴红衣[3]。

注释

[1]啭:鸟婉转地鸣叫。
[2]尽日:整天,终日。
[3]红衣:指鸳鸯之红羽。

初冬夜饮

淮阳多病偶求欢[1],客袖侵霜与烛盘[2]。
砌下梨花一堆雪,明年谁此凭阑干。

注释

[1]淮阳多病:用汉代直臣汲黯之典自比。《汉书·汲黯传》载,汲黯因屡谏而出为东海太守,"多病,卧阁内不出",后徙为淮阳太守,黯付辞以多病,汉武帝请汲黯"卧而治之",汲黯在任而淮阳政清。求欢:指饮酒。
[2]烛盘:带底盘的烛台。

山石榴

十日

似火山榴映小山,繁中能薄艳中闲。
一朵佳人玉钗上,只疑烧却翠云鬟[1]。

注释　[1]翠云鬟:簪翡翠钗之发鬟。

隋堤柳[1]

夹岸垂杨三百里,只应图画最相宜。
自嫌流落西归疾,不见东风二月时[2]。

注释　[1]隋堤:隋炀帝时沿通济渠、邗沟河岸修筑的御道,道旁植杨柳,后人谓之隋堤。
　　　[2]东风:春风。

早雁

十一日

金河秋半虏弦开,云外惊飞四散哀[1]。
仙掌月明孤影过,长门灯暗数声来[2]。
须知胡骑纷纷在,岂逐春风一一回。
莫厌潇湘少人处,水多菰米岸莓苔。

注释　[1]金河:现名大黑河,在今内蒙古自治区境内,古为北方交通要道。秋半:秋季过半之时,中秋。虏弦开:喻回鹘南侵。虏,唐对周边少数民族的蔑称。云外:高空。惊飞:受惊而飞。
　　　[2]仙掌:汉武帝为求仙,在建章宫神明台上造铜仙人,舒掌捧铜盘玉环,以承接天上的仙露,后称承露金人为仙掌。长门:汉宫名。仙掌、长门借指唐代长安的宫殿。

题禅院

十二日

觥船一棹百分空[1],十岁青春不负公。
今日鬓丝禅榻畔[2],茶烟轻飏落花风[3]。

注释

[1]觥船:载酒之舟。典出《晋书·毕卓传》。棹:划船之桨。
[2]禅榻:禅床。
[3]飏:飘扬。

题敬爱寺楼[1]

暮景千山雪[2],春寒百尺楼。
独登还独下,谁会我悠悠。

注释

[1]敬爱寺:在洛阳怀仁坊。
[2]暮景:傍晚之景。

湖南正初招李郢秀才[1]

十三日

行乐及时时已晚,对酒当歌歌不成。
千里暮山重叠翠[2],一溪寒水浅深清。
高人以饮为忙事[3],浮世除诗尽强名[4]。
看着白蘋芽欲吐[5],雪舟相访胜闲行[6]。

注释

[1]正初:正月初一。李郢:字楚望,大中十年(856)及进士第,历湖州、淮南、睦州、信州从事,入为侍御史。
[2]重叠:层层相叠。
[3]高人:此指李郢。
[4]强名:盛名。

[5]看着:眼看,转眼间。
[6]雪舟相访:用王子猷雪夜访戴之事。

赤壁[1] 　　　　　　　　一九八九年一月十四日

折戟沉沙铁未销[2],自将磨洗认前朝[3]。
东风不与周郎便[4],铜雀春深锁二乔[5]。

注释

[1]赤壁:三国时周瑜用火攻之策破曹军之处。
[2]折戟沉沙:断戟被沉没在沙里,形容惨烈战斗之后的战场遗迹。
[3]将:拿着。
[4]"东风"句:指周瑜火烧赤壁之事。
[5]铜雀:铜雀台,故址在今河北临漳县西南。高十丈,楼顶置大铜雀,故名。
二乔:汉太尉桥玄的两个女儿,皆容貌出众,大乔嫁孙策,小乔嫁周瑜。

泊秦淮[1]

烟笼寒水月笼沙,夜泊秦淮近酒家。
商女不知亡国恨[2],隔江犹唱后庭花[3]。

注释

[1]秦淮:秦淮河,流经南京。
[2]商女:歌女。
[3]后庭花:词牌名,原为南朝陈后主《玉树后庭花》词的简称,后为唐教坊曲名。其歌声哀怨,后以喻亡国之音。

秋浦途中[1] 　　　　　　　　十五日

萧萧山路穷秋雨[2],淅淅溪风一岸蒲[3]。
为问寒沙新到雁[4],来时还下杜陵无[5]?

注释

[1] 秋浦：杜牧由黄州刺史转任池州刺史，治所为秋浦。
[2] 穷秋：晚秋，深秋。
[3] 浙浙：形容风声。蒲：香蒲，根茎可食，叶可编席、制扇等。
[4] 为问：借问。
[5] 杜陵：诗人故乡。

题桃花夫人庙[1]

十六日

细腰宫里露桃新[2]，脉脉无言度几春。
至竟息亡缘底事[3]，可怜金谷坠楼人[4]。

注释

[1] 桃花夫人：原注"息夫人"。息夫人姓妫（guī），春秋时期陈庄公之女，因嫁给息国国君，故亦称息妫。其容颜绝代，脸似桃花，又称"桃花夫人"。桃花庙在黄冈县东三十里。
[2] 细腰宫：即楚王宫。楚灵王好细腰，而国中多饿人，故后称楚王宫为细腰宫。
[3] 至竟：究竟。息亡：息国灭亡。缘：因为。底事：何事。
[4] 金谷坠楼人：指西晋豪富石崇爱妾绿珠，权贵孙秀因向石崇索求绿珠不得，矫诏逮捕石崇下狱，石崇被捕时对绿珠说："我现在为你得罪权贵。"绿珠含泪说："当效死于君前。"遂坠楼而死。

题乌江亭[1]

十七日

胜败兵家事不期[2]，包羞忍耻是男儿[3]。
江东子弟多才俊，卷土重来未可知。

注释

[1] 乌江亭：项羽兵败处，在安徽和县东北四十里。
[2] 不期：不能预料。

[3]包羞忍耻:容忍羞愧、耻辱。

寄扬州韩绰判官[1]

十八日

青山隐隐水迢迢[2],秋尽江南草木凋。
二十四桥明月夜[3],玉人何处教吹箫[4]?

注释

[1]扬州韩绰判官:杜牧大和末年为淮南节度掌书记,韩绰为判官。后杜牧入京为监察御史,韩绰仍在扬州。判官,辅佐节度使、观察使的官吏。
[2]迢迢:遥远貌。
[3]二十四桥:故址在江苏扬州市江都县西郊。
[4]玉人:美人。

汴河阻冻[1]

二十日

千里长河初冻时,玉珂瑶珮响参差[2]。
浮生却似冰底水,日夜东流人不知。

注释

[1]汴河:自隋疏为永济渠,唐改为广济渠。
[2]玉珂瑶珮:用玉制品借以形容冰裂的声音。玉珂,马络头上的装饰物,以贝饰之,色白似玉。瑶珮,玉制的装饰品。

早秋

一九八九年一月二十二日

疏雨洗空旷,秋标惊意新[1]。
大热去酷吏,清风来故人。
尊酒酌未酌,晚花孊不孊[2]。
铢秤与缕雪[3],谁觉老陈陈[4]。

注释

[1]秋标:秋初。

[2]颦:皱眉。

[3]"铢秤"句:形容早秋时天气的细微变化。铢秤,以铢作最小计量单位的秤,二十四铢为一两。

[4]陈陈:沿袭,因袭。

途中一绝[1]

二十三日

镜中丝发悲来惯,衣上尘痕拂渐难[2]。
惆怅江湖钓竿手,却遮西日向长安。

注释

[1]途中:指由湖州赴长安途中。

[2]拂:拭,掸去。

送隐者一绝

二十四日

无媒径路草萧萧[1],自古云林远市朝[2]。
公道世间唯白发,贵人头上不曾饶[3]。

注释

[1]无媒:无引荐的人。

[2]云林:山野隐居之所。

[3]饶:宽恕。

赠别二首

二十五日

娉娉袅袅十三余[1],豆蔻梢头二月初[2]。
春风十里扬州路,卷上珠帘总不如[3]。

多情却似总无情，唯觉尊前笑不成。
蜡烛有心还惜别[4]，替人垂泪到天明。

注释　[1]娉娉袅袅：体态轻盈柔美的样子。
　　　[2]豆蔻：一种植物，花淡红，二月初尚未开花，故用来比喻少女。
　　　[3]珠帘：珍珠缀成的帘子，喻珍贵美好之物。
　　　[4]心：与"芯"谐音双关。

雨

二十六日

连云接塞添迢递[1]，洒幕侵灯送寂寥。
一夜不眠孤客耳，主人窗外有芭蕉。

注释　[1]迢递：遥远貌。

送人

鸳鸯帐里暖芙蓉[1]，低泣关山几万重。
明镜半边钗一股[2]，此生何处不相逢。

注释　[1]鸳鸯：喻夫妇。芙蓉：荷花，此指绣有荷花的被子。
　　　[2]明镜半边：喻破镜重圆。

宫词（二首录一）

一九八九年一月二十八日

监宫引出暂开门[1]，随例须朝不是恩[2]。
银钥却收金锁合，月明花落又黄昏。

注释

[1]监宫：监管宫女的宦官。
[2]随例须朝：按照惯例朝见皇帝。

遣怀

二十九日

落魄江南载酒行[1]，楚腰肠断掌中轻[2]。
十年一觉扬州梦，赢得青楼薄幸名[3]。

注释

[1]落魄：穷困不得意。
[2]楚腰：楚灵王好细腰，故宫人多饿其身，以求细腰。后用以指女子细腰。
掌中轻：汉成帝皇后赵飞燕体轻，能作掌中舞。
[3]薄幸：薄情，无情。

叹花

三十日

自恨寻芳到已迟[1]，往年曾见未开时。
如今风摆花狼籍[2]，绿叶成阴子满枝。

注释

[1]寻芳：出游赏花。
[2]狼籍：凌乱不整貌。

山行

三十一日

远上寒山石径斜[1]，白云生处有人家。
停车坐爱枫林晚[2]，霜叶红于二月花。

注释

[1]寒山：冷落寂静的山。石径：山间石路。
[2]坐：因为，由于。

书怀

满眼青山未得过[1],镜中无那鬓丝何[2]。
只言旋老转无事,欲到中年事更多。

注释　[1]得过:得以通过,得以度过。
　　　[2]无那:无奈。鬓丝:鬓边缕缕白发。

赠猎骑　　　　　　　　　　　　　二月一日

已落双雕血尚新,鸣鞭走马又翻身。
凭君莫射南来雁[1],恐有家书寄远人。

注释　[1]凭:请。

秋夕　　　　　　　　　　　　一九八九年二月二日

红烛秋光冷画屏[1],轻罗小扇扑流萤[2]。
天阶夜色凉如水[3],坐看牵牛织女星。

注释　[1]画屏:有画饰的屏风。
　　　[2]轻罗小扇:用质地轻盈的丝织品制成的扇子。
　　　[3]天阶:宫殿的台阶。

长安雪后　　　　　　　　　　　　　　三日

秦陵汉苑参差雪[1],北阙南山次第春[2]。
车马满城原上去[3],岂知惆怅有闲人[4]。

注释

[1]秦陵汉苑：泛指长安一带。秦陵，秦始皇陵寝，在今陕西西安市。汉苑，汉代的上林苑，故址在今鄠邑区城西渼陂向东至西安三桥阿房宫遗址一带。
[2]北阙：皇宫北面的门楼。南山：终南山。次第：依次，一个挨一个地。
[3]原：乐游原。
[4]闲人：清闲无事之人，诗人自谓。

冬日题智门寺北楼[1]

四日，立春

满怀多少是恩酬，未见功名已白头。
不为寻山试筋力[2]，岂能寒上背云楼。

注释

[1]智门寺：位于湖北随州，相传其为隋文帝杨坚担任随州刺史时之故居。
[2]寻山：游山。筋力：体力。

寄杜子（二首录一）

不识长杨事北胡[1]，且教红袖醉来扶[2]。
狂风烈焰虽千尺，豁得平生俊气无[3]。

注释

[1]长杨：长杨宫，汉代宫殿名，本秦旧宫，为秦汉时游猎之所。北胡：据《汉书·扬雄传》，汉成帝为了向胡人夸耀野兽之多，将野兽运至长杨宫射熊馆，让胡人搏兽，扬雄作《长杨赋》以讽。
[2]红袖：代指美女。
[3]俊气：英俊气概。

春日古道傍作

五日

万古荣华旦暮齐[1]，楼台春尽草萋萋[2]。

君看陌上何人墓[3],旋化红尘送马蹄。

注释　[1]旦暮:早晚。
　　　[2]萋萋:茂盛貌。
　　　[3]陌上:乡间。

边上闻笳[1]（三首录一） 六日，阴历元旦

何处吹笳薄暮天[2],塞垣高鸟没狼烟[3]。
游人一听头堪白,苏武争禁十九年[4]。

注释　[1]边上:边塞,边关。笳:北方民族的一种吹奏乐器,以芦叶或竹吹奏,似笛。
　　　[2]薄暮天:傍晚日落之时。
　　　[3]塞垣:边关的城墙。狼烟:即烽烟。
　　　[4]苏武:西汉大臣苏武奉武帝之命以中郎将持节出使匈奴被扣留,被迁至北海(今贝加尔湖)牧羊,留居匈奴十九年持节不屈。争禁:怎么经受得起。

赠别

眼前迎送不曾休,相续轮蹄似水流[1]。
门外若无南北路,人间应免别离愁。
苏秦六印归何日[2],潘岳双毛去值秋[3]。 八九年二月七日
莫怪分襟衔泪语[4],十年耕钓忆沧洲[5]。

注释　[1]相续:相继,前后连接。轮蹄:车轮和马蹄。
　　　[2]"苏秦"句:战国纵横家苏秦主张合纵南北燕、赵、韩、魏、齐、楚六国以抗秦,抗秦成功后组建合纵联盟,其任盟长,兼佩六国相印。后喻得任官职,显耀荣华。

[3]"潘岳"句：晋代潘岳三十二岁即生白发，作《秋兴赋》以抒愁。

[4]分襟：别离。衔泪：含着眼泪。

[5]耕钓：相传商伊未仕时耕于莘野，周吕尚未仕时钓于渭水，后喻隐居不仕。沧洲：滨水之处，借指隐之所。

送别

溪边杨柳色参差，攀折年年赠别离[1]。
一片风帆望已极，三湘烟水返何时[2]。
多缘去棹将愁远[3]，犹倚危亭欲下迟[4]。
莫嚏酒杯闲过日[5]，碧云深处是佳期。

注释

[1]攀折：折取。古人有折柳送别之习。

[2]三湘：指湖南湘乡、湘潭、湘阴，代指湖南。烟水：雾霭迷蒙的水面。

[3]缘：因为。将：带着。

[4]危：高。

[5]嚏(tì)：困于，沉溺于。

许浑

许浑(791？—858？)，字用晦，一作仲晦，郡望安陆(今属湖北)，籍贯洛阳，寓居润州丹阳(今江苏丹阳)丁卯涧，因名其集为《丁卯集》，人称"许丁卯"。大和六年(832)进士。先后任当涂、太平县令和监察御史，以疾辞官，复出仕为润州司马。历睦、郢二州刺史，世称"许郢州"。其诗以登临怀古见长，多写水，故有"许浑千首湿"之称。

赠裴处士

八日

为儒白发生，乡里早闻名。
暖酒雪初下，读书山欲明。
字形翻鸟迹[1]，诗调合猿声。
门外沧浪水，知君欲濯缨[2]。

注释

[1]鸟迹：篆体古文字形如鸟的爪迹，故称。

[2]濯缨：洗濯冠缨，喻超脱世俗，操守高洁。

示弟

补入

自尔出门去，泪痕长满衣。
家贫为客早，路远得书稀。
文字何人赏，烟波几日归？
秋风正摇落，孤雁又南飞。

思归

九日

叠嶂平芜外，依依识旧邦。
气高诗易怨，愁极酒难降。
树暗支公院[1]，山寒谢守窗[2]。

殷勤楼下水，几日到荆江[3]。

注释

[1]支公：指东晋高僧支遁，后亦泛称高僧。

[2]谢守：指南朝宋诗人谢灵运。谢灵运曾为永嘉太守，故称。

[3]荆江：指湖北枝江至湖南岳阳城陵矶江段，因地处古荆楚之地，故称。

春日题韦曲野老村舍[1]（二首录一） 十日

北岭枕南塘，数家村落长。
莺啼幼妇懒，蚕出小姑忙。
烟草近沟湿，风花临路香。
自怜非楚客[2]，春望亦心伤。

注释

[1]韦曲：唐有韦曲镇，在今西安市长安区，因韦氏世居于此得名。

[2]楚客：屈原忠而被谤，身遭放逐，流落他乡，故称"楚客"。后泛指客居他乡的人。

题灞西骆隐士 十六日重抄

磻溪连灞水[1]，商岭接秦山[2]。
青汉不回驾[3]，白云长掩关。
雀喧知鹤静，凫戏识鸥闲。
却笑南昌尉[4]，悠悠城市间。

注释

[1]磻（pán）溪：水名，在今陕西省宝鸡市东南。灞水：河川名，源出陕西省蓝田县西，流经长安。

[2]商岭：即商山，位于陕西省商洛市。

[3]青汉：天汉，高空。

[4]南昌尉：据《汉书·梅福传》，汉时梅福曾做过南昌尉的小官，后去官归

乡。后因用为避世而隐于下位的典故。

溪亭（二首录一）

十七日重抄

溪亭四面山，横柳半溪湾[1]。
蝉响螳螂急，鱼深翡翠闲[2]。
水寒留客醉，月上与僧还。
犹恋萧萧竹，西斋未掩关[3]。

注释

[1]溪湾：溪水弯曲处。
[2]翡翠：鸟名，嘴长而直，生活在水边，吃鱼虾之类。
[3]西斋：文人的书斋。

秋日赴阙题潼关驿楼

十八日重抄

红叶晚萧萧，长亭酒一瓢。
残云归太华[1]，疏雨过中条[2]。
树色随山迥，河声入海遥。
帝乡明日到[3]，犹自梦渔樵[4]。

注释

[1]太华：山名，即西岳华山，在陕西省华阴市南，因其西有少华山，故称太华。
[2]中条：山名，位于今山西省永济市东南。
[3]帝乡：京城，这里指长安。
[4]梦渔樵：梦想回故乡去过渔樵生活。

题愁

十九日重抄

聚散竟无形,回肠百结成[1]。
古今销不得,离别觉潜生[2]。
降虏将军思,穷秋远客情。
何人更憔悴,落第泣秦京[3]。

注释

[1]回肠:形容内心焦虑愁苦,仿佛肠子被牵转一样。

[2]潜生:暗暗滋生。

[3]秦京:指秦国首都咸阳,诗词中常用以代指京城。

早行

失枕惊先起[1],人家半梦中。
闻鸡凭早晏[2],占斗认西东[3]。
二十一日
綦湿知行露[4],衣单觉晓风。
秋阳弄光影,忽吐半林红。

注释

[1]失枕:又名"失颈""落枕"。多因睡卧姿势不当,或颈部当风受寒,或外伤引起。

[2]早晏:早晚。

[3]占:占候,诗中指观察天文现象。斗:北斗星,古人依靠北斗星来指引方向。

[4]行露:路旁的露水。

金陵怀古

玉树歌残王气终[1],景阳兵合戍楼空[2]。
松楸远近千官冢[3],禾黍高低六代宫。

石燕拂云晴亦雨[4],江豚吹浪夜还风[5]。
英雄一去豪华尽[6],唯有青山似洛中[7]。

注释

[1]玉树:指南朝陈后主所制的歌曲《玉树后庭花》。

[2]景阳:南朝宫名,齐武帝置钟于楼上,宫人闻钟早起妆饰。兵合:指隋兵会集。

[3]松楸:指多在墓地上栽种的松树与楸树。

[4]石燕:鸟名,似蝙蝠,产于石窟树穴中。

[5]江豚:即江猪,水中哺乳动物,体形像鱼,我国长江之中可见。吹浪:推动波浪。

[6]英雄:这里指曾经占据金陵的历代帝王。

[7]洛中:指洛阳,洛阳多山。

凌歊台[1]

二十二日

宋祖凌高乐未回[2],三千歌舞宿层台[3]。
湘潭云尽暮山出,巴蜀雪消春水来。
行殿有基荒荠合[4],寝园无主野棠开。
百年便作万年计,岩畔古碑空绿苔。

注释

[1]凌歊(xiāo)台:又作陵歊台,是安徽省当涂县城关镇古迹。相传南朝宋武帝刘裕所建,后来宋孝武帝刘骏曾筑避暑离宫于其上。

[2]宋祖:指南朝宋武帝刘裕。

[3]层台:高台。

[4]行殿:行宫。

咸阳城东楼

二十三日

一上高城万里愁,蒹葭杨柳似汀洲[1]。

溪云初起日沉阁[2]，山雨欲来风满楼。
鸟下绿芜秦苑夕[3]，蝉鸣黄叶汉宫秋。
行人莫问当年事[4]，故国东来渭水流[5]。

注释

[1]汀洲：水中小洲。

[2]溪、阁：作者自注："（咸阳城）南近磻溪，西对慈福寺阁。"日沉阁：夕阳隐没于寺阁之后。

[3]秦苑：古秦国宫苑。

[4]行人：旅人，此作者自指。当年事：前朝事，指秦、汉的兴亡。

[5]故国：古都，故城。

凌歊台送韦秀才

二十四日

云起高台日未沉，数村残照半岩阴。
野蚕成茧桑柘尽[1]，溪鸟引雏蒲稗深[2]。
帆势依依投极浦[3]，钟声杳杳隔前林[4]。
故山迢递故人去[5]，一夜月明千里心。

注释

[1]桑柘(zhè)：桑木与柘木。

[2]蒲稗：蒲草与稗草。

[3]极浦：遥远的水滨。

[4]杳杳：幽远貌。

[5]迢递：遥远貌。

故洛城

一九八九年二月二十五日

禾黍离离半野蒿[1]，昔人城此岂知劳。
水声东去市朝变[2]，山势北来宫殿高。
鸦噪暮云归古堞[3]，雁迷寒雨下空壕。

可怜缑岭登仙子[4]，犹自吹笙醉碧桃[5]。

注释

[1] 禾黍离离：化用《诗经·王风·黍离》："彼黍离离，彼稷之苗。"这里表示对过去王朝兴替的追思。
[2] 市朝：争名夺利的场所。
[3] 堞（dié）：城上小墙，即女墙。
[4] 缑（gōu）岭：即缑氏山，在今河南偃师东南。登仙子：指仙人王子乔。
[5] 碧桃：传说中仙人吃的仙果，多指西王母给汉武帝的仙桃。

晚自东郭回留一二游侣

二十六日

乡心迢递宦情微[1]，吏散寻幽竟落晖。
林下草腥巢鹭宿[2]，洞前云湿雨龙归[3]。
钟随野艇回孤棹，鼓绝山城掩半扉，
今夜西斋好风月[4]，一瓢春酒莫相违。

注释

[1] 迢递：思虑悠远。
[2] 草腥：草香。
[3] 雨龙：传说中行雨之龙。
[4] 西斋：文人的书房。

别张秀才

二十七日

不知何计写离忧，万里山川半旧游。
风卷暮沙和雪起，日融春水带冰流。
凌晨客泪分东郭，竟夕乡心共北楼。
青桂一枝年少事[1]，莫因鲈鲙涉穷秋[2]。

注释

[1] 青桂：桂树。桂树常绿，故称。这里比喻科举功名。

［2］鲈鲙：据《世说新语・识鉴》，西汉张翰（字季鹰）在洛阳为官时，因秋风起而思家乡吴中的菰菜羹、鲈鱼脍，遂辞官还乡。后用作思乡赋归之典。穷秋：晚秋，深秋。

早秋韶阳夜雨[1]

二十八日

宋玉含凄梦亦惊[2]，芙蓉山响一猿声。
阴云迎雨枕先润，夜电引雷窗暂明。
暗惜水花飘广槛，远愁风叶下高城。
西归万里未千里，应到故园春草生。

注释

［1］韶阳：郡名。治所在阳寿县（今广西象州县）。
［2］"宋玉"句：宋玉，战国时辞赋家，其《九辩》有"悲哉秋之为气也！"后用作悲秋之典。

赠王山人[1]

一九八九年三月一日

贳酒携琴访我频[2]，始知城市有闲人。
君臣药在宁忧病[3]，子母钱成岂患贫[4]。
年长每劳推甲子[5]，夜寒初共守庚申[6]。
近来闻说烧丹处[7]，玉洞桃花万树春[8]。

注释

［1］山人：隐士。
［2］贳（shì）酒：赊酒。
［3］君臣药：君臣指中医方剂中的主药与辅药，这里代指药方。
［4］子母钱：即青蚨钱，指用之不绝的钱财。
［5］甲子：年岁，年龄。
［6］守庚申：亦称"守三尸""斩三尸"，指道教信徒于庚申日通宵静坐不眠，以消灭"三尸"。三尸，道教称存于人体内作祟的三神。

[7] 烧丹：炼丹。

[8] 玉洞：指仙道或隐者的住所。

卧病 时在京都

寒窗灯尽月斜晖，珮马朝天独掩扉[1]。
清露已凋秦塞柳[2]，白云空长越山薇[3]。
病中送客难为别，梦里还家不当归。
惟有寄书书未得，卧闻燕雁向南飞。

注释

[1] 珮马：饰有玉珂之马。朝天：上朝。

[2] 秦塞：古秦地要塞，代指北方。

[3] 越山：古越地之山，代指作者故乡东南地区。

春雨舟中次和横江裴使君见迎李赵二秀才同来，因书四韵，兼寄江南[1]

芳草渡头微雨时，万株杨柳拂波垂。
蒲根水暖雁初落，梅径香寒蜂未知。
词客倚风吹暗淡，使君回马湿旌旗。
江南仲蔚多情调[2]，怅望青云几首诗。

注释

[1] 本诗一作杜牧诗，见《全唐诗》卷五一六。横江：地名，今属安徽。

[2] 仲蔚：东汉高士张仲蔚，擅长诗赋。这里代指作者的江南友人。

送别

溪边杨柳色参差，攀折年年赠别离。
一片风帆望已极，三湘烟水返何时[1]。

多缘去棹将愁远,犹倚危楼欲下迟。
莫殢酒杯闲过日[2],碧云深处是佳期。

注释

[1]三湘:泛指湘江流域及洞庭湖地区。
[2]殢(tì):困于,沉溺于。

寄房千里博士[1]

一九八九年三月六日

春风白马紫丝缰,正值蚕眠未采桑[2]。
五夜有心随暮雨[3],百年无节待秋霜。
重寻绣带朱藤合,更认罗裙碧草长。
为报西游减离恨,阮郎才去嫁刘郎[4]。

注释

[1]房千里:唐朝进士。博士:古代学官名。
[2]蚕眠:蚕蜕皮前不动不食的状态。
[3]五夜:五更。
[4]"阮郎"句:阮郎指东汉阮肇,刘郎指东汉刘晨,两人入天台山采药,遇仙女,被招为婿。后以阮郎和刘郎借指与丽人结缘之男子。

谢亭送别[1]

七日

劳歌一曲解行舟[2],红叶青山水急流。
日暮酒醒人已远,满天风雨下西楼。

注释

[1]谢亭:又叫谢公亭,在安徽宣城北面,南朝齐诗人谢朓任宣城太守时,曾在此送别诗人范云。
[2]劳歌:本指在劳劳亭送客时唱的歌,泛指送别歌。劳劳亭,在今南京市西南。

客有卜居不遂薄游汧陇因题[1]

海燕西飞白日斜,天门遥望五侯家[2]。
楼台深锁无人到,落尽春风第一花[3]。

注释

[1]卜居:择地居住。汧(qiān)陇:指汧水陇山地带。

[2]天门:宫殿之门,指皇宫。五侯:泛指朱门显贵人家。

[3]第一花:指名贵的花。

李商隐

李商隐（约813—858），字义山，号玉溪生，又号樊南生，本籍怀州河内（今河南沁阳），祖上迁居荥阳（今属河南）。少习骈文，游于幕府，又学道于济源玉阳山。开成年间进士及第，曾任秘书省校书郎，调弘农尉。宣宗朝先后入桂州、徐州、梓州幕府。复任盐铁推官。一生在牛李党争的夹缝中求生存，备受排挤，潦倒终身。晚年闲居郑州，病逝。其诗多抨击时政，不满藩镇割据、宦官擅权。以律绝见长，意境深邃，富于文采，独具特色。为晚唐杰出诗人。

锦瑟[1]

锦瑟无端五十弦[2]，一弦一柱思华年。
庄生晓梦迷蝴蝶[3]，望帝春心托杜鹃[4]。
沧海月明珠有泪，蓝田日暖玉生烟[5]。
此情可待成追忆，只是当时已惘然。

注释

[1]锦瑟：装饰华美的瑟。瑟为弦乐器之一种。

[2]无端：没来由，转意即为什么。五十弦：传古瑟五十弦，后秦帝破为二十五弦。

[3]庄生：指战国庄周。曾以梦蝶辨境之虚实。

[4]望帝：传为古蜀帝杜宇之号，死后其魂化杜鹃鸟。

[5]蓝田：山名，在今陕西蓝田，产美玉。

霜月 九日

初闻征雁已无蝉[1]，百尺楼高水接天。
青女素娥俱耐冷[2]，月中霜里斗婵娟[3]。

注释

[1]征雁：指南飞的雁。

[2]青女：主管霜雪的女神。素娥：即嫦娥。

[3]斗：比赛。婵娟：女子姿态美好的样子。

蝉

一九八九年三月十日

本以高难饱，徒劳恨费声。

五更疏欲断[1]，一树碧无情。

薄宦梗犹泛[2]，故园芜已平[3]。

烦君最相警，我亦举家清[4]。

注释

[1]疏欲断：蝉声时断时续，几欲断绝。

[2]梗犹泛：用桃梗泛河典喻漂泊的生涯。梗，树枝。

[3]芜已平：杂草丛生，长得一片平齐，形容荒芜景象。

[4]清：清贫。

乐游原[1]

向晚意不适[2]，驱车登古原[3]。

夕阳无限好，只是近黄昏。

注释

[1]乐游原：又名乐游苑，汉宣帝时建，在长安（今陕西西安）城南，是唐代长安城内地势最高处。

[2]向晚：傍晚。

[3]古原：指乐游原。

夜雨寄北

君问归期未有期，巴山夜雨涨秋池[1]。

何当共剪西窗烛[2]，却话巴山夜雨时[3]。

注释

[1]巴山:泛指东川境内(四川盆地中部)的山。

[2]何当:何时。

[3]却话:回过头来谈说。

属疾[1]

十一日

许靖犹羁宦[2],安仁复悼亡[3]。
兹辰聊属疾,何日免殊方[4]。
秋蝶无端丽,寒花只暂香。
多情真命薄,容易即回肠。

注释

[1]属疾:生病。

[2]许靖:东汉末三国时期名士,曾入蜀为官。羁宦:在他乡做官。

[3]安仁:西晋著名文学家潘岳,字安仁,作有《悼亡赋》《悼亡诗》。

[4]殊方:远方,异域。

忆梅

定定住天涯[1],依依向物华[2]。
寒梅最堪恨,常作去年花。

注释

[1]定定:唐时俗语,类今之"牢牢"。

[2]依依:轻柔披拂貌。

初起

十二日

想像咸池日欲光[1],五更钟后更回肠。
三年苦雾巴江水[2],不为离人照屋梁。

注释

[1]咸池:神话中谓日浴之处。

[2]苦雾:浓雾。

柳

柳映江潭底有情[1],望中频遣客心惊[2]。
巴雷隐隐千山外,更作章台走马声[3]。

注释

[1]底有情:何其有情。

[2]望中:视野之中。

[3]章台:汉长安街名,《汉书》载张敞下朝曾走马章台街。唐人有《章台柳》诗。

韩碑[1]

十三日

元和天子神武姿[2],彼何人哉轩与羲[3]。
誓将上雪列圣耻,坐法宫中朝四夷[4]。
淮西有贼五十载[5],封狼生貙貙生罴[6]。
不据山河据平地,长戈利矛日可麾[7]。
帝得圣相相曰度,贼斫不死神扶持[8]。

十五日

腰悬相印作都统[9],阴风惨澹天王旗[10]。
愬武古通作牙爪[11],仪曹外郎载笔随[12]。
行军司马智且勇[13],十四万众犹虎貔[14]。
入蔡缚贼献太庙[15],功无与让恩不訾[16]。
帝曰汝度功第一,汝从事愈宜为辞[17]。
愈拜稽首蹈且舞[18],金石刻画臣能为[19]。

十六日

古者世称大手笔,此事不系于职司[20]。
当仁自古有不让,言讫屡颔天子颐[21]。

公退斋戒坐小阁,濡染大笔何淋漓[22]。
点窜尧典舜典字,涂改清庙生民诗[23]。　　　十七日
文成破体书在纸[24],清晨再拜铺丹墀[25]。
表曰臣愈昧死上[26],咏神圣功书之碑[27]。
碑高三丈字如斗,负以灵鳌蟠以螭[28]。
句奇语重喻者少,谗之天子言其私[29]。　　　十八日
长绳百尺拽碑倒,粗砂大石相磨治[30]。
公之斯文若元气[31],先时已入人肝脾。
汤盘孔鼎有述作[32],今无其器存其辞。
呜呼圣皇及圣相,相与烜赫流淳熙[33]。　　　十八(九)日
公之斯文不示后,曷与三五相攀追[34]。
愿书万本诵万过,口角流沫右手胝[35]。
传之七十有二代,以为封禅玉检明堂基[36]。

注释

[1] 韩碑:指韩愈的《平淮西碑》。

[2] 元和:唐宪宗年号。

[3] 轩与羲:轩辕和伏羲氏,代指三皇五帝。

[4] 法宫:君王主事的正殿。四夷:泛指四方边地。

[5] 淮西有贼:指盘踞蔡州(今河南新蔡县)的藩镇势力。

[6] 封狼:大狼,借指奸恶之人。貙(chū)、罴(pí):野兽,喻指叛将。

[7] 日可麾:用鲁阳公与韩人相争援戈挥日,使日却行的典故。此喻反叛作乱。麾通"挥"。

[8] "帝得"二句:帝指唐宪宗李纯,圣相指裴度。裴度主战,藩镇派人行刺,裴度幸未死,伤愈后主持平淮西事务。

[9] 都统:招讨藩镇的军事统帅。

[10] 天王旗:天子的旗帜。

[11] 愬武古通:愬,李愬;武,韩公武;古,李道古;通,李文通,四人皆裴度手下大将。

[12] 仪曹外郎:以礼部郎中身份随裴度出征的李宗闵。

〔13〕行军司马：指韩愈。

〔14〕虎貔(pí)：猛兽，喻勇猛善战的战士。

〔15〕蔡：蔡州。贼：指叛将吴元济。

〔16〕功无与让：即功劳巨大而无可推让。不訾(zī)：即"不赀"，不可估量。

〔17〕从事：州郡官自举的僚属。为辞：指韩愈撰《平淮西碑》。

〔18〕稽首：叩头。蹈且舞：指古代臣子朝拜皇帝时的一种礼节。

〔19〕金石刻画：指为钟鼎石碑撰写纪述功德的铭文。

〔20〕"古者"二句：职司，指专职撰写文章的翰林院。这里是说撰写碑文虽不是韩愈本职，但他自负大手笔，当仁不让。

〔21〕颐：指下巴。

〔22〕濡染：浸湿。

〔23〕"点窜"二句：点窜、涂改，运用的意思。尧典、舜典，《尚书》中篇名。清庙、生民，《诗经》中大雅和周颂的篇名。

〔24〕破体：指破当时通行之文体。

〔25〕丹墀(chí)：宫中红色台阶或地面。

〔26〕昧死：冒死，上书用谦语。

〔27〕圣功：指平定淮西的战功。

〔28〕灵鳌：驮负石碑的动物，形似巨龟。蟠以螭：碑上所刻盘绕的无角小龙饰纹。

〔29〕"句奇"二句：韩碑充分叙述裴度平淮西之功，李愬不平，李愬妻进谗言于天子，后韩碑被推倒。其实韩碑并未抹杀李愬之功。

〔30〕磨治：指磨去碑上的刻文。

〔31〕元气：浩荡深厚的正气。

〔32〕汤盘：商汤浴盆。孔鼎：孔子先祖正考父庙之鼎。汤盘、孔鼎都有铭文，此喻韩碑。

〔33〕炬赫：辉耀。淳熙：淳正和熙。

〔34〕曷与：怎能与？ 三五：三皇五帝。这里是说，如果韩碑不流传后世，宪宗怎能获得追攀三皇五帝的伟名？

〔35〕胝(zhī)：老茧。

〔36〕玉检：玉牒书的封箧。明堂基：明堂的基石。

风雨

二十日

凄凉宝剑篇[1],羁泊欲穷年。
黄叶仍风雨,青楼自管弦。
新知遭薄俗,旧好隔良缘。
心断新丰酒[2],销愁斗几千。

注释

[1]宝剑篇:为唐初郭震(字元振)所作诗《古剑歌》,以剑之不甘沉埋,比喻自己的政治抱负。

[2]新丰:地名,在今陕西省西安临潼区,古时以产美酒闻名。

荆门西下

二十一日

一夕南风一叶危[1],荆门回望夏云时。
人生岂得轻离别,天意何曾忌崄巇[2]。
骨肉书题安绝徼[3],蕙兰蹊径失佳期[4]。
洞庭湖阔蛟龙恶,却羡杨朱泣路岐[5]。

注释

[1]一叶:小舟。
[2]崄巇(xiǎnxī):山势险峻,引申为世路艰险。
[3]绝徼:绝域,极远之边塞。
[4]蕙兰蹊径:香草小路,比喻仕途。
[5]杨朱:战国初期伟大的思想家、哲学家。据说杨朱看见道路多歧而哭之,多比喻对误入歧途伤感担忧。

药转[1]

二十二日

郁金堂北画楼东,换骨神方上药通[2]。
露气暗连青桂苑,风声偏猎紫兰丛。

长筹未必输孙皓[3],香枣何劳问石崇[4]。
忆事怀人兼得句,翠衾归卧绣帘中。

注释

[1]药转:道家所炼丹药之九转还丹,服后可以令人成仙。

[2]换骨:道家谓服食仙酒、金丹等使之化骨升仙。神方:仙方,验方。上药:仙药。

[3]长筹:古人如厕后拭秽之木竹小片。孙皓:三国时期孙吴末代皇帝。据传孙皓曾将佛像置于厕中,使执厕筹,后遭病痛才悔改。

[4]石崇:西晋时期文学家、富豪。据载石崇家厕中有干枣,用于如厕时塞鼻防臭。大将军王敦去石崇家,如厕时将干枣吃尽。

二月二日[1]

二十三日

二月二日江上行,东风日暖闻吹笙。
花须柳眼各无赖[2],紫蝶黄蜂俱有情。
万里忆归元亮井[3],三年从事亚夫营[4]。
新滩莫悟游人意,更作风檐夜雨声。

注释

[1]二月二日:蜀地风俗,二月二日为踏青节。

[2]花须:花蕊。柳眼:柳叶的嫩芽如人睡眼初展,所以称为柳眼。

[3]元亮井:元亮,东晋诗人陶渊明的字。这里指故乡。

[4]亚夫营:西汉将军周亚夫的军营。亦称"细柳营"或"柳营"。

筹笔驿[1]

二十四日

猿鸟犹疑畏简书[2],风云常为护储胥[3]。
徒令上将挥神笔[4],终见降王走传车[5]。
管乐有才终不忝[6],关张无命欲何如。

他年锦里经祠庙[7],梁父吟成恨有余[8]。

注释

[1]筹笔驿:在今四川广元市,相传蜀相诸葛亮出兵伐魏,曾驻军筹划于此。

[2]"猿鸟"句:简书,指军令。这里筹笔驿气象森严,至今附近的猿鸟似乎还被军令震慑。

[3]储胥:指军营中用来防卫的栅栏。

[4]上将:犹主帅,指诸葛亮。

[5]降王:指后主刘禅。传车:古代驿站所用车辆。

[6]管乐:春秋时的齐相管仲和战国时燕国名将乐毅。忝:辱,有愧于,常用作谦辞。

[7]他年:昔年。锦里:在成都城南,有武侯祠。

[8]梁父:指诸葛亮喜爱吟咏的古诗《梁父吟》。这里代指作者之前到武侯祠所作诗。

春日

二十五日

欲入卢家白玉堂[1],新春催破舞衣裳。
蝶衔红蕊蜂衔粉,共助青楼一日忙[2]。

注释

[1]白玉堂:喻指富贵人家的邸宅。

[2]青楼:青漆涂饰的豪华精致的楼房。

无题

昨夜星辰昨夜风,画楼西畔桂堂东[1]。
身无彩凤双飞翼,心有灵犀一点通[2]。
隔座送钩春酒暖[3],分曹射覆蜡灯红[4]。
嗟余听鼓应官去[5],走马兰台类转蓬[6]。

廿六日

注释

[1]画楼、桂堂：富贵人家的华丽屋舍。

[2]灵犀：旧说犀牛有神异，角中有白纹如线，贯通两头。

[3]送钩：也称藏钩。古代一种游戏。

[4]分曹：分组。射覆：在覆器下放着东西令人猜，猜中为胜。

[5]应官：到官府应差。

[6]兰台：汉代掌管图书秘籍的地方，这里指唐秘书省。

无题

来是空言去绝踪，月斜楼上五更钟。
梦为远别啼难唤，书被催成墨未浓。　　二十七日
蜡照半笼金翡翠[1]，麝熏微度绣芙蓉[2]。
刘郎已恨蓬山远[3]，更隔蓬山一万重。

飒飒东风细雨来[4]，芙蓉塘外有轻雷。
金蟾啮锁烧香入[5]，玉虎牵丝汲井回[6]。　　二十八日
贾氏窥帘韩掾少[7]，宓妃留枕魏王才[8]。
春心莫共花争发，一寸相思一寸灰。

注释

[1]半笼：半映，指烛光所照范围有限。金翡翠：指屏风或帷帐上金线绣的翡翠鸟。

[2]麝：麝香。绣芙蓉：指绣芙蓉花的帐子或被子。

[3]刘郎：相传东汉时刘晨、阮肇一同入天台山采药，遇二女仙，邀至家，留半年乃还乡。后刘晨再到山中寻仙女未果。蓬山：蓬莱山，指仙境。

[4]飒飒：象声词，风雨之声。

[5]金蟾啮锁：开关处做成蛤蟆咬锁式样的一种香炉。

[6]玉虎：用玉石作装饰的井上辘轳，形状如虎。

[7]"贾氏"句：晋韩寿美姿貌，尚书令贾充辟以为司空掾。贾充之女在帘后

無題

來是空言去絕踪月斜樓上五更鐘
夢為遠別啼難喚書被催成墨未乾
蠟照半籠金翡翠麝熏微度繡芙
蓉劉郎已恨蓬山遠更隔蓬山一萬重

颯颯東風細雨來芙蓉塘外有輕雷金蟾
齧鏁燒香入玉虎牽絲汲井迴賈氏窺

窥视，爱上韩寿年少貌美。

[8]"宓妃"句：宓妃，相传伏羲氏之女，为洛水之神。魏王，曹植封东阿王，后改陈王。曹植曾求娶甄逸之女为妻，甄氏被嫁与曹丕。甄氏亡后，曹丕将其枕给了曹植。后曹植梦见甄氏已成洛水之神（宓妃），二人在梦中相欢。这里指宓妃爱慕曹植文才。

无题

八岁偷照镜，长眉已能画。
十岁去踏青，芙蓉作裙衩[1]。
十二学弹筝，银甲不曾卸[2]。
十四藏六亲[3]，悬知犹未嫁[4]。
十五泣春风，背面秋千下。

注释
[1]裙衩：衣衫两侧开口叫"衩"，裙衩指裙子。
[2]银甲：银制假指甲，弹筝用具。
[3]六亲：本泛指亲属，这里指男性亲属。
[4]悬知：猜想。

落花

二十九日

高阁客竟去，小园花乱飞。
参差连曲陌[1]，迢递送斜晖[2]。
肠断未忍扫，眼穿仍欲归。
芳心向春尽，所得是沾衣。

注释
[1]曲陌：曲折的小径。
[2]迢递：遥远貌。

曲池[1]

三十日

日下繁香不自持，月中流艳与谁期[2]。
迎忧急鼓疏钟断，分隔休灯灭烛时。
张盖欲判江滟滟[3]，回头更望柳丝丝。
从来此地黄昏散，未信河梁是别离[4]。

注释

[1]曲池：即曲江，唐朝时为长安游览胜地，在今陕西省西安市东南。

[2]流艳：闪动的美丽光彩。

[3]张盖：张开帷盖，指分别之时。判：分开。

[4]河梁：指送别之地。

李花

三十一日

李径独来数，愁情相与悬。
自明无月夜，强笑欲风天[1]。
减粉与园箨[2]，分香沾渚莲[3]。
徐妃久已嫁[4]，犹自玉为钿。

注释

[1]"欲风"二字，杨绛原抄作"落花"，据《全唐诗》改。

[2]箨（tuò）：竹笋皮，这里指新竹。新竹表面有白粉状物。

[3]渚莲：水边荷花。

[4]徐妃：指梁元帝妃徐氏，又称"徐娘"。这里指李花如久嫁之徐妃，依然盛自修饰。

过招国李家南园[1]（二首录一）

四月一日

长亭岁尽雪如波，此去秦关路几多？
惟有梦中相近分，卧来无睡欲如何。

注释　[1]招国:即昭国坊,长安里巷名。

为有

为有云屏无限娇[1],凤城寒尽怕春宵[2]。
无端嫁得金龟婿[3],辜负香衾事早朝。

注释　[1]云屏:以云母装饰的屏风。
　　　[2]凤城:指京城。
　　　[3]金龟婿:佩带金龟袋、任高官的丈夫。

无题　　　　　　　　　　四月二日

相见时难别亦难,东风无力百花残。
春蚕到死丝方尽,蜡炬成灰泪始干。
晓镜但愁云鬓改,夜吟应觉月光寒。
蓬山此去无多路[1],青鸟殷勤为探看[2]。

注释　[1]蓬山:蓬莱山,神话传说中的仙山。借指所思女子居所。
　　　[2]青鸟:传说中为西王母传递信息的使者。

一片　　　　　　　　　　三日

一片非烟隔九枝[1],蓬峦仙仗俨云旗[2]。
天泉水暖龙吟细[3],露畹春多凤舞迟[4]。
榆荚散来星斗转,桂花寻去月轮移。
人间桑海朝朝变,莫遣佳期更后期。

注释　[1]非烟:指庆云,五色祥云。九枝:一干九枝的烛灯,泛指一干多枝的灯。

[2]云旗：以云为旗。

[3]天泉：池名，也称"天渊"。龙吟：形容声音深沉或细碎。

[4]畹(wǎn)：古代称三十亩地为畹。此处泛指园圃。

日射

四日

日射纱窗风撼扉，香罗拭手春事违[1]。
回廊四合掩寂寞[2]，碧鹦鹉对红蔷薇。

注释

[1]香罗：对手帕的美称。春事：春日游赏之事，亦泛指青春年少的诸多活动。

[2]回廊：曲折回绕的长廊。

十一月中旬至扶风界见梅花[1]

匝路亭亭艳[2]，非时裛裛香[3]。
素娥惟与月[4]，青女不饶霜[5]。
赠远虚盈手，伤离适断肠。
为谁成早秀，不待作年芳。

注释

[1]扶风：地名，今属陕西宝鸡。

[2]匝路：围绕着路。

[3]非时：指梅花早开。裛(yì)裛：香气浓郁。

[4]素娥：嫦娥。

[5]青女：霜神。

判春

五日，清明

一桃复一李，井上占年芳。
笑处如临镜，窥时不隐墙。

敢言西子短[1],谁觉宓妃长[2]。
珠玉终相类,同名作夜光[3]。

注释　[1]西子:西施。
　　　[2]宓妃:相传伏羲氏之女,为洛水之神。
　　　[3]夜光:珠玉名。

七夕

鸾扇斜分凤幄开[1],星桥横过鹊飞回[2]。
争将世上无期别[3],换得年年一度来。

注释　[1]鸾扇:羽扇的美称。凤幄:绘有凤凰图案的车帐。
　　　[2]星桥:传说中的鹊桥。
　　　[3]无期别:后会难期的别离。

马嵬[1]（二首录一）

海外徒闻更九州,他生未卜此生休。
空闻虎旅传宵柝[2],无复鸡人报晓筹[3]。
此日六军同驻马[4],当时七夕笑牵牛。
如何四纪为天子[5],不及卢家有莫愁[6]。

注释　[1]马嵬:地名,马嵬坡,在今陕西兴平。唐天宝十四载安史乱起,次年唐
　　　　　玄宗奔蜀,在马嵬坡发生兵变,杨贵妃遭处死。
　　　[2]虎旅:指跟随玄宗入蜀的禁军。宵柝(tuò):巡夜的梆声。
　　　[3]鸡人:皇宫中掌管报时的人员。宫中不得养鸡,卫士候于宫门外,向宫
　　　　　中报晓。筹:计数的用具。
　　　[4]此日:杨贵妃缢死之日。六军同驻马:指马嵬坡禁军哗变请诛贵妃事。

[5]四纪：岁星十二年行天一周，称为一纪。四纪为四十八年。玄宗在位四十四年，将近四纪。

[6]卢家莫愁：古乐府中传说的洛阳卢家少妇，这里喻指民间夫妇。

闺情

红露花房白蜜脾[1]，黄蜂紫蝶两参差。
春窗一觉风流梦，却是同衾不得知[2]。

注释

[1]蜜脾：蜜蜂营造的酿蜜的房，其形如脾。
[2]同衾（qīn）：古用于夫妻间的互称。衾，被子。"衾"字，《全唐诗》作"袍"，杨绛原抄作"衾"，今按原抄。

宫辞

四月九日

君恩如水向东流，得宠忧移失宠愁。
莫向尊前奏花落[1]，凉风只在殿西头。

注释

[1]花落：指乐曲《梅花落》，汉乐府《横吹曲》中的笛曲名。

代赠（二首录一）

楼上黄昏欲望休，玉梯横绝月中钩[1]。
芭蕉不展丁香结[2]，同向春风各自愁。

注释

[1]玉梯：华美的楼梯。月中钩：指缺月。
[2]丁香结：丁香的花蕾丛生如结，这里比喻愁绪郁结难解。

过伊仆射旧宅[1]

十一日

朱邸方酬力战功[2],华筵俄叹逝波穷[3]。
回廊檐断燕飞去,小阁尘凝人语空。
幽泪欲干残菊露,余香犹入败荷风。
何能更涉泷江去[4],独立寒流吊楚宫。

注释

[1] 伊仆射:即伊慎。中唐人,曾任检校尚书右仆射。
[2] 朱邸:指伊慎在京师的华美府邸。
[3] 逝波穷:指伊慎已去世。
[4] 泷江:岭南韶州(今广东韶关)有泷水,泛指江水。

楚宫(二首录一)

十二日

月姊曾逢下彩蟾[1],倾城消息隔重帘。
已闻佩响知腰细,更辨弦声觉指纤。
暮雨自归山悄悄[2],秋河不动夜厌厌[3]。
王昌且在墙东住[4],未必金堂得免嫌[5]。

注释

[1] 月姊:嫦娥。彩蟾:传说月中有蟾蜍,因用以借指月宫。
[2] 暮雨:用宋玉《高唐赋》巫山神女"旦为行云,暮为行雨"的典故。
[3] 秋河:即银河。厌厌:安静,安逸。
[4] 王昌:魏晋时期的美男子。
[5] 金堂:相传莫愁嫁入卢家所居的郁金堂。

春雨

十三日

怅卧新春白袷衣[1],白门寥落意多违[2]。
红楼隔雨相望冷,珠箔飘灯独自归[3]。

远路应悲春畹晚[4],残宵犹得梦依稀。
玉珰缄札何由达[5],万里云罗一雁飞[6]。

注释

[1]白袷(jiá)衣:即白夹衣,唐人以白衫为闲居便服。
[2]白门:地名,此非实指。
[3]珠箔:珠帘,此处比喻春雨细密。
[4]畹(wǎn)晚:夕阳西下的光景。
[5]玉珰:用玉做的耳坠。缄札:书信。
[6]云罗:像罗锦般的阴云。

晚晴

十四日

深居俯夹城[1],春去夏犹清。
天意怜幽草,人间重晚晴。
并添高阁迥,微注小窗明[2]。
越鸟巢干后[3],归飞体更轻。

注释

[1]夹城:外城与内城之间。
[2]微注:因是晚景斜晖,光线微弱柔和,故说"微注"。
[3]越鸟:《古诗十九首》:"胡马依北风,越鸟巢南枝。"

天涯

十五日

春日在天涯,天涯日又斜。
莺啼如有泪,为湿最高花[1]。

注释

[1]最高花:最高树枝上的花。

七月二十九日崇让宅䜩作[1]

露如微霰下前池,月过回塘万竹悲。
浮世本来多聚散,红蕖何事亦离披[2]。
悠扬归梦惟灯见,濩落生涯独酒知[3]。
岂到白头长只尔[4],嵩阳松雪有心期[5]。

十七日

注释

[1] 崇让宅:诗人岳父王茂元(时任忠武军节度使、陈许观察使)在洛阳崇让坊的邸宅。
[2] 离披:零落分散貌。
[3] 濩(huò)落:廓落无用,引申为沦落失意。
[4] 长只尔:总是如此。
[5] 嵩阳:嵩山之南。嵩山为学道处,这里表示对高士的期许。

常娥[1]

云母屏风烛影深[2],长河渐落晓星沉。
常娥应悔偷灵药,碧海青天夜夜心。

十八日

注释

[1] 常娥:即嫦娥。
[2] 云母屏风:以云母石制作的屏风。

无题二首

凤尾香罗薄几重[1],碧文圆顶夜深缝[2]。
扇裁月魄羞难掩[3],车走雷声语未通[4]。
曾是寂寥金烬暗[5],断无消息石榴红。
斑骓只系垂杨岸[6],何处西南任好风。

十九日

二十日

重帷深下莫愁堂[7]，卧后清宵细细长。
神女生涯原是梦[8]，小姑居处本无郎[9]。
风波不信菱枝弱，月露谁教桂叶香。
直道相思了无益，未妨惆怅是清狂。

注释

[1] 凤尾香罗：一种织有凤尾花纹、质地很薄的纱罗。
[2] 碧文圆顶：印有青碧花纹的圆顶罗帐。
[3] 扇裁月魄：指圆月形的绢扇。
[4] 车走雷声：车驰之声如雷声隐隐。
[5] 金烬：涂金蜡烛的灰烬。
[6] 斑骓：毛色青白相杂的骏马，这里指想象中新郎所乘之马。
[7] 莫愁：古乐府中传说的女子，有卢家少妇莫愁和石城莫愁。
[8] 神女：指巫山神女。典出宋玉《高唐赋》《神女赋》。
[9]"小姑"句：诗下原注："古诗有'小姑无郎'之句。"指乐府《清溪小姑曲》："开门白水，侧近桥梁。小姑所居，独处无郎。"这里指诗中描写的是未嫁少女。

病中早访招国李十将军遇挈家游曲江[1]　二十一日

十顷平波溢岸清，病来惟梦此中行。
相如未是真消渴[2]，犹放沱江过锦城[3]。

注释

[1] 招国：即昭国坊，长安里巷名。
[2] 消渴：中医学病名。口渴、善饥、尿多、消瘦。包括糖尿病、尿崩症等。据史籍载，西汉司马相如有消渴疾。
[3] 沱江：长江上游支流，流经成都。锦城：锦官城，指成都。

樱桃花下　二十二日

流莺舞蝶两相欺，不取花芳正结时。

他口未开今口谢,嘉辰长短是参差[1]。

注释　[1]嘉辰:美好的辰光。长短:此处有"总之""反正"之意。

访人不遇留别馆　　　　　　　　　　二十三日

卿卿不惜锁窗春[1],去作长楸走马身[2]。
闲倚绣帘吹柳絮,日高深院断无人。

注释　[1]卿卿:这里指夫妻间亲昵的称呼。锁窗:雕刻或绘有连环形花样的窗户。
　　　[2]长楸走马:纵马于大道。长楸,高大的楸树。曹植《名都篇》:"斗鸡东郊道,走马长楸间。"

当句有对[1]　　　　　　　　　　一九八九年四月二十五日

密迩平阳接上兰[2],秦楼鸳瓦汉宫盘[3]。
池光不定花光乱,日气初涵露气干[4]。
但觉游蜂饶舞蝶,岂知孤凤忆离鸾。
三星自转三山远[5],紫府程遥碧落宽[6]。

注释　[1]当句有对:指本诗每句之内含对仗,是一种具游戏性的诗格。
　　　[2]密迩:禁密。平阳:汉平阳公主宫名。上兰:汉宫观名。本句"平阳"与"上兰"为对。
　　　[3]鸳瓦:即鸳鸯瓦,成对的瓦。汉宫盘:指汉武帝时所铸金铜仙人之承露盘。本句"秦楼瓦"与"汉宫盘"为对。
　　　[4]涵:收纳。
　　　[5]三星:有参宿三星、心宿三星、河鼓三星三说,代指星辰。三山:传说中的海上三神山,本句"三星"与"三山"为对。
　　　[6]紫府:道教称仙人所居。碧落:道教语。指天空,青天。本句"紫府"与"碧落"为对。

寄恼韩同年[1]（二首录一） 二十六日

帘外辛夷定已开，开时莫放艳阳回。
年华若到经风雨，便是胡僧话劫灰[2]。

注释

[1]韩同年：指与李商隐同龄、同年登第，且同为王茂元婿的韩瞻。

[2]胡僧：古代泛称西域、北地或外来的僧人。劫灰：劫火烧剩的灰烬。古印度人认为世界将毁坏时，劫火出现，烧毁一切，世界都成灰烬。这里极言青春芳华之可贵。

夜饮 二十七日

卜夜容衰鬓[1]，开筵属异方[2]。
烛分歌扇泪，雨送酒船香[3]。
江海三年客，乾坤百战场。
谁能辞酩酊，淹卧剧清漳[4]。

注释

[1]卜夜：尽情欢乐昼夜不止。

[2]异方：边远他乡。

[3]酒船：船形的大酒杯。

[4]淹：久留，久滞。清漳：漳水，在今河北境内。东汉末建安诗人刘桢曾卧病漳水滨，其《赠五官中郎将》诗有："余婴沉痼疾，窜身清漳滨。"

花下醉 二十八日

寻芳不觉醉流霞[1]，倚树沉眠日已斜。
客散酒醒深夜后，更持红烛赏残花。

注释

[1]流霞：是传说中神仙的饮料，这里指美酒。

偶题二首

三十日

小亭闲眠微醉消,山榴海柏枝相交[1]。
水文簟上琥珀枕[2],傍有堕钗双翠翘[3]。

清月依微香露轻,曲房小院多逢迎[4]。
春丛定见饶栖鸟[5],饮罢莫持红烛行。

注释

[1] 山榴:杜鹃花的别名。海柏:树名。
[2] 水文簟(diàn):织出波纹图形的凉席。琥珀枕:镶有琥珀的枕头。
[3] 翠翘:古代妇人首饰的一种。状似翠鸟尾上的长羽,故名。
[4] 曲房:内室,密室。这里指妓院。
[5] 栖鸟:双栖之鸟,喻宿娼者。

月

一九八九年五月一日

过水穿楼触处明[1],藏人带树远含清。
初生欲缺虚惆怅,未必圆时即有情。

注释

[1] 触处:到处,随处。

正月崇让宅[1]

二日

密锁重关掩绿苔,廊深阁迥此徘徊。
先知风起月含晕,尚自露寒花未开。

三日

蝠拂帘旌终展转[2],鼠翻窗网小惊猜。
背灯独共余香语,不觉犹歌起夜来[3]。

注释

[1] 崇让宅：指王茂元住宅。

[2] 帘旌：帘端所缀之布帛，像旌旗。泛指帘幕。

[3] 起夜来：古曲名。

河清与赵氏昆季谦集得拟杜工部[1] 三(四)日

胜概殊江右[2]，佳名逼渭川。
虹收青嶂雨[3]，鸟没夕阳天。
客鬓行如此，沧波坐渺然。
此中真得地[4]，漂荡钓鱼船。

注释

[1] 河清：唐代河南府河清县。昆季：兄弟。长为昆，幼为季。

[2] 胜概：美景。

[3] 青嶂：如屏障的青山。

[4] 此中：指河清。

春日寄怀 五月五日

世间荣落重逡巡[1]，我独丘园坐四春[2]。
纵使有花兼有月，可堪无酒又无人？
青袍似草年年定[3]，白发如丝日日新。
欲逐风波千万里，未知何路到龙津[4]。

注释

[1] 荣落：荣显和衰落。重：甚，很。逡巡：一刹那。

[2] 丘园：家园，乡里。四春：诗人会昌二年冬居母丧，至五年春。

[3] 青袍：唐八、九品官穿青袍。《古诗》："青袍似春草，长条随风舒。"

[4] 龙津：即龙门，喻仕宦腾达之路。

骄儿诗

衮师我骄儿[1],美秀乃无匹。
文葆未周晬[2],固已知六七。
四岁知名姓,眼不视梨栗[3]。
交朋颇窥观,谓是丹穴物[4]。
前朝尚器貌[5],流品方第一[6]。
不然神仙姿,不尔燕鹤骨[7]。
安得此相谓,欲慰衰朽质。
青春妍和月[8],朋戏浑甥侄。
绕堂复穿林,沸若金鼎溢。
门有长者来,造次请先出[9]。
客前问所须[10],含意不吐实。
归来学客面,闵败秉爷笏[11]。
或谑张飞胡[12],或笑邓艾吃[13]。
豪鹰毛崱屴[14],猛马气佶傈[15]。
截得青篔筜[16],骑走恣唐突[17]。
忽复学参军[18],按声唤苍鹘[19]。
又复纱灯旁,稽首礼夜佛。
仰鞭罥蛛网[20],俯首饮花蜜。
欲争蛱蝶轻,未谢柳絮疾[21]。
阶前逢阿姊,六甲颇输失[22]。
凝走弄香奁[23],拔脱金屈戌[24]。
抱持多反侧,威怒不可律[25]。
曲躬牵窗网,略唾拭琴漆[26]。
有时看临书,挺立不动膝。
古锦请裁衣,玉轴亦欲乞[27]。
请爷书春胜[28],春胜宜春日。
芭蕉斜卷笺,辛夷低过笔[29]。

七日

一九八九年五月八日

九日

十日

五月十一日

十二日

十三日

〇八一二 \ 李商隐

爷昔好读书，恳苦自著述。
憔悴欲四十，无肉畏蚤虱[30]。
儿慎勿学爷，读书求甲乙[31]。
穰苴司马法[32]，张良黄石术[33]。
便为帝王师，不假更纤悉[34]。
况今西与北，羌戎正狂悖[35]。
诛赦两未成，将养如痼疾。
儿当速成大，探雏入虎穴[36]。
当为万户侯，勿守一经帙[37]。

一九八九年
五月十五日

注释

[1] 衮师：作者的儿子的名字，大约生于会昌六年（846年），此时约四岁。

[2] 文葆：包裹婴儿用的绣花小被。葆同"褓"。周晬（zuì）：周岁。

[3] 梨栗：梨子与栗子，借指幼儿的玩物。

[4] 丹穴物：指凤凰。《山海经》载丹穴山上有凤凰。这里比喻衮师。

[5] 前朝：指魏晋南北朝。器貌：气度容貌。

[6] 流品：品类、等级。

[7] 不然、不尔：类似"要么是……要么是……"。燕鹤骨：贵人相。

[8] 妍和月：美好和煦的春月。

[9] 造次：匆忙间不顾礼节。

[10] 须：通"需"，需要。

[11] 闱（wěi）败：破门而入。笏（hù）：古代大臣上朝拿着的手板。

[12] 胡：多髯，大胡子。

[13] 邓艾：三国时期魏国杰出的军事家、将领。吃：口吃。

[14] 崱屴（zèlì）：高耸。

[15] 佶傈（jílì）：健壮。

[16] 筼筜（yúndāng）：大竹子。

[17] 唐突：横冲直撞。

[18] 参军：唐代参军戏中的主角。

[19] 苍鹘：唐代参军戏中的配角。

[20]罥(juàn)：挂。

[21]谢：让。疾：迅疾。

[22]六甲：一种棋类游戏。输失：失败，不胜。

[23]凝(nìng)走：硬是跑过去。

[24]金屈戌：梳妆匣上的铜扣环。

[25]律：约束。

[26]峈(kè)唾：吐唾沫。

[27]玉轴：卷轴的美称，借指珍美的图书字画。

[28]春胜：古人在立春这一天，剪彩绸做成小幡，上写"宜春"二字，挂在花枝上，叫作春胜。

[29]辛夷：辛夷花，又名木笔花，含苞未放时形似毛笔头。

[30]"无肉"句：极言其瘦。

[31]甲乙：唐朝科举制度，录取进士分为甲、乙两第，明经科则分甲乙丙丁四等。

[32]穰苴(rángjū)司马法：穰苴是春秋时齐国的名将，喜欢研究兵法。因他曾任大司马，通称为司马穰苴。齐威王命人整理古代司马兵法，把穰苴兵法也附在其中，称为司马穰苴兵法，简称司马法(参《史记·司马穰苴列传》)。

[33]张良黄石术：《史记·留侯世家》载：张良年轻时曾在下邳桥上遇到一位老人(即黄石公)，送他一部《太公兵法》，并且对他说："你读了这部书，便可以作帝王之师了。"

[34]纤悉：细微详尽，这里指繁琐的儒家经书及其注释。

[35]羌戎：指党项、回纥及吐蕃贵族。狂悖：狂妄悖逆。

[36]探雏：暗用东汉名将班超"不入虎穴，焉得虎子"之意。雏，指小老虎。

[37]一经帙：儒家的经典。帙：书衣。

刘得仁

刘得仁,字、里、生卒年均不详。相传他是公主之子。长庆中(823年左右)即以诗名。自开成至大中三朝,出入举场三十年,竟无所成。晁公武谓其"五言清莹,独步文场"(《郡斋读书志》)。

宿僧院

禅地无尘夜,焚香话所归。
树摇幽鸟梦,萤入定僧衣[1]。
破月斜天半[2],高河下露微[3]。
翻令嫌白日,动即与心违。

注释
[1]定僧:坐禅入定的和尚。
[2]破月:残月。
[3]高河:银河。

题邵公禅院

无事门多掩,阴阶竹扫苔。
劲风吹雪聚,渴鸟啄冰开。
树向寒山得,人从瀑布来。
终期天目老[1],擎锡逐云回[2]。

注释
[1]天目:山名,在今浙江省杭州市临安区。
[2]锡:和尚所用锡杖的简称。

寄春坊顾校书[1]

宁因不得志,寂寞本相宜。

冥目冥心坐,花开花落时。
数畦蔬甲出[2],半梦鸟声移。
只恐龙楼吏[3],归山又见违。

注释

[1]春坊:魏晋以来称太子宫为春坊。亦为太子宫所属官署名。

[2]蔬甲:蔬菜的萌芽。

[3]龙楼:借指太子所居之宫。

冬日喜同志宿[1] 二十日

相逢话清夜,言实转相知。
共道名虽切,唯论命不疑。
吟身坐霜石,眠鸟握风枝。
别忆天台客[2],烟霞昔有期。

注释

[1]同志:志同道合的人。

[2]天台:天台山,在浙江省中东部,是佛教天台宗的发源地。

春暮对雨 二十一日

春暮雨微微,翻疑坠叶时。
气蒙杨柳重[1],寒勒牡丹迟[2]。
未夕鸟先宿,望晴人有期。
何当廓阴闭[3],新暑竹风吹。

注释

[1]蒙:笼罩。

[2]勒:逼迫。

[3]廓:清除。

慈恩寺塔下避暑[1]

二十二日

古松凌巨塔，修竹映空廊。
竟日闻虚籁[2]，深山只此凉。
僧真生我静，水淡发茶香。
坐久东楼望，钟声振夕阳。

注释
[1]慈恩寺塔：即今之西安大雁塔。
[2]虚籁：指风声。

悲老宫人

二十三日

白发宫娃不解悲[1]，满头犹自插花枝。
曾缘玉貌君王宠，准拟人看似旧时[2]。

注释
[1]宫娃：宫女。
[2]准拟：料定。

晏起[1]

日过辰时犹在梦，客来应笑也求名[2]。
浮生自得长高枕。不向人间与命争。

注释
[1]晏起：晚起。
[2]"客来"句：指客人笑主人懒散贪睡，却还望求成名。

严恽

严恽（？—870），字子重，吴兴（今浙江湖州）人。屡试进士不第，遂归居吴兴。与杜牧友善，皮日休、陆龟蒙爱其诗，曾专程造访。皮日休称其"工于七字，往往有清便柔媚，时可轶骇于常轨"（《伤进士严子重诗序》）。

落花

春光冉冉归何处[1]，更向花前把一杯。
尽日问花花不语，为谁零落为谁开。

注释　[1]冉冉：渐进貌。形容时光渐渐流逝。

崔铉

崔铉(? —869),字台硕,博州(今山东聊城)人,大和元年(827)进士及第,曾历任荆南掌书记、左拾遗、知制诰、翰林学士承旨、户部侍郎等职。大中九年(855),崔铉罢相改任淮南节度使。咸通初,徙山南东道、荆南二镇,封魏国公。咸通十年(869)前后卒。

咏架上鹰

二十四日

天边心胆架头身,欲拟飞腾未有因。
万里碧霄终一去,不知谁是解绦人[1]。

注释　[1]绦:指系在鹰足上的丝绳。

薛逢

薛逢，生卒年不详，字陶臣，蒲州河东（今山西永济市）人。唐武宗会昌元年（841）进士，授秘书省校书郎。后历任万年尉、侍御史、尚书郎、巴州刺史、蓬州刺史、绵州刺史、太常少卿给事中、秘书监等职。因恃才傲物，议论激切，屡忤权贵，故仕途颇不得意。薛逢工诗，尤工七律。

宫词

十二楼中尽晓妆[1]，望仙楼上望君王[2]。
锁衔金兽连环冷[3]，水滴铜龙昼漏长[4]。
云髻罢梳还对镜，罗衣欲换更添香。
遥窥正殿帘开处，袍袴宫人扫御床[5]。

注释

[1]十二楼：泛指高层的楼阁。

[2]望仙楼：华清宫内楼阁名。

[3]金兽：指金色虎首形铺首。连环：连结成串的玉环。

[4]铜龙：漏器的吐水龙头。亦借指漏壶。

[5]袍袴宫人：指穿着衣裤的宫女。

长安春日

穷途日日困泥沙[1]，上苑年年好物华[2]。
荆棘不当车马道，管弦长奏绮罗家[3]。
王孙草上悠扬蝶，少女风前烂熳花。
懒出任从游子笑，入门还是旧生涯。

注释

[1]泥沙：比喻卑微的地位。

[2]上苑：皇家的园林。

[3]绮罗家：指富贵之家。绮罗，指华贵的丝织品或丝绸衣服。

赵嘏

赵嘏（806？—852），字承佑，楚州山阳（今江苏省淮安市淮安区）人，弱冠前后，有河东塞上之行。会昌四年（844）进士。大中间，任渭南尉，世称赵渭南。诗以七律为高，有"自然英旨"之美。其《长安晚秋》诗有"残星几点雁横塞，长笛一声人倚楼"之句，杜牧誉之为"赵倚楼"。

十无诗寄桂府杨中丞[1]（录三）

五月二十八日

琴酒曾将风月须，谢公名迹满江湖[2]。
不知贵拥旌旗后，犹暇怜诗爱酒无。

日暮江边一小儒，空怜未有白髭须。
马融已贵诸生老[3]，犹自容窥绛帐无[4]。

二十九日

孔融襟抱称名儒[5]，爱物怜才与世殊。
今日宾阶忘姓字[6]，当时省记荐雄无。

注释

[1]桂府:指桂州都督府,为桂管观察使治所,治今广西桂林。杨中丞:杨汉公。
[2]谢公:指谢灵运。
[3]马融:东汉时期著名经学家。诸生:众儒生。
[4]绛帐:师门、讲席之敬称。《后汉书·马融传》载马融"常坐高堂,施绛纱帐,前授生徒,后列女乐,弟子以次相传,鲜有入其室者。"
[5]孔融:东汉文学家。
[6]宾阶:西阶。古时宾主相见,宾自西阶上,故称。

江楼旧感

独上江楼思渺然[1]，月光如水水如天。
同来望月人何处？风景依稀似去年。

注释

[1]渺然:广远貌。

卢肇

卢肇(818—882),字子发,宜春(今属江西)人,会昌三年(843)以进士第一名及第,初为鄂岳卢商从事,后除著作郎,迁仓部员外郎,充集贤院直学士。咸通中,出知歙州,历宣、池、吉三州卒。工诗能赋,官誉亦佳,又因他作为唐相李德裕的得意门生,入仕后并未介入当时的"牛李党争",故一直为人们所称道。

及第送潘图归宜春[1]

三载皇都恨食贫[2],北溟今日化穷鳞[3]。
青云乍喜逢知己[4],白社犹悲送故人[5]。
对酒共惊千里别,看花自感一枝春[6]。
君归为说龙门事[7],雷雨初生电绕身。

注释

[1] 潘图:作者友人,袁州宜春(今江西宜春)人。

[2] 食贫:过贫苦的生活。

[3] "北溟"句:化用《庄子·逍遥游》中鲲化为鹏典故,喻指自己及第高。穷鳞,失水之鱼。比喻处在困境的人。

[4] 青云:指登科。知己:指主试官王起。

[5] 白社:在洛阳附近,晋隐士董威辇曾寄居于此。借指隐士或隐士所居之处。

[6] 看花:唐时进士及第者有在长安城中看花的风俗。一枝春:指自己中举,并为对方落第表示遗憾。

[7] 龙门事:指鱼上龙门化为龙,代指中举。

新植红茶花偶出被人移去以诗索之

严恨柴门一树花,便随香远逐香车。
花如解语还应道[1],欺我郎君不在家。

注释

[1]解语：会说话。

题清远峡观音院二首[1]

清潭洞澈深千丈[2]，危岫攀萝上几层[3]。
秋尽更无黄叶树，夜阑唯对白头僧。

风入古松添急雨，月临虚槛背残灯[4]。
老猿啸狖还欺客[5]，来撼窗前百尺藤。

注释

[1]清远峡：又名飞来峡，位于广东清远。

[2]洞澈：清澈见底。

[3]危岫：高峻的山峰。

[4]虚槛：栏杆。

[5]啸狖(yòu)：即狖，长尾猿。因其善啸，故称。

项斯

项斯（802？—847？），字子迁，台州乐安（今浙江仙居）人。早年隐居杭州径山朝阳峰，后入幕于州郡。会昌四年（844）进士，授丹徒尉。其诗先受知于张籍，又为国子祭酒杨敬之赏识。张洎谓其诗"词清妙而句美丽奇绝，盖得于意表，迨非常情所及"（《项斯诗集序》）。

题令狐处士溪居

白发已过半，无心离此溪。
病尝山药遍，贫起草堂低[1]。
为月窗从破，因诗壁重泥[2]。
近来常夜坐，寂寞与僧齐。

注释

[1] 起：建筑。

[2] 重(zhòng)泥：珍重壁上题诗而不忍涂泥。

苍梧云气[1]

何年化作愁，漠漠便难收。
数点山能远，平铺水不流。
湿连湘竹暮[2]，浓盖舜坟秋。
亦有思归客，看来尽白头。

注释

[1] 苍梧：山名，又名九嶷山，在今湖南境内，相传虞舜死于苍梧之野。

[2] 湘竹：又称"湘妃竹""斑竹"。相传舜帝死后，其二妃娥皇和女英泪洒竹林，竹子上留下斑斑泪痕，后人便称这竹为"斑竹"。

荆州夜与友亲相遇

七日

山海两分岐[1]，停舟偶似期。
别来何限意，相见却无辞。
坐永神凝梦，愁繁鬓欲丝[2]。
趋名易迟晚[3]，此去莫经时。

注释
[1]分岐：亦作"分歧"。离别意。
[2]丝：变白。
[3]趋名：追求名利。迟晚：延迟而落后。

宿山寺

八日

栗叶重重覆翠微[1]，黄昏溪上语人稀。
月明古寺客初到，风度闲门僧未归。
山果经霜多自落，水萤穿竹不停飞[2]。
中宵能得几时睡，又被钟声催着衣。

注释
[1]翠微：青翠的山色。
[2]水萤：栖息在水周围的萤火虫。

遥装夜[1]

九日

卷席贫抛壁下床，且铺他处对灯光。
欲行千里从今夜，犹惜残春发故乡。
蚊蚋已生团扇急，衣裳未了剪刀忙。
谁知更有芙蓉浦，南去令人愁思长。

注释
[1]遥装：古人习俗，将远行者，预期择吉出门，亲友于江边饯行，上船移棹即返，另日启行，称遥装，亦称摇装。

马戴

马戴(799—869),字虞臣,曲阳(今江苏省东海县西南)人。会昌四年(844)进士。宣宗大中元年(847)为太原幕府掌书记,以直言获罪,贬为龙阳(今湖南省汉寿县)尉,后得赦还京。懿宗咸通末,佐大同军幕。咸通七年(866年)擢国子太常博士。马戴工诗属文,其诗善于抒写羁旅之思和失意之慨,含思蕴藉,饶有韵致。诗以五律见长。与贾岛、姚合为诗友,唱酬尤多。

落日怅望

孤云与归鸟,千里片时间。
念我一何滞,辞家久未还。
微阳下乔木[1],远色隐秋山。
临水不敢照,恐惊平昔颜[2]。

一九八九年六月十日

注释
[1]微阳:斜阳。微,指日光微弱。
[2]平昔:平素,往昔。

出塞词

金带连环束战袍,马头冲雪度临洮[1]。
卷旗夜劫单于帐[2],乱斫胡儿缺宝刀。

注释
[1]临洮:古县名,在今甘肃省岷县境,因临洮水得名。
[2]卷旗:为了避免惊动敌方,所以卷旗夜战。

谭铢

谭铢,一作谈铢,生卒年不详,吴郡(今江苏苏州)人。初为广文生,尝习佛学。会昌元年(841)进士,曾为苏州蹉院官。懿宗咸通十一年(870)前后,又任池州地方官,罢职后,游九华山。历经仕路沉浮,性转淡泊。

真娘墓[1] 十一日

武丘山下冢累累[2],松柏萧条尽可悲。
何事世人偏重色,真娘墓上独题诗。

注释

[1]真娘墓:亦作"真孃墓"。在今江苏苏州市虎丘西。真娘,吴中乐妓,墓在虎丘山下寺中。

[2]武丘山:即虎丘山。

薛能

薛能（817？—880？），字太拙，河东汾州（今山西汾阳）人。会昌六年（846）进士，补盩厔县尉。仕宦显达，历任三镇从事，累迁嘉州刺史、各部郎中、同州刺史、工部尚书，先后担任感化军、武宁军和忠武军节度使。广明元年（880），军乱所逐，或谓被杀。癖于作诗，时人称其"诗古赋纵横，令人畏后生"（无可《送薛秀才游河中兼投任郎中留后》）。

晚春

恶怜风景极交亲[1]，每恨年年作瘦人[2]。　　十二日
卧晚不曾抛好夜，情多唯欲哭残春。
阴成杏叶才通日[3]，雨着杨花已污尘。
无限后期知有在，只愁烦作总戎身[4]。

注释
[1]恶怜：十分喜爱。交亲：相互亲近。
[2]瘦人：清狂之人。
[3]通日：有日光通过。
[4]总戎：唐人称节度使为总戎。

褒城驿有故元相公旧题诗因仰叹而作[1]　　十三日

鄂相顷题应好池[2]，题云万竹与千梨。
我来已变当初地，前过应无继此诗。　　（前：) future 之意。
敢叹临行殊旧境，惟愁后事劣今时。
闲吟四壁堪搔首，频见青鸂白鹭鸶。

注释
[1]褒城驿：驿站名，在古褒城县，属兴元府。在今陕西省汉中市。元相公：指元稹。
[2]鄂相：元稹曾任鄂州刺史，又曾官居宰相，故称。

游嘉州[1]

十四日

山屐经过满径踪[2],隔溪遥见夕阳舂[3]。
当时诸葛成何事,只合终身作卧龙[4]。

注释

[1]嘉州:州名。今四川乐山。

[2]山屐:登山用的木屐。

[3]夕阳舂:旧习日落时舂米。

[4]卧龙:《三国志·蜀书·诸葛亮传》载徐庶谓先主曰"诸葛孔明者,卧龙也"。后泛指隐居或尚未崭露头角的杰出人才。

刘威

刘威，生卒年不详，武宗会昌中人，终生不得志，羁游漂泊而终。工诗，其诗多近体，多悲羁旅失意之作。

伤春感怀

花飞惜不得，年长更堪悲。
春尽有归日，老来无去时。
风前千片雪，镜里数茎丝[1]。
肠断青山暮，独攀杨柳枝。

注释 [1]丝：白发。

冬夜旅怀

寒窗危竹枕[1]，月过半床阴。
嫩叶不归梦，晴虫成苦吟。
酒无通夜力，事满五更心。
寂寞谁相似，残灯与素琴[2]。

注释 [1]危竹：高竹。
[2]素琴：不加装饰的琴。

游东湖黄处士园林

偶向东湖更向东，数声鸡犬翠微中[1]。
遥知杨柳是门处，似隔芙蓉无路通。
樵客出来山带雨，渔舟过去水生风。
物情多与闲相称，所恨求安计不同。

注释 [1]翠微：青翠的山色。

裴诚

裴诚,生卒年不详,河东闻喜(今属山西)人。宰相裴度子。性诙谐。宣宗大中中,任主客员外郎,历职方郎中、太子中允。与温庭筠友善。好作曲子词,多写男女艳情。

南歌子词三首

十七日

不是厨中弗[1],争知炙里心。
井边银钏落,展转恨还深[2]。

不信长相忆,抬头问取天。
风吹荷叶动,无夜不摇莲[3]。

斡蜡为红烛[4],情知不自由。
细丝斜结网,争奈眼相钩。

注释

[1]弗(chǎn):烤肉用的铁扦。
[2]展转:翻身貌。多形容忧思不寐、卧不安席。
[3]摇莲:谐音"遥怜"。
[4]斡(gǎn)蜡:把蜡轧成圆柱状。斡,擀,用棍棒碾轧。

新添声杨柳枝词(录一)

十八日

思量大是恶姻缘,只得相看不得怜。
愿作琵琶槽那畔[1],得他长抱在胸前。

注释

[1]琵琶槽:琵琶上架弦的格子,亦指琵琶。

韩琮

韩琮,字成封,里居及生卒年均不详。长庆四年(824)进士。初为陈许节度判官,后任司封员外郎。大中间,历户部郎中、中书舍人、湖南观察使。咸通间官至右散骑常侍。辛文房评其诗"多清新之制,锦绮不如也"(《唐才子传》卷四)。

暮春浐水送别[1]

绿暗红稀出凤城[2],暮云楼阁古今情。
行人莫听宫前水,流尽年光是此声。

注释

[1] 浐水:水名,关中八川之一。源出今陕西蓝田县西南秦岭,西北流至西安市东入灞水。

[2] 凤城:传说秦穆公女儿弄玉吹箫引来凤凰,降于都城咸阳,因此咸阳号丹凤城。后来以"凤城"作为京城的美称,这里指长安。

郑嵎

郑嵎，字宾光，一作"宾先"。里居及生卒年均不详。开成间在骊山石瓮书院读书。游虢州后作《津阳门诗》。大中五年（851）进士。曾任扬州大都督府参军。

津阳门诗[1]

津阳门北临通逵[2]，雪风猎猎飘酒旗[3]。
泥寒款段蹶不进[4]，疲童退问前何为。
酒家顾客催解装[5]，案前罗列樽与卮[6]。
青钱琐屑安足数[7]，白醪软美甘如饴[8]。
开垆引满相献酬[9]，枯肠渴肺忘朝饥[10]。
愁忧似见出门去，渐觉春色入四肢。
主翁移客挑华灯，双肩隐膝乌帽攲[11]。
笑云鲐老不为礼[12]，飘萧雪鬓双垂颐[13]。
问余何往凌寒曦，顾翁枯朽郎岂知。
翁曾豪盛客不见，我自为君陈昔时。
时平亲卫号羽林[14]，我才十五为孤儿[15]。
射熊搏虎众莫敌，弯弧出入随欹飞[16]。
此时初创观风楼[17]，檐高百尺堆华榱[18]。
楼南更起斗鸡殿，晨光山影相参差。
其年十月移禁仗[19]，山下栉比罗百司[20]。
朝元阁成老君见[21]，会昌县以新丰移[22]。
幽州晓进供奉马，玉珂宝勒黄金羁[23]。
五王扈驾夹城路[24]，传声校猎渭水湄。
羽林六军各出射，笼山络野张罝维[25]。
雕弓绣镯不知数[26]，翻身灭没皆蛾眉[27]。
赤鹰黄鹘云中来，妖狐狡兔无所依。
人烦马殆禽兽尽，百里腥膻禾黍稀[28]。

十九日

二十日

二十一日，时腕痛

二十二日

一九八九年六月二十三日

二十四日

二十五日

暖山度腊东风微,宫娃赐浴长汤池。
刻成玉莲喷香液,漱回烟浪深逶迤[29]。
犀屏象荐杂罗列[30],锦凫绣雁相追随。
破簪碎钿不足拾,金沟残溜和缨绥[31]。
上皇宽容易承事[32],十家三国争光辉[33]。　　二十六日
绕床呼卢恣樗博[34],张灯达昼相谩欺[35]。
相君佟拟纵骄横,日从秦虢多游嬉。
朱衫马前未满足,更驱武卒罗旌旗[36]。　　二十七日
画轮宝轴从天来[37],云中笑语声融怡[38]。
鸣鞭后骑何蹙踥[39],宫妆襟袖皆仙姿。
青门紫陌多春风[40],风中数日残春遗。　　二十八日
骊驹吐沫一奋迅[41],路人拥篲争珠玑[42]。
八姨新起合欢堂[43],翔鹓贺燕无由窥[44]。
万金酬工不肯去,矜能恃巧犹嗟咨[45]。　　二十九日
四方节制倾附媚[46],穷奢极侈沽恩私[47]。
堂中特设夜明枕,银烛不张光鉴帷[48]。
瑶光楼南皆紫禁[49],梨园仙宴临花枝。
迎娘歌喉玉窈窕[50],蛮儿舞带金葳蕤[51]。
三郎紫笛弄烟月[52],怨如别鹤呼羁雌[53]。　　三十日
玉奴琵琶龙香拨[54],倚歌促酒声娇悲[55]。
饮鹿泉边春露晞,粉梅檀杏飘朱墀[56]。
金沙洞口长生殿[57],玉蕊峰头王母祠[58]。
禁庭术士多幻化[59],上前较胜纷相持[60]。　　七月一日
罗公如意夺颜色,三藏袈裟成散丝[61]。
蓬莱池上望秋月[62],无云万里悬清辉。
上皇夜半月中去,三十六宫愁不归。
月中秘乐天半间,丁珰玉石和埙箎。　　二日
宸聪听览未终曲,却到人间迷是非[63]。
千秋御节在八月[64],会同万国朝华夷。

花萼楼南大合乐[65]，八音九奏鸾来仪[66]。 三日
都卢寻橦诚龌龊[67]，公孙剑伎方神奇[68]。
马知舞彻下床榻，人惜曲终更羽衣[69]。
禄山此时侍御侧，金鸡画障当罘罳。
绣褟衣褓日员赑，甘言狡计愈娇痴[70]。
诏令上路建甲第，楼通走马如飞翚。
大开内府恣供给，玉缶金筐银簸箕[71]。 四日
异谋潜炽促归去[72]，临轩赐带盈十围[73]。
忠臣张公识逆状[74]，日日切谏上弗疑[75]。
汤成召浴果不至，潼关已溢渔阳师[76]。
御街一夕无禁鼓[77]，玉辂顺动西南驰[78]。 五日
九门回望尘坌多[79]，六龙夜驭兵卫疲[80]。
县官无人具军顿，行宫彻屋屠云螭[81]。
马嵬驿前驾不发，宰相射杀冤者谁[82]。 六日
长眉鬒发作凝血，空有君王潜涕洟。
青泥坂上到三蜀[83]，金堤城边止九旂[84]。
移文泣祭昔臣墓，度曲悲歌秋雁辞[85]。
明年尚父上捷书[86]，洗清观阙收封畿[87]。
两君相见望贤顿，君臣鼓舞皆歔欷[88]。
宫中亲呼高骠骑[89]，潜令改葬杨真妃。 七日
花肤雪艳不复见，空有香囊和泪滋。
銮舆却入华清宫，满山红实垂相思。
飞霜殿前月悄悄[90]，迎春亭下风飔飔[91]。
雪衣女失玉笼在[92]，长生鹿瘦铜牌垂[93]。 八日
象床尘凝鼍飒被，画檐虫网颇梨碑[94]。
碧菱花覆云母陵，风篁雨菊低离披[95]。
真人影帐偏生草[96]，果老药堂空掩扉[97]。
鼎湖一日失弓剑[98]，桥山烟草俄霏霏[99]。 九日
空闻玉碗入金市[100]，但见铜壶飘翠帷[101]。

开元到今逾十纪,当初事迹皆残獠[102]。
竹花唯养栖梧凤,水藻周游巢叶龟。
会昌御宇斥内典[103],去留二教分黄缁[104]。
庆山污潴石瓮毁[105],红楼绿阁皆支离[106]。　　十日
奇松怪柏为樵苏[107],童山矕谷亡崄巇[108]。
烟中壁碎摩诘画,云间字失玄宗诗[109]。
石鱼岩底百寻井,银床下卷红绠迟。
当时清影荫红叶,一旦飞埃埋素规[110]。　　十一日
韩家烛台倚林杪[111],千枝灿若山霞摛[112]。
昔年光彩夺天月,昨日销镕当路岐。
龙宫御榜高可惜[113],火焚牛挽临崎岿[114]。
孔雀松残赤琥珀[115],鸳鸯瓦碎青琉璃[116]。
今我前程能几许,徒有余息筋力羸。　　十二日
逢君话此空洒涕,却忆欢娱无见期。
主翁莫泣听我语,宁劳感旧休吁嘻[117]。
河清海宴不难睹,我皇已上升平基。
湟中土地昔湮没[118],昨夜收复无疮痍。　　十三日
戎王北走弃青冢[119],虏马西奔空月支[120]。
两逢尧年岂易偶[121],愿翁颐养丰肤肌。
平明酒醒便分首[122],今夕一樽翁莫违。

注释

[1]津阳门:唐代长安华清宫的外门。

[2]通迩:犹通途。

[3]猎猎:象声词。

[4]款段:指马。

[5]解装:卸下行装。

[6]樽、卮:古代盛酒的器皿。

[7]青钱:即青铜钱。琐屑:烦琐,细碎。

[8]白醪(láo):糯米甜酒。软美:柔和美好。

[9] 引满:谓斟酒满杯而饮。

[10] 枯肠:饥渴之肠。

[11] 乌帽:黑帽。隋、唐后多为庶民、隐者之帽。欹(qī):歪斜。

[12] 鲐(tái)老:鲐鱼背上有黑斑,老人背上也有,因常借指老人。

[13] 颐:面颊,腮。

[14] 亲卫:官名,皇帝的侍卫。

[15] 为孤儿:汉武帝时置羽林骑,掌宿卫侍从。又取从军死事之子孙养羽林,官教以五兵,号羽林孤儿。唐时禁卫军有左右羽林军。

[16] 伙(cì)飞:即伙非,春秋时楚国勇士。汉武帝时以"伙飞"为掌弋射的武官名,后亦泛指武官。

[17] 观风楼:楼阁名,在宫之外东北隅。

[18] 华榱(cuī):雕画的屋椽。

[19] 禁仗:皇帝仪仗。

[20] 栉(zhì)比:像梳篦齿那样密地排列。百司:即百官。

[21] 朝元阁:在华清宫中,皇家道教庙宇。因老君见于朝元阁南,于其处置降圣观。

[22] 会昌县:唐玄宗时析新丰为会昌县,后省新丰,改会昌为昭应县。

[23] 玉珂:马络头上的装饰物,多为玉制。宝勒:装饰华贵的马络头。黄金羁:以黄金为饰的马笼头。

[24] 五王:指唐明皇兄弟让皇帝宪(宁王)、惠庄太子㧑(申王)、惠文太子范(岐王)、惠宣太子业(薛王)、隋王隆悌。夹城:两边筑有高墙的通道。

[25] 笼山络野:谓笼罩、围绕高山平原。罝(jū)维:捕兽的网。

[26] 韣(dú):弓袋。

[27] 灭没:形容马跑得极快。

[28] "赤鹰"四句:原诗自注:"申王有高丽赤鹰,岐王有北山黄鹘,逸翮奇姿,特异他等。上爱之,每弋猎,必于驾前,目为决胜儿。"

[29] "暖山"四句:原诗自注:"宫内除供奉两汤池,内外更有汤十六所。长汤每赐诸嫔御,其修广与诸汤不侔。甃以文瑶宝石,中央有玉莲捧汤泉,喷以成池。又缝缀绮绣为凫雁于水中,上时于其间泛钑镂小舟以嬉游焉。"宫

娃,宫女。长汤池,唐华清宫中的大型温泉浴池,为诸嫔御入浴之所。逶迤,顺应自得之貌。

[30] 象荐:象牙制的席。

[31] 金沟:宫中沟渠。残溜:雨后在房、篷等顶上零星的滴水。缕緌(ruí):亦作"缕绥",冠带与冠饰。

[32] 承事:治事,受事。

[33] 十家:指唐开元中十王宅诸王。十王指庆、忠、棣、鄂、荣、仪、光、颖、永、延、盛、济等王。三国:指杨贵妃的三个姐姐,分别被封为韩国夫人、虢国夫人和秦国夫人。

[34] 呼卢:赌博。樗(chū)博:即樗蒲,古代的一种游戏,似掷骰子,后也为赌博的通称。

[35] 谩欺:欺诳。

[36] "相君"四句:原诗自注:"杨国忠为宰相,带剑南节度使。常与秦、虢联辔而出,更于马前以两川旌节为导也。"相君,指杨国忠。秦虢(guó),杨贵妃的两个姐妹秦国夫人和虢国夫人的并称。

[37] 画轮:彩饰的车轮,亦指装饰华丽的车子。宝轴:华贵的车辆。

[38] 融怡:融洽,和乐。

[39] 鸣鞭:古代皇帝仪仗中的一种,鞭形,挥动发出响声,使人肃静,故又称静鞭。蹀躞(xièdié):徘徊。

[40] 青门:泛指游冶、送别之处。紫陌:指京师郊野的道路。

[41] 骊驹:纯黑色的马,亦泛指马。奋迅:形容鸟飞或兽跑迅疾而有气势。

[42] 拥篲:拿着扫帚清理环境。古人迎候宾客,常拥篲以示敬言。篲,同"彗",扫帚。珠玑:珠宝,珠玉。

[43] 八姨:指杨贵妃姊秦国夫人。

[44] 鹍(kūn):古书上说的一种形似鹤的大鸟。

[45] "万金"二句:原诗自注:"虢国创一堂,价费万金。堂成,工人偿价之外,更邀赏伎之直。复受绛罗五千段,工者嗤而不顾。虢国异之,问其由,工曰:'某生平之能,殚于此矣,苟不知信,愿得蜾蚁、蜡蜴、蜂虿之类,去其目而投于堂中,使有隙、失一物,即不论工直也。'于是又以缯彩珍贝与之,山下

人至今话故事者,尚以第行呼诸姨焉。"矜能:夸耀自己的才能。嗟咨:慨叹。

[46] 节制:指节度使。附媚:依附巴结。

[47] 沽:猎取。恩私:犹恩惠,恩宠。

[48] "堂中"二句:原诗自注:"虢国夜明枕,置于堂中,光烛一室。西川节度使所进……"夜明枕,夜间发光之枕。

[49] 瑶光楼:即飞霜殿之北门。紫禁:古以紫微垣比喻皇帝的居处,因称宫禁为"紫禁"。

[50] 迎娘:梨园弟子之名闻者。窈窕(yǎotiǎo):幽远深邃。

[51] 蛮儿:亦梨园弟子之名闻者。葳蕤(wēiruí):华美貌,艳丽貌。

[52] 三郎:唐玄宗小字,因其排行第三,故称。原诗自注:"上皇善吹笛,常宝一紫玉管。"

[53] 别鹤:喻离散的夫妇。觭雌:失偶的雌鸟。

[54] 玉奴:唐玄宗妃杨玉环小名。龙香拨:用龙香木料制成的拨子,用以弹奏月琴、琵琶等弦乐器。

[55] "倚歌"句:原诗自注:"贵妃妙弹琵琶……上每执酒卮,必令迎娘歌《水调曲遍》,而太真辄弹弦倚歌,为上送酒。"

[56] 檀杏:浅红色的杏花。墀(chí):指台阶上的空地,亦指台阶。

[57] 金沙洞:骊山上的一处孔穴。长生殿:华清宫殿名,即集灵台。

[58] 玉蕊峰:骊山峰名。因山上秀木绿竹丛生,形似翡翠,故称玉蕊峰。山顶建有王母祠。

[59] 禁庭:犹宫廷。

[60] 相持:双方对立、争持,互不相让。

[61] "罗公"二句:罗公,即罗公远,唐代道士。原诗自注:"上颇崇罗公远,杨妃尤信金刚三藏。上尝幸功德院,将谒七圣殿,忽然背痒,公远折竹枝化作七宝如意以进。上大喜,顾谓金刚曰:'上人能致此乎?'三藏曰:'此幻术耳,僧为陛下取真物。'乃于袖中出如意,七宝炳耀,而光远所进,即时复为竹枝耳。后一日,杨妃始以二人定优劣。时禁中将创小殿,三藏乃举一鸿梁于空中,将中公远之首,公远不为动容,上连命止之。公远飞符于他处,窃三藏金栏袈裟于箧中,守者不之见。三藏怒,又咒取之,须臾而至。公远复

噀水龙符于袈裟上,散为丝缕以尽也。"如意,器物名。和尚讲经时,手持如意,记经文于上,以备遗忘。

[62] 蓬莱池:即大明宫太液池。大明宫在唐高宗时改名蓬莱宫,取殿后蓬莱池为名。

[63] "上皇"以下六句:原诗自注:"叶法善引上入月宫,时秋已深,上苦凄冷,不能久留,归。于天半尚闻仙乐,及上归,且记忆其半,遂于笛中写之。……"丁珰,象声词,形容玉石、金属等撞击的声音。埙篪(xūn chí),埙、篪皆古代乐器,二者合奏时声音相应和。宸聪,皇帝的听闻。

[64] 御节:原诗自注:"上始以诞圣日为千秋节。"

[65] 花萼楼:唐玄宗于兴庆宫西南建花萼相辉之楼,简称花萼楼。

[66] 八音:我国古代对乐器的统称,通常为金、石、丝、竹、匏、土、革、木八种不同质材所制。九奏:指古代行礼奏乐九曲。

[67] 都卢:古国名,国中之人善爬竿之技。亦指杂技爬竿戏。寻橦:古代百戏之一。橦,竿。齷齪:局促。

[68] 公孙:即公孙大娘,唐代舞伎,擅剑器舞。

[69] "马知"二句:原诗自注:"又设连榻,令马舞其上,马衣纨绮而被铃铎,骧首奋鬣,举趾翘尾,变态动容,皆中音律。又令宫妓梳九骑仙髻,衣孔雀翠衣,佩七宝璎珞,为《霓裳羽衣》之类,曲终,珠翠可扫。"

[70] "禄山"四句:原诗自注:"上每坐及宴会,必令禄山坐于御座侧,而以金鸡障隔之,赐其箕踞。太真又以为子,时襁褓戏而加之,上亦呼之禄儿。每入宫,必先拜贵妃,然后拜上,上笑而问其故,辄对曰:'臣本蕃中人,礼先拜母后拜父,是以然也。'"罘罳(fú sī),指室内的屏风。裯(yǔ),用羽毛织成的衣服。裸,小孩的衣服。屃赑(xì bì),强壮有力。这里指安禄山日益骄横。

[71] "诏令"四句:原诗自注:"时于亲仁里南陌为禄山建甲第,令中贵人督其事,仍谓之曰:'卿善为部署,禄山眼孔大,勿令笑我。'至于簝筐、簸箕、釜缶之具,咸金银为之。今四元观,即其故第耳。"上路,大路,通衢。甲第,旧时豪门贵族的宅第。飞翚(huī),《诗经·小雅·斯干》:"如翚斯飞。"后因以"翚飞"形容宫室的高峻壮丽。古代建筑屋翼檐角向上的形式,近代建

筑学称"翚飞式"。内府，王室的仓库。

[72] 异谋：反叛的图谋。

[73] "临轩"句：原诗自注："禄山肥博过人，腹垂而缓，带十五围方周体。"临轩，皇帝不坐正殿而御前殿。殿前堂陛之间近檐处两边有槛楯，如车之轩，故称。

[74] 张公：指开元名相张九龄。

[75] 切谏：直言极谏。

[76] 潼关：关隘名，古称桃林塞。渔阳：地名。唐玄宗天宝元年改蓟州为渔阳郡，治所在渔阳（今天津市蓟州区）。

[77] 御街：京城中皇帝出行的街道。禁鼓：设置在宫城谯楼上报时的鼓。

[78] 玉辂（lù）：古代帝王所乘之车，以玉为饰。

[79] 九门：禁城中的九种门，古宫室制度，天子设九门。尘坌（bèn）：灰尘，尘土。

[80] 六龙：古代天子的车驾为六马，马八尺称龙，因以为天子车驾的代称。

[81] "县官"二句：原诗自注："时郊畿草扰，无御顿之备，上命彻行宫木，宰御马，以飨士卒。"军顿，士兵的屯驻。彻屋，拆除房屋。云螭（chī），传说中龙的别称，此处用以喻指骏马。

[82] 宰相：指杨国忠。

[83] 青泥坂：地名，唐兴州（今陕西略阳）长举县西北有青泥岭，乃入蜀之路。

[84] 金堤城：在今四川省。九旂（qí）：指各式军旗。旂，同"旗"。

[85] "移文"二句：原诗自注："驾至蜀，诏中贵人驰祭张曲江墓，悔不纳其谏。又过剑阁下，望山川，忽忆《水调辞》云：'山川满目泪沾衣，富贵荣华能几时？不见只今汾水上，唯有年年秋雁飞。'上泫然流涕，顾问左右曰：'此谁人诗？'从臣对曰：'此李峤诗。'复掩泣曰：'李峤真可谓才子也。'"移文，发公文。昔臣墓，指张九龄墓。

[86] 尚父：原指周代的吕望，后世用以尊礼大臣的称号。此处指郭子仪。郭子仪曾被唐德宗赐号为"尚父"。

[87] 观阙：古代帝王宫门前的两座楼台，代称宫殿。封畿：指王都周围地区。

[88]"两君"二句：原诗自注："望贤宫在咸阳之东数里，时明皇自蜀回，肃宗迎驾，上皇自致传国玺于上，上歔欷拜受。左右皆泣，曰：'不图今日复观两君相见之礼。'驾将入开远门，上皇疑先后入门不决，顾问从臣，不能对。高力士前曰：'上皇虽尊，皇帝，主也。上皇偏门而先行，皇帝正门而入，后行。'耆老皆呼万岁，当时皆是之。"

[89]高骠骑：指高力士。

[90]飞霜殿：唐玄宗和杨贵妃在骊山华清宫的寝殿。

[91]迎春亭：骊山华清宫亭名。飔(sī)飔：凉爽、微寒貌。

[92]雪衣女：指杨贵妃所养西国所贡白鹦鹉，唐玄宗将其命名为"雪衣女"。

[93]长生鹿：指唐玄宗于芙蓉园中所获白鹿，其角际雪毛中有铜牌，刻曰"宜春宛中白鹿"。

[94]"象床"二句：原诗自注："上止华清，罢颯公主尝为上晨召，听按《新水调》。主爱起晚，遽冒珍珠被而出，及寇至，仓惶随驾出宫，后不知省。及上归南内，一旦再入此宫，而当时罢颯之被，宛然而尘积矣，上尤感焉。温泉堂碑，其石莹彻，见人形影，宫中号为颇梨碑。"罢(yǎn)颯，即罢颯公主，唐玄宗时公主。

[95]离披：分散下垂，纷纷下落貌。

[96]真人：指后周时道士李顺兴，其影帐在唐皇宫中。

[97]果老：指唐方士张果，号果老，道家称果老先师，相传为八仙之一，其药堂在唐皇宫中。

[98]"鼎湖"句：古代传说黄帝在荆山下铸鼎，鼎成，有龙垂胡髯下迎黄帝。黄帝骑龙升天，群臣攀龙髯欲上，龙髯拔落，堕黄帝之弓。后世名其处为"鼎湖"。这里指唐玄宗崩逝。

[99]桥山：山名，在今陕西省黄陵县西北，相传为黄帝葬处。这里喻指玄宗泰陵。

[100]金市：指古代大城市里金银店铺集中的街市。

[101]"但见"句：悬空壶于帷上。用壶公典，指成仙。翠帷，翠羽为饰的帷帐。

[102]隳(huī)：毁坏，崩毁。

[103]"会昌"句：指唐武宗毁佛事。会昌，唐武宗年号。内典，佛教徒称佛

经为内典。

[104]二教:两种宗教,指佛教、道教。黄缁:指道士和僧人。道士戴黄冠,僧人穿缁衣。

[105]庆山:庆山寺,武则天时期建立的著名皇家寺院。污潴(zhū):积水的洼地。石瓮:骊山上寺名。

[106]支离:分散,分裂。

[107]樵苏:柴草。

[108]童山:无草木的山。罾(yuān)谷:干枯的溪谷。崄巇(xiǎnxī):险峻崎岖。

[109]"烟中"二句:原诗自注:"红楼在佛殿之西岩,下临绝壁,楼中有玄宗题诗,草、八分,每一篇一体,王右丞山水两壁。寺毁之后,皆失之矣。"摩诘,王维,字摩诘。

[110]"石鱼"四句:原诗自注:"石鱼岩下有天丝石,其形如瓮,以贮飞泉,故上以石瓮为寺名。寺僧于上层飞楼中悬辘轳,叙引修竿长二百余尺以汲,瓮泉出于红楼乔树之杪。寺既毁拆,石瓮今已埋没矣。"银床,井栏,辘轳架。绠(gěng),汲水用的绳子。素规,白色的圆圈,此指圆月。

[111]韩家:指杨贵妃姊韩国夫人。其在石瓮寺设有千枝灯台,高八十尺,上元之夜点燃之后,千光夺月,几百里之内,皆可望见。林杪:树梢。

[112]摛(chī):舒展,散布。

[113]龙宫:指佛寺。御榜:指寺额为唐睿宗在藩邸中所题。

[114]挽:拉,牵引。崎峗(wéi):指险峻的山。

[115]孔雀松:骊山石瓮寺前之松树。世传孔雀松下有赤茯苓,入土千年则成琥珀。

[116]鸳鸯瓦:指成对的瓦。

[117]吁嘻:感叹词。

[118]湟中:地名,即今属西宁辖区,古为月氏少数民族居住之地。

[119]戎:中国古代称西部民族为戎。青冢:汉王昭君墓。在今呼和浩特南。

[120]月支:即月氏,古少数民族。

[121]尧年:古史传说尧时天下太平,因以"尧年"比喻盛世。

[122]分首:离别。

崔橹

崔橹,一作崔鲁,生卒年不详,宣宗大中年间进士,曾任棣州(今属山东滨州市)司马。著有《无讥集》四卷。他为人豪爽,工诗嗜酒。其诗善于写景咏物,风格清丽,画面鲜艳,托物言志,意境深远。

春日即事

十四日

一百五日又欲来[1],梨花梅花参差开。
行人自笑不归去,瘦马独吟真可哀。
杏酪渐香邻舍粥[2],榆烟将变旧炉灰[3]。
画桥春暖清歌夜,肯信愁肠日九回。

注释

[1] 一百五日:冬至后的第一百零五天。指寒食日。
[2] 杏酪:杏仁粥。古代多为寒食节食品。
[3] 榆烟:指寒食节禁烟火后重新从榆树中取的火。

华清宫三首

十五日

草遮回磴绝鸣銮[1],云树深深碧殿寒。
明月自来还自去,更无人倚玉栏干。

障掩金鸡蓄祸机[2],翠华西拂蜀云飞[3]。
珠帘一闭朝元阁[4],不见人归见燕归。

门横金锁悄无人,落日秋声渭水滨。
红叶下山寒寂寂,湿云如梦雨如尘。

注释

[1] 回磴:盘旋的登山石径。
[2] 金鸡:即金鸡障。画金鸡为饰的坐障。参见郑嵎《津阳门诗》注[70]。

祸:指安史之乱。

[3]翠华西拂:指安史之乱时玄宗与贵妃逃亡四川的情形。

[4]朝元阁:阁名,参见郑嵎《津阳门诗》注[21]。

李群玉

李群玉(808？—862？)，字文山。澧州(今湖南澧县)人。早岁即有诗名，性情淡泊，一度应进士举，不第，即弃去。裴休为湖南观察使时，对他很器重，并加延致。大中八年(854)游长安，上表献诗三百篇。其时宰相裴休荐授弘文馆校书郎。不久，弃官回乡。和杜牧、段成式等均有往来，与方干酬唱最密，著有诗集三卷，后集五卷。其诗风与方干不同，更加婉转多姿，词采较富，不是清淡疏落的一派。

雨夜呈长官

十六日

远客坐长夜，雨声孤寺秋。
请量东海水，看取浅深愁。
愁穷重于山，终年压人头。
朱颜与芳景，暗赴东波流。
鳞翼思风水[1]，青云方阻修[2]。
孤灯冷素艳[3]，虫响寒房幽。
借问陶渊明，何物号忘忧[4]。
无因一酩酊，高枕万情休。

一九八九年
七月十七日

注释

[1] 鳞翼：鱼类与鸟类。

[2] 青云：喻指飞黄腾达的志向。阻修：谓路途阻隔遥远。

[3] 素艳：白色的花。

[4] 忘忧：忘忧物，指酒。

旅泊

摇落江天里，飘零倚客舟。
短篇才遣闷，小酿不供愁[1]。
沙雨潮痕细[2]，林风月影稠。

书空闲度日[3]，深拥破貂裘[4]。

注释

[1]小酿：少量的酒。

[2]沙雨：犹小雨，细雨。

[3]书空：用手指在空中虚画字形。

[4]破貂裘：喻怀才不遇，十分贫困。

长沙开元寺昔与故长林许侍御题松竹联句[1]　十八日

墙阴数行字，怀旧惨伤情。
薜荔侵年月，莓苔压姓名。
逝川前后水[2]，浮世短长生。
独立秋风暮，凝颦隔郢城[3]。

注释

[1]许侍御：指许浑。

[2]逝川：河水流逝。喻时光消逝。语本《论语·子罕》："子在川上曰：'逝者如斯夫！不舍昼夜。'"

[3]郢城：指郢州，在今湖北钟祥。许浑曾任郢州刺史。

游玉芝观[1]　十九日

寻仙向玉清[2]，独倚雪初晴。
木落寒郊迥，烟开叠嶂明。
片云盘鹤影，孤磬杂松声。
且共探玄理，归途月未生。

注释

[1]玉芝观：姑苏（今江苏苏州）道观名。

[2]玉清：道家三清境之一，为元始天尊所居。亦指天。

辱绵州于中丞书信[1]

二十日

一缄垂露到云林[2],中有孙阳念骥心[3]。
万木自凋山不动,百川皆旱海长深。
风标想见瑶台鹤[4],诗韵如闻渌水琴[5]。
他日纵陪池上酌,已应难到暝猿吟。

注释
[1]辱:谦辞,表示承蒙。于中丞:指于兴宗,曾任御史中丞,出守绵州。
[2]垂露:书体名。相传汉曹喜工篆隶,善悬针垂露之法,世称"垂露书"。云林:隐居之所。
[3]孙阳:即伯乐,姓孙名阳。念骥:(伯乐)相马,喻指善识才者对人才的赏识和爱惜。
[4]风标:风度、品格。
[5]渌水:古曲名。

九子坡闻鹧鸪[1]

二十一日

落照苍茫秋草明,鹧鸪啼处远人行。
正穿诘曲崎岖路[2],更听钩辀格磔声[3]。
曾泊桂江深岸雨[4],亦于梅岭阻归程[5]。
此时为尔肠千断,乞放今宵白发生[6]。

注释
[1]九子坡:一作"九子坂",在今安徽省九华山。
[2]诘曲:弯弯曲曲。
[3]钩辀(zhōu)格磔(zhé):鹧鸪鸣声。
[4]桂江:流经广西的一条河流。
[5]梅岭:山名,即大庾岭。桂江、梅岭都是鹧鸪多的地方。
[6]"此时"二句:指现在又在九子坡听到鹧鸪叫声,不禁为之柔肠寸断。求鹧鸪饶了我,不要再叫,免得今宵愁生白发。

龙安寺佳人阿最歌（八首录五）

团团明月面，冉冉柳枝腰。
未入鸳鸯被，心长似火烧。

见面知何益，闻名忆转深。
拳挛荷叶子[1]，未得展莲心[2]。

既为金界客[3]，任改净人名[4]。
愿扫琉璃地，烧香过一生。

素腕撩金索，轻红约翠纱[5]。
不如栏下水，终日见桃花。

第一龙宫女，相怜是阿谁？
好鱼输獭尽，白鹭镇长饥[6]。

二十二日

二十三日

注释

[1]拳挛：郁结不舒。
[2]莲心：谐音双关"怜心"。
[3]金界客：佛教徒。
[4]净人：指在寺院担负勤杂劳务的非出家人员。
[5]轻红：淡红色，粉红色。
[6]"好鱼"二句：水獭善于捕鱼，并常将捕到的鱼陈列水边，如祭祀，称为"獭祭鱼"。这里指好鱼都被水獭捕尽了，白鹭只好整天饿着。输，送给，捐献。镇长，经常。

醴陵道中[1]

别酒离亭十里强，半醒半醉引愁长。

无端寂寂春山路,雪打溪梅狼籍香[2]。

注释　[1]醴陵:地名,今属湖南。
　　　[2]狼籍:纵横散乱貌。

贾岛

贾岛(779—843),字阆仙,自号碣石山人,范阳(今北京市西南)人。早年出家为僧,号无本。诗文受到张籍、韩愈赏识,还俗应举,然终生不第。文宗时任长江县(今四川蓬溪)主簿,世称"贾长江"。任满迁普州(今四川安岳)司仓参军,转授司户参军,未受命而卒。有《长江集》十卷。贾岛作诗以苦吟著称,长于五律,诗歌题材狭窄,风格幽冷奇峭。

朝饥

二十四日

市中有樵山[1],此舍朝无烟。
井底有甘泉,釜中乃空然。
我要见白日,雪来塞青天。
坐闻西床琴[2],冻折两三弦。
饥莫诣他门,古人有拙言。

注释

[1] 樵山:柴薪堆积如山。
[2] 床:琴几,用以放置琴的器具。

哭卢仝[1]

二十五日

贤人无官死,不亲者亦悲。
空令古鬼哭,更得新邻比[2]。
平生四十年,惟着白布衣。
天子未辟召,地府谁来追?
长安有交友,托孤遽弃移[3]。
冢侧志石短[4],文字行参差。
无钱买松栽,自生蒿草枝。
在日赠我文,泪流把读时。
从兹加敬重,深藏恐失遗。

注释

[1]卢仝:作者同时代诗人,"初唐四杰"之一卢照邻的嫡系子孙,德才出众而不遇。

[2]邻比:比邻,近邻。

[3]"长安"二句:指卢仝托朋辈提携其子添丁之事。弃移,人死的婉词。

[4]志石:即墓志。放在墓中刻有死者传记的石碑。

剑客

十年磨一剑,霜刃未曾试[1]。
今日把示君[2],谁为不平事。

注释

[1]霜刃:形容剑刃锋利,寒光闪闪。

[2]把:奉。

寄远

别肠多郁纡[1],岂能肥肌肤。
始知相结密,不及相结疏。
疏别恨应少,密离恨难袪。
门前南流水,中有北飞鱼。
鱼飞向北海,可以寄远书[2]。
不惜寄远书,故人今在无?
况此数尺身,阻彼万里途。
自非日月光,难以知子躯。

注释

[1]郁纡:忧思萦绕貌。

[2]"鱼飞"二句:用"鲤鱼传书"之典。典出汉乐府诗《饮马长城窟行》:"客从远方来,遗我双鲤鱼。呼儿烹鲤鱼,中有尺素书。"北海,指渤海,亦泛指北方偏远之地。

玩月

寒月破东北[1],贾生立西南[2]。
西南立倚何,立倚青青杉。
近月有数星,星名未详谙。
但爱杉倚月,我倚杉为三[3]。
月乃不上杉,上杉难相参。
眙愕子细视[4],睛瞳桂枝劖[5]。
目常有热疾[6],久视无烦炎。　　　二十八日
以手扪衣裳,零露已濡沾[7]。
久立双足冻,时向股胜淹[8]。
立久病足折,兀然黐胶粘[9]。
他人应已睡,转喜此景恬[10]。
此景亦胡及,而我苦淫耽[11]。　　　二十九日
无异市井人,见金不知廉。
不知此夜中,几人同无厌。
待得上顶看,未拟归枕函[12]。
强步望寝斋,步步情不堪。
步到竹丛西,东望如隔帘。
却坐竹丛外,清思刮幽潜[13]。
量知爱月人,身愿化为蟾[14]。　　　三十日

注释　[1]破:初升。

[2]贾生:诗人自称。

[3]三:指我、杉和月。

[4]眙(yí)愕:瞠目惊讶貌。子细:认真、细致。

[5]桂枝:传说月中有桂树。劖(chán):砭刺。

[6]热疾:古指热性过盛所致的病症。

[7]濡沾:沾湿。

[8]股胜(bì):大腿。淹:指双足因受冻而收缩。

[9]兀然:站立不动的样子。螭(chī)胶:木胶。

[10]恬:安静。

[11]淫耽:沉迷,沉溺。

[12]枕函:中间可以藏物的枕头。

[13]幽潜:隐微玄奥的道理。

[14]化为蟾:化为月中之蟾。古代传说月中有蟾蜍。

不欺

三十一日

上不欺星辰,下不欺鬼神。
知心两如此,然后何所陈。
食鱼味在鲜,食蓼味在辛。
掘井须到流[1],结交须到头。
此语诚不谬,敌君三万秋。

注释

[1]"掘井"句:《孟子·尽心上》:"掘井九轫而不及泉,犹为废井也。"

游仙

一九八九年八月一日

借得孤鹤骑,高近金乌飞[1]。
掬河洗老貌,照月生光辉。
天中鹤路直,天尽鹤一息。
归来不骑鹤,身自有羽翼。
若人无仙骨,芝术徒烦食[2]。

注释

[1]金乌:古代神话传说太阳中有三足乌,因用为太阳的代称。

[2]芝术：芝草、赤术、白术等药草名，古人认为是服之可以成仙的瑞草。

客喜

客喜非实喜，客悲非实悲。
百回信到家，未当身一归。
未归长嗟愁，嗟愁填中怀。
开口吐愁声，还却入耳来。
常恐泪滴多，自损两目辉。
鬓边虽有丝[1]，不堪织寒衣。

注释　[1]丝：白发。

携新文诣张籍韩愈途中成

袖有新成诗，欲见张韩老。
青竹未生翼[1]，一步万里道。
仰望青冥天，云雪压我脑。
失却终南山[2]，惆怅满怀抱。
安得西北风，身愿变蓬草。
地祇闻此语[3]，突出惊我倒。

注释　[1]青竹：指竹杖。
[2]终南山：指陕西省西安市南一段秦岭主峰，又称太一山、地肺山、中南山、周南山。
[3]地祇(qí)：地神。

戏赠友人

一日不作诗,心源如废井[1]。
笔砚为辘轳,吟咏作縻绠[2]。
朝来重汲引,依旧得清泠[3]。
书赠同怀人,词中多苦辛。

注释

[1]"心源"句:指诗思如泉源枯竭的样子。
[2]縻绠:绳索。
[3]"依旧"句:诗人自谓诗风清绝奇隽。

哭柏岩和尚[1]

苔覆石床新,师曾占几春。
写留行道影[2],焚却坐禅身[3]。
塔院关松雪[4],经房锁隙尘。
自嫌双泪下,不是解空人[5]。

注释

[1]柏岩和尚:即释怀晖,俗姓谢,福建泉州人。
[2]行道:修道。影:肖像,写真。
[3]"焚却"句:指柏岩真身火化。坐禅,佛教语。谓静坐息虑,凝心参究。
[4]塔院:建有佛塔的院子,这里指安葬僧人之处。
[5]解空人:解悟万法皆空的人,指高僧。

山中道士

头发梳千下[1],休粮带瘦容[2]。
养雏成大鹤,种子作高松。
白石通宵煮[3],寒泉尽日春。

不曾离隐处,那得世人逢。

注释

[1]"头发"句:梳头发是道教的养生方式之一。
[2]休粮:辟谷,停食五谷等各种食物。
[3]白石:道教传说中神仙的粮食。

旅游

此心非一事,书札若为传[1]。
旧国别多日[2],故人无少年。
空巢霜叶落,疏牖水萤穿[3]。
留得林僧宿,中宵坐默然[4]。

注释

[1]若为:怎能。
[2]旧国:故乡。
[3]疏牖:格子稀疏或破损的窗。
[4]中宵:中夜,半夜。

忆吴处士

半夜长安雨,灯前越客吟[1]。
孤舟行一月,万水与千岑[2]。
岛屿夏云起,汀洲芳草深。
何当折松叶,拂石剡溪阴[3]。

注释

[1]越客:作客他乡的越人。多泛指异乡客居者。
[2]千岑:千山。
[3]剡溪:水名,曹娥江的上游。在今浙江嵊州市南。

送朱可久归越中[1]

石头城下泊[2]，北固暝钟初[3]。
汀鹭潮冲起，船窗月过虚。
吴山侵越众，隋柳入唐疏[4]。
日欲躬调膳，辟来何府书[5]。

注释

[1]朱可久：即朱庆余，作者同时代诗人。
[2]石头城：古城名，又名石首城。故址在今江苏省南京市清凉山。
[3]北固：山名，在今江苏省镇江市东北。
[4]隋柳：即隋堤柳。
[5]"日欲"二句：指朱庆余将被征召为官，而不能居家奉养双亲。调膳，操持家务。指奉养双亲。

送无可上人[1]

圭峰霁色新[2]，送此草堂人[3]。
麈尾同离寺[4]，蛩鸣暂别亲。
独行潭底影，数息树边身。
终有烟霞约，天台作近邻[5]。

注释

[1]无可：僧人，俗姓贾，是贾岛的堂弟。上人：旧时对僧人的尊称。
[2]圭峰：位于今陕西西安鄠邑区，其形如圭。
[3]草堂人：此指无可。草堂，圭峰下有草堂寺，贾岛与无可寄居在此。
[4]麈(zhǔ)尾：以麈(驼鹿)的尾毛做成的拂尘，可用来驱赶蚊蝇。
[5]天台：天台山，在浙江省中部，是佛教天台宗的发源地。

送耿处士

一瓶离别酒,未尽即言行。
万水千山路,孤舟几月程。
川原秋色静,芦苇晚风鸣。
迢递不归客,人传虚隐名[1]。

注释

[1]虚隐:在山中隐居。

题李凝幽居[1]

闲居少邻并,草径入荒园。
鸟宿池边树,僧敲月下门。
过桥分野色,移石动云根[2]。
暂去还来此,幽期不负言[3]。

注释

[1]李凝:诗人的友人,也是一个隐者,其生平事迹不详。
[2]云根:古人认为"云触石而生",故称石为云根。这里指石根云气。
[3]幽期:隐居的约定。

送唐环归敷水庄[1]

毛女峰当户[2],日高头未梳。
地侵山影扫,叶带露痕书。
松径僧寻药,沙泉鹤见鱼[3]。
一川风景好,恨不有吾庐。

注释

[1]敷水:水名,在今陕西华阴。
[2]毛女峰:西岳华山山峰之一。毛女,传说秦始皇的宫女逃到华山避难,

食松叶,形体生毛。

[3]沙泉:沙土地涌出的泉水。

夏夜

原寺偏邻近,开门物景澄。
磬通多叶罅[1],月离片云棱[2]。
寄宿山中鸟,相寻海畔僧。
唯愁秋色至,乍可在炎蒸[3]。

十二日

注释

[1]罅(xià):缝隙,裂缝。
[2]云棱:云彩的边缘。
[3]炎蒸:暑热熏蒸。

寄远

家住锦水上[1],身征辽海边。
十书九不到,一到忽经年[2]。

注释

[1]锦水:即锦江,流经成都。
[2]经年:一年或一年以上。

宿山寺

众岫耸寒色[1],精庐向此分[2]。
流星透疏木,走月逆行云。
绝顶人来少,高松鹤不群。
一僧年八十,世事未曾闻。

注释

[1] 岫（xiù）：峰峦。
[2] 精庐：佛寺，僧舍。

寄韩潮州愈[1]

十三日

此心曾与木兰舟，直到天南潮水头[2]。
隔岭篇章来华岳[3]，出关书信过泷流[4]。
峰悬驿路残云断，海浸城根老树秋。
一夕瘴烟风卷尽[5]，月明初上浪西楼[6]。

注释

[1] 韩潮州：韩愈曾被贬任潮州刺史。本诗当作于其时。
[2] 潮水：河流名，今名韩江，流经潮州。
[3] 篇章：指韩愈贬官后的诗文。华岳：即西岳华山。
[4] 关：指蓝关等韩愈赴潮州经过的地方。泷（shuāng）流：即泷水，自湖南流入广东，古时又称虎溪。
[5] 瘴烟：湿热蒸发而致人疾病的烟气。
[6] 浪西楼：潮州的一处楼阁。

渡桑干[1]

十四日

客舍并州已十霜[2]，归心日夜忆咸阳。
无端更渡桑干水，却望并州是故乡。

注释

[1] 本诗一作刘皂诗，题作《旅次朔方》，见《全唐诗》卷四六一。桑干：桑干河，即今之永定河上游，流经山西、河北。
[2] 并州：即今太原一带。十霜：一年一霜，故称十年为"十霜"。

三月晦日赠刘评事[1]

三月正当三十日,风光别我苦吟身。
共君今夜不须睡,未到晓钟犹是春[2]。

注释

[1] 晦日:农历每月最后的一天。
[2] 晓钟:指四月初一报晓的钟声。晓钟一响,表示入夏。

题隐者居[1]

十五日

虽有柴门常不关,片云孤木伴身闲。
犹嫌住久人知处,见拟移家更上山。

注释

[1] 本诗一作陈羽诗,题作《戏题山居二首》(其二),见《全唐诗》卷三三七。

题兴化园亭[1]

破却千家作一池[2],不栽桃李种蔷薇。
蔷薇花落秋风起,荆棘满庭君始知。

注释

[1] 兴化园亭:唐长安兴化坊有晋国公裴度的园林池亭。
[2] "破却"句:指建造园亭要让许多百姓迁徙。

题诗后

十六日

二句三年得,一吟双泪流。
知音如不赏[1],归卧故山秋。

注释　[1]知音:知己,同志。

寻隐者不遇[1]

松下问童子,言师采药去。
只在此山中,云深不知处。

注释　[1]本诗一作孙革诗,题作《访羊尊师》,见《全唐诗》卷四六二。

温庭筠

温庭筠(801—866,或谓812—870),本名岐,名一作庭云,字飞卿,太原祁(今山西祁县)人。初唐宰相温彦博的裔孙。唐宣宗大中初试进士,屡次不第。曾为方城(今河南方城县附近)尉,官终国子助教,世称"温方城""温助教"。温庭筠诗词兼擅。其诗大多吟咏身世,感伤之中兼含幽怨隐恨。温庭筠是第一个着力为词的文人,被奉为"花间鼻祖",内容以男女情爱为主,艺术上文采繁华,轻柔艳丽。

织锦词

十七日

丁东细漏侵琼瑟[1],影转高梧月初出。
簇簌金梭万缕红[2],鸳鸯艳锦初成匹。
锦中百结皆同心,蕊乱云盘相间深。

十八日

此意欲传传不得,玫瑰作柱朱弦琴[3]。
为君裁破合欢被[4],星斗迢迢共千里。
象尺熏炉未觉秋[5],碧池已有新莲子。

注释

[1] 丁东:象声词。

[2] 簇簌:象声词。

[3] 玫瑰:美玉。朱弦:朱色的弦。

[4] 合欢被:织有对称图案花纹的宽幅被子。

[5] 象尺:象牙尺。熏炉:亦作"燻炉"。用以熏香或取暖的炉子。

夜宴谣

十九日

长钗坠发双蜻蜓[1],碧尽山斜开画屏。
虬须公子五侯客[2],一饮千钟如建瓴[3]。
鸾咽妊唱圆无节[4],眉敛湘烟袖回雪[5]。
清夜恩情四座同,莫令沟水东西别[6]。

亭亭蜡泪香珠残，暗露晓风罗幕寒。
飘飘戟带俨相次[7]，二十四枝龙画竿[8]。　　二十日
裂管萦弦共繁曲，芳樽细浪倾春醁[9]。
高楼客散杏花多，脉脉新蟾如瞪目[10]。

注释

[1] 蜻蜓：指仿蜻蜓状制成的发钗。

[2] 五侯：泛指权贵豪门。

[3] 建瓴：高屋建瓴的略语。居高临下倾倒瓶中之水。

[4] 妵：古同"姹"，美艳女子。

[5] 回雪：形容舞姿如雪飞舞回旋。

[6] "莫令"句：旧题卓文君《白头吟》有："今日斗酒会，明旦沟水头。躞蹀御沟上，沟水东西流。"

[7] 戟带：系在戟上的带子。相次：依为次第，相继。

[8] 龙画竿：天子仪仗队所执之戟。

[9] 春醁（lù）：唐人之酒多以"春"命名，故以"春醁"泛指美酒。

[10] 新蟾：新月。

遐水谣[1]

天兵九月渡遐水[2]，马踏沙鸣惊雁起。
杀气空高万里情，塞寒如箭伤眸子。　　二十一日
狼烟堡上霜漫漫，枯叶号风天地干。
犀带鼠裘无暖色[3]，清光炯冷黄金鞍[4]。
虏尘如雾昏亭障[5]，陇首年年汉飞将[6]。
麟阁无名期未归[7]，楼中思妇徒相望。

注释

[1] 遐水：流经西北边塞的一条河流。

[2] 天兵：旧称封建王朝的军队。

[3] 犀带：饰有犀角的腰带。鼠裘：貂皮衣。

[4] 炯冷：闪烁而带有寒意。
[5] 亭障：古代边塞要地设置的堡垒。
[6] 陇首：古山名，在今甘肃。汉飞将：汉代时匈奴称汉将李广为"飞将军"。
[7] 麟阁：即麒麟阁，汉代阁名。在长安未央宫中。汉宣帝时曾绘霍光等十一功臣像于阁上，以表扬其功绩。封建时代多以画像于"麒麟阁"表示卓越功勋和最高的荣誉。

张静婉采莲歌[1]

兰膏坠发红玉春[2]，燕钗拖颈抛盘云[3]。
城边杨柳向娇晚，门前沟水波粼粼。
麒麟公子朝天客[4]，珂马珰珰度春陌[5]。
掌中无力舞衣轻，剪断鲛绡破春碧[6]。
抱月飘烟一尺腰[7]，麝脐龙髓怜娇娆[8]。
秋罗拂水碎光动[9]，露重花多香不销。
鸂鶒交交塘水满[10]，绿芒如粟莲茎短[11]。
一夜西风送雨来，粉痕零落愁红浅。
船头折藕丝暗牵，藕根莲子相留连。
郎心似月月未缺，十五十六清光圆。

二十二日

二十三日

二十四日

注释

[1] 张静婉：南北朝时期羊侃的舞伎。
[2] 兰膏：古代一种含有兰香的润发油膏。红玉：指美人肌肤如红宝石般红润。
[3] 燕钗：燕形发钗。拖颈：斜歪在颈边。盘云：一种发髻。
[4] 麒麟公子、朝天客：均指做客羊侃家中观舞的贵客。
[5] 珂马：指佩饰华丽的马。珰珰：象声词，指装饰马勒的玉石互相碰撞的声音。
[6] 鲛（jiāo）绡：指南海所产的鲛绡纱，又名龙纱，入水不湿。破春碧：把鲛绡裁剪成碧绿色的舞衣。
[7] "抱月"句：指张静婉腰肢纤细。飘烟，飘动如烟的腰肢。

[8] 麝脐：麝香由麝的脐部分泌出来，故称。龙髓：即龙涎香，抹香鲸分泌物。

[9] 秋罗：泛指轻薄的罗衣。

[10] 鸂鶒（xīchì）：指像鸳鸯的一种水鸟，比鸳鸯略大，喜雌雄并游。交交：象声词，鸂鶒鸣叫声。

[11] 绿芒如粟：指莲子初生时莲蓬上状如粟米的绿刺。

照影曲

景阳妆罢琼窗暖[1]，欲照澄明香步懒。
桥上衣多抱彩云，金鳞不动春塘满[2]。
黄印额山轻为尘[3]，翠鳞红穉俱含辇[4]。
桃花百媚如欲语，曾为无双今两身[5]。

注释

[1] 景阳：南朝宫名。齐武帝置钟于楼上，宫人闻钟，早起妆饰。后人因用以为典。

[2] 金鳞：比喻闪烁于水面的细碎日光。

[3] 额山：指额头。

[4] 翠鳞：指水中漾起的粼粼碧波。红穉：指自己照在水中的红扑扑的倒影。穉，同"稚"。

[5] 无双：独一无二，形容女主人公的美貌无人可比。两身：指桥上的自己和水中的影子。

塞寒行

二十五日

燕弓弦劲霜封瓦[1]，朴簌寒雕睇平野[2]。
一点黄尘起雁喧，白龙堆下千蹄马[3]。
河源怒浊风如刀[4]，剪断朔云天更高。
晚出榆关逐征北[5]，惊沙飞迸冲貂袍。
心许凌烟名不灭[6]，年年锦字伤离别[7]。

二十六日

彩毫一画竟何荣[8]，空使青楼泪成血[9]。

注释

[1]燕弓：燕地所产的弓，指良弓。

[2]朴簌：象声词，拍翅声。

[3]白龙堆：沙漠名，在新疆天山南路。简称龙堆。

[4]河源：河流的源头，古代特指黄河的源头。

[5]榆关：通常指山海关，在今河北省秦皇岛市。这里泛指边关。

[6]凌烟：凌烟阁的省称。

[7]锦字：即锦字书，前秦苏蕙寄给丈夫的织锦回文寺。后泛指妻子给丈夫的表达思念之情的书信。

[8]彩毫：画笔，彩笔。

[9]青楼：青漆涂饰的豪华精致的楼房。

达摩支曲[1]

捣麝成尘香不灭[2]，拗莲作寸丝难绝[3]。
红泪文姬洛水春[4]，白头苏武天山雪。
君不见无愁高纬花漫漫[5]，漳浦宴余清露寒[6]。
一旦臣僚共囚虏，欲吹羌管先汍澜[7]。
旧臣头鬓霜华早，可惜雄心醉中老。
万古春归梦不归，邺城风雨连天草[8]。

注释

[1]达摩支：又称《泛兰丛》，唐健舞曲名。

[2]麝：麝香，麝腹部香腺分泌物，此物香味浓烈，为上等香料。

[3]拗：折断。丝：谐音"思"。

[4]文姬：汉末女作家蔡琰的字。洛水春：指蔡文姬被赎归汉后，嫁给董祀。他们都是陈留人，洛水离他们不远。

[5]高纬：北齐后主，一位荒淫的亡国之君，曾作"无愁之曲"。花漫漫：指奢侈无度的生活。

[6]漳浦：漳水之滨。漳水，源出山西，流经邺城（今河北省临漳县）。

[7]"一旦"二句：指高纬与其子幼主高恒被北周捕获，从臣韩长鸾等同时被俘。汍（wán）澜，流泪的样子。

[8]邺城：曹魏、后赵、冉魏、前燕、东魏和北齐时期的都城。在今河北临漳。

东郊行

二十八日

斗鸡台下东西道，柳覆班骓蝶萦草[1]。
块霭韶容锁澹愁[2]，青筐叶尽蚕应老。
绿渚幽香生白蘋，差差小浪吹鱼鳞[3]。
王孙骑马有归意，林彩著空如细尘。
安得人生各相守，烧船破栈休驰走。
世上方应无别离，路傍更长千株柳[4]。

注释

[1]班骓：即斑骓，身上有杂色斑纹的马。

[2]块（yǎng）霭：尘雾弥漫。韶容：美丽的容貌。

[3]差（cī）差：犹参差，不齐貌。

[4]"路傍"句：汉人送客至长安东灞桥，常折柳赠别。后世多用折柳为送别之词。

春晓曲

二十九日

家临长信往来道[1]，乳燕双双拂烟草。
油壁车轻金犊肥[2]，流苏帐晓春鸡早[3]。
笼中娇鸟暖犹睡，帘外落花闲不扫。
衰桃一树近前池，似惜红颜镜中老。

注释

[1]长信：指长信宫，汉长乐宫殿名。

[2]油壁车:古人乘坐的一种车子,因车壁用油涂饰,故名。金犊:牛犊的美称。

[3]流苏:用彩色羽毛或丝线等制成的穗状垂饰物。常饰于车马、帷帐等物上。

烧歌[1]

起来望南山,山火烧山田。
微红夕如灭[2],短焰复相连。
差差向岩石,冉冉凌青壁。
低随回风尽,远照檐茅赤。
邻翁能楚言[3],倚插欲潸然[4]。
自言楚越俗,烧畲为早田[5]。
豆苗虫促促[6],篱上花当屋。
废栈豕归栏,广场鸡啄粟。
新年春雨晴,处处赛神声[7]。
持钱就人卜[8],敲瓦隔林鸣[9]。
卜得山上卦[10],归来桑枣下。
吹火向白茅,腰镰映赪蔗[11]。
风驱槲叶烟[12],槲树连平山。
迸星拂霞外,飞烬落阶前。
仰面呻复嚏,鸦娘咒丰岁[13]。
谁知苍翠容[14],尽作官家税。

注释

[1]烧(shào):放火焚烧野草,用以肥田。

[2]微红:指烧过之后剩下的余火。

[3]楚言:楚地方言。

[4]插:即锸,铲锹。

[5]烧畲(shē):一种种旱田、山地的方法,其法是先放火烧去地面草木,使

灰烬成为肥料，然后下种。

［6］虫促促：指豆苗长得如蜷缩的虫子，言其茂盛。促促，即蹙蹙，蜷缩貌。

［7］赛神：酬神赛会。

［8］就人：到算卦占卜之人处。就，接近。

［9］敲瓦：一种巫俗，敲碎瓦片，观察裂纹，以定吉凶，叫作"瓦卜"。

［10］山上：指卦象。

［11］赪（chēng）：红色。

［12］槲（hú）：树名。槲叶冬天存留在枝上，次年嫩芽发生时才脱落，正可以用作春天烧畲。

［13］"仰面"二句：写巫人的迷信动作，并说鸦鸣主丰年。鸦娘，母鸦，古时一种迷信的说法，说乌鸦飞到人家是吉祥的预兆，预示丰年。

［14］苍翠容：指收获的农作物。

侠客行

二日

欲出鸿都门[1]，阴云蔽城阙。
宝剑黯如水，微红湿余血。
白马夜频惊，三更霸陵雪[2]。

注释

［1］鸿都门：东汉洛阳宫门名，其内置学及书库。

［2］霸陵：汉文帝的陵墓及陵邑。

开圣寺[1]

路分蹊石夹烟丛，十里萧萧古树风。
出寺马嘶秋色里，向陵鸦乱夕阳中。
竹间泉落山厨静[2]，塔下僧归影殿空[3]。
犹有南朝旧碑在，耻将兴废问休公[4]。

三日

注释

[1]开圣寺:约建于南朝时,故址已不可考。

[2]山厨:山野人家的厨房。

[3]影殿:寺庙道观供奉佛祖、尊师真影的殿堂。

[4]休公:南朝宋诗人汤惠休的别称,惠休早年曾为僧。

李羽处士寄新酝走笔戏酬[1]

高谈有伴还成薮[2],沉醉无期即是乡。
已恨流莺欺谢客[3],更将浮蚁与刘郎[4]。
檐前柳色分张绿,窗外花枝借助香。
所恨玳筵红烛夜[5],草玄寥落近回塘[6]。

四日

注释

[1]李羽:与温庭筠情谊颇深的朋友。

[2]薮:某种人或事、物聚集的地方。《世说新语·赏誉》记载,晋裴頠善谈论,时人称为"言谈之林薮"。

[3]谢客:指南朝宋谢灵运。灵运幼名客儿,故称。

[4]浮蚁:酒面上的浮沫,借指酒。刘郎:指魏晋时刘伶,竹林七贤之一,嗜酒,后借指嗜酒之人。

[5]玳筵:豪华、珍贵的宴席。

[6]草玄:汉扬雄作《太玄》。指淡于势利,潜心著述。

春日偶作

西园一曲艳阳歌[1],扰扰车尘负薜萝[2]。
自欲放怀犹未得,不知经世竟如何[3]。
夜闻猛雨判花尽,寒恋重衾觉梦多。
钓渚别来应更好,春风还为起微波。

八(九)月八日

注释

[1]艳阳歌:犹《阳春》曲。一说泛指春之歌。

[2]薜萝:薜荔和女萝,喻指隐士之服。

[3]经世:治理国事。

偶游

曲巷斜临一水间[1],小门终日不开关。
红珠斗帐樱桃熟[2],金尾屏风孔雀闲[3]。
云髻几迷芳草蝶,额黄无限夕阳山[4]。
与君便是鸳鸯侣,休向人间觅往还。

注释

[1]曲巷:偏僻的小巷。

[2]红珠:比喻红色果实。斗帐:小帐。形如覆斗,故称。

[3]金尾:指孔雀尾羽。

[4]额黄:妇女施于额上的黄色涂饰。

赠知音

九月九日

翠羽花冠碧树鸡[1],未明先向短墙啼。
窗间谢女青蛾敛[2],门外萧郎白马嘶[3]。
星汉渐移庭竹影,露珠犹缀野花迷。
景阳宫里钟初动[4],不语垂鞭上柳堤。

注释

[1]翠羽:绿色的羽毛。花冠:指鸡冠。碧树:传说桃都山有大树名桃都,上有天鸡,日初出照此树,天鸡即鸣,天下鸡皆应。

[2]谢女:指晋代女诗人谢道韫,泛指女郎或才女。青蛾:青黛画的眉毛,美人的眉毛。

[3]萧郎:指美好的男子或女子爱恋的男子。

[4]景阳宫:南朝宫名。见前《照影曲》注[1]。

过陈琳墓[1]

曾于青史见遗文[2],今日飘蓬过古坟。
词客有灵应识我,霸才无主始怜君[3]。
石麟埋没藏春草[4],铜雀荒凉对暮云[5]。
莫怪临风倍惆怅,欲将书剑学从军。

注释

[1]陈琳:字孔璋,广陵(今江苏扬州)人,汉末著名的"建安七子"之一。其墓在今江苏邳州。
[2]青史:古代以竹简记事,故称史籍为"青史"。
[3]"词客"二句:陈琳先后依袁绍、曹操,但未被重用。作者自命有经世之才而无所依托,与陈琳有异代同心之感。词客、君,都指陈琳。霸才,犹盖世超群之才。
[4]石麟:石麒麟,陵墓前石雕的麒麟。
[5]铜雀:铜雀台。曹操所建,故址在邺城(今河北临漳)西。

题崔公池亭旧游

皎镜方塘菡萏秋[1],此来重见采莲舟。
谁能不逐当年乐,还恐添成异日愁。
红艳影多风袅袅,碧空云断水悠悠。
檐前依旧青山色,尽日无人独上楼。

注释

[1]皎镜:犹明镜,亦喻水面。菡萏:即荷花。

经李征君故居[1]

露浓烟重草萋萋,树映阑干柳拂堤。
一院落花无客醉,五更残月有莺啼。

芳筵想像情难尽，故榭荒凉路已迷[2]。
惆怅羸骖往来惯[3]，每经门巷亦长嘶。

注释

[1] 本诗一作王建诗，题作《李处士故居》，字句有异，见《全唐诗》卷三〇〇。
[2] 故榭：旧时的台榭。
[3] 羸骖：瘦弱的马。

过五丈原[1]

十三日

铁马云雕久绝尘[2]，柳阴高压汉营春[3]。
天晴杀气屯关右[4]，夜半妖星照渭滨[5]。
下国卧龙空寤主[6]，中原逐鹿不因人。
象床锦帐无言语，从此谯周是老臣[7]。

注释

[1] 五丈原：三国时期诸葛亮屯兵，与魏司马懿军对峙，劳竭命殒的古战场，遗址在今陕西省岐山县南斜谷口西侧。
[2] 云雕：指画有虎熊与鹰隼的旗帜。绝尘：行军速度极快，这里指蜀军迅速北进。
[3] 柳阴：一作"柳营"，西汉周亚夫屯兵之地细柳营，这里比喻诸葛亮的军营。
[4] 关右：函谷关以西的地方，在今陕西省中部地区。
[5] 妖星：古人认为天上若有彗星或流星一类的东西出现，就预示着灾难的降临。这里指诸葛亮不幸病死。
[6] 下国：指偏处西南的蜀国。空寤主：指诸葛亮开导蜀后主白白费心。
[7] "象床"二句：指诸葛亮死后，谯周成为蜀后主刘禅宠信的"老臣"，但后来谯周违背诸葛亮北伐遗志，主张投降魏国。象床锦帐，指供奉诸葛亮祠庙中的陈设。谯周，东汉末年人，曾任蜀汉光禄大夫，在诸葛亮死后深得后主刘禅宠信。

伤温德彝[1]

十四日

昔年戎虏犯榆关[2],一败龙城匹马还。
侯印不闻封李广[3],他人丘垄似天山[4]。

注释

[1]温德彝:唐文宗时大将,曾任河中都将、天德军使等职。
[2]榆关:即今之山海关,位于河北省。
[3]"侯印"句:汉代名将李广多次征战匈奴,终未得封侯。
[4]丘垄:坟墓。天山:这里喻指坟墓大如天山(祁连山)一样。《汉书·霍去病传》载,霍去病卒,为冢像祁连山。

蔡中郎坟[1]

古坟零落野花春,闻说中郎有后身[2]。
今日爱才非昔日,莫抛心力作词人[3]。

注释

[1]蔡中郎:即东汉末年著名文人蔡邕。
[2]后身:佛教有"三世"之说,谓人死后转世之身为"后身"。传说蔡邕是东汉张衡后身。
[3]词人:擅长文辞的人,指诗人。

鄠杜郊居[1]

十五日

槿篱芳援近樵家[2],垄麦青青一径斜。
寂寞游人寒食后,夜来风雨送梨花。

注释

[1]鄠(hù)杜:鄠县与杜陵,今陕西省西安市鄠邑区一带。杜陵为汉宣帝陵墓。
[2]援:篱笆。

商山早行[1]

晨起动征铎[2],客行悲故乡。
鸡声茅店月,人迹板桥霜。
槲叶落山路[3],枳花明驿墙[4]。
因思杜陵梦,凫雁满回塘[5]。

注释

[1]商山:山名,在今陕西商洛市商州区。

[2]征铎:车行时悬挂在马颈上的铃铛。

[3]槲(jiě):木名,松樽。《全唐诗》"槲"作"槲",今依杨绛原抄。

[4]枳(zhǐ):也叫"臭橘",落叶灌木或小乔木。春天开白花。驿墙:驿站的墙壁。

[5]回塘:岸边弯曲的湖塘。

送人东游

十六日

荒戍落黄叶[1],浩然离故关。
高风汉阳渡[2],初日郢门山[3]。
江上几人在?天涯孤棹还。
何当重相见,尊酒慰离颜。

注释

[1]荒戍:荒废的边塞营垒。

[2]汉阳渡:在今湖北省武汉市的长江渡口。

[3]郢门山:位于今湖北省宜都市西北长江南岸,即荆门山。

卢氏池上遇雨赠同游者

十七日

簟翻凉气集[1],溪上润残棋。
萍皱风来后,荷喧雨到时。

寂寥闲望久，飘洒独归迟。
无限松江恨[2]，烦君解钓丝。

注释

[1]簟(diàn)：竹席。
[2]松江：吴淞江的古称，流经苏州、上海。

博山[1]

十八日

博山香重欲成云，锦段机丝妒鄂君[2]。
粉蝶团飞花转影，彩鸳双泳水生纹。
青楼二月春将半，碧瓦千家日未曛。
见说杨朱无限泪，岂能空为路岐分[3]。

注释

[1]博山：博山炉的简称。
[2]鄂君：春秋楚王母弟子皙。因其貌美，后用以为美男的通称。
[3]"见说"二句：杨朱是战国初期伟大的思想家、哲学家。据说杨朱看见道路多歧而哭之，多比喻对误入歧途伤感担忧。

苏武庙[1]

十九日

苏武魂销汉使前，古祠高树两茫然[2]。
云边雁断胡天月[3]，陇上羊归塞草烟。
回日楼台非甲帐[4]，去时冠剑是丁年[5]。
茂陵不见封侯印[6]，空向秋波哭逝川。

注释

[1]苏武：汉武帝时以中郎将身份出使匈奴，被扣留，在北海持节牧羊，十九年后才归汉。
[2]"苏武"二句：指苏武见到汉昭帝派到匈奴的使者，十分激动。苏武身后，属于他的祠庙和树木并不能了解苏武的价值。

[3]雁断：指音信不通。
[4]非甲帐：意指汉武帝已死。甲帐，据《汉武故事》记载：武帝"以琉璃、珠玉、明月、夜光错杂天下珍宝为甲帐，其次为乙帐。甲以居神，乙以自居"。
[5]丁年：壮年，这里指苏武出使时正值壮年。
[6]茂陵：汉武帝陵。

寄岳州李外郎远[1]

二十日

含颦不语坐持颐[2]，天远楼高宋玉悲。
湖上残棋人散后[3]，岳阳微雨鸟来迟。
早梅犹得回歌扇，春水还应理钓丝。
独有袁宏正憔悴[4]，一樽惆怅落花时。

注释

[1]李远：时为岳州刺史。
[2]持颐：以手托腮。形容神态专注安详。
[3]"湖上"句：据载，李远好棋。
[4]"独有"句：袁宏，东晋玄学家、文学家、史学家。袁宏早年因家贫只得以为人输送租税来维持生计。后遂用为才士失意之典。

寄渚宫遗民弘里生[1]

二十一日

柳弱湖堤曲，篱疏水巷深。
酒阑初促席[2]，歌罢欲分襟[3]。
波月欺华烛，汀云润故琴[4]。
镜清花并蒂，床冷簟连心。
荷叠平桥暗，萍稀败舫沉。

二十二日

城头五通鼓，窗外万家砧。
异县鱼投浪[5]，当年鸟共林。
八行香未灭[6]，千里梦难寻。

未肯暌良愿[7]，空期嗣好音。
他时因咏作，犹得比南金[8]。

注释

[1] 渚宫：春秋楚国的宫名。故址在今湖北省江陵县。

[2] 促席：坐席互相靠近。

[3] 分襟：离别，分袂。

[4] 故琴：古琴。

[5] "异县"句：古乐府《饮马长城窟行》有："他乡各异县，展转不相见。""客从远方来，遗我双鲤鱼。呼儿烹鲤鱼，中有尺素书。"此句用其诗意。异县，指异地，外地。鱼，指书信。

[6] 八行：古代信笺多每页八行，因以称书信。

[7] 暌（kuí）：分离，隔开。

[8] 南金：南方出产的铜，后亦借指贵重之物。

反生桃花发因题

疾眼逢春四壁空，夜来山雪破东风。
未知王母千年熟，且共刘郎一笑同[1]。
已落又开横晚翠[2]，似无如有带朝红。
僧虔蜡炬高三尺[3]，莫惜连宵照露丛[4]。

注释

[1] "未知"二句：据旧题汉班固《汉武帝内传》，西王母曾于汉武帝时降临汉宫，并在饮宴中命侍女献仙桃七枚，汉武帝欲将桃核留下做种，西王母告知此桃三千年才结一次果，武帝只好丢弃。刘郎，汉武帝刘彻。

[2] 晚翠：植物经冬而苍翠不变。

[3] 僧虔：南朝宋、齐大臣王僧虔，王昙首之子。

[4] 连宵：通宵。

劉駕

皎皎詞

皎皎復皎皎，逢時即為好，嫦娥亦有花不及當春草，班姬後宮飛燕舞，東風青娥中夜起長嘆月明裏

上巳日

上巳曲江濱喧於市朝路相尋不見者此地皆相日光去此遠翠幕張如霧何事歡娛中易覺春城物情重此節不是愛芳樹

一九八九年九月二十五日

刘驾

刘驾（822—？），字司南，江州都昌（今属江西）人。宣宗大中六年（852）进士。历官至国子博士。与曹邺友善，俱工古风，时称"曹刘"。其诗多反映民生疾苦、社会时弊。辛文房称其"诗多比兴含蓄，体无定规，兴尽即止，为时所宗"（《唐才子传》卷七）。

皎皎词 一九八九年九月二十五日

皎皎复皎皎，逢时即为好。
高秋亦有花，不及当春草。
班姬入后宫[1]，飞燕舞东风[2]。
青娥中夜起[3]，长叹月明里。

注释

[1]班姬：指汉成帝皇后班婕妤。班婕妤曾为躲避赵飞燕姊妹的陷害而主动请求侍奉太后于长信宫。
[2]飞燕：指汉成帝皇后赵飞燕，体轻，能作掌上舞，深受汉成帝宠爱。
[3]青娥：指美丽的少女。

上巳日[1]

上巳曲江滨，喧于市朝路[2]。
相寻不见者，此地皆相遇。
日光去此远，翠幕张如雾。
何事欢娱中，易觉春城暮。
物情重此节，不是爱芳树。 二十六日
明日花更多，何人肯回顾。

注释

[1]上巳：旧时节日名。唐时为三月三日。人们于此日在水边斋戒沐浴，以祓除不祥。

[2]市朝:偏指"市",谓市集,市场。

边军过[1]

城前兵马过,城里人高卧。
官家自供给,畏我田产破。
健儿食肥肉,战马食新谷。
食饱物有余,所恨无两腹。
草青见军过,草白见军回。
军回人更多,尽系西戎来[2]。

注释
[1]边军:守边之军,边防部队。
[2]西戎:唐时用以称我国西北方吐蕃等少数民族。

邻女

二十七日

君嫌邻女丑,取妇他乡县。
料嫁与君人,亦为邻所贱。
菖蒲花可贵[1],只为人难见。

注释
[1]菖蒲:植物名。多年生水生草本,有香气,初夏开花,淡黄色。

秦娥[1]

秦娥十四五,面白于指爪。
羞人夜采桑,惊起戴胜鸟[2]。

注释
[1]秦娥:指秦地女子。
[2]戴胜鸟:鸟名。状似雀,头有冠,五色如方胜,故称。

牧童

一九八九年九月二十九日

牧童见客拜,山果怀中落。
昼日驱牛归,前溪风雨恶[1]。

注释 [1]前溪:前面的溪流。

寄远

雪花岂结子,徒满连理枝。
嫁作征人妻,不得长相随。
去年君点行[1],贱妾是新姬。
别早见未熟,入梦无定姿。
悄悄空闺中,蛩声绕罗帏[2]。
得书喜犹甚,况复见君时。

注释
[1]点行:谓按名册强征服役。
[2]蛩(qióng)声:蟋蟀的鸣声。

早行

三十日

马上续残梦,马嘶时复惊。
心孤多所虞[1],僮仆近我行。
栖禽未分散,落月照古城。
莫羡居者闲,冢边人已耕。

注释 [1]虞:忧虑。

醒后

十月一日

醉卧芳草间,酒醒日落后。
壶觞半倾覆[1],客去应已久。
不记折花时,何得花在手。

注释　[1]壶觞:酒器。

秋夕

二日

促织灯下吟[1],灯光冷于水。
乡魂坐中去,倚壁身如死。
求名为骨肉,骨肉万余里。
富贵在何时,离别今如此。
出门长叹息,月白西风起。

注释　[1]促织:即蟋蟀。

贾客词[1]

一九八九年十月三日

贾客灯下起,犹言发已迟。
高山有疾路[2],暗行终不疑。
寇盗伏其路,猛兽来相追。
金玉四散去,空囊委路歧。
扬州有大宅,白骨无地归。
少妇当此日,对镜弄花枝。

注释　[1]贾(gǔ)客:商人。

[2]疾路：捷径。

春夜二首

四日

一别杜陵归未期[1]，只凭魂梦接亲知。
近来欲睡兼难睡，夜夜夜深闻子规。

几岁干戈阻路歧，忆山心切与心违。
时难何处披衷抱[2]，日日日斜空醉归。

注释
[1]杜陵：地名，在今陕西省西安市东南。
[2]衷抱：衷心，内心。

鄂中感怀[1]

五日

顷年曾住此中来[2]，今日重游事可哀。
忆得几家欢宴处，家家家业尽成灰。

注释
[1]鄂：古地名，今属四川。
[2]顷年：往年。

晓登迎春阁

未栉凭栏眺锦城[1]，烟笼万井二江明[2]。
香风满阁花满树，树树树梢啼晓莺。

注释
[1]栉：梳头。锦城：成都的别称。
[2]万井：千家万户。二江：指四川境内之郫江、流江。战国秦李冰任蜀郡守时兴修都江堰水利，将岷江分内外两支流入成都，即郫江、流江。

望月

清秋新霁与君同,江上高楼倚碧空。
酒尽露零宾客散[1],更更更漏月明中。

注释　[1]露零:露水零落。

古意

一九八九年十月六日

蒲帆出浦去[1],但见浦边树。
不如马行郎,马迹犹在路。
大舟不相载,买宅令委住[2]。
莫道留金多,本非爱郎富。

注释　[1]蒲帆:用蒲草编织的帆。
　　　[2]委:安,安于。

李频

李频(818—876),字德新,睦州清溪(今浙江淳安)人。幼读诗书,博览强记。大中八年(854)进士,调校书郎,历南陵主簿、武功令,以政声清正授绯衣、银鱼,历侍御史、都官员外郎、建州刺史,卒于任所。频诗工于雕琢,自称"只将五字句,用破一生心"(《北梦琐言》卷七)。

春日思归

七日

春情不断若连环[1],一夕思归鬓欲斑。
壮志未酬三尺剑[2],故乡空隔万重山。
音书断绝干戈后,亲友相逢梦寐间。
却羡浮云与飞鸟,因风吹去又吹还。

注释

[1]连环:连结成串的玉环。
[2]三尺剑:古剑长凡三尺,故称。

李郢

李郢,生卒年不详,字楚望,长安人。大中十年(856)进士,曾任藩镇从事,兼侍御史。官终越州从事。诗作多写景状物,工于七绝,风格以老练沉郁为主。

淛河馆[1]

八日,重阳

雨湿菰蒲斜日明,茅厨煮茧掉车声。
青蛇上竹一种色,黄蝶隔溪无限情。
何处樵渔将远饷,故园田土忆春耕。
千峰万濑水潏潏[2],羸马此中愁独行。

注释
[1]淛(zhè)河:即浙江。淛同"浙"。
[2]潏(yù)潏:水涌出貌。

崔珏

崔珏,生卒年不详,字梦之,郡望清河东武城(今山东武城西北),寓居荆州(今属湖北)。宣宗大中年间进士,由幕府入拜秘书郎,出淇县令,又入官侍御史。与李商隐友善,诗风亦受李影响,风格旖旎工丽。

美人尝茶行

云鬟枕落困春泥[1],玉郎为碾瑟瑟尘[2]。
闲教鹦鹉啄窗响,和娇扶起浓睡人。
银瓶贮泉水一掬,松雨声来乳花熟[3]。
朱唇啜破绿云时[4],咽入香喉爽红玉[5]。
明眸渐开横秋水,手拨丝簧醉心起[6]。
台时却坐推金筝,不语思量梦中事。

注释

[1] 泥(nì):使人留连。
[2] 玉郎:旧时女子对丈夫或情人的爱称。瑟瑟尘:茶名。
[3] 乳花:烹茶时所起的乳白色泡沫。
[4] 绿云:喻绿色的茶汤。
[5] 红玉:红色宝玉。古常以比喻美人肌色。
[6] 丝簧:丝竹乐器。

曹邺

曹邺（816？—？），字邺之，桂州阳朔（今属广西）人。大中四年（850）进士，旋任齐州（今山东济南）推事、天平节度使幕府掌书记。咸通初，调京为太常博士，寻擢祠部郎中、洋州（今陕西洋县）刺史，又升吏部郎中，为官有直声。咸通九年（868）辞归，寓居桂林。诗作多反映社会现实，体恤民疾，针砭时弊。尤以五言古诗见称，笔法简洁质朴。

杂诫

一九八九年十月十日

带香入鲍肆[1]，香气同鲍鱼[2]。
未入犹可悟，已入当何如？

注释

[1]鲍肆："鲍鱼之肆"的省称，亦作"鲍鱼之次"，卖咸鱼的店铺。亦比喻恶人之所或小人聚集之地。

[2]鲍鱼：盐渍鱼，咸鱼。

捕鱼谣

天子好征战，百姓不种桑。
天子好年少，无人荐冯唐[1]。
天子好美女，夫妇不成双。

注释

[1]冯唐：西汉大臣。冯唐身历三朝，至武帝时，举为贤良，但唐已九十余岁，不能再做官。后因以"冯唐易老"慨叹生不逢时或表示年寿老迈。

四怨三愁五情诗[1]（十二首录六）

十二日

其一 怨

美人如新花，许嫁还独守[2]。

岂无青铜镜，终日自疑丑。

其二怨
庭花已结子，岩花犹弄色[3]。
谁令生处远，用尽春风力。

其四怨 　　　　　　　　　十四日
手推呕哑车[4]，朝朝暮暮耕。
未曾分得谷，空得老农名。

其一愁
远梦如水急，白发如草新。
归期待春至，春至还送人[5]。

其一情 　　　　　　　　　十六日
东西是长江，南北是官道。
牛羊不恋山，只恋山中草[6]。

其二情
阿娇生汉宫，西施住南国。
专房莫相妒[7]，各自有颜色。

注释

[1] 本组诗写作与诗人参加科举考试的状况相关。《唐才子传》卷七《曹邺》："累举不第，为《四怨三愁五情诗》，雅道甚古。"

[2] 许嫁：愿意出嫁。

[3] 岩花：山花。弄色：开花。

[4] 呕哑：形容车轮滚动声。

[5] "春至"句：唐时科举考试及发榜一般在春日，及第者离京时，未及第者送别。

[6]"牛羊"二句：比喻居留京中者希望仕途进取的心境。

[7]专房：专夜，专宠。

筑城（三首录一） 十七日

筑人非筑城，围秦岂围我？
不知城上土，化作宫中火[1]。

注释 [1]宫中火：指项羽火烧咸阳秦宫事。

官仓鼠[1]

官仓老鼠大如斗，见人开仓亦不走。
健儿无粮百姓饥[2]，谁遣朝朝入君口。

注释 [1]官仓鼠：这里喻指贪官污吏。
[2]健儿：指士兵。

蓟北门行[1] 十八日

长河冻如石，征人夜中戍。
但恐筋力尽，敢惮将军遇[2]。
古来死未歇，白骨碍官路。
岂无一有功，可以高其墓。
亲戚牵衣泣，悲号自相顾。
死者虽无言，那堪生者悟。
不如无手足，得见齿发暮[3]。
乃知七尺躯，却是速死具。

注释

[1]蓟北门行:一作《出自蓟北门行》,属乐府杂曲歌辞,内容多写行军征战之事。

[2]遇:恩遇。

[3]齿发暮:指年老。

弃妇

十九日

嫁来未曾出,此去长别离。
父母亦有家,羞言何以归[1]。
此日年且少,事姑常有仪。
见多自成丑,不待颜色衰。
何人不识宠,所嗟无自非[2]。
将欲告此意,四邻已相疑。

注释

[1]何以归:被休回到娘家的原因。

[2]自非:自身的过失。

代罗敷诮使君[1]

二十日

常言爱嵩山,别妾向东京[2]。
朝来见人说,却知在石城[3]。
未必菖蒲花,只向石城生。
自是使君眼,见物皆有情。
麋鹿同上山,莲藕同在泥。
莫学天上日,朝东暮还西。

注释

[1]罗敷:古代美女名。诮:责备。使君:汉时称刺使为使君。汉乐府有《陌上桑》诗,叙述采桑女子罗敷拒绝使君调戏之事。

[2]东京:指离嵩山较近的洛阳。

[3]石城:古城名,这里指在今湖北钟祥的郢中石城。

薄命妾[1]

二十一日

薄命常恻恻,出门见南北。
刘郎马蹄疾[2],何处去不得?
泪珠不可收,虫丝不可织[3]。
知君绿桑下,更有新相识。

注释

[1]薄命妾:乐府杂曲歌辞有《妾薄命》。

[2]刘郎:指东汉刘晨,借指情郎。

[3]虫丝:蛛丝。

古词

高阙碍飞鸟[1],人言是君家。
经年不归去,爱妾面上花。
妾面虽有花,妾心非女萝[2]。
郎妻自不重,于妾欲如何?

注释

[1]高阙:高大的楼宇。

[2]女萝:植物名,即松萝。多附生在松树上,成丝状下垂。

老圃堂[1]

二十二日

邵平瓜地接吾庐[2],谷雨干时手自锄。
昨日春风欺不在,就床吹落读残书。

注释

[1]本诗一作薛能诗,见《全唐诗》卷五六一。老圃:有经验的菜农。

[2]邵平:秦东陵侯,秦亡后,为布衣,种瓜长安城东青门外,瓜味甜美,时人谓之"东陵瓜"。

于武陵

于武陵,生卒年不详,京兆杜曲(今属陕西西安长安区)人。宣宗大中年间进士。曾漫游商洛、巴蜀、吴楚等地。多与山僧、道士、隐者交游。其诗题材上以写景送别为主,诗风悠扬沉郁。

寻山

一九八九年十月二十三日

到此绝车轮,萋萋草树春。
青山如有利,白石亦成尘。
水阔应无路,松深不见人。
如知巢与许[1],千载迹犹新。

注释

[1]巢与许:"巢许",巢父和许由的并称,亦作"巢由"。他们都是上古时代的隐逸之士,传说尧让位于二人,皆不受。后来这一并称成为隐士的代称,或用来称颂高洁的志向。

袁郊

袁郊,生卒年不详,字之仪,一作之乾,蔡州朗山(今河南确山)人,父袁滋为宪宗时宰相。懿宗咸通中官祠部郎中,出为虢州刺史。昭宗时为翰林学士。与温庭筠相善。长于传奇。有《甘泽谣》一卷。

月

嫦娥窃药出人间,藏在蟾宫不放还[1]。
后羿遍寻无觅处,谁知天上却容奸[2]。

注释

[1]蟾宫:指月宫。
[2]容奸:涵容邪恶诈伪。

王镣

王镣,生卒年不详,字德耀,祖籍太原(今属山西),后迁扬州。懿宗、僖宗朝宰相王铎之弟。懿宗咸通年间进士,累官主客员外郎。僖宗乾符二年(875),改仓部员外郎,迁左司郎中、汝州刺史。次年,王仙芝攻汝州,镣被执。后贬为韶州司马,终太子宾客。

感事 二十四日

击石易得火,扣人难动心。
今日朱门者[1],曾恨朱门深。

注释　[1]朱门:红漆大门,代指贵族豪富之家。

汪遵

汪遵,生卒年不详,宣州泾县人(今属安徽)。咸通七年(866)进士。约唐僖宗乾符中前后在世。其诗多为怀古之作,工于绝句。

咏酒(二首录一)

万事销沉向一杯[1],竹门哑轧为风开[2]。
秋宵睡足芭蕉雨,又是江湖入梦来。

注释
[1]销沉:犹消沉。
[2]哑轧:象声词。

许棠

许棠,生卒年不详,字文化,宣州泾县人(今属安徽)。屡试不第,曾与张乔共隐匡庐,与马戴亦交善。五十始登科,历泾县尉、虔州从事、江宁丞等小官,后归居泾县陵阳别业。棠工诗,以苦吟著称。所作《过洞庭湖》脍炙人口,时号"许洞庭"。

过洞庭湖　　　　二十五日

惊波常不定,半日鬓堪斑。
四顾疑无地,中流忽有山[1]。
鸟高恒畏坠,帆远却如闲。
渔父闲相引,时歌浩渺间。

注释　[1]中流:江河中央。

过中条山[1]　　　　二十六日

徒为经异岳,不得访灵踪。
日尽行难尽,千重复万重。
云垂多作雨,雷动半和钟。
孤竹人藏处[2],无因认本峰。

注释
[1]中条山:山名。位于山西南部,居太行山及华山之间,因山势狭长而得名。
[2]孤竹:指商代孤竹君的两个儿子伯夷和叔齐。伯夷、叔齐隐居首阳山,首阳山又名"雷首山",雷首山属中条山脉。

邵谒

邵谒,生卒年不详,韶州翁源(今属广东)人。少时曾为县小吏。咸通七年(866)抵长安,为国子监生,受当时国子助教温庭筠称赏。后不知所终。谒工诗,以苦吟著称,尤长于五古,多反映民生疾苦、感慨愤激之作。

望行人[1]

一九八九年十月二十七日

登楼恐不高,及高君已远。
云行郎即行,云归郎不返。
嗟为楼上人,望望不相近。
若作辙中泥,不放郎车转。
白日下西山,望尽妾肠断。

注释　[1]望行人:乐府题名,属横吹曲辞。

苦别离[1]

二十九日

十五为君婚,二十入君门。
自从入户后,见君长出门。
朝看相送人,暮看相送人。
若遣折杨柳[2],此地树无根。
愿为陌上土,得作马蹄尘。
愿为曲木枝,得作双车轮。
安得太行山,移来君马前。

注释　[1]苦别离:乐府题名,属杂曲歌辞。
　　　[2]折杨柳:汉长安城东灞桥为送客之地,汉人于此多折柳赠别。

皮日休

皮日休(834？—883？)，字袭美，一字逸少。自号鹿门子，又号醉吟先生。襄阳(今湖北襄阳)人。唐懿宗咸通八年(867)，以榜末及第，但并未获得官职。咸通十年，苏州刺史崔璞聘其为州军事判官。咸通末或僖宗乾符初，皮日休又到长安，任太常博士。黄巢起义军进长安，署为翰林学士。巢败，不知所终。皮日休与陆龟蒙并称"皮陆"，有唱和集《松陵集》。诗文多抨击时弊、同情人民疾苦之作。

雨中游包山精舍[1]

松门亘五里[2]，彩碧高下绚。
幽人共跻攀，胜事颇清便。
翛翛林上雨[3]，隐隐湖中电。
薜带轻束腰[4]，荷笠低遮面。
湿屦黏烟雾，穿衣落霜霰。
笑次度岩壑[5]，困中遇台殿。
老僧三四人，梵字十数卷[6]。
施稀无夏屋[7]，境僻乏朝膳。
散发扺泉流，支颐数云片[8]。
坐石忽忘起，扪萝不知倦。
异蝶时似锦，幽禽或如钿。
箨笋还戛刃[9]，栟榈自摇扇[10]。
俗态既斗薮[11]，野情空眷恋。
道人摘芝菌[12]，为予备午馔。
渴兴石榴羹，饥惬胡麻饭。
如何事于役，兹游急于传。
却将尘土衣，一任瀑丝溅。

注释 [1]包山：位于太湖中的一座山，因四面为太湖水所包，故称。精舍：寺院。

[2]松门：以松为门。

[3]霎（shà）霎：形容雨声。

[4]薜带：用薜荔的藤制作的腰带。

[5]笑次：喜笑之际。

[6]梵字：指佛典。

[7]夏屋：大屋。

[8]支颐：以手托下巴。

[9]箖箊（lì láo）：古书上说的一种有毒的竹子。戛（jiá）：磨。

[10]栟（bīng）榈：木名。即棕榈。

[11]斗薮：抖除，摆脱。

[12]芝菌：灵芝。

缥缈峰[1]

一九八九年十一月一日

头戴华阳帽[2]，手挂大夏筇[3]。
清晨陪道侣，来上缥缈峰。
带露觑药蔓[4]，和云寻鹿踪。
时惊鼩鼱鼠[5]，飞上千丈松。　　　二日
翠壁内有室，叩之虚碅磳[6]。
古穴下彻海，视之寒鸿蒙[7]。
遇歇有佳思，缘危无倦容。
须臾到绝顶，似鸟穿樊笼。　　　三日
恐足蹋海日，疑身凌天风。
众岫点巨浸[8]，四方接圆穹。
似将青螺髻[9]，撒在明月中。
片白作越分[10]，孤岚为吴宫[11]。　　　四日
一阵瑷瑍气[12]，隐隐生湖东。
激雷与波起，狂电将日红。
磅磅雨点大[13]，金髇軣下空[14]。

暴光隔云闪,仿佛亘天龙[15]。
连拳百丈尾[16],下拔湖之洪。
捽为一雪山[17],欲与昭回通[18]。
移时却擅下[19],细碎衡与嵩[20]。
神物谅不测,绝景尤难穷。
杖策下返照,渐闻仙观钟[21]。
烟波渍肌骨[22],云壑阗心胸[23]。
竟死爱未足,当生且欢逢。
不然把天爵[24],自拜太湖公。

注释

[1] 缥缈峰:太湖七十二峰之首,被称作太湖第一峰。

[2] 华阳:巴蜀地区古称华阳。

[3] 大夏:古国名,在今阿富汗北部一带。筇(qióng):筇竹制作的手杖。

[4] 齅:古同"嗅"。

[5] 䴏鸰(jiōnglíng):即"䴏鸰",斑鼠,亦称云鼠。

[6] 硠礚(hónglóng):石头滚落之声。

[7] 鸿蒙:迷漫朦胧貌。

[8] 巨浸:大水。此处指太湖。

[9] 青螺髻:形如青螺的发髻,这里比喻山峰。

[10] 越分:越地分野,越地。

[11] 孤岚:孤零零的山岚。

[12] 瀥瀤(àidài):云彩很厚的样子,形容浓云蔽日。

[13] 礐(huò)礐:象声词,雨声。

[14] 金镐(xiāo):铜铁制的响箭。

[15] 亘天:横贯天空。

[16] 连拳:拳曲貌。

[17] 捽(zuó):拔。

[18] 昭回:指日月。

[19] 擅:同"窟",洞窟。

[20] 衡与嵩：衡山与嵩山。

[21] 仙观：道观的美称。

[22] 濆(pēn)：水波涌起。

[23] 寘(tián)：充满。

[24] 天爵：天然的爵位。指高尚的道德修养。因德高则受人尊敬，胜于有爵位，故称。

又寄次前韵

六日

病根冬养得[1]，春到一时生。
眼暗怜晨惨，心寒怯夜清。
妻仍嫌酒癖，医只禁诗情。
应被高人笑，忧身不似名。

注释 [1] 病根：疾病的根源。

秋晚留题鲁望郊居[1]（二首录一）

七日

冷卧空斋内，余醒夕未消[2]。
秋花如有恨，寒蝶似无憀[3]。
檐上落斗雀，篱根生晚潮。
若轮羁旅事[4]，犹自胜皋桥[5]。

注释 [1] 鲁望：陆龟蒙，字鲁望。

[2] 醒(chéng)：喝醉了神志不清。

[3] 无憀(liáo)：无兴致，烦闷。

[4] 轮：回转，回忆。

[5] 皋桥：在江苏吴县（今苏州吴中区）阊门，东汉皋伯通居此，故名皋桥。隐士梁鸿与妻子曾漂流至皋桥，寄居伯通处。这里以梁鸿比喻陆龟蒙。

临顿为吴中偏胜之地，陆鲁望居之，不出郛郭，旷若郊墅。余每相访，欵然惜去，因成五言十首，奉题屋壁[1]（录一首） 一九八九年十一月八日

经岁岸乌纱[2]，读书三十车。
水痕侵病竹，蛛网上衰花。
诗任传渔客，衣从递酒家。
知君秋晚事，白帧刈胡麻[3]。

注释

[1]郛郭：外城。欵(kuǎn)然：诚恳的样子。欵，同"款"。

[2]岸：头饰高戴，前额外露。乌纱：乌纱帽，唐时便帽。

[3]白帧：白色的裹发巾。胡麻：即芝麻。

吴中言情寄鲁望

九日

古来伧父爱吴乡[1]，一上胥台不可忘[2]。
爱酒有情如手足，除诗无计似膏肓。
宴时不辍琅书味[3]，斋日难判玉鲙香[4]。
为说松江堪老处，满船烟月湿莎裳[5]。

注释

[1]伧父：泛指粗俗、鄙贱之人，犹言村夫。

[2]胥台：即姑苏台，在苏州姑苏山。

[3]琅书：指道家之书。

[4]玉鲙：鲈鱼脍，因色白如玉，故名。常借指东南佳味。

[5]莎裳：蓑衣。

冬晓章上人院

十日

山堂冬晓寂无闻[1],一句清言忆领军[2]。
琥珀珠黏行处雪,棕榈帚扫卧来云。
松扉欲启如鸣鹤,石鼎初煎若聚蚊[3]。
不是恋师终去晚,陆机茸内足毛群[4]。

注释
[1]山堂:山中的寺院。
[2]清言:高雅的言论。领军:官名。
[3]石鼎:陶制的烹茶用具。
[4]陆机茸:地名,在今上海市松江区。西晋陆机尝在此游猎,后人呼为"陆机茸"。毛群:指兽类。

闲夜酒醒

十一日

醒来山月高,孤枕群书里。
酒渴漫思茶[1],山童呼不起。

注释
[1]酒渴:酒后口渴。

重题蔷薇

浓似猩猩初染素[1],轻如燕燕欲凌空。
可怜细丽难胜日[2],照得深红作浅红。

注释
[1]猩猩:指猩猩血。亦借指鲜红色。
[2]细丽:精致明丽。

汴河怀古[1]（二首录一）

尽道隋亡为此河，至今千里赖通波。
若无水殿龙舟事[2]，共禹论功不较多[3]。

注释

[1]汴河：即通济渠，隋唐大运河的首期工程。

[2]水殿龙舟事：隋炀帝下扬州乘龙舟赏景享乐之事。

[3]禹：夏禹。这里与夏禹疏河旧事相比。

胥口即事[1]（二首录一）　　一九八九年十一月十二日

波光杳杳不极[2]，霁景澹澹初斜。
黑蛱蝶粘莲蕊，红蜻蜓袅菱花[3]。
鸳鸯一处两处，舴艋三家五家[4]。
会把酒船偎荻，共君作个生涯。

注释

[1]胥口：地名，位于苏州西郊的太湖之滨，因春秋时期吴国宰相伍子胥而得名。

[2]不极：无穷，无限。

[3]袅：摇曳，颤动。

[4]舴艋（zéměng）：小船。

陆龟蒙

陆龟蒙（？—881？），字鲁望，自号天随子、江湖散人、甫里先生等，吴郡（今江苏苏州）人，举进士不第，曾任湖州、苏州刺史的幕僚，后隐居松江甫里。乾符六年（879）卧病笠泽（今上海松江区），隐居著书。陆龟蒙与皮日休交友，世称"皮陆"。诗以写景咏物为多。诗歌风格多样，但以奇峭、平淡两类为主。

赠远

十三日

芙蓉匣中镜[1]，欲照心还懒。
本是细腰人，别来罗带缓。
从君出门后，不奏云和管[2]。
妾思冷如簧，时时望君暖。
心期梦中见，路永魂梦短。
怨坐泣西风，秋窗月华满。

注释

[1]芙蓉：指荷花形状的铜镜。
[2]云和：山名。古取此山所产之材以制作琴瑟。

惜花

十四日

人寿期满百，花开唯一春。
其间风雨至，旦夕旋为尘。
若使花解愁[1]，愁于看花人。

注释

[1]若使：假使，如果。

短歌行[1]

爪牙在身上[2]，陷阱犹可制。

爪牙在胸中,剑戟无所畏。
人言畏猛虎,谁是撩头弊[3]。
只见古来心,奸雄暗相噬。

注释

[1]短歌行:乐府题名,属相和歌辞。

[2]爪牙:喻指武器。

[3]撩:引起。弊:仆,放倒。

江湖散人歌[1]

十五日

江湖散人天骨奇,短发搔来蓬半垂。
手提孤筐曳寒茧[2],口诵太古沧浪词[3]。
词云太古万万古,民性甚野无风期[4]。
夜栖止与禽兽杂,独自构架纵横枝[5]。
因而称曰有巢氏[6],民共敬贵如君师[7]。
当时只效乌鹊辈,岂是有意陈尊卑。

十六日

无端后圣穿凿破[8],一派前导千流随[9]。
多方恼乱元气死[10],日使文字生奸欺。
圣人事业转销耗[11],尚有渔者存熙熙[12]。
风波不独困一士[13],凡百器具皆能施。
罛疏沪腐鲈鳜脱[14],止失检驭无谗疵[15]。
人间所谓好男子,我见妇女留须眉。
奴颜婢膝真乞丐,反以正直为狂痴。
所以头欲散,不散弁峩巍[16]。
所以腰欲散,不散佩陆离[17]。

十七日

行散任之适,坐散从倾欹。
语散空谷应,笑散春云披[18]。
衣散单复便,食散酸醎宜。
书散浑真草[19],酒散甘醇醨[20]。

十八日

屋散势斜直，树散行参差。
客散忘簪屦，禽散虚笼池。
物外一以散，中心散何疑。
不共诸侯分邑里，不与天子专隍陴[21]。
静则守桑柘，乱则逃妻儿。
金镴贝带未尝识[22]，白刃杀我穷生为[23]。　二十日
或闻蕃将负恩泽，号令铁马如风驰。
大君年小丞相少[24]，当轴自请都旌旗[25]。
神锋悉出羽林仗[26]，缋画日月蟠龙螭[27]。　二十二日
太宗基业甚牢固，小丑背叛当奸夷[28]。
禁军近自肃宗置[29]，抑遏辅国争雄雌[30]。
必然大段剪凶逆，须召劲勇持军麾。
四方贼垒犹占地，死者暴骨生寒饥。
归来辄拟荷锄笠，诟吏已责租钱迟。
兴师十万一日费，不啻千金何以支[31]。
只今利口且箕敛[32]，何暇俯首哀茕嫠[33]。
均荒补败岂无术，布在方册撑颓隳[34]。　二十三日
冰霜襦袴易反掌[35]，白面诸郎殊不知。
江湖散人悲古道，悠悠幸寄羲皇傲[36]。
官家未议活苍生，拜赐江湖散人号。

注释

[1]江湖散人：作者自指。

[2]曳寒茧：指垂钓。寒茧：指钓丝。

[3]沧浪词：《孟子·离娄上》："有孺子歌曰：'沧浪之水清兮，可以濯我缨；沧浪之水浊兮，可以濯我足。'"

[4]风期：风度品格。

[5]构架：结架材木。

[6]有巢氏：传说中巢居的发明人。

[7]敬贵：敬重，尊重。

[8]穿凿:开凿,挖掘。引申为开创。破:破除。

[9]派:一条支流,一条水流。

[10]恼乱:烦扰,打扰。元气:指国家或社会团体得以生存发展的物质力量和精神力量。

[11]销耗:消耗,亏损。

[12]熙熙:和乐貌。

[13]风波:犹潮流,比喻变动的形势。

[14]罛(gū):大的渔网。沪:捕鱼的竹栅。

[15]检驭:约束驾驭。疵:挑剔,非议。

[16]弁(biàn):古代的一种帽子。崟巍:即峨巍,高大貌。

[17]陆离:长剑低昂貌。

[18]春云:春天的云,喻长长的美发。

[19]真草:书体名,真书和草书。

[20]醇醨(lí):厚酒与薄酒,酒味的厚与薄。

[21]专隍陴(huángpí):当主宰一城的地方官。隍陴,城壕与女墙,借指城池。

[22]金镳(biāo):金饰的马嚼子。贝带:以贝壳为饰的腰带。

[23]为:助词,表感叹。

[24]大君:天子。

[25]当轴:当权者。

[26]神锋:指剑。极言其锋利。

[27]缋(huì)画:即绘画。螭(chī):古代传说中一种没有角的龙。这里是旗帜上的图案。

[28]小丑:指负恩反叛的蕃将。殄夷:诛灭。

[29]"禁军"句:唐肃宗时在禁卫军中增设左右神武军。

[30]抑遏:抑制,遏止。辅国:即李辅国,唐肃宗时当权宦官。

[31]不啻:只有。

[32]利口:能言善辩。箕敛:以箕收取,谓苛敛民财。

[33]茕(qióng):没有兄弟,孤身一人。嫠(lí):寡妇。

[34]方册:典籍。颓巇(xī):颓败险难的形势。

[35]襦袴:短衣和裤,比喻清廉惠民的官吏。

[36]羲皇傲:隐居之乐。羲皇,指伏羲氏。古人想象羲皇之世,其民皆恬静闲适。故隐逸之士自称"羲皇上人"。

雨夜

二十四日

屋小茅干雨声大,自疑身着蓑衣卧。
兼似孤舟小泊时,风吹折苇来相佐。
我有愁襟无可那[1],才成好梦刚惊破。
背壁残灯不及萤,重挑却向灯前坐。

注释

[1]愁襟:愁怀。无可那:亦作"无可奈",无可奈何。

鹤媒歌[1]

一九八九年十一月二十五日

偶系渔舟汀树枝,因看射鸟令人悲。
盘空野鹤忽然下,背翳见媒心不疑[2]。
媒闲静立如无事,清唳时时入遥吹[3]。
裴回未忍过南塘[4],且应同声就同类。
梳翎宛若相逢喜[5],只怕才来又惊起。

二十六日

窥鳞啄藻乍低昂,立定当胸流一矢。
媒欢舞跃势离披[6],似谄功能邀弩儿[7]。
云飞水宿各自物,妒侣害群犹尔为。
而况世间有名利,外头笑语中猜忌。
君不见荒陂野鹤陷良媒,同类同声真可畏。

注释

[1]鹤媒:捕鹤者用来诱捕野鹤的鹤。媒,鸟媒,用以引诱他鸟而拴系的活鸟。

[2]翳:遮蔽。

[3]清唳：鹤鸣声。鹤鸣清响，故谓。

[4]裴回：徘徊，留恋。

[5]梳翎：指鸟类梳理自身羽毛。

[6]离披：摇荡貌，晃动貌。

[7]功能：技能。弩儿：少年弩手。

战秋辞

二十七日

八月空堂，前临隙荒。

抽关散扇[1]，晨乌未光[2]。

左右物态，森疏强梁[3]。

天随子爽骇恂栗[4]，恍军庸之我当[5]。

濠然而沟，垒然而墙。

蠹然而桂[6]，队然而篁[7]。

杉巉攒矛[8]，蕉标建常[9]。

槁艾矢束[10]，矫蔓弦张。

二十九日

蛙合助吹，鸟分启行。

若革进而金止[11]，固违阴而就阳。

无何，云颜师[12]，风旨伯[13]。

苍茫惨澹，隳危搣划[14]。

烟蒙上焚，雨阵下棘[15]。

三十日

如濠者注，如垒者辟。

如蠹者亚[16]，如队者析。

如矛者折，如常者拆[17]。

如矢者仆，如弦者礴[18]。

如吹者瘖[19]，如行者惕。

十二月一日

石有发兮尽累[20]，木有耳兮咸馘[21]。

云风雨烟，乘胜之势骄。

杉篁蕉蔓，败北之气搣[22]。

天随子曰：吁！秋无神则已，
如其有神，吾为尔羞之。　　　　　　　二曰
南北畿圻[23]，盗兴五期[24]。
方州大都[25]，虎节龙旗[26]。
瓦解冰碎，瓜分豆离。
斧抵耋老[27]，干穿乳儿。
昨宇今烬，朝人暮尸。
万犊一啖，千仓一炊。
扰践边朔[28]，歼伤蛮夷[29]。
制质守帅[30]，披攘城池[31]。
弓卷不剓[32]，甲缀不离。
凶渠歌笑[33]，裂地无疑。
天有四序，秋为司刑[34]。
少昊负扆[35]，亲朝百灵。　　　　　　四曰
蓐收相臣[36]，太白将星[37]。
可霾可电，可风可霆。
可堑溺颠陷[38]，可夭札迷冥[39]。
曾忘麂剪[40]，自意澄宁[41]。
苟蜡礼之云责[42]，触天怒而谁丁[43]。
奈何欺荒庭，凌坏砌，捼崇莨[44]，批宿蕙[45]。　五曰
揭编茅而逞力，断纬萧而作势[46]。
不过约弱欹垂[47]，戕残废替。
可谓弃其本而趋其末，舍其大而从其细也。
辞犹未已，色若愧耻。
于是堕者止，偃者起。

注释　[1]关：门闩。扇：门扇，门扉。
　　　[2]晨乌：初升的太阳。古代神话谓日中有三足乌，故以乌为日之代称。
　　　[3]森疏：树木繁茂扶疏。强梁：强劲有力，勇武。

[4] 天随子:陆龟蒙的别号。爽骇:惊起。恂栗:恐惧战栗。

[5] 军庯:指军中容车,即载运战死者衣冠、画像等的车。庯,通"容"。

[6] "纛(dào)然"句:桂树像军中大旗。纛,古代军队里的大旗。

[7] "队然"句:竹林像成队的士兵。篁,竹丛,竹林。

[8] 巉(chán):高峻。攒:簇聚,聚集。

[9] 蕉标:芭蕉树梢。建常:树立旌旗。

[10] 槁艾:干枯艾草。矢束:箭束。

[11] 革进:进兵。金止:鸣金止兵。

[12] 云颜师:云神变脸。颜,指形貌。

[13] 风旨伯:风神下令。旨,旨令。

[14] 隳(huī):毁坏,崩毁。摲(shè)划:吹拂摩荡。

[15] 棘:刺,戳。此谓冲刷。

[16] 亚:垂、低垂。

[17] 常:即上文"建常"之常,古代九旗之一。

[18] 磔(zhé):截断。

[19] 瘖(yīn):同"喑",哑。

[20] 累:缠绕。

[21] 馘(guó):古代战争中割掉敌人的左耳,计数献功。

[22] 搣:萎谢、沮丧貌。

[23] 畿圻(qí):泛指国土。畿,古代称靠近国都的地方。圻,疆界、地域。

[24] 盗兴:这里指黄巢起义。五期:五年。期,时间周而复始,此指一周年。

[25] 方州:指帝都。大都:泛称都邑之大者。

[26] 虎节:泛指符节。龙旗:指将帅之旗。

[27] 抵(zhǐ):击。耋(dié)老:老年人。

[28] 边朔:北方边地。

[29] 蜑(dàn):中国古代南方少数民族。

[30] 制质:制服并以为人质。

[31] 披攘:犹披靡。

[32] 弮(quān):弩的弓弦。刓(wán):磨损,残缺。

[33]凶渠:凶徒的首领,元凶。

[34]司刑:官名。《周礼》秋官之属。掌五刑之法。后泛指主管法律刑罚的官。

[35]少昊负扆(yǐ):谓主凶杀战争之神主事。少昊,传说中古代东夷集团首领,三皇五帝之一。其死后为西方之神,为秋帝。负扆,背靠屏风,指皇帝临朝听政。

[36]蓐(rù)收:传说中的西方之神名,司秋。

[37]太白:星名,即金星。古以为主杀伐,多以喻兵戎。

[38]颠陷:覆灭。

[39]夭札:遭疫病而早死。迷冥:迷茫昏暗。

[40]鏖(áo)剪:谓经过苦战予以剪除。

[41]澄宁:清静安定。

[42]蜡礼:古代年终大祭的礼仪。

[43]丁:当,遭逢。

[44]挼(sà):侧手击。茝(zhǐ):香草名,即白芷。

[45]批:排除,推开。

[46]纬萧:编织蒿草。萧,蒿类,可以织为草帘。

[47]约:缠缚。

袭美见题郊居十首因次韵酬之以伸荣谢[1](录一) 六日

倭僧留海纸[2],山匠制云床[3]。
懒外应无敌,贫中直是王。
池平鸥思喜,花尽蝶情忙。
欲问新秋计,菱丝一亩强。

注释

[1]袭美:皮日休,字袭美。荣谢:草木茂盛与凋零,亦喻人世的兴衰。

[2]倭:中国古代对日本人及其国家的称呼。

[3]山匠:石匠。云床:僧道的坐榻。

筑城词二首

城上一培土[1]，手中千万杵。
筑城畏不坚，坚城在何处。

莫叹将军逼，将军要却敌。
城高功亦高，尔命何劳惜。

注释　[1]培：在基础周围覆盖泥土加固。

古意

君心莫淡薄，妾意正栖托[1]。
愿得双车轮，一夜生四角[2]。

注释　[1]栖托：寄托，安身。
　　　[2]"愿得"二句：车轮生了四角，车子无法开动。表示栖止一处，不再外游。

归路

渐入新丰路[1]，衰红映小桥[2]。
浑如七年病，初得一丸销。

注释　[1]新丰：县名。汉高祖七年（前200）置，唐废。治所在今陕西省西安临潼区。
　　　[2]衰红：凋谢的花。

黄金二首

自古黄金贵，犹沽骏与才[1]。

近来簪珥重,无可上高台[2]。

平分从满箧,醉掷任成堆。
恰莫持千万,明明买祸胎。

注释
[1]"自古"二句:指战国时燕昭王招纳贤才的典故。郭隗告诉燕昭王一个故事:某国君求千里马不得,一侍臣向国君要了一千两金去远方买千里马。但千里马已死,侍臣用了五百金买回马骨。消息传开后,大家认为国君真心爱惜千里马,于是主动献马。燕昭王听后,优待郭隗,以之为"马骨",于是各地人才纷纷前来。
[2]高台:相传燕昭王曾于易水边筑高台,置千金于台上,延请天下贤士。

夕阳

一九八九年十二月九日

渡口和帆落,城边带角收[1]。
如何茂陵客[2],江上倚危楼。

注释
[1]角:日落时城上的角声。
[2]茂陵客:汉司马相如病免后家居茂陵。这里诗人以司马相如自喻。

古态

古态日渐薄,新妆心更劳。
城中皆一尺,非妾髻鬟高[1]。

注释
[1]髻鬟:古时妇女发式。

春思

怨莺新语涩,双蝶斗飞高。

作个名春恨,浮生百倍劳[1]。

注释　[1]浮生:以人生在世,虚浮不定,因称人生为"浮生"。

秋

十日

凉汉清泬寥[1],衰林怨风雨。
愁听络纬唱[2],似与羁魂语。

注释　[1]凉汉:秋夜的银河。泬(jué)寥:清朗空旷貌。
[2]络纬:虫名。即莎鸡,俗称络丝娘、纺织娘。夏秋夜间振羽作声,声如纺线,故名。

自遣诗(三十首录六)

五年重别旧山村,树有交柯犊有孙[1]。
更感卞峰颜色好[2],晓云才散便当门。

十一日

甫里先生未白头[3],酒旗犹可战高楼。
长鲸好鲙无因得,乞取艅艎作钓舟[4]。

花濑濛濛紫气昏,水边山曲更深村。
终须拣取幽栖处,老桧成双便作门[5]。

十二日

数尺游丝堕碧空,年年长是惹东风。
争知天上无人住,亦有春愁鹤发翁。

强梳蓬鬓整斜冠,片烛光微夜思阑。
天意最饶惆怅事,单栖分付与春寒[6]。

十三日

姹女精神似月孤[7]，敢将容易入洪炉[8]。
人间纵道铅华少[9]，蝶翅新篁未肯无。

注释

[1]交柯：交错的树枝。

[2]卞峰：指卞山，在湖州西北，接长兴界，为湖州之主山。

[3]甫里先生：陆龟蒙自号。

[4]馀艎(yúhuáng)：吴王大舰名。后泛称大船、大型战舰。

[5]桧：圆柏。

[6]单栖：独宿。

[7]姹(chà)女：道家炼丹，称水银为姹女。

[8]洪炉：大火炉。

[9]铅华：道家炼丹，铅是主要原料之一。

白莲

素蘤多蒙别艳欺[1]，此花真合在瑶池[2]。
还应有恨无人觉，月晓风清欲堕时。

注释

[1]素蘤(huā)：指白莲。蘤，古同"花"。别艳：其他艳丽的花。

[2]瑶池：传说中昆仑山上的池名，西王母居处。此泛指仙境。

和袭美钓侣二章（录一） 一九八九年十二月十四日

雨后沙虚古岸崩，鱼梁移入乱云层[1]。
归时月堕汀洲暗，认得妻儿结网灯。

注释

[1]鱼梁：拦截水流以捕鱼的设施。云：指水浪。

吴宫怀古

香径长洲尽棘丛[1],奢云艳雨只悲风[2]。
吴王事事须亡国,未必西施胜六宫。

注释　[1]香径长洲:采香径,长洲苑,昔日吴王宫所和游苑。
[2]奢云艳雨:用巫山神女的故事喻指吴王夫差与西施事。

闺怨

十五日

白袷行人又远游[1],日斜空上映花楼。
愁丝堕絮相逢著,绊惹春风卒未休。

注释　[1]白袷(jiá):白色夹衣,旧时平民的服装。亦借指无功名的士人。

丁香

江上悠悠人不问,十年云外醉中身。
殷勤解却丁香结[1],纵放繁枝散诞春[2]。

注释　[1]丁香结:丁香的花蕾。用以喻愁绪之郁结难解。
[2]散诞:放诞不羁,逍遥自在。

连昌宫词[1](二首录一)

十六日

门

金铺零落兽镮空[2],斜掩双扉细草中。
日暮鸟归宫树绿,不闻鸦轧闭春风[3]。

注释

[1]连昌宫:宫殿名。唐高宗显庆三年(658)所建,故址在今河南省宜阳县。

[2]金铺:铜制铺首,指门环下面的铜片。兽镮:同"兽环",兽头形铺首衔着的门环。

[3]鸦轧:象声词,形容门户启闭声。

偶作

酒信巧为缲病绪[1],花音长作嫁愁媒[2]。
也知愁病堪回避,争奈流莺唤起来。

注释

[1]缲病绪:抽出疾病的头绪。缲,同"缫",抽茧出丝。

[2]愁媒:引起愁情的媒介。

司空图

司空图(837—908),字表圣,自号知非子,又号耐辱居士。祖籍临淮(今属江苏泗洪),自幼随家迁居河中虞乡(今山西永济)。唐懿宗咸通十年(869)进士,历官光禄寺主簿、礼部员外郎、礼部郎中、知制诰、中书舍人等职。天复四年(904),朱温召为礼部尚书,司空图佯装老朽不任事,被放还。后梁开平二年(908年),唐哀帝被弑,他绝食而死。其诗多山村遣兴、闲吟自适之作。工近体,五言尤擅。

下方[1]

十七日

昏旦松轩下[2],怡然对一瓢[3]。
雨微吟思足,花落梦无聊。
细事当棋遣,衰容喜镜饶[4]。
溪僧有深趣,书至又相邀。

注释

[1]下方:下界,人间。

[2]昏旦:黄昏和清晨。泛指时光。松轩:植有松树的住所。

[3]一瓢:《论语·雍也》:"贤哉,回也! 一箪食,一瓢饮,在陋巷,人不堪其忧,回也不改其乐。"后因以比喻生活简单清苦。

[4]饶:宽容。

杂言

一九八九年十二月十八日

乌飞飞[1],兔蹶蹶[2],朝来暮去驱时节。
女娲只解补青天,不解煎胶黏日月[3]。

注释

[1]乌:指太阳。古代神话传说太阳中有三足乌,因用为太阳的代称。

[2]兔:指月亮。古代神话传说月亮中有玉兔,因用为月亮的代称。蹶(jué)蹶:疾行貌。

[3]煎:熬。

退栖[1]

十九日

宦游萧索为无能,移住中条最上层[2]。
得剑乍如添健仆,亡书久似失良朋。
燕昭不是空怜马[3],支遁何妨亦爱鹰[4]。
自此致身绳检外[5],肯教世路日兢兢。

注释

[1]退栖:隐居。

[2]中条:山名。位于今山西永济市,诗人自光启三年(887)归隐中条山王官谷。

[3]燕昭:即战国时燕昭王,后代称其为渴于求贤之君。怜马:燕昭王求贤典故,详见前陆龟蒙《黄金二首》诗注[1]。

[4]支遁:东晋高僧。爱鹰:相传支遁好养鹰,但不放飞使用,只"爱其神骏"。

[5]绳检:拘束、制约。

光启四年春戊申[1]

二十日

乱后烧残数架书,峰前犹自恋吾庐。
忘机渐喜逢人少[2],览镜空怜待鹤疏[3]。
孤屿池痕春涨满,小栏花韵午晴初。
酣歌自适逃名久,不必门多长者车[4]。

注释

[1]光启四年:即公元888年。

[2]忘机:消除机巧之心。甘于淡泊,与世无争。

[3]览镜:照镜。鹤疏:头发稀少。

[4]长者车:显贵者所乘车辆之行迹。

独望

二十一日

绿树连村暗,黄花入麦稀。
远陂春草绿[1],犹有水禽飞。

注释　[1]陂(bēi):水边。

独坐

幽径入桑麻,坞西逢一家[1]。
编篱薪带茧,补屋草和花。

注释　[1]坞(wù):四面高中间凹下的地方。

偶书(五首录一)

二十二日

掩谤知迎吠[1],欺心见强颜。
有名人易困,无契债难还。

注释　[1]掩谤:止息诽谤。

华上[1](二首录一)

故国春归未有涯,小栏高槛别人家。
五更惆怅回孤枕,犹自残灯照落花。

注释　[1]华上:指华阴市(今属陕西)。

河湟有感[1]

一九八九年十二月二十三日

一自萧关起战尘[2],河湟隔断异乡春。
汉儿尽作胡儿语,却向城头骂汉人。

注释

[1] 河湟:黄河与湟水,唐代指河西、陇右地区。
[2] 萧关:古关塞名,故址在今宁夏固原。

漫书(五首录一)

长拟求闲未得闲,又劳行役出秦关[1]。
逢人渐觉乡音异,却恨莺声似故山。

注释

[1] 秦关:秦国要塞函谷关,亦泛指秦地关塞。

修史亭[1](三首录二)

二十五日

山前邻叟去纷纷,独强衰羸爱杜门[2]。
渐觉一家看冷落[3],地炉生火自温存[4]。

乌纱巾上是青天[5],检束酬知四十年[6]。
谁料平生臂鹰手[7],挑灯自送佛前钱。

注释

[1] 修史亭:在诗人隐居的中条山王官谷。
[2] 杜门:闭门,堵门。
[3] 看:将要。
[4] 地炉:就地挖砌的火炉。
[5] 乌纱巾:即乌纱帽,这里指官位。
[6] 检束:检点约束。

[7]臂鹰:外出狩猎或嬉游时架鹰于臂上。

力疾山下吴村看杏花[1]（十九首录一） 二十六日

近来桃李半烧枯,归卧乡园只老夫。
莫算明年人在否,不知花得更开无?

注释 [1]力疾:勉强支撑病体。

聂夷中

聂夷中（837？—884？），字坦之，河东（今山西永济）人，一说河南中都（今河南沁阳）人。出身贫寒，备尝艰辛。咸通十二年（871）中进士。但因时局动乱，朝廷无暇顾及官吏铨选，他困居长安很久，后来得补华阴县尉。其诗长于五言，多关注民生和讽喻时事之作。

杂怨

二十七日

生在绮罗下，岂识渔阳道[1]。
良人自戍来，夜夜梦中到。
渔阳万里远，近于中门限[2]。
中门逾有时[3]，渔阳常在眼。

注释

[1]渔阳：地名。唐玄宗天宝元年（742）改蓟州为渔阳郡，治所在今天津蓟州区。

[2]中门：内、外室之间的门。限：门槛。

[3]逾：越过。

行路难[1]

二十八日

莫言行路难，夷狄如中国[2]。
谓言骨肉亲，中门如异域。
出处全在人[3]，路亦无通塞。
门前两条辙，何处去不得？

注释

[1]行路难：乐府题名，属杂曲歌辞。

[2]夷狄：古称东方部族为夷，北方部族为狄，常用以泛称除华夏族以外的各族。中国：泛指中原地区。

[3]出处：前进和静止不前。

咏田家 一九八九年十二月二十九日

二月卖新丝,五月粜新谷[1]。
医得眼前疮,剜却心头肉[2]。
我愿君王心,化作光明烛。
不照绮罗筵[3],只照逃亡屋[4]。

注释

[1]粜(tiào):卖出粮食。

[2]剜(wān)却:用刀挖去。心头肉:比喻新丝、新谷。

[3]绮罗筵:指富贵人家华美的宴席。

[4]逃亡屋:逃亡在外的穷人家。

张乔

张乔,生卒年不详,池州青阳(今属安徽)人,懿宗咸通年间进士,当时与许棠、喻坦之、郑谷等东南才子称"咸通十哲"。黄巢起义时,隐居九华山以终。其诗多写山水自然,诗风清雅巧思,风格也似贾岛。

游边感怀(二首录一)

贫游缭绕困边沙[1],却被辽阳战士嗟[2]。
不是无家归不得,有家归去似无家。

注释
[1]边沙:借指边地。西北边地多沙漠,故称。
[2]辽阳:泛指今辽宁省辽阳市一带地方。

曹唐

曹唐,生卒年不详,字尧宾,桂州(今广西桂林)人。初为道士,后还俗,举进士不第。咸通中曾为使府从事。诗名闻于当世,尤以游仙诗著称。

升平词(五首录一)

处处是欢心,时康岁已深[1]。
不同三尺剑[2],应似五弦琴[3]。
寿笑山犹尽,明嫌日有阴。
何当怜一物,亦遣断愁吟。

注释

[1]时康:时世太平。
[2]三尺剑:古剑长凡三尺,故称。
[3]五弦琴:古乐器名。

来鹄

来鹄（？—883），豫章（今江西南昌）人。曾自称"乡校小臣"，隐居山泽。师韩柳为文，屡举进士不第。乾符五年（878）前后，福建观察使韦岫召入幕府，爱其才，欲纳为婿，未成。广明元年（880）黄巢起义军攻克长安后，来鹄避游荆襄。《全唐诗》云"鹄"一作"鹏"，或云"来鹄""来鹏"非同一人。

云

一九九〇年一月一日，元旦

千形万象竟还空[1]，映水藏山片复重[2]。
无限旱苗枯欲尽，悠悠闲处作奇峰。

注释
[1]千形万象：指云的形态变化无穷。竟还空：终究一场空，不见雨下来。
[2]片复重：时而一片片、一朵朵，时而重重叠叠。

山中避难作[1]

山头烽火水边营，鬼哭人悲夜夜声。
唯有碧天无一事，日还西下月还明。

注释
[1]避难：这里指诗人躲避黄巢起义时的动乱。

早春

二日

新历才将半纸开，小庭犹聚爆竿灰[1]。
偏憎杨柳难钤辖[2]，又惹东风意绪来。

注释
[1]爆竿：爆竹。
[2]钤(qián)辖：节制管辖。

新安官舍闲坐[1]

一九九〇年一月三日

寂寞空阶草乱生，簟凉风动若为情。
不知独坐闲多少，看得蜘蛛结网成。

注释　[1]官舍：专门接待来往官员的宾馆。

李山甫

李山甫,生卒年不详,似为山西太原人。咸通中累举不第,后依魏博幕府事乐彦祯、罗弘信父子,晚年落拓不知所终。其诗文笔雄健,名著一方。

寒食(二首录一)

柳带东风一向斜[1],春阴澹澹蔽人家[2]。
有时三点两点雨,到处十枝五枝花。
万井楼台疑绣画[3],九原珠翠似烟霞[4]。
年年今日谁相问,独卧长安泣岁华。

注释

[1]一向:一片,一派。
[2]澹澹:广漠貌。
[3]万井:千家万户。
[4]九原:九州大地。

自叹拙

自怜心计拙,欲语更悲辛。
世乱僮欺主,年衰鬼弄人。
镜中颜欲老,江上业长贫。
不是刘公乐[1],何由变此身。

注释

[1]刘公:似指虽然长期身处逆境但仍能保持乐观精神的中唐诗人刘禹锡。

李咸用

李咸用,生卒年不详。郡望陇西,袁州(今江西宜春)人。习儒业,久不第,曾应辟为推官。因唐末乱离,仕途不达,遂寓居庐山等地。咸用工诗,尤擅乐府、律诗。所作多忧乱失意之词。

春日

浩荡东风里,裴回无所亲[1]。
危城三面水,古树一边春。
衰世难修道,花时不称贫。
滔滔天下者,何处问通津[2]。

注释　[1]裴回:徘徊不进貌。
　　　[2]"滔滔"二句:《论语·微子》:"长沮、桀溺耦而耕,孔子过之,使子路问津焉。"通津,四通八达之津渡,喻显要的职位。

冬夕喜友生至

天涯行欲遍,此夜故人情。
乡国别来久[1],干戈还未平。
灯残偏有焰,雪甚却无声。
多少新闻见,应须语到明。

注释　[1]乡国:家乡。

别友

北吹微微动旅情[1],不堪分手在平明。
寒鸡不待东方曙,唤起征人踏月行[2]。

注释

[1]北吹:北风。

[2]蹋:踏。

方干

方干(809—888?),字雄飞,睦州桐庐(今属浙江)人。举进士不第,隐居鉴湖,终生不仕。文德元年(888),方干客死会稽,归葬桐江,门人私谥其为"玄英先生"。其诗有的反映社会动乱,同情人民疾苦;有的抒发怀才不遇,求名未遂的感怀。擅长律诗,清润小巧,且多警句。

采莲

一九九〇年一月九日

采莲女儿避残热,隔夜相期侵早发[1]。
指剥春葱腕似雪,画桡轻拨蒲根月。
兰舟迟速有输赢,先到河湾赌何物。
才到河湾分首去[2],散在花间不知处。

注释
[1]侵早:天刚亮,拂晓。
[2]分首:离别。

赠喻凫[1]

十日

所得非众语,众人那得知。
才吟五字句[2],又白几茎髭。
月阁欹眠夜,霜轩正坐时。
沉思心更苦,恐作满头丝。

注释
[1]喻凫:唐朝开成年间的诗人。
[2]五字句:指五言诗。

贻钱塘县路明府[1]

十一日

志业不得力[2],到今犹苦吟。

吟成五字句，用破一生心。
世路屈声远[3]，寒溪怨气深。
前贤多晚达，莫怕鬓霜侵。

注释

[1] 贻：赠送。钱塘县：古县名，今属浙江杭州。明府：对县令的称呼。
[2] 志业：志向与事业。
[3] 屈声：指因受屈而形成的声誉。

处州洞溪[1]

十二日

气象四时清，无人画得成。
众山寒叠翠，两派绿分声。
坐月何曾夜，听松不似晴。
混元融结后[2]，便有此溪名。

注释

[1] 处州：浙江省丽水市的古称。
[2] 混元：指天地元气，亦指天地。融结：融合凝聚。

旅次洋州寓居郝氏林亭[1]

十三日

举目纵然非我有，思量似在故山时。
鹤盘远势投孤屿，蝉曳残声过别枝。
凉月照窗欹枕倦，澄泉绕石泛觞迟[2]。
青云未得平行去，梦到江南身旅羁。

注释

[1] 洋州：地名。今陕西洋县，在汉水北岸。
[2] 泛觞：谓饮酒。古园林中常引水流入石砌的曲沟中，宴时以酒杯浮在水面，漂到谁的面前停止，谁就饮此杯。

赠美人（四首录一） 十四日

严冬忽作看花日，盛暑翻为见雪时。
坐上弄娇声不转，尊前掩笑意难知。
含歌媚盼如桃叶[1]，妙舞轻盈似柳枝[2]。
年几未多犹怯在，些些私语怕人疑。

注释
[1]桃叶：晋王献之爱妾名。后亦借指爱恋的女子或歌妓。
[2]柳枝：侍姬名。唐白居易侍姬小蛮善舞，腰似柳枝，樊素善歌《杨柳枝》，因以为两人的昵称。

题报恩寺上方[1] 一九九〇年一月十五日

来来先上上方看，眼界无穷世界宽。
岩溜喷空晴似雨[2]，林萝碍日夏多寒。
众山迢递皆相叠，一路高低不记盘。
清峭关心惜归去[3]，他时梦到亦难判[4]。

注释
[1]报恩寺：古寺名，旧址在今苏州市。上方：住持僧居住的内室，亦借指佛寺。
[2]岩溜：岩上的飞瀑。
[3]清峭：清丽挺拔。
[4]判(pān)：割舍的意思。

感时（三首录一） 十六日

日乌往返无休息[1]，朝出扶桑暮却回[2]。
夜雨旋驱残热去，江风吹送早寒来。
才怜饮处飞花片，又见书边聚雪堆。

莫恃少年欺白首,须臾还被老相催。

注释　[1]日乌:太阳。古代传说日中有三足乌,故称。
　　　[2]扶桑:神话中的极东之树。传说日出于扶桑之下,拂其树梢而升,因谓为日出处。

思江南　　　　　　　　　　　　　　十七日

昨日草枯今日青,羁人又动望乡情[1]。
夜来有梦登归路,不到桐庐已及明[2]。

注释　[1]羁人:旅居异乡的人。
　　　[2]桐庐:作者家乡。

罗邺

罗邺（831？—896？），余杭（今属浙江杭州）人，一说苏州吴县（今属江苏）人。屡举进士不第，羁游四方，晚年归吴县闲居。其诗写身世之感，颇有理趣。尤长律诗，才智杰出，笔端超绝，气概非凡。有"诗虎"之称。时宗人罗隐、罗虬俱以声格著称，遂齐名，号"江东三罗"。

牡丹

十八日

落尽春红始著花，花时比屋事豪奢[1]。
买栽池馆恐无地[2]，看到子孙能几家？
门倚长衢攒绣毂[3]，幄笼轻日护香霞[4]。
歌钟满座争欢赏[5]，肯信流年鬓有华。

注释

[1] 比屋：家家户户。常用以形容众多、普遍。
[2] 池馆：池苑馆舍。
[3] 绣毂：华贵的车子。
[4] 幄：帐幕。轻日：微弱的日光。
[5] 歌钟：原指伴唱的编钟，泛指歌乐之声。

赏春

十九日

芳草和烟暖更青，闲门要路一时生[1]。
年年点检人间事[2]，唯有春风不世情[3]。

注释

[1] "闲门"句：指冷落的寒门和繁华的权贵同时存在。
[2] 点检：一个一个地查检。
[3] 世情：世态人情，这里指嫌贫爱富。

罗隐

罗隐(833—910),原名横,后因屡试不第,愤而改名为隐,字昭谏,号江东生,新城(今属浙江杭州富阳区)人。五十五岁归投杭州刺史钱镠,得到任用,历任钱塘令、著作佐郎、节度判官、司勋郎中等职。朱温代唐,以右谏议大夫征他入朝,被他拒绝。梁开平元年(907),为给事中,世称"罗给事"。罗隐诗文多愤世之作。

曲江春感

二十日

江头日暖花又开,江东行客心悠哉。
高阳酒徒半凋落[1],终南山色空崔嵬[2]。
圣代也知无弃物,侯门未必用非才。
一船明月一竿竹,家住五湖归去来[3]。

注释

[1] 高阳酒徒:指嗜酒而放荡不羁的人。高阳,古乡名,在今河南杞县西南。秦末郦食其即此乡人,对刘邦自称"高阳酒徒"。凋落:殂落,去世。

[2] 崔嵬(wéi):山势高大、高峻。

[3] 五湖:太湖及附近湖泊,指隐遁之所。

牡丹花

一九〇年一月二十一日

似共东风别有因,绛罗高卷不胜春。
若教解语应倾国[1],任是无情亦动人。
芍药与君为近侍,芙蓉何处避芳尘?
可怜韩令功成后,辜负秾华过此身[2]。

注释

[1] 解语:会说话。唐玄宗,曾称杨贵妃为"解语花"。

[2] "可怜"二句:唐代有个人叫韩弘,他做了中书令以后,觉得京城里大家都喜欢牡丹花,整天的玩花赏花,导致整个社会风气不好,所以他下令把家

中所有的牡丹花都砍掉,以示不随俗流。

黄河

二十二日

莫把阿胶向此倾[1],此中天意固难明。
解通银汉应须曲,才出昆仑便不清。
高祖誓功衣带小[2],仙人占斗客槎轻[3]。
三千年后知谁在[4],何必劳君报太平。

注释

[1]阿胶:药名,据说将其投入浊水,可使浊水变清。
[2]高祖誓功:汉刘邦统一中国建立汉朝后,分封有功之臣,有誓言说:不论山河如何改变,封国不变,子孙永享爵禄。后遂用为享用先人功禄之典。
[3]仙人占斗:意指权贵把持朝政。占,占候,诗中指观察天文现象。斗,北斗星,古人依靠北斗星来指引方向。客槎(chá):指张骞乘槎上天。槎,木筏。
[4]"三千"句:传说黄河一千年清一次,并且是圣君出现的瑞兆。

春日叶秀才曲江[1]

二十四日

江花江草暖相隈[2],也向江边把酒杯。
春色恼人遮不得,别愁如疟避还来。
安排贱迹无良策[3],裨补明时望重才[4]。
一曲吴歌齐拍手,十年尘眼未曾开。

注释

[1]秀才:唐代用以泛称及第进士或应试举子。曲江:曲江池,在今西安,唐时是人们游赏盛地,新科进士也在此宴庆。
[2]隈:通"偎",偎依。
[3]贱迹:对自身的谦称。作者是以落第者身份参加曲江进士宴会。
[4]重才:大才。

早发

二十五日

北去南来无定居,此生生计竟何如?
酷怜一觉平明睡[1],长被鸡声恶破除[2]。

注释　[1]酷:极,甚,程度深。
　　　[2]破除:败坏,摧残。

西施

家国兴亡自有时,吴人何苦怨西施。
西施若解倾吴国[1],越国亡来又是谁?

注释　[1]倾:倾覆,断送。

自遣

二十六日,己巳年除夕

得即高歌失即休,多愁多恨亦悠悠[1]。
今朝有酒今朝醉,明日愁来明日愁。

注释　[1]悠悠:闲适貌。

鹦鹉

一九九〇年一月二十七日,庚午元日

莫恨雕笼翠羽残,江南地暖陇西寒[1]。
劝君不用分明语[2],语得分明出转难[3]。

注释　[1]陇西:陇山(六盘山南段别称)以西,古传说为鹦鹉产地,俗称其为"陇客"。
　　　[2]分明语:学人说话说得很清楚。
　　　[3]出转:指从笼子里出来获得自由。

登夏州城楼[1]

二十八日

寒城猎猎戍旗风[2],独倚危楼怅望中。
万里山河唐土地[3],千年魂魄晋英雄[4]。
离心不忍听边马,往事应须问塞鸿。
好脱儒冠从校尉,一枝长戟六钧弓[5]。

注释

[1]夏州:即大夏国赫连勃勃修建的统万城,北魏置夏州,唐为朔方节度使所辖。又名榆林。在今陕西榆林横山区。
[2]猎猎:风声。戍旗:要塞戍军之旗。
[3]唐土地:指包括夏州在内的唐朝广阔国土。
[4]晋英雄:晋朝与赫连勃勃作战,不少战士死于边塞。
[5]六钧弓:钧是古代重量计量单位之一,一钧相当于三十斤,六钧即拉力一百八十斤,用来比喻强弓。

水边偶题

二十九日

野水无情去不回,水边花好为谁开?
只知事逐眼前去,不觉老从头上来。
穷似丘轲休叹息[1],达如周召亦尘埃[2]。
思量此理何人会? 蒙邑先生最有才[3]。

注释

[1]丘轲:孔子(丘)和孟子(轲)的并称。
[2]周召:周成王时共同辅政的周公旦和召公奭的并称。
[3]蒙邑:战国时期著名思想家庄子的出生地,位于宋国国都商丘东北。代指庄子。

筹笔驿[1]

三十日

抛掷南阳为主忧[2],北征东讨尽良筹[3]。

〇九四六 \ 罗隐

时来天地皆同力,运去英雄不自由[4]。
千里山河轻孺子[5],两朝冠剑恨谯周[6]。
唯余岩下多情水,犹解年年傍驿流。

注释　[1]筹笔驿:在四川广元市,相传蜀相诸葛亮出兵伐魏,曾驻军筹划于此。
　　　[2]抛掷:投,扔,指别离。南阳:诸葛亮隐居的地方隆中(今湖北襄阳)属南阳郡。
　　　[3]北征:指攻打曹魏。东讨:指攻打孙吴。
　　　[4]自由:由自己做主。
　　　[5]孺子:指蜀后主刘禅。
　　　[6]冠剑:指文臣、武将。谯周:蜀臣,因力劝刘禅降魏令人痛恨。

柳

三十一日

灞岸晴来送别频[1],相偎相倚不胜春。
自家飞絮犹无定,争解垂丝绊路人。

注释　[1]灞岸:借指送别之地。

泪

二月一日

逼脸横颐咽复匀[1],也曾谗毁也伤神。
自从鲁国潸然后,不是奸人即妇人[2]。

注释　[1]逼脸:苦脸。横颐:泪水纵横交流貌。咽:声音滞涩,多用于形容悲切。
　　　[2]"不是"句:用《孔丛子·儒服》"大奸之人,以泣自信;妇人懦夫,以泣著爱"典。

所思

一九九〇年二月二日

西上青云未有期[1]，东归沧海一何迟。
酒阑梦觉不称意，花落月明空所思。
长恐病侵多事日，可堪贫过少年时。
斗鸡走狗五陵道[2]，惆怅输他轻薄儿。

注释

[1]西上青云：这里指西入长安参加科举考试。
[2]五陵道：喻高官厚禄之道。五陵，西汉五个皇帝陵墓所在地，附近为豪门贵族聚居之处。

偶兴

三日

逐队随行二十春[1]，曲江池畔避车尘。
如今赢得将衰老，闲看人间得意人。

注释

[1]逐队：随众而行。这里指科考应试，作者屡次不第。

魏城逢故人[1]

四日

一年两度锦江游，前值东风后值秋。
芳草有情皆碍马，好云无处不遮楼。
山将别恨和心断，水带离声入梦流。
今日因君试回首，澹烟乔木隔绵州[2]。

注释

[1]魏城：地名，今属四川绵阳。
[2]绵州：今四川绵阳。

〇九四八 \ 罗隐

偶题

五日

钟陵醉别十余春[1]，重见云英掌上身[2]。
我未成名君未嫁，可能俱是不如人。

注释　[1]钟陵：县名，即今江西进贤。
[2]云英：歌妓名。掌上身：相传汉成帝之后赵飞燕体态轻盈，能为掌上舞，这里形容体轻。

蜂

不论平地与山尖[1]，无限风光尽被占。
采得百花成蜜后，为谁辛苦为谁甜？

注释　[1]山尖：山峰。

柳

六日

一簇青烟锁玉楼[1]，半垂栏畔半垂沟。
明年更有新条在，绕乱春风卒未休。

注释　[1]玉楼：指妓楼。

言

七日

珪玷由来尚可磨[1]，似簧终日复如何[2]。
成名成事皆因慎，亡国亡家只为多[3]。
须信祸胎生利口，莫将讥思逞悬河[4]。
猩猩鹦鹉无端解，长向人间被网罗。

〇九四九 ＼ 罗隐

注释

[1]珪玷：白玉上的斑点。亦喻人的缺陷，过失。

[2]似簧：花言巧语。

[3]多：多说话。

[4]讥思：讥刺。悬河：比喻论辩滔滔不绝或文辞流畅奔放。

庭花

昨日芳艳浓，开尊几同醉。
今朝风雨恶，惆怅人生事。
南威病不起[1]，西子老兼至[2]。
向晚寂无人[3]，相偎堕红泪。

注释

[1]南威：亦称"南之威"。春秋时晋国的美女。

[2]西子：西施。

[3]向晚：傍晚。

宫词

巧画蛾眉独出群，当时人道便承恩[1]。
经年不见君王面，落日黄昏空掩门。

注释

[1]承恩：蒙受恩泽。

高蟾

高蟾,生卒年不详,郡望渤海,出身寒素,累举不第。僖宗乾符三年(876)登进士第,昭宗乾宁中官至御史中丞。与郑谷友善。孙光宪《北梦琐言》称其"诗思虽清,务为奇险,意疏理寡"。辛文房《唐才子传》谓其诗"气势雄伟,态度谐远,如狂风猛雨之来,物物竦动,深造理窟"。

金陵晚望[1]

曾伴浮云归晚翠[2],犹陪落日泛秋声[3]。
世间无限丹青手[4],一片伤心画不成。

注释

[1]金陵:今南京。
[2]晚翠:晚间的树木。
[3]秋声:秋天里自然界的声音。
[4]丹青手:画家。

句

君恩秋后叶,日日向人疏[1]。

注释

[1]疏:稀少,凋谢。

章碣

章碣（836—905），或为章孝标之子，原籍睦州桐庐，后迁居钱塘。僖宗乾符年间登进士第，其后流落江湖，不知所终。曾草创诗律，八句之中平仄皆用韵，自称"变体"，当时趋风者纷纷效之。严羽《沧浪诗话》评曰："章碣有此体，不足为法。"

夏日湖上即事寄晋陵萧明府[1]

亭午羲和驻火轮[2]，开门嘉树庇湖濆[3]。
行来宾客奇茶味，睡起儿童带簟纹[4]。
屋小有时投树影，舟轻不觉入鸥群。
陶家岂是无诗酒[5]，公退堪惊日已曛[6]。

注释
[1]晋陵：今常州、无锡一带。明府：用以称县令。
[2]亭午：正午。羲和：古代神话传说中驾御日车的神，此代指太阳。
[3]庇：遮蔽。濆（fén）：水边。
[4]簟（diàn）纹：竹席或苇席的纹络。
[5]陶家：指陶渊明。因陶渊明曾为彭泽令，故此处亦用以指萧明府。
[6]公退：公务完毕，离开官厅。曛：昏暗。

焚书坑[1]

竹帛烟销帝业虚[2]，关河空锁祖龙居[3]。
坑灰未冷山东乱[4]，刘项元来不读书[5]。

注释
[1]焚书坑：秦始皇焚书坑儒之处，在今陕西临潼。
[2]竹帛：代指书籍。
[3]关河：函谷关和黄河，此指关中。祖龙：秦始皇。司马迁《史记·秦始皇本纪》："有人持璧遮使者曰：'为吾遗滈池君。'因言曰：'今年祖龙死。'"

[4]山东乱:指以陈胜、吴广为代表的秦末农民起义。
[5]刘项:刘邦、项羽。元来:原来。

秦韬玉

秦韬玉,生卒年不详,字中明,京兆(今陕西西安)人,或云郃阳(今陕西合阳)人,或据其诗谓故里在湖南。父为左军军将,因得交结大宦官田令孜,为"芳林十哲"之一。黄巢攻陷长安后,随僖宗入蜀。中和二年(882),敕赐进士及第。官至工部侍郎、判度支。尝为田令孜神策军判官。辛文房《唐才子传》称其"少有词藻,工歌吟,恬和浏亮","每作人必传诵"。存诗三十余首,明人辑为《秦韬玉诗集》。

贫女

一九九〇年二月十二日

蓬门未识绮罗香[1],拟托良媒益自伤[2]。
谁爱风流高格调[3],共怜时世俭梳妆[4]。
敢将十指夸偏巧[5],不把双眉斗画长[6]。
苦恨年年压金线[7],为他人作嫁衣裳。

注释

[1] 蓬门:以蓬草为门,指贫寒之家。绮罗:丝织品,富贵家妇女的服饰。
[2] 拟:打算。良媒:善于说媒之人。
[3] 风流:仪表,风采。高格调:高雅的格调。
[4] 共怜:大家都爱。俭梳妆:即险妆,当时最时髦的妆扮。《唐会要》卷三十一载,文宗太和六年(832)六月,"又奏:妇人高髻险妆、去眉开额,甚乖风俗,颇坏常仪,费用金银,过为首饰,并请禁断"。
[5] 偏巧:特别灵巧。
[6] 斗:比。画:画眉。
[7] 苦恨:深恨。压金线:金线绣花,压是一种刺绣手法。

亭台

十三日

雕楹累栋架崔嵬[1],院宇生烟次第开[2]。
为向西窗添月色,岂辞南海取花栽。

意将画地成幽沼[3],势拟驱山近小台[4]。
清境渐深官转重[5],春时长是别人来。

注释

[1] 崔嵬:形容山或建筑物高大雄伟。
[2] 次第:依次。
[3] 画地:谓皇家禁地。语见《文选》中邹阳《上书吴王》:"臣闻秦倚曲台之宫,悬衡天下,画地而人不犯。"刘良注:"画地,不犯教令也。"
[4] 驱山:意谓神助,用秦始皇驱石下海造桥之典。《三齐略记》:"秦始皇作石桥于海上,欲过海看日出处。有神人驱石,去不速,神人鞭之,皆流血,今石桥犹赤色。"
[5] 清境:上清境,道教语,指仙境。

唐彦谦

唐彦谦（？—893？），字茂业，自号鹿门先生，并州晋阳（今山西太原）人。举进士十余年不第，僖宗乾符末，避乱汉南，专事著述。中和中，王重荣镇河中，辟为从事。历节度副使、晋、绛二州刺史。光启末，王重荣被杀，贬兴元参军事。后兴元节度使杨守亮，属其为判官，迁节度副使，终阆、壁二州刺史。昭宗景福二年（893）前后卒于汉中。诗学李商隐、温庭筠，用事精巧，对偶清切。辛文房《唐才子传》称其"博学足艺，尤长于诗，亦其道古心雄，发言不苟，极能用事，如自己出"。

岁除[1]

十四日

索索风搜客[2]，沉沉雨洗年。
残林生猎迹，归鸟避窑烟[3]。
节物杯浆外[4]，溪山鬓影前。
行藏都未定[5]，笔砚或能捐[6]。

注释

[1]岁除：指除夕。

[2]索索：轻微、细碎的声音。

[3]窑烟：烧窑时炉灶冒出的烟气。

[4]节物：各个季节的风物景色。

[5]行藏：指出处或行止。

[6]捐：舍弃。

夜坐

十五日

愁鬓丁年白[1]，寒灯丙夜青[2]。
不眠惊戍鼓，久客厌邮铃[3]。
汹汹城喷海，疏疏屋漏星。
十年穷父子，相守慰飘零。

注释

[1]丁年:壮年。
[2]丙夜:三更时分。《颜氏家训·书证》:"或问:一夜何故五更? 更何所训? 答曰:汉魏以来,谓为甲夜、乙夜、丙夜、丁夜、戊夜……亦云一更、二更、三更、四更、五更,皆以五为节。"
[3]邮铃:古时邮差用来表示邮传信号的铃铎。

游阳明洞呈王理得诸君[1]

十六日

禹穴苍茫不可探[2],人传灵笈锁烟岚[3]。
初晴鹤点青边嶂,欲雨龙移黑处潭。
北斗斋坛天寂寂[4],东风仙洞草毵毵[5]。
堪怜尹叟非关吏[6],犹向江南逐老聃[7]。

注释

[1]阳明洞:在今浙江绍兴会稽山。贺知章书《龙瑞宫记》云:"洞天第十,本名天帝阳明紫府真仙会处。"康熙《会稽县志》:"龙瑞宫,在宛委山下,其旁为阳明洞天。"
[2]禹穴:相传为大禹的葬地,在今浙江绍兴会稽山。
[3]灵笈:装仙道秘籍的箱子,也指仙道秘籍。
[4]斋坛:道士诵经礼神之所。
[5]毵(sān)毵:披拂貌。
[6]尹叟:即函谷关令尹喜,此指慕道之人。
[7]老聃:即老子李耳。

拜越公墓因游定水寺有怀源老[1]

十七日

越公已作飞仙去,犹得潭潭好墓田[2]。
老树背风深拓地,野云依海细分天。
青峰晓接鸣钟寺,玉井秋澄试茗泉[3]。

我与源公旧相识，遗言潇洒有人传。

注释

[1]越公墓：即汪越公庙，一名汪王庙，在杭州七宝山大观台侧，祭祀唐六州总管汪华。汪华于隋末起兵新安，保障一方，高祖武德四年（621）降唐，授为歙宣杭睦婺饶六州总管，封越国公。定水寺：在今绍兴慈溪市。

[2]潭潭：深广貌。

[3]秋澄：秋日天空清朗明澈。

蒲津河亭[1]

一九九〇年二月十八日

宿雨清秋霁景澄[2]，广亭高树向晨兴。
烟横博望乘槎水[3]，日上文王避雨陵[4]。
孤棹夷犹期独往[5]，曲阑愁绝每长凭[6]。
思乡怀古多伤别，况此哀吟意不胜[7]。

注释

[1]蒲津：地名，在今山西永济。

[2]宿雨：夜雨，经夜的雨水。

[3]博望乘槎（chá）水：指黄河。张骞奉汉武帝命出使西域，直至大月氏、大夏等国，以功获封博望侯。据张华《博物志》载，张骞曾乘槎顺河源上天，并见到牛郎织女。博望，指张骞。

[4]文王避雨陵：传说周文王曾在崤山之北山下避雨。《左传·僖公三十二年》："殽有二陵焉。其南陵，夏后皋之墓也；其北陵，文王之所辟风雨也。"崤山在蒲津东方稍南，相距数百里。

[5]孤棹：孤舟。夷犹：迟疑不决。

[6]长凭：长久倚靠。

[7]不胜：禁不住。

过浩然先生墓[1]

十九日

人间万卷庞眉老[2]，眼见堂堂入草莱[3]。

行客须当下马过[4],故交谁复裹鸡来[5]。
山花不语如听讲,溪水无情自荐哀。
犹胜黄金买碑碣[6],百年名字已烟埃[7]。

注释

[1]浩然先生:应浩然,唐彦谦友人应德茂之父,父子两代均以授经为业,未曾入仕。

[2]庞眉:眉毛黑白间杂,形容年老貌。

[3]草莱:杂生的草。

[4]下马过:过墓前下马,表示对死者敬仰。

[5]裹鸡:据《后汉书·徐稺传》载,东汉徐稺尝为太尉黄琼所辟,不就。及琼卒归葬,稺预炙鸡一只,"以一两绵絮渍酒中,暴干以裹鸡",负粮徒步径至琼墓前,以水渍絮使有酒气,陈鸡为祭,酹酒毕,不见丧主而去。后以"裹鸡"代指吊祭友人。

[6]碑碣:墓志。黄金买碑碣,唐代墓志的润笔费用极高,故云。

[7]烟埃:谓泯灭为尘埃、灰烬。

过三山寺[1]　　　　　二十日

三山江上寺,宫殿望岧峣[2]。
石径侵高树,沙滩半种苗。
一僧归晚日,群鹭宿寒潮。
遥听风铃语,兴亡话六朝[3]。

注释

[1]三山寺:寺名,在今江苏南京市西南长江沿岸三山上。

[2]岧峣(tiáoyáo):高峻、高耸。

[3]六朝:指东吴、东晋、宋、齐、梁、陈六个以南京为都城的朝代。

金陵怀古[1]　　　　　二十一日

碧树凉生宿雨收[2],荷花荷叶满汀洲[3]。

登高有酒浑忘醉,慨古无言独倚楼。
宫殿六朝遗古迹,衣冠千古漫荒丘。
太平时节殊风景,山自青青水自流。

注释

[1]金陵:今江苏南京。

[2]宿雨:夜雨,经夜的雨水。

[3]汀洲:水中由泥沙淤积而成的陆地。

六月十三日上陈微博士[1]（三首录一）

二十二日

穷居无公忧[2],私此长夏日。
蚊蝇如俗子[3],正尔相妒嫉。
麾驱非吾任[4],遁避亦无术。
惟当俟其定[5],静坐万虑一[6]。

注释

[1]博士:国子监博士。

[2]公忧:公事之烦恼。

[3]俗子:俗人。

[4]麾驱:指挥,指为官治事。

[5]俟:等待。

[6]万虑一:万虑归一之省称,形容精神专注。

宿田家

二十三日

落日下遥峰,荒村倦行履[1]。
停车息茅店,安寝正鼾睡。
忽闻扣门急,云是下乡隶。
公文捧花柙[2],鹰隼驾声势[3]。
良民惧官府,听之肝胆碎。

阿母出搪塞[4]，老脚走颠踬[5]。　　　　二十四日
小心事延款[6]，□余粮复匮[7]。
东邻借种鸡，西舍觅芳醑[8]。
再饭不厌饱，一饮直呼醉。
明朝怯见官，苦苦灯前跪。
使我不成眠，为渠滴清泪。
民膏日已瘠，民力日愈弊。
空怀伊尹心[9]，何补尧舜治。

注释

[1]行履：行走。

[2]柙(xiá)：关野兽的笼槛，旧时亦用来押解、拘禁重犯。

[3]鹰隼：鹰和隼，均为猛禽，此指差吏。

[4]搪塞：敷衍，随便应付。

[5]颠踬：跌跌撞撞地行进。

[6]延款：接纳、款待。

[7]匮：缺乏。

[8]芳醑(xǔ)：美酒。

[9]伊尹：名挚，商朝名臣，曾辅助商汤打败夏桀建立商朝。历事成汤、外丙、中壬、太甲、沃丁五代君王，为商朝强盛立下汗马功劳。

索虾

二十六日

姑孰多紫虾[1]，独有湖阳优[2]。
出产在四时[3]，极美宜于秋。
双钳鼓繁须，当顶抽长矛。
鞠躬见汤王，封作朱衣侯[4]。
所以供盘餐，罗列同珍羞[5]。　　　　二十七日
蒜友日相亲，瓜朋时与俦[6]。
既名钓诗钩，又作钩诗钩。

于时同相访,数日承款留[7]。
厌饮多美味,独此心相投。
别来岁云久,驰想空悠悠。
衔杯动遐思,哆口涎空流[8]。
封缄托双鲤[9],于焉来远求。
慷慨胡隐君[10],果肯分惠否[11]?

三月三日

注释

[1] 姑孰:地名,在今安徽当涂。

[2] 湖阳:地名,在今安徽当涂。

[3] 四时:四季。

[4] 朱衣侯:虾因见热汤而变红,故戏称。

[5] 珍羞:珍奇名贵的食物。

[6] 俦:伴侣。

[7] 款留:招呼,款待。

[8] 涎:口水。

[9] 封缄:封口。双鲤:代指书信。

[10] 胡隐君:姓胡的隐士。

[11] 分惠:分得利益。

采桑女

四日

春风吹蚕细如蚁,桑芽才努青鸦嘴[1]。
侵晨探采谁家女[2],手挽长条泪如雨。
去岁初眠当此时[3],今岁春寒叶放迟。
愁听门外催里胥[4],官家二月收新丝。

五日

注释

[1] 努:向外凸出。青鸦:乌鸦。

[2] 侵晨:天快亮的时候。

[3] 初眠:指蚕的第一次眠,蚕于蜕皮期间不食不动称"眠"。

[4]里胥：即里长，古代管理乡里事务的公差。

绯桃

五日

短墙荒圃四无邻，烈火绯桃照地春。
坐久好风休掩袂，夜来微雨已沾巾。
敢同俗态期青眼[1]，似有微词动绛唇[2]。
尽日更无乡井念，此时何必见秦人[3]。

注释

[1]青眼：即黑色珠在眼眶中间，表示对人的喜爱和重视。据《晋书·阮籍传》载，阮籍能为青白眼，见喜爱之人，以青眼对之；见礼俗之士，则以白眼对之。
[2]绛唇：红唇。
[3]秦人：用陶渊明《桃花源记》武陵人入桃源遇避难秦人之典。

小院

一九九〇年三月七日

小院无人夜，烟斜月转明。
清宵易惆怅[1]，不必有离情。

注释

[1]清宵：清静的夜晚。

春早落英[1]

纷纷从此见花残，转觉长绳系日难[2]。
楼上有愁春不浅，小桃风雪凭阑干[3]。

注释

[1]落英：落花。
[2]长绳系日：比喻珍惜时光。晋傅玄《九曲歌》："岁莫景迈群光绝，安得长绳系白日。"

［3］阑干：即栏杆。

寄怀

八日

有客伤春复怨离，夕阳亭畔草青时。
泪从红蜡无由制，肠比朱弦恐更危。
梅向好风惟是笑，柳因微雨不胜垂[1]。
双溪未去饶归梦，夜夜孤眠枕独欹[2]。

注释

［1］不胜：承受不住。
［2］欹（qī）：斜倚、斜靠。

红叶

九日

无处不飘扬，高楼临道旁。
素娥前夕月[1]，青女夜来霜[2]。
宿雨随时润[3]，秋晴著物光。
幽怀长若此，病眼更相妨。
蜀纸裁深色，燕脂落靓妆[4]。

十日

低丛侵小阁，倒影入回塘。
谢朓留霞绮[5]，甘宁弃锦张[6]。
何人休远道，是处有斜阳。
薜荔垂书幌[7]，梧桐坠井床[8]。
晚风生旅馆，寒籁近僧房[9]。
桂绿明淮甸[10]，枫丹照楚乡[11]。

十一日

雁疏临鄂杜[12]，蝉急傍潇湘。
树异桓宣武[13]，园非顾辟疆[14]。
茂陵愁卧客[15]，不自保危肠[16]。

注释

[1] 素娥：即嫦娥。

[2] 青女：神话传说中掌管霜雪的神女。

[3] 宿雨：夜雨，经夜的雨水。

[4] 燕脂：即胭脂，这里比拟红叶。

[5] 谢朓：字玄晖，南朝齐著名诗人。其《晚登三山还望京邑》有"余霞散成绮，澄江静如练"句，向来为人称道。

[6] 甘宁：字兴霸，三国时孙吴名将。据《吴书》载，甘宁好奢，常以缯锦为缆系舟，去则割之。

[7] 薜荔：又称木莲，桑科榕属，蔓生，叶椭圆，花极小。书幌：书斋中的帷幔窗帘，亦可指书房。

[8] 井床：指井栏。

[9] 寒籁：凄凉之声。

[10] 淮甸：淮河流域。

[11] 楚乡：楚地。

[12] 鄠(hù)杜：鄠县与杜陵，在今陕西西安。

[13] 桓宣武：即桓温，字元子，东晋权臣，死后谥号"宣武"。《世说新语·言语》载，桓温北伐，经金城，见年轻时所种之柳皆已十围，慨然曰："树犹如此，人何以堪！"

[14] 顾辟疆：东晋吴郡人，曾任平北将军参军。有名园，多怪石，人称"辟疆园"，故址在今江苏苏州市。《世说新语·简傲》云："王子敬自会稽经吴，闻顾辟疆有名园，先不识主人，径往其家。"

[15] 茂陵：汉武帝刘彻的陵墓，在今陕西咸阳。

[16] 危肠：即忧肠，愁肠。

七夕

十二日

露白风清夜向晨，小星垂佩月埋轮[1]。
绛河浪浅休相隔[2]，沧海波深尚作尘[3]。

天外凤凰何寂寞,世间乌鹊漫辛勤[4]。
倚阑殿北斜楼上,多少通宵不寐人。

注释

[1] 垂佩:悬挂。月埋轮:比喻月落。
[2] 绛河:银河、天河。古人观天象以北极为基准,天河在北极之南,南方属火,尚赤,故借南方之色称之。
[3] "沧海"句:用沧海桑田之典。《神仙传》载,麻姑云:"接待以来,已见东海三为桑田。"
[4] "天外"两句:用牛郎、织女于七夕鹊桥相会典。以凤凰代指牛郎、织女。

八月十六日夜月

一九九〇年三月十三日

断肠佳赏固难期,昨夜销魂更不疑[1]。
丹桂影空蟾有露,绿槐阴在鹊无枝[2]。
赖将吟咏聊惆怅,早是疏顽耐别离[3]。
堪恨贾生曾恸哭[4],不缘清景为忧时。

注释

[1] 昨夜:指八月十五。
[2] 鹊无枝:化用曹操《短歌行》"月明星稀,乌鹊南飞。绕树三匝,何枝可依"句意,描绘月夜景色。
[3] 疏顽:懒散顽钝。
[4] 贾生:即贾谊,洛阳人,西汉初年著名政论家、文学家。汉文帝时,贾谊曾上《治安策》陈政事,中有"臣窃惟事势,可为痛哭者一,可为流涕者二,可为长太息者三"之句,后遂以"贾生哭"表达忧国伤时之情。

春残

十四日

景为春时短,愁随别夜长。
暂棋宁号隐[1],轻醉不成乡[2]。

风雨曾通夕[3],莓苔有众芳。
落花如便去,楼上即河梁[4]。

注释

[1]"暂棋"句:据《世说新语》载,东晋王坦之以围棋为"坐隐",即隐于围棋之中。
[2]"轻醉"句:据《新唐书·王绩传》载,王绩嗜酒,曾"著《醉乡记》以次刘伶《酒德颂》"。
[3]通夕:整夜。
[4]河梁:古诗"携手上河梁,游子暮何之",河梁,即桥梁,后常代指离别。

离鸾[1]

十五日

闻道离鸾思故乡,也知情愿嫁王昌[2]。
尘埃一别杨朱路[3],风月三年宋玉墙[4]。
下疾不成双点泪,断多难到九回肠。
庭前佳树名栀子,试结同心寄谢娘[5]。

注释

[1]离鸾:比喻与配偶分开的人。
[2]王昌:即东家王昌,出自《河中之水歌》,在古诗歌中常用以指代意中人。
[3]杨朱路:歧途或分别的路,用"杨朱泣歧"之典。杨朱,战国初思想家,道家"杨朱学派"创始人。据《荀子·王霸》载:"杨朱哭衢涂曰:'此夫过举跬步而觉跌千里者夫!'哀哭之。"
[4]宋玉墙:宋玉,战国楚人,曾为楚大夫,辞赋作家。宋玉曾作《登徒子好色赋》,言其东邻有一女,美貌无比,然登墙窥其三年,而未许也。后以"宋玉墙"指女子寄情之所。
[5]"庭前"二句:暗用南朝梁女诗人刘令娴诗意,其《摘同心栀子赠谢娘因附此诗》曰:"两叶虽为赠,交情永未因。同心何处恨,栀子最关人。"谢娘,东晋谢道韫,谢奕之女、王凝之之妻,有文才。诗文中多用来指称心爱的女子。

春深独行马上有作

日烈风高野草香,百花狼籍柳披猖[1]。
连天瑞霭千门远[2],夹道新阴九陌长[3]。
众饮不欢逃席酒[4],独行无味放游缰。
年来与问闲游者,若个伤春向路旁[5]。

注释

[1] 披猖:纷乱,散乱。

[2] 瑞霭:即祥云。千门:代指城市。

[3] 九陌:都城中的大道。

[4] 逃席酒:逃席避酒。

[5] 若个:哪个。

周朴

周朴（？—880），字见素，又字太朴，吴兴（今属浙江）人。唐末避居福州，寄食乌石山僧寺。为人清高纵逸，淡泊名利。福建观察使杨发、李诲先后邀其入幕，皆避而不就。僖宗乾符六年（879），黄巢欲其入伍，不从，被杀。欧阳修《六一诗话》称其"构思尤艰，每有所得，必极其雕琢，故时人称朴诗'月锻季炼，未及成篇，已播人口'"。

秋夜不寐寄崔温进士

十七日

愁多难得寐，展转读书床[1]。
不是旅人病，岂知秋夜长。
归乡凭远梦，无梦更思乡。
枕上移窗月，分明是泪光。

注释　[1]展转：翻来覆去，不能安定。

次梧州却寄永州使君[1]

随风身不定，今夜在苍梧。
客泪有时有，猿声无处无。
潮添瘴海阔，烟拂粤山孤。
却忆零陵住，吟诗半玉壶[2]。

注释　[1]次：停留。
　　　[2]半玉壶：半夜。玉壶，古代计时工具，即刻漏。

早春

一九九〇年三月十八日

良夜岁应足，严风为变春[1]。

遍回寒作暖,通改旧成新。
秀树因馨雨,融冰雨泛蘋[2]。
韶光不偏党[3],积渐煦疲民[4]。

注释　[1]严风:寒风。
　　　[2]蘋:一种水生蕨类植物,茎横卧在浅水泥中,叶柄较长,顶端集生四片小叶,状如"田"字,也称"田字草"。
　　　[3]偏党:偏私。
　　　[4]煦:温暖。

郑谷

郑谷(848？—909？)，字守愚，袁州宜春(今属江西)人。幼聪颖，骑竹之年即有赋咏。屡举进士不第。僖宗广明元年(880)，黄巢入长安，避乱入蜀，流落巴蜀、荆楚间。光启三年(887)进士及第，历官鄠县尉、右拾遗、右补阙，终于都官郎中，世称"郑都官"。天祐元年(904)弃官归隐宜春仰山书堂，后卒于北岩别墅。工诗，曾受知于马戴、李频等人。咸通中，与许棠、张乔等人交游酬唱，世称"咸通十哲"。有《鹧鸪诗》盛传，人称"郑鹧鸪"。自编其诗为《云台编》三卷，今存。欧阳修《六一诗话》谓"其诗极有意思，亦多佳句，但其格不甚高。以其易晓，人家多以教小儿"。

再经南阳

平芜漠漠失楼台[1]，昔日游人乱后来。
寥落墙匡春欲暮[2]，烧残官树有花开。

注释

[1]平芜：草木丛生的旷野。
[2]墙匡：围墙。

初还京师寓止府署偶题屋壁[1]

秋光不见旧亭台，四顾荒凉瓦砾堆。
火力不能销地力[2]，乱前黄菊眼前开。

注释

[1]寓止：寄宿。府署：特指京兆府官署。
[2]火力：战火的破坏力量。地力：土地孕育生命之力。

望湘亭[1]

湘水似伊水[2]，湘人非故人。

登临独无语，风柳自摇春。

注释

[1]望湘亭：在湘潭城西壶山唐兴寺侧，以濒临湘江得名，亦名望岳亭。

[2]湘水：即湘江，在今湖南省。

久不得张乔消息[1]

二十一日

天末去程孤[2]，沿淮复向吴。
乱离何处甚，安稳到家无？
树尽云垂野，樯稀月满湖[3]。
伤心绕村落，应少旧耕夫。

注释

[1]张乔：字伯迁，池州青阳（今属安徽）人，曾隐居九华山。有诗名，与许棠、张蠙、周繇并称"九华四俊"，又与许棠、张蠙、郑谷、周繇等人号为"咸通十哲"。

[2]天末：天的尽头，指极远的地方。

[3]樯：桅杆，代指船。

旅寓洛南村舍[1]

二十二日

村落清明近，秋千稚女夸。
春阴妨柳絮，月黑见梨花。
白鸟窥鱼网，青帘认酒家[2]。
幽栖虽自适，交友在京华[3]。

注释

[1]洛南：唐时属商州，在今陕西商洛。

[2]青帘：指酒旗。古时酒旗多用青布制成，故名。

[3]京华：京都，此指洛阳或长安。

十日一作月菊 二十三日

节去蜂愁蝶不知,晓庭还绕折残枝。
自缘今日人心别,未必秋香一夜衰[1]。

注释　[1]秋香:秋天开放的花,多用来指菊花、桂花。

淮上与友人别 一九九〇年三月二十四日

扬子江头杨柳春[1],杨花愁杀渡江人[2]。
数声风笛离亭晚,君向潇湘我向秦[3]。

注释　[1]扬子江:古称长江在江都至镇江一段为扬子江,因其地有扬子津而得名。
　　　[2]愁杀:使人极为忧愁。
　　　[3]秦:指长安。

莲叶

移舟水溅差差绿[1],倚槛风摇柄柄香。
多谢浣溪人不折,雨中留得盖鸳鸯。

注释　[1]差(cī)差:参差不齐。

鹧鸪[1] 二十五日

暖戏烟芜锦翼齐,品流应得近山鸡[2]。
雨昏青草湖边过[3],花落黄陵庙里啼[4]。
游子乍闻征袖湿[5],佳人才唱翠眉低。
相呼相应湘江阔,苦竹丛深春日西。

注释

[1]鹧鸪：鸟名。头顶紫红色，背灰褐色，腹部带黄色，脚短，常生活在有灌木丛的低矮山地。诗文中常用以表达思乡。

[2]品流：等级、品类。山鸡：野鸡。

[3]青草湖：古五湖之一，因青草山而得名，南接湘水，北连洞庭，今统称洞庭湖。

[4]黄陵庙：相传为舜二妃娥皇、女英的祠庙，在今湖南省湘潭县北四十里黄陵山上。

[5]"游子"句：鹧鸪啼声如"行不得也哥哥"，故游子闻之落泪。

多情

二十六日

赋分多情却自嗟[1]，萧衰未必为年华。
睡轻可忍风敲竹，饮散那堪月在花。
薄宦因循抛岘首[2]，故人流落向天涯。
莺春雁夜长如此，赖是幽居近酒家。

注释

[1]赋分：天赋，天分。

[2]薄宦：官职卑小。因循：不振作。岘（xiàn）首：即岘山，在今湖北襄阳。《晋书·羊祜传》载："祜乐山水，每风景，必造岘山，置酒言咏，终日不倦。尝慨然叹息，顾谓从事中郎邹湛等曰：'自有宇宙，便有此山，由来贤达胜士，登此远望，如我与卿多矣！'"

漂泊

二十七日，办visa手续买机票

槿坠蓬疏池馆清[1]，日光风绪澹无情。
鲈鱼斫鲙输张翰[2]，橘树呼奴羡李衡[3]。
十口漂零犹寄食，两川消息未休兵[4]。
黄花催促重阳近，何处登高望二京[5]。

〇九七四 ╲ 郑谷

注释

[1]槿:即木槿,落叶灌木。

[2]张翰:字季鹰,西晋文学家,吴郡吴江(今江苏苏州)人。为人豪纵不羁,才名出众,风度似阮籍,人称"江东步兵"。据《世说新语》载,"张季鹰辟齐王东曹掾,在洛,见秋风起,因思吴中菰菜羹、鲈鱼脍,曰:'人生贵得适意尔,何能羁宦数千里以要名爵!'遂命驾便归。"后遂以"莼鲈之思"表示思乡。

[3]李衡:字叔平,三国时荆州襄阳人,仕于东吴,官至威远将军。据《三国志·吴书·孙休传》注引《襄阳记》:"李衡每欲治家,妻辄不听,后密遣客十人于武陵龙阳氾洲上作宅,种甘橘千株。临死,敕儿曰:'汝母恶我治家,故穷如是。然吾州里有千头木奴,不责汝衣食,岁上一匹绢,亦可足用耳。'"

[4]两川:剑南道东、西二川的合称。

[5]二京:指西京长安与东京洛阳。

许彬

许彬,生卒年不详,睦州(今浙江建德)人,与郑谷同时。因累举不第,漂游至老而归。咸通间与张乔等齐名,擅五律,然气格卑下,无甚可观。

荆山夜泊与亲友遇[1]

山海两分歧,停舟偶此期。
别来何限意,相见却无词。
坐永神疑梦[2],愁多鬓欲丝。
趋名易迟晚,此去莫经时[3]。

注释

[1]本诗又见项斯名下,题作《荆州夜与友亲相遇》。
[2]坐永:坐久。
[3]经时:经历很长时间。

崔涂

崔涂(850？—？)，字礼山，桐庐(今属浙江)人，光启四年(888)进士及第。一生未仕，长期漂泊，足迹遍及江湘、巴蜀、秦陇等地。辛文房《唐才子传》称其"工诗，深造理窟，端能练动人意，写景状怀，往往宣陶肺腑。亦穷年羁旅……每多离怨之作"。

感花

一九九〇年三月十九日

绣轭香鞯夜不归[1]，少年争惜最红枝。
东风一阵黄昏雨，又到繁华梦觉时。

注释　[1]绣轭(è)：驾车时套在牲口脖子上的装饰精美的曲木。香鞯(jiān)：华美的鞍垫。

春夕

三十日

水流花谢两无情，送尽东风过楚城。
胡蝶梦中家万里[1]，子规枝上月三更。
故园书动经年绝，华发春唯满镜生。
自是不归归便得，五湖烟景有谁争[2]。

注释　[1]胡蝶梦：用庄子梦蝶事。《庄子·齐物论》："昔者庄周梦为胡蝶，栩栩然胡蝶也。"
　　　[2]五湖：这里暗用春秋时范蠡辅佐越王勾践成就霸业后，泛舟五湖之事。

巫山旅别[1]

三十一日，今晚飞英

五千里外三年客，十二峰前一望秋[2]。
无限别魂招不得[3]，夕阳西下水东流。

注释

[1]巫山：山名，位于今重庆、湖北、湖南交界处。
[2]十二峰：即朝云、翠屏、神女等巫山十二峰，在巫峡沿岸。
[3]别魂：离别的情思。

巴山道中除夜书怀[1]

迢递三巴路[2]，羁危万里身[3]。
乱山残雪夜，孤烛异乡春。
渐与骨肉远，转于僮仆亲[4]。
那堪正漂泊，明日岁华新[5]。

注释

[1]此诗又系于孟浩然名下，题为《岁除夜有怀》。巴山：山名，今陕西、四川、湖北交界地区山地的总称。除夜：除夕。
[2]迢递：遥远曲折的样子。三巴：巴郡、巴东、巴西的合称，在今四川东部。
[3]羁危：在艰险中羁旅漂泊。
[4]"渐与"二句：语本王维《宿郑州》："他乡绝俦侣，孤客亲僮仆。"转于，反与。
[5]明日：指新年元旦。岁华：岁月，年华。

七夕

年年七夕渡瑶轩[1]，谁道秋期有泪痕。
自是人间一周岁，何妨天上只黄昏[2]。

注释

[1]瑶轩：指仙车。
[2]"自是"二句：古有"天上一日，人间一年"之说。

初过汉江[1]

襄阳好向岘亭看[2],人物萧条值岁阑[3]。
为报习家多置酒[4],夜来风雪过江寒。

一九九〇年
四月三日

注释

[1] 汉江:又称汉水,长江最大的支流,流经今陕西、湖北两省。

[2] 岘亭:即岘山亭,又称岘首亭,在今湖北襄阳城南。

[3] 岁阑:岁末,一年将尽的时候。

[4] 习家:指习郁之家,湖北襄阳凤凰山南麓有习家池,为东汉襄阳侯习郁所建,习郁后裔、东晋著名史家习凿齿曾隐居于此。《晋书·山简传》:简镇襄阳,"诸习氏荆土豪族,有佳园池,简每出游嬉,多之池上,置酒辄醉,名之曰高阳池"。后泛指饮酒之地。

韩偓

韩偓（842—923，一说844—941），字致尧，一作致光，小字冬郎，自号玉山樵人，京兆万年（今陕西西安）人。龙纪元年（889）进士，历任左拾遗、刑部员外郎、翰林学士、中书舍人、兵部侍郎等职。为昭宗所倚重，欲拜相，固辞不受。因忤朱温，两遭贬谪。后曾召复翰林学士，惧不赴任，入闽依王审知，卒。其《香奁集》轻薄香艳，开"香奁体"诗风。翁方纲《石洲诗话》谓"韩致尧《香奁》之体，溯自《玉台》。虽风骨不及玉溪生，然致尧笔力清澈，过于皮陆矣"。沈德潜《唐诗别裁集》称"偓少岁喜为香奁诗，后一归节义，得风雅之正焉"。

雨后月中玉堂闲坐[1]

四日

银台直北金銮外[2]，暑雨初晴皓月中。
唯对松篁听刻漏[3]，更无尘土翳虚空[4]。
绿香熨齿冰盘果[5]，清冷侵肌水殿风[6]。
夜久忽闻铃索动[7]，玉堂西畔响丁东。

注释

[1] 玉堂：官署名。汉侍中有玉堂署，后翰林院也可称玉堂。

[2] 银台：指唐长安宫城之银台门。因翰林院在其附近，后以银台代指翰林学士院。金銮：金銮殿，唐代宫殿名，文人学士待诏之所。

[3] 松篁：松树与竹子。刻漏：古代计时工具，唐时一个昼夜分为一百刻。

[4] 翳：遮蔽。

[5] 熨齿：使牙齿感到凉爽、寒冷。冰盘：盘内置以碎冰，摆列瓜果于其上，谓之冰盘。

[6] 水殿：邻水的殿堂。

[7] 铃索：系铃的绳索。唐翰林院禁署严密，出入需掣铃索打铃以通报。

六月十七日召对自辰及申方归本院

五日，清明

清署帘开散异香[1]，恩深咫尺对龙章[2]。

花应洞里寻常发[3]，日向壶中特地长[4]。
坐久忽疑槎犯斗[5]，归来兼恐海生桑[6]。
如今冷笑东方朔[7]，唯用诙谐侍汉皇[8]。

注释

[1] 清署：此指翰林院，因较为清要，故名。
[2] 龙章：皇帝的龙服，此代指唐昭宗。
[3] 洞里：即道家所谓的洞天，乃仙人所居之处。
[4] 壶中：喻指仙境。特地：特别，格外。
[5] 槎犯斗：乘木筏登临仙境。据张华《博物志》载，天河与海通，近世有居海渚者，曾浮槎到达天界，并见到牛郎织女。归后至蜀，问严君平所到为何处，君平言其到天河之日，有客星犯牛斗。
[6] 海生桑：沧海变为桑田，形容世事变化巨大。葛洪《神仙传》载，麻姑曾见东海三为桑田。
[7] 东方朔：字曼倩，西汉平原（今山东惠民）人，文学家，官至太中大夫。为人机敏聪慧，常用滑稽语向汉武帝指陈国事，武帝以优伶视之。
[8] 诙谐：言语风趣幽默。汉皇：汉武帝。《汉书·东方朔传》载："其言专商鞅、韩非之语也，指意放荡，颇复诙谐，辞数万言，终不见用。"

中秋禁直[1]

六日

星斗疏明禁漏残[2]，紫泥封后独凭阑[3]。
露和玉屑金盘冷[4]，月射珠光贝阙寒[5]。
天衬楼台笼苑外，风吹歌管下云端[6]。
长卿只为《长门赋》[7]，未识君臣际会难[8]。

注释

[1] 禁直：在宫廷官署内值班。
[2] 禁漏残：谓夜已深。禁漏，宫中刻漏，用于计时。
[3] 紫泥：皇帝诏书用紫泥封合。
[4] 玉屑：玉的碎末。金盘：指汉建章宫之承露盘。盘为铜制，上有仙人承露，

和玉屑饮之。

[5]贝阙：用紫贝装饰的宫殿，本指河伯所居的龙宫水府，这里用来形容华美壮丽的宫室。

[6]歌管：歌唱奏乐。

[7]长卿：即司马相如，字长卿，蜀郡成都人，西汉辞赋大家。《长门赋》：司马相如受汉武帝皇后陈阿娇请托所作，是一篇述失宠妃嫔心境的骚体赋。

[8]君臣际会：君臣遇合，适逢其时。

雪中过重湖信笔偶题[1]

道方时险拟如何，谪去甘心隐薜萝[2]。
青草湖将天暗合[3]，白头浪与雪相和[4]。
旗亭腊酎逾年熟[5]，水国春寒向晚多[6]。
处困不忙仍不怨[7]，醉来唯是欲傞傞[8]。

注释

[1]重湖：即洞庭湖，因洞庭湖南与青草湖交通，故名。

[2]隐薜萝：指隐居山林。薜萝，薜荔和女萝，均为野生植物，常攀援于山野林木、墙壁之上。

[3]青草湖：古五湖之一，因青草山而得名，在今湖南岳阳。

[4]白头浪：浪头带有白色泡沫的海浪。

[5]旗亭：指酒楼。腊酎（zhòu）：腊月所酿醇酒。酎，经过两次或多次重酿的酒。

[6]水国：指湖湘地区。

[7]处困：处于困苦之中。其时韩偓因遭朱全忠（朱温）忌恨被远贬湖南，故称。

[8]傞（suō）傞：醉舞失态的样子。

息兵

渐觉人心望息兵，老儒希觊见澄清[1]。

正当困辱殊轻死,已过艰危却恋生。
多难始应彰劲节[2],至公安肯为虚名[3]。
暂时胯下何须耻[4],自有苍苍鉴赤诚[5]。 一九九〇年
四月十日

注释

[1] 希觊:妄想,此指期望、希冀。

[2] 劲节:坚贞的节操。

[3] 至公:极其公正。

[4] 暂时胯下:指淮阴侯韩信受胯下之辱事,见《史记·淮阴侯列传》。

[5] 苍苍:指天。

丙寅二月二十二日抚州如归馆雨中有怀诸朝客[1]

十一日

凄凄恻恻又微颦[2],欲话羁愁忆故人。
薄酒旋醒寒彻夜[3],好花虚谢雨藏春。
萍蓬已恨为逋客[4],江岭那知见侍臣。
未必交情系贫富,柴门自古少车尘。

注释

[1] 抚州:唐代州名,今江西临川。如归馆:馆驿名。朝客:朝中官员。

[2] 微颦:轻微皱眉。

[3] 旋醒:很快醒来。

[4] 逋(bū)客:漂泊失意之人。

秋深闲兴

十二日

此心兼笑野云忙,甘得贫闲味甚长。
病起乍尝新橘柚,秋深初换旧衣裳。
晴来喜鹊无穷语,雨后寒花特地香。

把钓覆棋兼举白[1]，不离名教可颠狂[2]。

注释

[1]覆棋：棋局散乱后，重新恢复原貌。典出《三国志·王粲传》，王粲观人围棋，局乱，为之恢复，与原貌分毫不差。举白：原指罚酒，此泛指饮酒。

[2]名教：以正名定分为主之礼教。

深院

十六日

鹅儿唼喋栀黄嘴[1]，凤子轻盈腻粉腰[2]。
深院下帘人昼寝，红蔷薇架碧芭蕉。

注释

[1]唼喋(shà zhá)：指禽鸟吃食。

[2]凤子：大的蛱蝶。

残春旅舍

十七日

旅舍残春宿雨晴[1]，恍然心地忆咸京[2]。
树头蜂抱花须落[3]，池面鱼吹柳絮行。
禅伏诗魔归净域[4]，酒冲愁阵出奇兵。
两梁免被尘埃污[5]，拂拭朝簪待眼明[6]。

注释

[1]宿雨：夜雨。

[2]心地：佛教语，即心。咸京：原指秦都咸阳，后借指长安。

[3]花须：花蕊。

[4]诗魔：像走火入魔一样的诗兴。净域：佛教语，指诸佛所居净土。

[5]两梁：指两梁冠。古代博士和某些高级文官所戴的一种帽子，用缁布做，有两道横脊。

[6]朝簪：绾住朝冠的簪子。眼明：原指眼力好、看得清楚，此指因唐朝复兴而令人精神振奋。

即目[1]

十八日

书墙暗记移花日,洗瓮先知酝酒期[2]。
须信闲人有忙事[3],早来冲雨觅渔师[4]。

注释

[1]即目:目前,现在。
[2]酝酒:酿酒。
[3]闲人:诗人自谓。
[4]渔师:渔人。

寄邻庄道侣

闻说经旬不启关[1],药窗谁伴醉开颜。
夜来雪压村前竹,剩见溪南几尺山[2]。

注释

[1]启关:开门。
[2]剩见:只见。

惜花

一九九〇年四月十九日

皱白离情高处切[1],腻香愁态静中深[2]。
眼随片片沿流去,恨满枝枝被雨淋。
总得苔遮犹慰意,若教泥污更伤心。
临轩一盏悲春酒,明日池塘是绿阴。

注释

[1]皱白:指残花。离情:花将凋谢之情。切:凄切。
[2]腻香:浓香。

春尽

二十日

惜春连日醉昏昏，醒后衣裳见酒痕。
细水浮花归别涧，断云含雨入孤村[1]。
人闲易有芳时恨，地胜难招自古魂[2]。
惭愧流莺相厚意，清晨犹为到西园。

注释

[1] 断云：片云。
[2] 地胜：祥瑞之地。

乱后春日途经野塘

二十三日

世乱他乡见落梅，野塘晴暖独裴回[1]。
船冲水鸟飞还住，袖拂杨花去却来。
季重旧游多丧逝[2]，子山新赋极悲哀[3]。
眼看朝市成陵谷[4]，始信昆明是劫灰[5]。

注释

[1] 裴回：彷徨、徘徊不进的样子。
[2] 季重：即吴质，字季重，三国时兖州济阴（今山东菏泽）人，以才学通博，为曹丕所礼爱。曹丕《与吴质书》云："昔年疾疫，亲故多罹其灾，徐（幹）、陈（琳）、应（玚）、刘（桢），一时俱逝，痛何可言邪！昔日游处，行则同舆，止则接席，何尝须臾相失……追思昔游，犹在耳目，而此诸子化为粪壤，可复道哉！"
[3] 子山：即庾信，字子山，南北朝时南阳新野人，著名文学家。新赋：指《哀江南赋》。庾信《哀江南赋》序曰："追为此赋，聊以记言，不无危苦之辞，惟以悲哀为主。"
[4] 朝市成陵谷：《诗经·小雅·十月之交》："高岸为谷，深谷为陵。"此或暗指天祐元年（904）朱全忠逼唐昭宗迁都洛阳而毁长安事。
[5] 昆明：即汉武帝所凿昆明池。据《搜神记》载，汉武帝曾凿昆明池，"极深，

悉是灰墨，无复土。举朝不解，以问东方朔。朔曰：'臣愚，不足以知之。'曰：'试问西域人。'帝以朔不知，难以移问。至后汉明帝时，西域道人入来洛阳，时有忆方朔言者，乃试以武帝时灰墨问之，道人云：'经云：天地大劫将尽，则劫烧。此劫烧之余也。'乃知朔言有旨"。

避地寒食[1]

二十五日

避地淹留已自悲，况逢寒食欲沾衣。
浓春孤馆人愁坐，斜日空园花乱飞。
路远渐忧知己少，时危又与赏心违[2]。
一名所系无穷事[3]，争敢当年便息机[4]。

注释

[1]避地：迁居以躲避灾祸。寒食：即寒食节，约在清明前一、二日。每逢寒食节，禁烟火，只吃冷食。

[2]赏心：心情欢乐。违：不合，违背。

[3]一名：谓科第功名。

[4]争敢：怎敢。息机：息灭机心。

三月

二十六日

辛夷才谢小桃发[1]，蹋青过后寒食前[2]。
四时最好是三月，一去不回唯少年。
吴国地遥江接海[3]，汉陵魂断草连天[4]。
新愁旧恨真无奈，须就邻家瓮底眠[5]。

注释

[1]辛夷：植物名，落叶乔木，多生长于山地，可供观赏，花蕾可入药。

[2]蹋青：指踏青节，一般在农历二月初二，人们多于此日到野外踏青郊游。

[3]吴国：此指春秋时期的吴国。

[4]汉陵：汉代帝王的陵园，此代指关中地区。

[5]瓮底眠：咏嗜酒或醉态。典出《晋书·毕卓传》："比舍郎酿熟，卓因醉，夜至其瓮间盗饮之，为掌酒者所缚，明旦视之，乃毕吏部也，遽释其缚，卓遂引主人宴于瓮侧，致醉而去。"

已凉[1]

一九九〇年四月二十七日

碧阑干外绣帘垂[2]，猩血屏风画折枝[3]。
八尺龙须方锦褥[4]，已凉天气未寒时。

注释

[1]已凉：指暑热初消，秋气渐升的换季时节。
[2]阑干：同"栏杆"。
[3]猩血：鲜红色。折枝：花卉画法之一，以其画花卉不带根，故名。
[4]龙须：一种茎可织席的草，此指用龙须草编织而成的席垫。其席薄而轻、凉，最宜夏季使用。

半睡

二十八日

抬镜仍嫌重[1]，更衣又怕寒。
宵分未归帐[2]，半睡待郎看。

注释

[1]抬镜：举镜，即照镜。
[2]宵分：夜半。未归帐：未就寝。

夜深

五月二日

恻恻轻寒翦翦风[1]，小梅飘雪杏花红。
夜深斜搭秋千索，楼阁朦胧烟雨中。

注释

[1]恻(cè)恻：凄冷的样子。翦翦：形容风轻微而带寒意。

新上头[1]

欲梳松鬟试新裙,消息佳期在此春[2]。
为要好多心转惑[3],遍将宜称问傍人[4]。

注释

[1]上头:古代女子年满十五用簪束发叫加笄,亦称"上头",象征成年。
[2]"欲梳"二句:写即将出嫁女子对婚期的渴盼。
[3]好多:犹言好上加好,更好。
[4]宜称:合适,相宜。傍人:别人。

倚醉[1]

四日

倚醉无端寻旧约,却怜惆怅转难胜。
静中楼阁深春雨,远处帘栊半夜灯[2]。

五日

抱柱立时风细细[3],绕廊行处思腾腾[4]。
分明窗下闻裁剪,敲遍阑干唤不应。

注释

[1]倚醉:仗着醉意。
[2]帘栊:窗帘和窗牖,也泛指门窗的帘子。
[3]抱柱:暗用尾生抱柱之典。《庄子·盗跖》:"尾生与女子期于梁下,女子不来,水至不去,抱梁柱而死。"
[4]思腾腾:思绪翻滚。

夕阳

六日

花前洒泪临寒食,醉里回头问夕阳。
不管相思人老尽,朝朝容易下西墙。

吴融

吴融（847？—903），字子华，越州山阴（今浙江绍兴）人。曾隐居茅山西，后徙于长洲（今江苏苏州）。力学富文词，才名卓著，二十年不第。后于昭宗龙纪元年（889）登进士第。韦昭度讨蜀，表为掌书记，累迁侍御史。乾宁二年（895）坐累去官，流浪荆南，依节度使成汭。次年，召为左补阙，以礼部郎中为翰林学士，拜中书舍人。天复元年（901），擢为户部侍郎。朱全忠犯京师，昭宗奔凤翔，其扈从不及，客阌乡。后复召还，迁翰林承旨学士。工诗善文，有《唐英歌诗》传世。《四库全书总目提要》称"融诗音节谐雅，犹有中唐之遗风"。

野庙[1]

一九九〇年五月七日

古原荒庙掩莓苔，何处喧喧鼓笛来。
日暮鸟归人散尽，野风吹起纸钱灰。

注释

[1] 野庙：荒野中的庙宇。

华清宫二首[1]

八日

四郊飞雪暗云端，唯此宫中落旋干[2]。
绿树碧檐相掩映，无人知道外边寒。

九日

长生秘殿倚青苍[3]，拟敌金庭不死乡[4]。
无奈逝川东去急[5]，秦陵松柏满残阳。

注释

[1] 华清宫：宫殿名，其地有温泉，唐玄宗与杨贵妃常于冬季到此游幸，位于今陕西临潼骊山南麓。

[2] "四郊"二句：言华清宫地暖，有温泉，故雪落下即干。

[3] 长生秘殿：指长生殿，为供奉李渊、李世民、李治、武则天、李显、李旦

以及远祖李耳(被追封为太上玄元皇帝)七位皇帝灵位之地。

[4]敌:匹敌。金庭不死乡:道教七十二福地之一,传说中神仙所居之地。陶弘景《真诰》卷十四云:"金庭有不死乡,在桐柏之中。"

[5]逝川:流水,喻光阴流逝。《论语·子罕》:"子在川上曰:'逝者如斯夫,不舍昼夜。'"

汴上晚泊 十日

亭上风犹急,桥边月已斜。
柳寒难吐絮,浪浊不成花。
岐路春三月,园林海一涯。
萧然正无寐,夜橹莫咿哑[1]。

注释 [1]咿哑:象声词,形容摇桨的声音。

情 十一日

依依脉脉两如何[1],细似轻丝渺似波。
月不长圆花易落,一生惆怅为伊多。

注释 [1]依依:难舍的样子。脉脉:含情的样子。

杨花 十三日

不斗秾华不占红[1],自飞晴野雪濛濛。
百花长恨风吹落,唯有杨花独爱风。

注释 [1]秾华:繁盛艳丽的花朵。

废宅

一九九〇年五月十四日

风飘碧瓦雨摧垣,却有邻人与锁门。
几树好花闲白昼,满庭荒草易黄昏。
放鱼池涸蛙争聚,栖燕梁空雀自喧。
不独凄凉眼前事,咸阳一火便成原[1]。

注释　[1]咸阳一火:指项羽焚烧阿房宫事。《史记·项羽本纪》载,项羽烧秦宫室,火三月不灭。原:平地。

王驾

王驾,生卒年不详,字大用,自号守素先生,河中(今山西永济)人。昭宗大顺元年(890)进士,授校书郎,仕至礼部员外郎,后弃官隐遁。与郑谷、司空图为诗友,有唱和酬赠之作。司空图《与王驾评诗书》称其"五言所得,长于思与境偕,乃诗家之所尚者"。

古意[1]

十五日

夫戍萧关妾在吴[2],西风吹妾妾忧夫。
一行书信千行泪,寒到君边衣到无?

注释

[1]古意:指拟古,仿古。作为诗题,多借讽咏前代故事以寄意。
[2]萧关:古关名,又名陇山关,故址在今宁夏固原东南,为塞北通往关中的要冲。吴:今江浙地区。

雨晴

十六日

雨前初见花间蕊,雨后兼无叶里花。
蛱蝶飞来过墙去,却疑春色在邻家。

杜荀鹤

杜荀鹤(846—904?),字彦之,自号九华山人,池州石埭(今安徽石台)人。未出仕前,曾隐居九华山、庐山,足迹遍及浙、闽、赣、湘等地。大顺二年(891)进士。后为宣州节度使从事。天祐元年(904),朱温表荐其为主客员外郎、知制诰,充翰林学士,因重疾旬日而卒。生平事迹见《旧五代史》与《十国春秋》。杜荀鹤继承杜甫、白居易等人现实主义诗歌传统,自称"诗旨未能忘救物"(《自叙》),"言论关时务,篇章见国风"(《秋日山中》)。其诗反映社会现实,关心民生疾苦。他专攻近体,无一篇古体。语言浅近通俗,明白晓畅,但亦被人讥为"鄙俚近俗"。今存诗三百余首,《全唐诗》编为三卷,有《杜荀鹤文集》传世。

春宫怨

十七日

早被婵娟误[1],欲妆临镜慵[2]。
承恩不在貌[3],教妾若为容[4]。
风暖鸟声碎,日高花影重。
年年越溪女[5],相忆采芙蓉[6]。

注释

[1]婵娟:容姿美好。

[2]慵:懒散,倦怠。

[3]承恩:获得皇帝宠幸。

[4]若为:如何。容:梳妆打扮。

[5]越溪女:西施旧时于越溪浣纱的女伴。

[6]芙蓉:莲花的别称。

雾后登唐兴寺水阁[1]

十八日

一雨三秋色[2],萧条古寺间。
无端登水阁[3],有处似家山[4]。

白日生新事，何时得暂闲。
将知老僧意，未必恋松关[5]。

注释

[1] 霁：雨止天晴。唐兴寺：位于湖南湘潭市陶公山内，原名石头寺。唐褚遂良题"大唐兴寺"匾额，遂改唐兴寺。

[2] 三秋：农历九月。

[3] 无端：无由。水阁：临水的楼阁。

[4] 家山：故乡之山。

[5] 关：僧人闭门修行，谓之闭关。

赠庐岳隐者[1]

十九日，圆圆生日也

自见来如此，未尝离洞门。
结茅遮雨雪[2]，采药给晨昏。
古树藤缠杀[3]，春泉鹿过浑[4]。
悠悠无一事，不似属乾坤[5]。

注释

[1] 庐岳：庐山。

[2] 结茅：用茅草编结的简陋住房。

[3] 杀：一作"煞"，极度。

[4] 浑：浑浊。

[5] 乾坤：天地，这里指人间。

赠李镡[1]

一九九〇年五月二十日

君行君文天合知，见君如此我兴悲。
只残三口兵戈后，才到孤村雨雪时。
着卧衣裳难办洗，旋求粮食莫供炊[2]。
地炉不暖柴枝湿，犹把《蒙求》授小儿[3]。

注释

[1]李镡:邯郸(今属河北)人,生平不详。《全唐诗》题下注:"镡自维扬遇乱,东入山中。"维扬,扬州旧称。《旧唐书·僖宗本纪》:"(光启三年)九月辛未朔,淮南节度使高骈为其牙将毕师铎所杀。杨行密急攻广陵,蔡贼秦宗权遣其将孙儒将兵三万渡淮争扬州,城中食尽。"题注之"维扬遇乱",或指此背景。

[2]旋求:时求。旋,多次。

[3]《蒙求》:唐李瀚撰《蒙求》三卷,将经传故实编为四言韵语,取《周易·蒙卦》"童蒙求我"义,以教儿童。

雪 二十一日

风搅长空寒骨生,光于晓色报窗明。
江湖不见飞禽影,岩谷时闻折竹声。
巢穴几多相似处,路岐兼得一般平。
拥袍公子休言冷,中有樵夫跣足行[1]。

注释

[1]跣(xiǎn)足:赤脚。

秋宿临江驿[1] 二十二日

南来北去二三年,年去年来两鬓斑。
举世尽从愁里老,谁人肯向死前闲。
渔舟火影寒归浦[2],驿路铃声夜过山。
身事未成归未得[3],听猿鞭马入长关。

注释

[1]临江:唐县名,今江西省樟树市清江县。驿:驿站,古代供应信使或来往官员暂住、换马之处所。

[2]浦:水边,岸边。

[3]身事:一生事业。

春日登楼遇雨

二十三日

忽地晴天作雨天,全无暑气似秋间。
看看水没来时路,渐渐云藏望处山。
风趁鹭鸶双出苇[1],浪催渔父尽归湾。
一心准拟闲登眺[2],却被诗情使不闲[3]。

注释

[1]趁:追逐,追赶。

[2]准拟:准备,打算。

[3]使:支使。

山中寡妇

二十四日

夫因兵死守蓬茅[1],麻苎衣衫鬓发焦[2]。
桑柘废来犹纳税[3],田园荒后尚征苗[4]。
时挑野菜和根煮,旋斫生柴带叶烧[5]。
任是深山更深处,也应无计避征徭[6]。

注释

[1]蓬茅:蓬户茅屋。

[2]麻苎衣衫:用苎麻缝制的丧服。麻苎,泛指麻,茎皮可供纺织用。

[3]桑柘(zhè):桑科植物,叶可饲蚕。

[4]征苗:征收青苗税,唐朝中叶朝廷征收田赋附加税。因在所种粮食未成熟前征收,故名。青苗钱乃额外征税,本向有青苗的苗头征收,后田里无青苗者也被征。

[5]旋:频频,屡次。斫(zhuó):以刀斧砍削之。

[6]无计:没办法。征徭:赋税和徭役。

乱后逢村叟

一九九〇年五月二十六日

经乱衰翁居破村，村中何事不伤魂[1]。
因供寨木无桑柘[2]，为着乡兵绝子孙[3]。
还似平宁征赋税[4]，未尝州县略安存。
至于鸡犬皆星散[5]，日落前山独倚门。

注释

[1]伤魂：伤神，伤心。
[2]寨木：军事防卫所用栅木。
[3]着：点派。乡兵：农村的地方武装。
[4]平宁：太平安宁之世。
[5]星散：零落散失。

叙吟

二十七日

多惭到处有诗名，转觉吟诗僻性成。
度水却嫌船着岸，过山翻恨马贪程[1]。
如仇雪月年年景，似梦笙歌处处声。
未合白头今已白[2]，自知非为别愁生。

注释

[1]翻：反而。贪程：贪图赶路。
[2]未合：不应该。

闽中秋思[1]

二十八日

雨匀紫菊丛丛色，风弄红蕉叶叶声[2]。
北畔是山南畔海[3]，只堪图画不堪行。

注释

[1]闽中：郡名，在今福建。

[2]风弄:风吹。红蕉:美人蕉之花苞片呈红色,因称红蕉。

[3]北畔是山:福建西北为武夷山脉。

闻子规[1]

楚天空阔月成轮,蜀魄声声似告人[2]。
啼得血流无用处[3],不如缄口过残春[4]。

注释　[1]子规:杜鹃。

[2]蜀魄:传说杜鹃为蜀帝杜宇之魂魄所化。常夜鸣,声音凄切。

[3]啼血:啼声凄苦的样子。

[4]缄口:闭口。

王毂

王毂（853？—942？），字虚中，袁州宜春（今属江西）人，自号临沂子。昭宗乾宁五年（898）进士。释褐校书郎，历国子博士。唐亡，奔淮南。吴国建，为右补阙，以礼部郎中致仕。卒年八十九。毂以歌诗擅名，长于乐府。《全唐诗》存诗十八首。元辛文房《唐才子传》卷十称其诗"多寄寓比兴之作，无不知名"。

暑日题道边树

二十九日

火轮迸焰烧长空[1]，浮埃扑面愁朦朦[2]。
羸童走马喘不进[3]，忽逢碧树含清风。
清风留我移时住，满地浓阴懒前去。
却叹人无及物功，不似团团道边树[4]。

注释

[1]火轮：比喻烈日。

[2]朦朦：昏暗，模糊不清。

[3]羸：衰病，瘦弱。

[4]团团：聚集的样子。

韦庄

韦庄（836—910，或谓847、851、857、860生），字端己，京兆杜陵（今陕西西安）人。僖宗中和三年（883），在洛阳应举，作《秦妇吟》，一时传诵，人号"《秦妇吟》秀才"。屡试不第，流落江南达十年之久。昭宗乾宁元年（894）始中进士，先后任校书郎、左补阙等职。光化三年（900），选杜甫、王维等一百五十人诗为《又玄集》。次年，入蜀为王建掌书记。唐亡，劝王建称帝，以功拜相。官终礼部侍郎兼平章事，谥文靖，故世称"韦文靖"。其弟韦蔼将其作品编成《浣花集》，世又称"韦浣花"。工诗，今存三百余首，《全唐诗》编为六卷，多怀古伤时、离乱感旧之作，诗风清丽飘逸，感慨顿挫。庄尤擅词，与温庭筠齐名，并称"温韦"，为"花间派"代表词人。存词五十余首，清简劲直而不浅露，笔直而情曲，词达而感郁，对后世影响很大。

古离别[1]　　　　　　　　　一九九〇年五月三十日

晴烟漠漠柳毵毵[2]，不那离情酒半酣[3]。
更把玉鞭云外指，断肠春色在江南。

注释

[1]古离别：乐府曲辞，亦名生别离、长别离、远别离等。
[2]漠漠：布散貌。毵（sān）毵：下垂貌。
[3]不那：无奈。酒半酣：饮酒半醉。

柳谷道中作却寄[1]

马前红叶正纷纷，马上离情断杀魂[2]。　　　六月一日
晓发独辞残月店，暮程遥宿隔云村。
心如岳色留秦地[3]，梦逐河声出禹门[4]。
莫怪苦吟鞭拂地，有谁倾盖待王孙[5]。

注释

[1] 柳谷：今山西夏县北五里中条山中。却寄：还寄。
[2] 断杀魂：极断魂。杀，同"煞"，极度。
[3] 岳：西岳华山。秦地：春秋秦占陕西一带，后习称陕西为秦地。
[4] 禹门：龙门关，今山西河津西北，相传为夏禹所凿。
[5] 倾盖：行道相遇，车盖相靠而语。典出《孔子家语》："孔子遇程子于途，倾盖而语，终日而别，命子路将束帛赠焉，以其道同于君子也。"喻初交相得，一见如故。

夏夜

四日

傍水迁书榻[1]，开襟纳夜凉。
星繁愁昼热，露重觉荷香。
蛙吹鸣还息，蛛罗灭又光。
正吟《秋兴赋》[2]，桐景下西墙。

注释

[1] 榻：低矮之案。
[2]《秋兴赋》：西晋潘岳作。其序曰："染翰操纸，慨然而赋。于时秋也，故以'秋兴'命篇。"

夜景

满庭松桂雨余天，宋玉秋声韵蜀弦[1]。
乌兔不知多事世[2]，星辰长似太平年。
谁家一笛吹残暑，何处双砧捣暮烟[3]。
欲把伤心问明月，素娥无语泪娟娟[4]。

注释

[1] 宋玉：战国时楚鄢人，著名文学家。秋声：宋玉《九辩》："悲哉秋之为气也，草木摇落而变衰。"蜀弦：即蜀琴。《乐府诗集》卷三十引《古今乐录》："张

永《元嘉技录》有《四弦》一曲，《蜀国四弦》是也。"
［２］乌兔：日月光阴。多事世：多事之世，即战乱之世。
［３］砧：捣衣石。
［４］素娥：即嫦娥。羿妻嫦娥，盗服不死之药而奔月。

思归

暖丝无力自悠扬[1]，牵引东风断客肠。
外地见花终寂寞，异乡闻乐更凄凉。
红垂野岸樱还熟，绿染回汀草又芳[2]。
旧里若为归去好[3]，子期凋谢吕安亡[4]。

注释

［１］暖丝：春天新绿的柳条。
［２］回汀：曲折的洲渚。
［３］旧里：故里。
［４］子期：向秀，字子期，河内怀人，其《思旧赋·序》云："余与嵇康、吕安居止接近，其人并有不羁之才。然嵇志远而疏，吕心旷而放，其后各以事见法。"吕安：字仲悌，东平（今属山东）人，与嵇康友善，被兄诬陷下狱，又因与钟会有隙，被谗杀。

忆昔

一九九〇年五月六日

昔年曾向五陵游[1]，子夜歌清月满楼[2]。
银烛树前长似昼，露桃华里不知秋。
西园公子名无忌[3]，南国佳人号莫愁[4]。
今日乱离俱是梦，夕阳唯见水东流。

注释

［１］五陵：汉代五位帝王之墓，即长陵、安陵、阳陵、茂陵、平陵，在今陕西咸阳附近。汉代富贵之家多迁徙于此，后代指豪贵所居之处。

[2]子夜歌：属《吴声歌曲》，相传为晋代女子所创。
[3]无忌：战国魏公子无忌，封信陵君。这里喻指长安贵族子弟。
[4]莫愁：古乐府传说中的女子，南朝梁武帝《河中之水歌》："河中之水向东流，洛阳女儿名莫愁。"此借指美女。

台城[1]

江雨霏霏江草齐，六朝如梦鸟空啼。
无情最是台城柳，依旧烟笼十里堤。

注释

[1]台城：今江苏省南京市鸡鸣山南乾河沿北。原为三国时吴后苑城，东晋成帝时改建，为东晋、南朝台省（中央政府）和宫殿所在地，故名台城。

杂感

莫悲建业荆榛满[1]，昔日繁华是帝京。
莫爱广陵台榭好[2]，也曾芜没作荒城[3]。
鱼龙爵马皆如梦[4]，风月烟花岂有情[5]。
行客不劳频怅望，古来朝市叹衰荣[6]。

注释

[1]建业：今江苏南京。荆榛满：杂草丛生。
[2]广陵：即今江苏扬州。
[3]"也曾"句：典出鲍照《芜城赋》："抽琴命操，为芜城之歌。"
[4]"鱼龙"句：语出鲍照《芜城赋》："吴蔡齐秦之声，鱼龙爵马之玩，皆薰歇烬灭，光沉响绝。"鱼龙爵马，指各种精彩技艺。爵马：古代两种角斗性质的杂耍，泛指玩赏之物。爵，通"雀"。
[5]风月烟花：自然景色。
[6]朝市：朝野。

遣兴

九日

如幻如泡世[1]，多愁多病身。
乱来知酒圣[2]，贫去觉钱神[3]。
异国清明节，空江寂寞春。
声声林上鸟，唤我北归秦[4]。

注释

[1] 如幻如泡：《金刚经》："一切有为法，如梦幻泡影。"
[2] 酒圣：《三国志·魏志·徐邈传》："酒清者为圣人，浊者为贤人。"
[3] 钱神：西晋鲁褒有《钱神论》。
[4] 归秦：韦庄故乡在长安杜陵。

山墅闲题

十日

逦迤前冈压后冈[1]，一川桑柘好残阳[2]。
主人馈饷炊红黍[3]，邻父携竿钓紫鲂[4]。
静极却嫌流水闹，闲多翻笑野云忙。
有名不那无名客[5]，独闭衡门避建康[6]。

注释

[1] 逦迤(lǐyǐ)：曲折连绵的样子。
[2] 桑柘：桑木与柘木。
[3] 馈饷：留饭。红黍：红色之黍米。
[4] 紫鲂：赤尾鳊鱼。
[5] 不那：无奈。
[6] 衡门：横木为门，形容所居之简陋。

江上村居

一九九〇年六月十一日

本无踪迹恋柴扃[1]，世乱须教识道情。

颠倒梦魂愁里得，撅奇诗句望中生[2]。
花缘艳绝栽难好[3]，山为看多咏不成。
闻道汉军新破虏[4]，使来仍说近离京[5]。

注释

[1] 柴扃：柴扉。

[2] 撅奇：奇峭。

[3] 艳绝：美极。

[4] 汉军：唐军。

[5] 使：使者。近离京：似指光启元年十二月，沙陀逼京师，田令孜奉僖宗出幸凤翔之事。

独鹤

十二日

夕阳滩上立裴回，红蓼风前雪翅开[1]。
应为不知栖宿处，几回飞去又飞来。

注释

[1] 红蓼：水草。

与东吴生相遇

十年身事各如萍[1]，白首相逢泪满缨。
老去不知花有态，乱来唯觉酒多情。

十三日

贫疑陋巷春偏少[2]，贵想豪家月最明。
且对一尊开口笑[3]，未衰应见泰阶平[4]。

注释

[1] 如萍：如浮萍般漂泊不定。

[2] 陋巷：贫者所居。《论语·雍也》："一箪食，一瓢饮，在陋巷，人不堪其忧，回也不改其乐。"

[3] 尊：酒杯。开口笑：《庄子·盗跖》："人上寿百岁，中寿八十，下寿六十，

除病瘦死丧忧患,其中开口而笑者,一月之中,不过四五日而已矣。"

[4]泰阶平:喻指风调雨顺,天下太平。泰阶,三台之别称,古人认为天上的三台星对应人间的三公,三台平则三公平,故阴阳和,风雨顺,天下大安。

出关

十四日

马嘶烟岸柳阴斜,东去关山路转赊[1]。
到处因循缘嗜酒[2],一生惆怅为判花[3]。
危时只合身无着[4],白日那堪事有涯。
正是灞陵春酎绿[5],仲宣何事独辞家[6]。

注释

[1]赊:远。
[2]因循:闲散。
[3]判花:赏花,评花。
[4]无着:没有依托。
[5]灞陵:今陕西省西安市东。春酎:春酒。酎,指经过多次重酿之酒。
[6]仲宣:东汉王粲,字仲宣,博学多识,文思敏捷,善诗赋,为"建安七子"之首。

白牡丹

十五日

闺中莫妒新妆妇[1],陌上须惭傅粉郎[2]。
昨夜月明浑似水[3],入门唯觉一庭香。

注释

[1]新妆妇:新嫁娘的盛装。
[2]傅粉郎:三国魏何晏,字平叔,美姿仪,面至白,魏明帝疑其傅粉,夏天令其吃热汤饼,待出汗后擦拭,面色又转白皙。后以"傅粉何郎"称美男子。
[3]浑:全。

悔恨

一九九〇年六月十六日

六七年来春又秋,也同欢笑也同愁。
才闻及第心先喜,试说求婚泪便流。
几为妒来频敛黛[1],每思闲事不梳头。
如今悔恨将何益,肠断千休与万休[2]。

注释

[1] 敛黛:皱眉。

[2] 休:了。

南邻公子

十七日

南邻公子夜归声,数炬银灯隔竹明[1]。
醉凭马鬃扶不起[2],更邀红袖出门迎[3]。

注释

[1] 炬:量词,盏。

[2] 凭:靠着。马鬃:马颈上的长毛。

[3] 红袖:美人。

长安清明

十八日

蚤是伤春梦雨天[1],可堪芳草更芊芊[2]。
内官初赐清明火[3],上相闲分白打钱[4]。
紫陌乱嘶红叱拨[5],绿杨高映画秋千。
游人记得承平事[6],暗喜风光似昔年。

注释

[1] 蚤:早。

[2] 可堪:可怜。芊芊:草木茂盛貌。

[3] 内官:指宦官。赐清明火:古代寒食禁火,清明时又要重新钻木取火,

唐代皇帝主持典礼,以新取的榆柳火种赏赐给群臣以赐福。
[4]上相:泛指高官。白打钱:蹴鞠胜者所获之彩钱。
[5]紫陌:泛指京师大道。红叱拨:马名。唐天宝中,西域大宛进汗血马六匹,分别以红、紫、青、黄、丁香、桃花叱拨为名。此泛指骏马。
[6]承平:太平。

下邽感旧[1]

十九日

昔为童稚不知愁,竹马闲乘绕县游[2]。
曾为看花偷出郭[3],也因逃学暂登楼。
招他邑客来还醉[4],儳得先生去始休[5]。
今日故人何处问,夕阳衰草尽荒丘。

注释
[1]下邽(guī):即今陕西省渭南市北下邽镇,韦庄幼时曾在此侨居。
[2]竹马:儿童游戏时当马骑的竹竿。
[3]郭:外城。
[4]邑客:邑里之客。
[5]儳(chàn)得:放肆不检,吵闹乱语。

涂次逢李氏兄弟感旧[1]

二十日

御沟西面朱门宅[2],记得当时好弟兄。
晓傍柳阴骑竹马,夜隈灯影弄先生[3]。
巡街趁蝶衣裳破[4],上屋探雏手脚轻。
今日相逢俱老大,忧家忧国尽公卿。

注释
[1]涂次:旅次,道路上。涂,通"途"。
[2]御沟:流经宫苑的河道。
[3]"夜隈"句:有人认为是指"影偶",即后代皮影戏的前身。
[4]趁蝶:逐蝶。

张蠙

张蠙,生卒年不详,字象文,郡望清河(今属河北),家居江南,为"咸通十哲"之一,又与张乔、许棠、周繇合称为"九华四俊"。昭宗乾宁二年(895)进士及第,授校书郎,改栎阳尉,迁犀浦令,后仕前蜀为膳部员外郎,终金堂令。其诗以律诗为多,早年游塞北,亦有不少边塞诗,《全唐诗》编为一卷,《全唐诗补编》补一首又二句。

寄友人

一九九〇年六月二十二日

恋道欲何如,东西远索居[1]。
长疑即见面[2],翻致久无书[3]。
甸麦深藏雉,淮苔浅露鱼[4]。
相思不我会[5],明月几盈虚。

注释

[1] 索居:孤独散居。

[2] 即:即可,马上。

[3] 翻致:反而导致。

[4] "甸麦"二句:互文,写淮甸景物。淮甸,即淮河流域。雉,雉鸡。

[5] 不我会:即不会我。

夏日题老将林亭

二十三日

百战功成翻爱静[1],侯门渐欲似仙家[2]。
墙头雨细垂纤草,水面风回聚落花。
井放辘轳闲浸酒,笼开鹦鹉报煎茶。
几人图在凌烟阁[3],曾不交锋向塞沙。

注释

[1] 翻:反。

[2] 侯门:古代五等爵位第二等为侯。

［3］凌烟阁：贞观十七年（643），唐太宗将开国功臣长孙无忌等二十四人的画像刻在凌烟阁内，太宗作赞，褚遂良书，阎立本画。

再游西山赠许尊师[1]

二十四日

别后已闻师得道，不期犹在此山头[2]。
昔时霜鬓今如漆，疑是年光却倒流。

注释

［1］许尊师：即道士许法棱。
［2］不期：没想到。

徐夤

徐夤,生卒年不详,一作徐寅。字昭梦,莆田(今属福建)人。昭宗乾宁元年(894)进士,授秘书省正字。后归闽,王审知辟为掌书记,后拂衣归隐。夤工诗善赋,与罗隐、司空图、黄滔等多有唱酬。其诗全为近体,以七律见长。有《钓矶文集》《徐正字诗赋》传世,《全唐诗》录诗四卷。

酒胡子[1]

红筵丝竹合,用尔作欢娱。
直指宁偏党[2],无私绝觊觎[3]。
当歌谁摆袖[4],应节渐轻躯[5]。
恰与真相似,毡裘满颔须[6]。

注释

[1]酒胡子:行酒令用的器具,亦称"指巡胡""劝酒胡",上身丰满、下身瘦削的木雕胡人,将其染色施彩,相当于后世陀螺形状,以代舞伎娱宾劝酒。行令时,旋转酒胡子确定执令饮酒之人。

[2]党:亲族。

[3]觊觎:非分的希望或企图。

[4]摆袖:捋起袖子。

[5]应节:和着节奏。

[6]毡裘:古代北方游牧民族以皮毛制成的衣服。

赠垂光同年[1]

丹桂攀来十七春[2],如今始见茜袍新[3]。
须知红杏园中客[4],终作金銮殿里臣[5]。
逸少家风惟笔札[6],玄成世业是陶钧[7]。
他时黄阁朝元处[8],莫忘同年射策人[9]。

注释

[1]垂光:即王倜,字垂光,与徐夤同为乾宁元年(894)进士,将仕郎,前守京兆府鄂县尉,直弘文馆。其父王抟为昭宗之相。同年:同年及第者。

[2]丹桂攀来:唐人称科举中第为折桂。

[3]茜袍:红袍,进士第一人赐茜袍。

[4]红杏园中客:唐代科考进士放榜后,皇帝设宴于曲江杏园,请进士赏花饮酒。

[5]金銮殿:皇宫正殿。

[6]逸少:王羲之,字逸少,东晋著名书法家,有"书圣"之称。笔札:此代指书法。

[7]玄成:韦玄成,字少翁,西汉鲁国邹人,宣帝丞相韦贤之子。汉元帝时,韦玄成历官至丞相。后以"玄成"借指能继承先辈功业的人。世业:世代相传之事业。陶钧:治国的大道。

[8]黄阁:汉代称宰相。朝元:古代诸侯和大臣元旦朝贺帝王。

[9]射策:汉代取士的一种考试方法。由主试者拟出试题,书于简策,分为甲乙两科,让应试者随意取答。主试者则按题目的难易程度和所答内容定出优劣,上者为甲,次者为乙。射也有"发箭中的"之义。

赠月君[1]

一九九〇年六月二十六日

出水莲花比性灵[2],三生尘梦一时醒[3]。
神传尊胜陀罗咒[4],佛授金刚般若经。
懿德好书添《女诫》[5],素容堪画上银屏。
鸣梭轧轧纤纤手[6],窗户流光织女星。

注释

[1]月君:《全唐诗》题下注:"山妻,字月君。"山妻,隐士之妻,对妻子的谦称。

[2]性灵:性情。

[3]三生尘梦:谓三生皆梦,喻人生虚幻。三生,佛教语,指前生、今生、来生。

[4]尊胜:《尊胜经》。陀罗咒:佛家咒语。

[5]懿德:美德。《女诫》:东汉班固之妹班昭撰,是教导女性道德礼法之书。
[6]鸣梭:梭子,织具。

咏钱

二十七日

多蓄多藏岂足论,有谁还议济王孙[1]。
能于祸处翻为福,解向仇家买得恩[2]。
几怪邓通难免饿[3],须知夷甫不曾言[4]。
朝争暮竞归何处,尽入权门与幸门[5]。

注释

[1]济:救济。王孙:贵族世家子弟。
[2]解:能。
[3]邓通:西汉蜀郡南安(今四川乐山)人,因得文帝宠幸,官上大夫,赐钱无数。又赐以蜀郡严道铜山,许自铸钱,邓氏钱遂遍天下。后世遂以"邓通"为钱之代称。景帝时被免官抄家,贫饿而死。
[4]夷甫:东晋王衍,字夷甫,以清谈为务,口不言钱,其妇欲试之,命婢以钱绕床,使不得行,衍晨起见钱,视其为"阿堵物",命婢撤去。
[5]权门与幸门:权臣与宠臣之门。

初夏戏题

二十八日

长养薰风拂晓吹,渐开荷芰落蔷薇[1]。
青虫也学庄周梦,化作南园蛱蝶飞[2]。

注释

[1]荷芰:出水之荷。芰,菱。
[2]"青虫"二句:用庄周梦蝶之典。

崔道融

崔道融（？—907），郡望博陵（今河北安平），荆州（今属湖北）人。自号东瓯散人，《十国春秋》有传。唐末避乱永嘉，昭宗时出为永嘉令，后入闽依王审知，征为右补阙，未行，病卒。道融工诗，与司空图、方干等唱和，又与黄涛友善。禀性高奇，尤工绝句，如《铜雀妓》《春闺》《寄人》等，语意妙甚，为人称道。辛文房称其为晚唐之"出乎其类，拔乎其萃者"（《唐才子传》卷九）。《全唐诗》存诗一卷。

寄人二首

花上断续雨，江头来去风。
相思春欲尽，未遣酒尊空。

澹澹长江水[1]，悠悠远客情。
落花相与恨，到地一无声。

注释　[1]澹澹：荡漾貌。

卢延让

卢延让，生卒年不详，宋人避讳，或改"卢延逊"。字子善，行十三，范阳（今河北涿州）人。《十国春秋》有传。参加科举二十五次，直到昭宗光化三年（900）才登进士第。武贞节度使雷满辟为从事。满卒，入蜀。王建称帝，授水部员外郎，累迁给事中，拜工部侍郎，终刑部侍郎。著有《卢延让诗集》一卷，《全唐诗》存诗十四首、断句十联，《全唐诗补编》补诗一首，断句四联。诗师薛能，词意入僻，不竞纤巧，多以浅俗近语入诗，且多健语，自成一体。吴融称其诗"去人远觉，自无蹈袭，非寻常耳"（《唐才子传》卷十）。

苦吟

莫话诗中事，诗中难更无。
吟安一个字，捻断数茎须[1]。
险觅天应闷，狂搜海亦枯。
不同文赋易，为著者之乎。

注释　[1]捻：用手指搓转。

松寺

山寺取凉当夏夜，共僧蹲坐石阶前。
两三条电欲为雨，七八个星犹在天。
衣汗稍停床上扇，茶香时拨涧中泉。
通宵听论莲华义[1]，不藉松窗一觉眠。

注释　[1]莲华：指《妙法莲华经》，天台宗所依主要经典之一，主张一切众生皆可成佛。

曹松

曹松(828？—？)，字梦徵，舒州(今安徽潜山)人。昭宗光华四年(901)进士及第，时年已逾七十，当年尚有王希羽、刘象等四人同时登第，皆年迈，时人号"五老榜"，授校书郎。其诗多行旅感怀之作，风格学贾岛，意境幽深，以炼字琢句见长。《全唐诗》编为二卷，《全唐诗·补遗五》补诗九首。《全唐诗补编·补逸》又补诗一首。

古冢

一九九〇年七月二日

代远已难问，累累次古城[1]。
民田侵不尽，客路踏还平。
作穴蛇分蛰[2]，依冈鹿绕行。
唯应风雨夕，鬼火出林明。

注释

[1]累累：接连不断。
[2]蛰：动物冬眠。

秋日送方干游上元[1]

三日

天高淮泗白[2]，料子趋修程[3]。
汲水疑山动[4]，扬帆觉岸行。
云离京口树[5]，雁入石头城[6]。
后夜分遥念，诸峰霜露生。

注释

[1]方干(809—888？)：字雄飞，行十四，睦州桐庐(今属浙江)人。举进士不第，遂隐鉴湖，终身不仕。为人唇缺，后遇医补得，时人号曰"补唇先生"。于咸通、中和年间，以诗著名江南，颇为时人所重，人称"官无一寸禄，名传千万里"。曾与姚合、贾岛等交往酬唱，亦以苦吟著称。工于律诗，多投赠应酬、流连光景之作，卒后门人私谥"玄英先生"。明人辑有《玄英集》，

《全唐诗》编其诗为六卷,然混入他人之诗不少。《全唐诗补编》补诗八首。

上元:县名,今江苏镇江。
[2]淮泗:淮水,泗水。
[3]料:想到。修程:遥远的路程。
[4]汲水:从井里打水。
[5]京口:今江苏镇江。
[6]石头城:今江苏南京。

九江暮春书事[1]

杨柳城初锁,轮蹄息去踪[2]。
春流无旧岸,夜色失诸峰。
影动渔边火,声迟话后钟。
明朝回去雁,谁向北郊逢。

注释

[1]九江:今江西九江。
[2]轮蹄:车轮和马蹄,指车马。

立春日

春饮一杯酒,便吟春日诗。
木梢寒未觉,地脉暖先知。
鸟唤星沉后,山分雪薄时[1]。
赏心无处说,怅望曲江池。

注释

[1]分:分辨,分明。

己亥岁二首[1]

泽国江山入战图[2],生民何计乐樵苏[3]。

凭君莫话封侯事[4]，一将功成万骨枯。

传闻一战百神愁，两岸强兵过未休。
谁道沧江总无事[5]，近来长共血争流。

注释
[1]己亥岁：指唐僖宗乾符六年（879），是年黄巢起义军攻克江陵，沿江东下，克饶、信、杭等十余州，镇海节度使高骈派兵分道阻击，百姓伤亡惨重。
[2]泽国：江南水乡。
[3]樵苏：砍柴刈草。
[4]凭君：请君。
[5]沧江：江水，江流。

南海旅次[1]

七日

忆归休上越王台[2]，归思临高不易裁[3]。
为客正当无雁处，故园谁道有书来。
城头早角吹霜尽，郭里残潮荡月回。
心似百花开未得，年年争发被春催。

一九九〇年七月，
《洗澡》第一章1st 页

注释
[1]旅次：在旅途中。
[2]越王台：在今广州越秀山，为汉代南越王赵佗所筑。
[3]裁：消解。

夏日东斋[1]

八日

三庚到秋伏[2]，偶来松槛立。
热少清风多，开门放山入。

注释
[1]东斋：书房，学舍。

[2]三庚:夏至后第三个庚日,为初伏之始。秋伏:立秋后第一个庚日为末伏,亦称秋伏。

霍山[1]

九日

七千七百七十丈,丈丈藤萝势入天。
未必展来空似翅,不妨开去也成莲。
月将河汉分岩转,僧与龙蛇共窟眠。
直是画工须阁笔[2],况无名画可流传。

注释

[1]霍山:在广东龙川县北。
[2]直是:正是。阁笔:放下笔。阁,同"搁"。

苏拯

苏拯,生卒年不详,郡望京兆武功(今属陕西),吴(今江苏苏州)人,苏颋七世孙,宋著名诗人苏舜钦五世从祖。其兄苏捡,于昭宗天复间拜相。拯于昭宗时试策登第,后官容管,五代初尚在世。诗学孟郊,多反映民生疾苦、扬善斥恶之篇。《全唐诗》存诗一卷,共二十九首。

猎犬行

猎犬未成行,狐兔无奈何。
猎犬今盈群,狐兔依旧多。
自尔初跳跃,人言多拏躩[1]。
常指天外狼,立可口中嚼。
骨长毛衣重,烧残烟草薄。
狡兔何曾擒,时把家鸡捉。
食尽者饭翻,增养者恶壮[2]。
可嗟猎犬壮复壮,不堪兔绝良弓丧[3]。

注释

[1]拏躩(nájué):牵引疾行。躩,疾行貌。

[2]恶:讨厌,憎恨。

[3]兔绝良弓丧:用《史记·越王勾践世家》"飞鸟尽,良工藏;狡兔死,走狗烹"意。

路德延

路德延,生卒年不详,字昌远,魏州冠氏(今山东冠县)人。少即有才俊。因叔路岩(懿宗时宰相)之贬谪,屡试不第。光化元年(898)方进士及第。天祐中授拾遗,河中节度使朱有谦辟为掌书记,初甚重之,后因浮薄忤朱,被其沉于黄河。《全唐诗》存诗三首又二句。

小儿诗

情态任天然[1],桃红两颊鲜[2]。
乍行人共看[3],初语客多怜。
臂膊肥如瓠[4],肌肤软胜绵。
长头才覆额[5],分角渐垂肩。
散诞无尘虑[6],逍遥占地仙[7]。
排衙朱阁上[8],喝道画堂前[9]。
合调歌杨柳[10],齐声踏采莲[11]。
走堤行细雨,奔巷趁轻烟。
嫩竹乘为马,新蒲折作鞭。
莺雏金镞系[12],猫子彩丝牵。
拥鹤归晴岛,驱鹅入暖泉。
杨花争弄雪,榆叶共收钱。
锡镜当胸挂,银珠对耳悬。
头依苍鹘裹[13],袖学柘枝揎[14]。
酒瀽丹砂暖[15],茶催小玉煎[16]。
频邀筹箸掷[17],时乞绣针穿。
宝箧拏红豆,妆奁拾翠钿[18]。
戏袍披按褥,劣帽戴靴毡。
展画趋三圣[19],开屏笑七贤[20]。
贮怀青杏小,垂额绿荷圆。
惊滴沾罗泪,娇流污锦涎。

倦书饶娅姹[21]，憎药巧迁延[22]。
弄帐鸾绡映，藏衾凤绮缠。 十八日
指敲迎使鼓，筋拨赛神弦[23]。
帘拂鱼钩动，筝推雁柱偏[24]。 十九日
棋图添路画，笛管欠声镌[25]。
恼客初酣睡，惊僧半入禅。
寻蛛穷屋瓦，探雀遍楼椽[26]。
抛果忙开口，藏钩乱出拳[27]。 二十日
夜分围榾柮[28]，朝聚打秋千。
折竹装泥燕，添丝放纸鸢。
互夸轮水磓[29]，相教放风旋[30]。
旗小裁红绢，书幽截碧笺。
远铺张鸽网，低控射蝇弦。 二十三日
诂语时时道[31]，谣歌处处传。
匿窗眉乍曲，遮路臂相连。
斗草当春径，争球出晚田。
柳傍慵独坐，花底困横眠。 二十四日
等鹊前篱畔，听蛩伏砌边。
傍枝粘舞蝶，隈树捉鸣蝉。
平岛夸趫上[32]，层崖逞捷缘[33]。
嫩苔车迹小，深雪履痕全。 二十五日
竞指云生岫[34]，齐呼月上天。
蚁窠寻径劚[35]，蜂穴绕阶填。
樵唱回深岭，牛歌下远川。
垒柴为屋木，和土作盘筵。 二十七日
险砌高台石，危跳峻塔砖。
忽升邻舍树，偷上后池船。
项橐称师日[36]，甘罗作相年[37]。
明时方任德，劝尔减狂颠。

注释

[1]任:听凭,任由。

[2]鲜:鲜亮,红润。

[3]乍行:刚刚学行。

[4]瓠(hù):瓠瓜。

[5]长头:长发。

[6]散诞:放诞不羁,逍遥自在。

[7]地仙:方士称住在人间的仙人。

[8]排衙:官员升堂时,衙役陈设仪仗,属员站班分立。

[9]喝道:在前引路的士卒喝令行人避道。

[10]歌杨柳:汉乐府横吹曲《折杨柳歌》。

[11]采莲:乐府旧题《采莲曲》,《江南弄》七曲之一。

[12]镟:系鸟足的金属转轴。

[13]苍鹘:唐参军戏角色名。

[14]柘枝:古代柘枝舞。搢:捋袖出臂。

[15]嚏(tì):滞留,沉于。丹砂:即朱砂,道教徒用以化汞炼丹。

[16]小玉:侍女。

[17]筹箸:竹筹和筷子,用以计数的博戏用具。

[18]宝箧、妆奁:古代妇女用以盛放首饰、珍玩的器皿。

[19]三圣:道家的三位尊神,即元始天尊、灵宝天尊(太上道君)、道德天尊(太上老君)。

[20]七贤:竹林七贤,指魏晋名士嵇康、阮籍、山涛、向秀、刘伶、阮咸、王戎。

[21]娅姹:象声词,撒娇发嗲。

[22]巧迁延:巧妙地逃避拖延。

[23]赛神:设祭酬神的各种娱乐活动。

[24]雁柱:乐器筝上整齐排列的弦柱,斜列如雁行。

[25]镌:凿,刻。

[26]椽:房梁木条。

［27］藏钩：古代的一种游戏。腊日饮祭之后，叟妪儿童为藏钩之戏，分为二曹，以较胜负。

［28］榾柮（gǔduò）：木柴块，树根疙瘩，可代炭用。

［29］水碓（duì）：利用水力舂米的器械。

［30］风旋：儿童玩具，借风力旋转的风轮风车。

［31］詀（zhān）：多言，絮絮叨叨。

［32］趫（qiáo）：行动轻捷，善于缘木升高。

［33］缘：攀缘，攀登。

［34］岫（xiù）：山洞。

［35］斸（zhǔ）：斧刃。

［36］项橐：传说春秋时项橐曾与孔子辩论，孔子认输，便拜他为师。

［37］甘罗：战国秦人，十二岁奉秦始皇命出使赵国，以才智与舌辩完成使命，拜为上卿。史书中亦有甘罗为秦相之说。

裴说

裴说,生卒年不详,桂州(今广西桂林)人,裴谐兄。天祐三年(906)以状元及第,历补阙,官终礼部员外郎。与曹松、贯休、王贞白等相友善。诗风近贾岛、李洞,字雕句琢,刻意求工。辛文房称其"为诗足其思,非意表琢炼不举笔,有岛、洞之风"(《唐才子传》卷十),胡震亨亦谓其"时出意外句耸人观"(《唐音癸签》卷八)。《全唐诗》编其诗一卷,《全唐诗补编》补诗四首、断句一联。

怀素台歌[1]

二十八日

我呼古人名,鬼神侧耳听。
杜甫李白与怀素,文星酒星草书星[2]。
永州东郭有奇怪[3],笔冢墨池遗迹在[4]。
笔冢低低高如山,墨池浅浅深如海[5]。
我来恨不已,争得青天化为一张纸。
高声唤起怀素书,搦管研朱点湘水[6]。
欲归家,重叹嗟。
眼前有,三个字。
枯树槎,乌梢蛇,墨老鸦。

注释

[1] 怀素台:在今湖南永州。怀素(725—785,或739—799后),字藏真,俗姓钱,长沙(今属湖南)人。幼年出家,好为草书,苦学成名。后经吏部尚书韦陟提携,又入京遍谒名公,颜真卿、张渭、戴叔伦、钱起、卢象等皆有诗颂其草书。其书狂纵,与张旭并称"颠张狂素",有作品流传至今。

[2] 文星:文昌星,主文运。酒星:酒旗星,主宴饮。

[3] 永州东郭:据传怀素葬于此。

[4] 笔冢:唐李肇《国史补》:"长沙僧怀素,好草书,自言得草圣三昧。弃笔堆积,埋于山下,号曰笔冢。"后指书画家埋藏废笔之地。墨池:相传东汉书法家张芝在池边练字,日久天长,池水尽黑。晋代王羲之也有相类传说,后用"墨池"指练习书法。

[5] 浅浅：即溅溅，象声词，流水声。

[6] 搦管：握笔，执笔为文。研朱：研磨朱砂。

棋

十九条平路[1]，言平又崄巇[2]。
人心无算处，国手有输时。
势迥流星远，声干下雹迟。
临轩才一局，寒日又西垂。

一九九〇年
七月二十九日

注释

[1] "十九"句：指围棋盘上横纵各十九条线。

[2] 崄巇（xī）：险峻。

夏日即事

僻居门巷静，竟日坐阶墀[1]。
鹊喜虽传信，蛩吟不见诗[2]。
笋抽通旧竹，梅落立闲枝。
此际无尘挠[3]，僧来称所宜。

三十日

注释

[1] 竟日：整日，终日。阶墀（chí）：台阶。

[2] 蛩（qióng）吟：蟋蟀鸣叫。

[3] 尘挠：尘世打扰。

喜友人再面

一别几寒暄[1]，迢迢隔塞垣[2]。
相思长有事，及见却无言。
静坐将茶试，闲书把叶翻。

三十一日

依依又留宿，圆月上东轩。

注释　[1]寒暄：冷暖，代指一年。
　　　[2]塞垣：边关，长城。

冬日作

八月一日

粝食拥败絮[1]，苦吟吟过冬。
稍寒人却健，太饱事多慵。
树老生烟薄，墙阴贮雪重。
安能只如此，公道会相容。

注释　[1]粝食：粗恶的饭食。败絮：破旧的棉絮。

塞上曲[1]

三日

极目望空阔，马羸程又赊[2]。
月生方见树，风定始无沙。
楚水辞鱼窟[3]，燕山到雁家[4]。
如斯名利役，争不老天涯[5]。

注释　[1]塞上曲：新乐府辞，由汉代横吹曲辞演化而来。
　　　[2]赊：远。
　　　[3]楚水：又名乳水，今陕西省商洛市西乳河。
　　　[4]燕山：燕然山。东汉窦宪领兵大破北匈奴于燕然，刻石勒功而还，后亦借指边塞。
　　　[5]争不：怎不。

访道士

五日

高冈微雨后，木脱草堂新。
惟有疏慵者[1]，来看淡薄人。
竹牙生碍路[2]，松子落敲巾。
粗得玄中趣，当期宿话频。

注释

[1]疏慵：疏懒，懒散。
[2]竹牙：即"竹芽"，笋的别称。

寄贯休[1]

忆昔与吾师，山中静论时。
总无方是法，难得始为诗。
冻犬眠干叶，饥禽啄病梨。
他年白莲社[2]，犹许重相期。

注释

[1]贯休（832—912）：俗姓姜，字德隐，婺州兰溪（今属浙江）人。七岁出家，二十岁受具足戒。早年漫游江西、吴越。后入蜀，王建赐号禅月大师，呼为"得得来和尚"，为之建龙华院。工诗善书画，与同时代诗人、诗僧多有唱和。

[2]白莲社：东晋释慧远同慧永、慧持、刘遗民、雷次宗等于庐山东林寺结社精修，又掘池植白莲，故称白莲社。

鹭鸶

一九九〇年八月六日

秋江清浅时，鱼过亦频窥。
却为分明极，翻成所得迟。
浴偎红日色，栖压碧芦枝。
会共鹓同侣[1]，翱翔应可期。

注释

[1]鹓(yuān)：古代中国传说中类似凤凰的鸟，因其飞行有序而以其代指朝班。

岳阳兵火后题僧舍

八日，今日立秋

十年兵火真多事，再到禅扉却破颜[1]。
唯有两般烧不得[2]，洞庭湖水老僧闲。

注释

[1]破颜：佛家用语，心领神会。宋代释普济《五灯会元》："世尊在灵山会上，拈华示众，是时众皆寂然，惟迦叶尊者，破颜微笑。"
[2]两般：两样。

句

读书贫里乐，搜句静中忙。

苦吟僧入定[1]，得句将成功。

注释

[1]入定：僧人打坐入禅。

李洞

李洞(846？—898？)，字才江，京兆(今陕西西安)人。唐宗室后裔，家贫苦学，屡试进士不第。曾作"行匝中华地，魂销四海秋"之漫游，后流寓蜀中，病卒，郑谷有诗哭之。洞工诗，酷慕贾岛，曾铸岛铜像，事若神明，其诗风亦逼真贾岛，而新奇或过之，颇为吴融所称赏，诗琢炼字句，佳句颇多。《全唐诗》录其诗三卷又一首。《全唐诗补编·续拾》补诗五句。

赠道微禅师[1]

铜瓶涩泻水[2]，出碛蹋莲层[3]。
猛虎降低鼠，盘雕望小蝇[4]。
通禅五天日[5]，照祖几朝灯[6]。
短发归林白，何妨剃未能。

注释

[1]道微禅师：刘道，法号道微，定州无极(今属河北)人。
[2]涩：不流畅，不润滑。
[3]碛(qì)：浅水中的沙石，沙石浅滩。蹋：踏。莲层：莲台，指佛座。
[4]盘雕：回旋之雕。
[5]五天：指古印度，即东、南、西、北、中天竺。
[6]"照祖"句：禅宗讲究以心传心，将师徒间的传授叫做"传灯"，也称"法脉"。

观水墨障子[1]

若非神助笔，砚水恐藏龙。
研尽一寸墨，扫成千仞峰。
壁根堆乱石，床罅插枯松[2]。
岳麓穿因鼠，湘江绽为蚕[3]。
挂衣岚气湿[4]，梦枕浪头舂[5]。

只为少颜色,时人着意慵。

注释

[1]障子:即幛子,题有文字或画有图画的整幅绸布。

[2]罅(xià):开裂处。

[3]蛩:蟋蟀。

[4]岚气:山中雾气。

[5]舂:冲击。

山居喜友人见访

入云晴斸茯苓还[1],日暮逢迎木石间。
看待诗人无别物,半潭秋水一房山。

注释

[1]斸(zhú):斫,挖。茯苓:药用植物,道家认为服之可以长生。

于邺

于邺,生卒年不详,唐末进士,后唐明宗天成元年(926)任都官员外郎。三年,为工部郎中,寻因故自经死。或谓邺字武陵,将二人混为一人。《全唐诗》编其诗为一卷,与于武陵诗一卷重出十八首。

白樱树

记得花开雪满枝[1],和蜂和蝶带花移。
如今花落游蜂去,空作主人惆怅诗。

注释

[1]雪满枝:形容满枝樱花如雪。

任翻

任翻，又作任蕃，生卒年不详，尝居台州。《唐才子传》曰："初亦举进士之京，不第。榜罢，进谒主司曰：'仆本寒乡之人，不远万里，手遮赤日，步ախ来长安，取一第荣父母不得。侍郎岂不闻江东一任翻，家贫吟苦，忍令其去如来日也？敢从此辞，弹琴自娱，学道自乐耳。'主司惭，欲留，不可得。归江湖，专尚声调。"张为《诗人主客图》称引其"无语与春别，细看枝上红"之句，并将其列为"清奇雅正主"之升堂者。

洛阳道

一九九〇年八月十二日

憧憧洛阳道[1]，尘下生春草。
行者岂无家，无人在家老[2]。
鸡鸣前结束[3]，争去恐不早。
百年路傍尽，白日车中晓[4]。
求富江海狭，取贵山岳小。
二端立在途[5]，奔走无由了[6]。

注释
[1] 憧(chōng)憧：往来不绝的样子。
[2] 在家老：终老于家。
[3] 结束：整治行装。
[4] "白日"句：谓晨晓之时，人已在车中。
[5] 二端：指富与贵。
[6] 无由了：无法停止。

秋晚郊居

二十日

远声霜后树，秋色水边村。
野径无来客[1]，寒风自动门。
海山藏日影，江月落潮痕。

惆怅高飞晚，年年别故园。

注释　[1]野径：村野小路。

秋晚途次[1]

二十一日

秋色满行路，此时心不闲。
孤贫游上国[2]，少壮有衰颜。
众鸟已归树，旅人犹过山。
萧条远林外，风急水潺潺[3]。

注释
[1]途次：旅途中的住宿处。
[2]上国：指京师。
[3]潺潺：水流声。

宿巾子山禅寺[1]

二十二日

绝顶新秋生夜凉[2]，鹤翻松露滴衣裳。
前峰月映半江水[3]，僧在翠微开竹房[4]。

注释
[1]巾子山：又称巾山，在今浙江台州市临海古城区东南隅，相传皇华真人驾鹤仙去时，头巾为微风吹落，飘然而下，化作两峰，故名。
[2]绝顶：指巾子山最高峰。
[3]前峰：指巾子山两峰之一。江：指灵江，在巾子山南。
[4]翠微：形容山色青翠缥缈，此指山。

再游巾子山寺

二十三日

灵江江上帻峰寺[1]，三十年来两度登。

野鹤尚巢松树遍,竹房不见旧时僧。

注释　[1]帻(zé)峰:指巾子山。帻,头巾。

三游巾子山寺感述 二十四日

清秋绝顶竹房开,松鹤何年去不回[1]。
惟有前峰明月在,夜深犹过半江来。

注释　[1]松鹤:指皇华真人所驾仙鹤。

黄巢

黄巢（？—884），曹州冤句（今山东曹县西北）人，世为盐商，少时与王仙芝贩卖私盐。能文善武，屡举进士不第。唐僖宗乾符二年（875），黄巢聚众数千响应王仙芝起义。乾符五年仙芝败亡，众人推举黄巢为王，号"冲天大将军"，年号王霸。广明元年（880）攻入长安，称帝，国号大齐，年号金统。中和四年（884），败死于狼虎谷（今山东莱芜西南）。

题菊花

一九九〇年八月二十五日

飒飒西风满院栽，蕊寒香冷蝶难来。
他年我若为青帝[1]，报与桃花一处开。

注释　[1]青帝：东方的司春之神。

不第后赋菊[1]

二十七日

待到秋来九月八，我花开后百花杀。
冲天香阵透长安，满城尽带黄金甲[2]。

注释　[1]不第：落第，科举考试未中。
　　　[2]黄金甲：比喻菊花之色。

自题像

二十八日

记得当年草上飞[1]，铁衣着尽着僧衣。
天津桥上无人识[2]，独倚栏干看落晖。

注释　[1]草上飞：形容迅疾。
　　　[2]天津桥：故址在今河南洛阳市西南。隋炀帝大业元年（605）迁都洛阳，以洛水贯都，有天汉之象，因建此桥，名曰天津。

赵延寿

赵延寿（？—948），常山（今河北正定）人，本姓刘，为赵德钧养子，后改姓。娶后唐明宗兴平公主，官至枢密使，加同平章事。后晋天福元年（936）为契丹所获，授幽州节度使，封燕王。十二年授中京留守、大丞相。辽天禄二年（948）遭禁锢，卒。善写边塞诗。

塞上

黄沙风卷半空抛，云动阴山雪满郊[1]。
探水人回移帐就，射雕箭落着弓抄。
鸟逢霜果饥还啄[2]，马渡冰河渴自跑[3]。
占得高原肥草地，夜深生火折林梢。

注释

[1]阴山：在今内蒙古自治区中部，东西走向。

[2]霜果：经霜之野果。

[3]跑(páo)：兽类用脚刨地。

韩熙载

韩熙载（902—970），字叔言，祖籍南阳（今属河南），潍州北海（今山东潍坊）人。后唐同光四年（926）进士。明宗杀其父，奔吴，由吴入南唐。烈祖时，召为秘书郎，掌太子东宫文翰。元宗即位后受宠信，拜虞部员外郎、史馆修撰，被诬，贬和州司士参军。后迁虞部郎中、中书舍人、户部侍郎。后主即位，任吏部侍郎、秘书监、兵部尚书等。官终中书侍郎、光政殿学士承旨。因目睹南唐之无可挽救，遂广蓄女乐，彻夜宴饮以排遣忧愤。《韩熙载夜宴图》即绘其通宵夜宴、纵情声色之事。卒谥文靖。熙载才高学广，精通音律，长于八分书，画亦为当时之绝。陆游谓其"才气逸发，多艺能，善谈笑，为当时风流之冠，尤长于碑碣，他国人不远数千里，辇金币求之"。

感怀诗二章

仆本江北人，今作江南客。
再去江北游，举目无相识。
金风吹我寒[1]，秋月为谁白。
不如归去来[2]，江南有人忆。

未到故乡时，将为故乡好[3]。
及至亲得归，争如身不到[4]。
目前相识无一人，出入空伤我怀抱[5]。
风雨萧萧旅馆秋，归来窗下和衣倒[6]。
梦中忽到江南路，寻得花边旧居处。
桃脸蛾眉笑出门[7]，争向前头拥将去。

注释

[1] 金风：秋风，因西方属金，故称。

[2] 归去来：即归去。

[3] 将为：以为。

[4] 争如：怎如。

［5］怀抱：心意。

［6］和衣：不脱衣服。

［7］桃脸蛾眉：代指女子。

潘佑

潘佑(938—973),幽州(今北京)人。少即苦学,才俊思敏,得荐于南唐中主,任秘书省正字。后得后主恩宠,官至中书舍人。因累疏极论时政,触怒后主,因遣使收之,佑闻讯后自杀。佑博学,擅书工文,为时所誉。

失题

谁家旧宅春无主,深院帘垂杏花雨[1]。
香飞绿琐人未归,巢燕承尘默无语[2]。

注释
[1]杏花雨:谓清明时节所降之雨。
[2]承尘:座位顶上的帐子。

句

劝君此醉直须欢[1],明朝又是花狼藉[2]。

注释
[1]直须:即应当。
[2]狼藉:纵横散乱貌。

李建勋

李建勋(873?—952),字致尧,广陵(今江苏扬州)人。初仕吴,为升州巡官,李昇镇金陵,用为副使,预禅代之策。及昇即位,任为南唐宰相。中主李璟立,出为昭武军节度使。后以司空致仕,自称钟山公,营亭榭于钟山,放情山水。少好学,工诗文,其诗多题咏纪游之作,诗风清淡平易。辛文房评其诗"琢炼颇工,调即平妥,终少惊人之句"(《唐才子传》卷十)。胡应麟则认为其"集中佳句颇多,虽晚唐卑下格,然模写情事殊工"(《诗薮·杂编》)。

殴妓

九月五日

自为专房甚[1],匆匆有所伤。
当时心已悔,彻夜手犹香。
恨枕堆云髻[2],啼襟揾月黄[3]。
起来犹忍恶,剪破绣鸳鸯[4]。

注释

[1]专房:专宠。
[2]云髻:高耸的发髻。
[3]月黄:指额黄,古代妇女的一种美容妆饰,因以黄色颜料染画或粘贴于额间而得名。南朝梁简文帝萧纲《美女篇》云:"约黄能效月,裁金巧作星。"约黄效月,即指额黄的化妆方式。
[4]绣鸳鸯:指绣着鸳鸯的物品。

陈陶

陈陶（803？—879？），字嵩伯，晚年自称"三教布衣"。江北人，文宗大和初年游于江南、岭南一带，曾作诗投献南方各节度使。大中三年（849）隐居洪州（今江西南昌）西山，卖柑为资。辛文房、方干、曹松、杜荀鹤等作诗哭之。工乐府，《全唐诗》收诗二卷。

陇西行（四首录三）[1]

汉主东封报太平[2]，无人金阙议边兵[3]。
纵饶夺得林胡塞[4]，碛地桑麻种不生[5]。

誓扫匈奴不顾身[6]，五千貂锦丧胡尘[7]。
可怜无定河边骨[8]，犹是春闺梦里人[9]。

黠戛生擒未有涯[10]，黑山营阵识龙蛇[11]。
自从贵主和亲后[12]，一半胡风似汉家[13]。

注释

[1]《陇西行》：乐府《相和歌·瑟调曲》旧题，写边塞战争。陇西，即今甘肃宁夏陇山以西的地方。

[2] 汉主东封：事见《史记·司马相如列传》。汉司马相如临终前作《封禅文》，盛颂汉德宏大，请武帝东幸封泰山、禅梁父，以彰功业。相如卒后八年，武帝从其言，东至泰山行封禅事。后因以"东封"谓帝王行封禅事，昭告天下太平。

[3] 金阙：指天子所居的宫阙。

[4] 林胡：古族名，战国时在今山西朔州北至内蒙古自治区内，从事畜牧，精骑射。唐代借指奚、契丹等外族。

[5] 碛（qì）地：指荒僻的沙漠。

[6] 匈奴：我国北方古代民族之一。

[7] 貂锦：借指将士。

［8］无定河：位于陕西省北部。

［9］春闺：女子的闺房，此处指战死将士的妻子。

［10］黠虏：狡猾的敌人，此处当指契丹。

［11］黑山：古代战场，即内蒙古巴林右旗小罕山。龙蛇：兵阵名，即一字长蛇阵。

［12］贵主：尊贵的公主。

［13］胡风：指契丹的风俗。汉家：此处代指唐朝。

徐铉

除夜

寒燈耿耿漏遲遲，送故迎新了不欺。往事併隨殘曆日，
鳳寧識舊容儀，預聽歲酒難先飲，更對鄉儺羨
吟罷明朝贈知己，便須題作去年詩。

病題二首錄一
十一月日

人間多事本難論，況是人間嬾慢人。不解生何怪病，
能知命敢辭貧。向空咄咄煩書字，舉世滔滔莫問津，
馬間前君載否，東方曼青是前身。

徐铉

徐铉（916—991），字鼎臣，祖籍会稽（今浙江绍兴），广陵（今江苏扬州）人。自幼聪敏善学，十岁能属文。初仕吴为校书郎，后仕南唐，试知制诰，为人所诬，贬泰州司户掾，旋复旧官。后主时，除礼部侍郎，历尚书左丞、翰林学士、吏部尚书。从李煜归宋后，官太子率更令、右散骑常侍，迁左常侍，因事贬静难军行军司马。铉工诗文，精通小学篆隶，与弟锴齐名，时号"二徐"。亦与韩熙载齐名江南，时称"韩徐"。其诗多送友怀人、登临题咏及奉和之作，工近体，然"流易有余，而深警不足"（《四库全书总目提要》）。

除夜[1]

一九九〇年九月八日

寒灯耿耿漏迟迟[2]，送故迎新了不欺[3]。
往事并随残历日[4]，春风宁识旧容仪。
预惭岁酒难先饮[5]，更对乡傩羡小儿[6]。
吟罢明朝赠知己，便须题作去年诗。

注释

[1] 除夜：即除夕。

[2] 耿耿：明亮貌。漏：漏壶，古代滴水计时的仪器。

[3] 了不：绝不，全不。

[4] 历日：即日历。

[5] 岁酒：过年之酒。旧俗于正月初一日，从年纪最小者开始向家长敬椒柏酒表示拜贺。

[6] 乡傩（nuó）：岁末襘祭，以驱除瘟疫的一种民俗。

病题（二首录一）

十一日

人间多事本难论，况是人间懒慢人。
不解养生何怪病，已能知命敢辞贫。
向空咄咄烦书字[1]，举世滔滔莫问津[2]。

金马门前君识否[3],东方曼倩是前身[4]。

注释

[1]"向空"句:语出《世说新语·黜免》:"殷中军被废,在信安,终日恒书空作字,扬州吏民寻义逐之,窃视,唯作'咄咄怪事'四字而已。"

[2]"举世"句:语出《论语·微子》:"长沮、桀溺耦而耕,孔子过之,使子路问津焉。长沮曰:'夫执舆者为谁?'子路曰:'为孔丘。'曰:'是鲁孔丘与?'曰:'是也。'曰:'是知津矣。'问于桀溺。桀溺曰:'子为谁?'曰:'为仲由。'曰:'是鲁孔丘之徒与?'对曰:'然。'曰:'滔滔者天下皆是也,而谁以易之?且而与其从辟人之士也,岂若从辟世之士哉?'耰而不辍。子路行以告。夫子怃然曰:'鸟兽不可与同群,吾非斯人之徒与而谁与?天下有道,丘不与易也。'"

[3]金马门:即西汉长安城内未央宫宫门,其时令才能优异者待诏金马门。

[4]东方曼倩:即东方朔,字曼倩,武帝时,入长安自荐,待诏金马门,终生未见重用。

柳枝辞(十二首录一)[1]

十二日

水阁春来乍减寒,晓妆初罢倚栏干。
长条乱拂春波动,不许佳人照影看。

注释

[1]柳枝辞:唐教坊曲名,唐乐有《杨柳枝词》,又名《杨柳》《柳枝》。此调是用旧曲名另创新调,单调,二十八字,四句三平韵,本是唐人七言绝句。

北使还襄邑道中作[1]

十三日

九月三十日,独行梁宋道[2]。
河流激似飞,林叶翻如扫。
程遥苦昼短,野迥知寒早。
还家亦不闲,要且还家了。

注释

[1]襄邑:秦置,治今河南省睢县,唐属宋州。

[2]梁宋:今河南商丘一带。《新唐书·地理志》载:"宋州睢阳郡,属河南道,本梁郡,天宝元年更名。"

陈沆

陈沆,生卒年不详,后梁开平二年(908)进士,南唐时隐居庐山,诗人黄损、熊皎、虚中曾师事之。齐己诗"为儒老双鬓,勤苦竟何如。四海方磨剑,空山自读书"(《贻庐岳陈沆秀才》),颂其操守。

嘲庐山道士[1]

十七日

啖肉先生欲上升[2],黄云踏破紫云崩[3]。
龙腰鹤背无多力[4],传与麻姑借大鹏[5]。

注释

[1]《全唐诗》题下注:"《南唐近事》云:庐山九天使者庙,有一道士,体貌魁伟,饮啖酒肉。晚节服饵丹砂,躁于冲举。有鹤因风所飘,憩于庙庭。道士惊喜,谓当赴升腾之召,令山童控而乘之。羽仪清弱,不胜其载,毛伤骨折而毙。翌日,驯养者知,诉于公府。沆以诗嘲之。"庐山:又名匡山、匡庐,在江西省九江市南,耸立于鄱阳湖、长江之滨。
[2]上升:道家谓修炼功成,得道升天。
[3]黄云、紫云:皆祥瑞之气。
[4]龙腰、鹤背:传说修道成仙者所骑坐之处。
[5]麻姑:神话中仙女名,东汉时应仙人王方平之召,降于蔡经家,年十八九,貌美,自谓"已见东海三为桑田"。

成彦雄

成彦雄,生卒年不详,字文幹,南唐进士。善诗,多写景咏物,尤善绝句。

柳枝辞(九首录一) 一九九〇年九月十八日

绿杨移傍小亭栽,便拥秾烟拨不开[1]。
谁把金刀为删掠[2],放教明月入窗来。

注释

[1]秾烟:此形容杨柳枝繁叶茂。
[2]金刀:即剪刀。删掠:削除。

杨玢

杨玢,生卒年不详,字靖夫,虢州弘农(今河南灵宝)人,杨虞卿曾孙。仕五代前蜀,依附宰相张格,累官至礼部尚书。后格被贬,玢亦坐谪荣经尉,迁为吏部尚书。入后唐,至老以工部尚书致仕。旧居被占,子弟欲讼,玢以诗阻之。

批子弟理旧居状 十九日

四邻侵我我从伊[1],毕竟须思未有时。
试上含元殿基望[2],秋风秋草正离离。

注释

[1]伊:他。
[2]含元殿:唐高宗时所建宫殿,本名蓬莱宫,遗址在今陕西省西安市。

登慈恩寺塔[1] 二十日

紫云楼下曲江平[2],鸦噪残阳麦陇青。
莫上慈恩最高处,不堪看又不堪听。

注释

[1]慈恩寺塔:即大雁塔,位于唐长安城晋昌坊(今陕西省西安市南)的大慈恩寺内。唐永徽三年(652),玄奘为保存由天竺带回的经卷佛像,主持修建了慈恩寺塔。
[2]紫云楼:长安东南芙蓉园内建筑之一,位于曲江南岸芙蓉园北墙,建于唐开元十四年(726),每逢曲江大会,唐明皇必登临此楼,在此欣赏歌舞,赐宴群臣,凭栏观望园外万民游曲江之盛况,与民同乐。曲江:位于西安城区东南部,为唐代著名皇家园林。

翁宏

翁宏,生卒年不详,字大举,桂州(今广西桂林)人。隐居不仕,宋初寓居韶(今广东韶关)、贺(今广西贺州市)间。以诗名,与处士廖融、王元等相唱和。

春残

又是春残也,如何出翠帏[1]。
落花人独立,微雨燕双飞。
寓目魂将断[2],经年梦亦非。
那堪向愁夕,萧飒暮蝉辉。

注释

[1]翠帏:绿色帷帐。
[2]寓目:观看。

孙光宪

孙光宪（895？—968），字孟文，自号葆光子，陵州贵平（今四川资阳西）人。唐末为陵州判官。后唐天成初，为荆南高季兴掌书记。历三世，累官荆南节度副使。入宋，授黄州刺史，为政颇有治声。光宪博通经史，尤勤学，聚书数千卷，抄写雠校，老而不废。著述甚丰，今传《北梦琐言》。能诗工词，为花间派词人，其词清丽疏朗，少脂粉气。诗多乐府民歌体，音乐性强，清新活泼，朗朗上口。

杨柳枝词（四首录一）[1]

二十二日

阊门风暖落花干[2]，飞遍江城雪不寒。
独有晚来临水驿，闲人多凭赤栏干。

注释

[1] 杨柳枝词：唐教坊曲名，单调，二十八字，四句三平韵，本是唐人七言绝句。

[2] 阊门：苏州的西北门。古时阊门高楼阁道，雄伟壮丽，姑苏之繁华，实萃聚于此。

采莲[1]

二十三日

菡萏香连十顷陂[2]，小姑贪戏采莲迟[3]。（莲迟）捺太长
晚来弄水船头湿，更脱红裙裹鸭儿。（水）捺好，而钩撇太轻不匀称。
（鸭儿）脚鸭子？

注释

[1] 采莲：此诗又见系于皇甫松名下，题为《采莲子》。

[2] 菡萏：即荷花。

[3] 小姑：即少女。

颜仁郁

颜仁郁,生卒年不详,字文杰,泉州(今属福建)人。五代时仕闽王审知,为归德场长。时兵祸不断,土荒民散,仁郁安抚其民,经三年而民足用。《十国春秋》称其"有诗百篇,宛转回曲,历道人情,邑人途歌巷唱之,号'颜长官诗'"。

农家

一九九〇年九月二十四日

夜半呼儿趁晓耕,羸牛无力渐艰行[1]。
时人不识农家苦,将谓田中谷自生[2]。

注释

[1] 羸:瘦弱。

[2] 将谓:认为,以为。

王周

王周,生卒年不详,宋明州奉化(今属浙江)人。真宗大中祥符五年(1012)进士,后知无锡县。仁宗庆历七年(1047)以司封郎中知明州,又尝知抚州。皇祐四年(1052)以光禄卿致仕,归荆南,杜衍、司马光有诗相送。《全唐诗》误收其诗一卷。

问春 二十五日

游丝垂幄雨依依[1],枝上红香片片飞[2]。
把酒问春因底意[3],为谁来后为谁归。

注释

[1]幄:帷帐。
[2]红香:指花瓣。
[3]底意:何意。

春答 二十六日

花枝千万趁春开,三月阑珊即自回[1]。
剩向东园种桃李[2],明年依旧为君来。

注释

[1]阑珊:即消歇。
[2]剩:增加,多。

西塞山(二首录一)[1] 二十七日

匹妇顽然莫问因,匹夫何去望千春。
翻思岵屺传诗什[2],举世曾无化石人[3]。

注释

[1]西塞山:在湖北省黄石市东,长江南岸。《读史方舆纪要》载其"状若关塞,

乃吴楚分界处",因地理位置与险峻地形,历来为兵家要地。

[2]岵屺(hù qǐ):《诗经·魏风·陟岵》:"陟彼岵兮,瞻望父兮……陟彼屺兮,瞻望母兮。"后因以"屺岵"代指父母。诗什:《诗经》的"雅""颂"部分多以十篇为一组,名之为什。后因以"诗什"泛指诗篇、诗作。

[3]化石人:刘义庆《幽明录》:"武昌北山有望夫石,状若人立。古传云:昔有贞妇,其夫从役,远赴国难,携弱子饯送北山,立望夫而化为立石。"

刘兼

刘兼,生卒年不详,长安(今陕西西安)人。由五代入宋,宋初任荣州刺史,太祖开宝七年(974)为盐铁判官,曾预修《旧五代史》。能诗,擅为七律。

春昼醉眠

二十九日

朱栏芳草绿纤纤,欹枕高堂卷昼帘[1]。
处处落花春寂寂,时时中酒病恹恹[2]。
塞鸿信断虽堪讶[3],梁燕词多且莫嫌[4]。
自有卷书销永日[5],霜华未用鬓边添[6]。

注释

[1] 欹枕:斜倚着枕头。
[2] 中酒:醉酒,病酒。恹恹:精神萎靡不振。
[3] 塞鸿:相传汉代苏武被匈奴拘于北海,曾借鸿雁传书,后以"塞鸿"指代信使。
[4] 梁燕:梁上之燕。
[5] 永日:终日。
[6] 霜华:白发。

李茂复

李茂复,生卒年不详。曾官会府从事,晚岁累官至泗州刺史。

马上有见　　　　　　　　　　三十日

行尽疏林见小桥,绿杨深处有红蕉[1]。
无端眼界无分别[2],安置心头不肯销。

注释

[1]红蕉:红色美人蕉。

[2]眼界:指目力所及的范围,此处可指马上所见。语本唐王维《青龙寺昙壁上人兄院集》诗:"眼界今无染,心空安可迷。"

卢汪

卢汪,《全唐诗》误"汪"为"注",生卒年不详。出身世家望族,因官家于荆南(今属湖北)之塔桥,举进士二十上而不第,满朝称屈。晚年失意,因赋《酒胡子》一篇。

西施[1]

一九九〇年十月二日

惆怅兴亡系绮罗[2],世人犹自选青娥[3]。
越王解破夫差国,一个西施已是多。

注释

[1]西施:越国美女,越王勾践为吴所败,乃献西施,以迷惑吴王夫差。
[2]绮罗:代指美女。
[3]青娥:美丽的少女。

金昌绪

金昌绪,生卒年不详,约大中(847—859)以前在世。余杭(今属浙江)人,馀无考。存诗只《春怨》一首,却历代传诵。

春怨

三日

打起黄莺儿,莫教枝上啼[1]。
啼时惊妾梦,不得到辽西[2]。

注释

[1] "打起"二句:化用南朝乐府民歌《读曲歌》:"打杀长鸣鸡,弹去乌臼鸟。愿得连冥不复曙,一年都一晓。"黄莺儿,即黄鹂。莫教,不让。

[2] 辽西:指辽河以西地区,今辽宁西部,此泛指征戍之地。

朱绛

朱绛,生卒年不详,宋计有功《唐诗纪事》卷二八曾录其诗《春女怨》,并称"顾陶取此诗为《类选》"。顾陶《唐诗类选》书成于大中十年(856),则知朱绛为宣宗以前人。

春女怨

十日

独坐纱窗刺绣迟,紫荆花下啭黄鹂。
欲知无限伤春意,尽在停针不语时。

徐安期

徐安期,生卒年不详,《全唐诗》存其《催妆》诗一首。一作徐璧诗。或谓徐安期当为徐安贞,安贞初名楚璧。徐璧当为徐楚璧之讹脱。

催妆[1]

十二日

传闻烛下调红粉[2],明镜台前别作春。
不须面上浑妆却[3],留着双眉待画人[4]。

注释

[1] 催妆:旧俗新妇出嫁需多次催促方才梳妆启行。

[2] 红粉:妇女化妆所用的胭脂和铅粉。

[3] 浑:全都。

[4] 双眉待画人:用汉代张敞画眉之典。《汉书·张敞传》载,张敞为京兆尹时,曾为妻子画眉,后用以比喻伉俪相笃。

韦鹏翼

韦鹏翼,生卒年不详,唐懿宗咸通以前在世,《全唐诗》存诗一首。

戏题盱眙壁[1]

岂肯闲寻竹径行,却嫌丝管好蛙声[2]。
自从煮鹤烧琴后[3],背却青山卧月明。

注释　[1]盱眙(xū yí):在今江苏省西部,北临洪泽湖,邻接安徽省。
　　　[2]丝管:弦乐与管乐,泛指音乐。
　　　[3]煮鹤烧琴:比喻糟蹋美好的事物。

殷益

殷益,生平无考。《全唐诗》收其《看牡丹》诗一首,实为文益所作。

看牡丹

十四日

拥毳对芳丛[1],由来趣不同。
发从今日白,花是去年红。
艳色随朝露,馨香逐晚风。
何须待零落,然后始知空。

注释　[1]毳(cuì):鸟兽的细毛,此指毛皮衣服。

严郭

严郭,生卒年不详,唐末诗人,事迹无考。《全唐诗》收《赋百舌鸟》诗一首,此诗又见于严郓名下,故或谓严郭为严郓之误。

赋百舌鸟[1]

一九九〇年十月十五日

此禽轻巧少同伦,我听长疑舌满身。
星未没河先报晓[2],柳犹粘雪便迎春。
频嫌海燕巢难定,却讶林莺语不真。
莫倚清风更多事,玉楼还有晏眠人[3]。

注释

[1]百舌鸟:即乌鸫,全身黑色,只有嘴为黄色,鸣声嘹亮,春日尤善鸣啭,其声音多变化,故又称"百舌"。

[2]河:银河。

[3]晏眠:谓睡得很安稳。

潘图

潘图,生卒年不详,袁州宜春人(今属江西)人。进士,开成三年(836)作《刘源墓志》。会昌三年(843)归宜春,卢肇有诗相送。《全唐诗》存诗一首。

末秋到家

十六日

归来无所利,骨肉亦不喜[1]。
黄犬却有情,当门卧摇尾。

注释　[1]骨肉:言至亲。

王梦周

王鲁复,生卒年不详,字梦周,连江(今属福建)人,为人狂狷。大和年间(827—835)献诗,授邕管从事。《全唐诗》存诗四首,又断句三联。

故白岩禅师院[1]

十七日

能师还世名还在[2],空闭禅堂满院苔[3]。
花树不随人寂寞,数株犹自出墙来。

注释

[1]白岩禅师:当即百岩禅师。权德舆《唐故章敬寺百岩大师碑铭》曰:"师讳怀晖,姓谢氏,东晋流寓,今为泉州人……止于太行百岩寺,门人因以百岩号焉。元和三年,有诏征至京师,宴坐于章敬寺,每岁召入麟德殿讲论,后以疾固辞。"

[2]能师:即禅宗六祖慧能,此处用以喻指白岩禅师。还世:转世。

[3]禅堂:佛徒打坐习静之所。

蒋吉

蒋吉，生卒年不详，居于吴山，当为唐末五代人。曾游历长安、金陵、岭南等地，其诗多写羁旅漂泊。岑仲勉《读全唐诗札记》疑即蒋佶。

汉东道中[1]

十九日

九十九冈遥[2]，天寒雪未消。
羸童牵瘦马，不敢过危桥。

注释

[1]汉东：湖北随州古称"汉东之国"。
[2]九十九冈：在今湖北枣阳市东南，接随州。《方舆胜览》卷三二《随州》曰："自枣阳至厉乡，道路交错，素号九十九冈。"

题长安僧院

二十日

出门争走九衢尘[1]，总是浮生不了身[2]。
惟有水田衣下客[3]，大家忙处作闲人。

注释

[1]九衢：京城纵横交叉的大道。
[2]不了：不了悟。
[3]水田衣：因袈裟用长方形布片连缀而成，宛如水稻田，故戏称。

樵翁

二十一日

独入深山信脚行[1]，惯当貙虎不曾惊[2]。
路傍花发无心看，惟见枯枝刮眼明。

注释

[1]信脚行：随意行走。
[2]貙（chū）：似狸。

周渍

周渍，生平不详。或谓为昭州恭城（今属广西）人周渭之弟，则当是南汉至宋初人。

山下水 二十二日

背云冲石出深山，浅碧泠泠一带寒[1]。
不独有声流出此，会归沧海助波澜。

注释　[1]泠泠：水流声。一带：一条衣带，指水。

辛弘智

辛弘智,生卒年不详,高宗时国子进士,或言其后官至国子祭酒。曾为诗云:"君为河边草,逢春心剩生。妾如堂上镜,得照始分明。"同房学士常定宗改"始"为"转",云为己作。有博士罗道琮判定之。《全唐诗》存诗三首。

自君之出矣

一九九〇年十月二十三日

自君之出矣[1],梁尘静不飞[2]。
思君如满月,夜夜减容辉[3]。

自君之出矣,宝镜为谁明。　　　　　　　　二十四日
思君如陇水[4],常闻呜咽声[5]。

注释

[1]自君之出矣:乐府古题,徐幹《室思》曰:"自君之出矣,明镜暗不治。思君如流水,何有穷已时。"自此《自君之出矣》遂成为乐府古题,为历代诗人所沿用。此诗第一首又系于张九龄名下,题为《赋得自君之出矣》。第二首又系于雍裕之名下。

[2]"梁尘"句:《太平御览》卷五七二引汉刘向《别录》:"汉兴以来,善歌者鲁人虞公,发声清哀,盖动梁尘。"后以"梁尘飞"形容歌曲高妙动人。此处反用此典,用梁尘静不飞,谓因君离家,而罢歌歇舞,无复欢乐。

[3]"思君"二句:化用张九龄《赋得自君之出矣》:"思君如满月,夜夜减清辉。"以满月渐缺,暗喻自己容颜之消减。容辉,神采光辉。

[4]陇水:源出陇山,因名。

[5]呜咽声:语见《陇头歌》:"陇头流水,鸣声幽咽;遥望秦川,肝肠断绝。"

方泽

方泽,生卒年不详,北宋中后期人。字公悦,莆田(今属福建)人。历官大理寺丞,提举江西路常平事、吏部郎中等。晚年守鄂州,与黄庭坚唱酬。《全唐诗》误收其《武昌阻风》一首。

武昌阻风[1]

二十五日

江上春风留客舟,无穷归思满东流。
与君尽日闲临水,贪看飞花忘却愁。

注释　[1]武昌:今属湖北武汉。

魏峦

魏峦,《全唐诗》存《登清居台》诗一首,余皆不详。

登清居台[1]

二十六日

迤逦清居台[2],连延白云外。
侧聆天上语,下视飞鸟背。

注释　[1]清居台:位于今四川南充市南清居山。
　　　[2]迤逦:连绵曲折貌。

唐末朝士

唐末朝士,生卒年不详,姓名无考。唐末人,曾在京为官。

睹野花思京师旧游

二十七日

曾过街西看牡丹,牡丹才谢便心阑[1]。
如今变作村园眼[2],鼓子花开也喜欢[3]。

注释

[1] 心阑:心情消沉。

[2] 村园眼:谓村野人的眼光。

[3] 鼓子花:即旋花,又名喇叭花。

西鄙人

西鄙人,生卒年不详,天宝时西北边地无名氏。

哥舒歌[1]

二十八日

北斗七星高,哥舒夜带刀。
至今窥牧马[2],不敢过临洮[3]。

注释

[1]哥舒:哥舒翰,唐玄宗时名将,本突骑施哥舒部后裔。《全唐诗》题下注:"天宝中,哥舒翰为安西节度使,控地数千里,甚著威令,故西鄙人歌此。"

[2]窥牧马:指吐蕃伺机侵掠边地。杜甫《近闻》诗云:"近闻犬戎远遁逃,牧马不敢侵临洮。"

[3]临洮:指临洮郡,即今甘肃临洮,非甘肃岷县。今岷县,唐属岷州溢乐县。岷州,曾称临洮郡,隋义宁二年(618)改岷州,开元间仍称岷州,天宝元年改和政郡,亦不称临洮郡。

太上隐者

太上隐者,《全唐诗》收《答人》诗一首。注引《古今诗话》云:"太上隐者,人莫知其本末,好事者从问其姓名,不答,留诗一绝云。"《诗话总龟》前集卷十三亦有同样记载。据考,《王状元集注分类东坡先生诗》卷四《赠梁道人》注引《池阳集》载滕宗谅(991？—1047)《寄隐者诗序》引历山叟《山居书事》诗,与《答人》诗同。则太上隐者当为北宋前期人,非唐人。

答人

二十九日

偶来松树下,高枕石头眠。
山中无历日[1],寒尽不知年。

注释　[1]历日:即日历。

无名氏

杂诗

三十日

劝君莫惜金缕衣[1]，劝君须惜少年时。
有花堪折直须折，莫待无花空折枝。

三十一日

两心不语暗知情，灯下裁缝月下行。
行到阶前知未睡，夜深闻放剪刀声。

一九九〇年
十一月一日

水纹珍簟思悠悠[2]，千里佳期一夕休。
从此无心爱良夜，任他明月下西楼。

注释

[1] 金缕衣：用金丝编织的舞衣。
[2] 水纹珍簟（diàn）：指纹理细密的精美竹席。

初过汉江[1]

三日

襄阳好向岘亭看，人物萧条值岁阑。
为报习家多置酒，夜来风雪过江寒。

注释

[1] 本诗已见崔涂名下。

花蕊夫人

花蕊夫人（883？—926），五代十国时，前蜀主王建妃，为成都人徐耕次女，因其姊亦为王建妃，故称小徐妃，又号花蕊夫人。封为贵妃，生后主王衍。衍即位，册封为顺圣太后。咸康元年（925），随王衍游青城山，与其姊翊圣太妃赋诗唱和。前蜀亡，随王衍赴洛阳，于秦川驿被杀。《全唐诗》存诗八首，署"蜀太后徐氏"。另外，后蜀主孟昶慧妃费氏，一说姓徐，父为徐国璋，青城（今四川都江堰市）人。以才色入蜀宫，封慧妃，亦号花蕊夫人（926？—965）。能文工诗，尤擅宫词。后蜀亡，被掳入宋。宋太祖久闻其诗名，召其陈诗，遂作《述国亡诗》，为太祖所赏。以才貌受宠于宋太祖，后被射死。又有《花蕊夫人宫词》一卷，现存一百五十七首，《全唐诗》系于后蜀孟昶妃徐氏名下，编为一卷。近人浦江清则认为宫词应系王建小徐妃所作，见其《花蕊夫人宫词考证》。

宫词（选录二十）[1]

其三

龙池九曲远相通[2]，杨柳丝牵两岸风。
长似江南好风景，画船来去碧波中。

注释

[1] 本诗以下诗题为原抄本所无，编者为方便读者阅读据《全唐诗》收录顺序所加。

[2] 龙池：或说为摩诃池，前蜀皇帝王建曾将摩诃池纳入宫苑，改名龙跃池，亦可泛指皇宫池苑。

其七

厨船进食簇时新[1]，侍宴无非列近臣[2]。
日午殿头宣索鲙[3]，隔花催唤打鱼人。

注释

[1] 厨船：烹饪膳食的船只。簇时新：聚集了当下的新鲜食材。

[2]侍宴：宴享时陪从或侍候于旁。

[3]宣索：皇帝下旨索要。鲙：鱼细切为肴馔。

其十三

太虚高阁凌虚殿[1]，背倚城墙面枕池。
诸院各分娘子位[2]，羊车到处不教知[3]。

八日

注释

[1]太虚：指天空。凌虚：指升在半空。二者皆谓宫殿之高。

[2]娘子：用以称宫中妃子。

[3]羊车：《晋书·后妃传》："时帝（晋武帝）多内宠，平吴之后复纳孙皓宫人数千，自此掖庭殆将万人，而并宠者甚众，帝莫知所适，常乘羊车，恣其所之，至便宴寝。"

其十四

修仪承宠住龙池[1]，扫地焚香日午时。
等候大家来院里[2]，看教鹦鹉念新诗。

九日

注释

[1]修仪：宫中女官名。

[2]大家：宫中后妃对皇帝的称呼。

其十五

才人出入每参随[1]，笔砚将行绕曲池[2]。
能向彩笺书大字[3]，忽防御制写新诗[4]。

十日

注释

[1]才人：宫中女官名。参随：即跟随。

[2]笔砚将行：携带笔砚随行。

[3]彩笺：彩色笺纸，供题诗书信之用。

[4]御制：帝王所作。

其十七

春风一面晓妆成，偷折花枝傍水行。

却被内监遥觑见[1]，故将红豆打黄莺。

十一日

注释　[1]内监：即太监。觑(qù)见：窥见。

其二十一

殿前宫女总纤腰，初学乘骑怯又娇。

上得马来才欲走，几回抛鞚抱鞍桥[1]。

十三日

注释　[1]鞚(kòng)：即马笼头，此指控马的缰绳。鞍桥：即马鞍，其拱起处似桥，故称。

其二十四

内家追逐采莲时[1]，惊起沙鸥两岸飞[2]。

兰棹把来齐拍水[3]，并船相斗湿罗衣[4]。

一九九〇年
十一月十四日

注释　[1]内家：指宫女。

[2]沙鸥：指栖于沙洲的鸥鸟。

[3]兰棹：木兰之棹，划船工具，形似船桨。把来：拿来。

[4]罗衣：轻软丝织品所制之衣。

其三十

选进仙韶第一人[1]，才胜罗绮不胜春。

重教按舞桃花下[2]，只踏残红作地裀[3]。

十五日

注释　[1]仙韶：即仙韶院，为宫中乐工伶人居所。

[2]按舞：按乐起舞。

[3] 地袱:地毯。

其三十一

侍女争挥玉弹弓,金丸飞入乱花中。
一时惊起流莺散,踏落残花满地红。

十六日

其五十四

禁里春浓蝶自飞[1],御蚕眠处弄新丝。
碧窗尽日教鹦鹉[2],念得君王数首诗。

十七日

注释
[1] 禁里:指宫内。
[2] 碧窗:即绿纱窗。

其五十六

太液波清水殿凉[1],画船惊起宿鸳鸯。
翠眉不及池边柳[2],取次飞花入建章[3]。

十九日

注释
[1] 太液:即太液池,唐代太液池在长安大明宫内含凉殿后,其遗址在今陕西西安北。汉有太液池,在今陕西西安西,此泛指宫池。水殿:临水殿堂。
[2] 翠眉:古代女子用青黛画眉,故称。
[3] 取次:次第,谓接连不断。建章:即建章宫,汉代长安宫殿名,建章宫北为太液池。

其八十六

薄罗衫子透肌肤[1],夏日初长板阁虚[2]。
独自凭阑无一事,水风凉处读文书[3]。

二十日

注释
[1] 薄罗衫子:轻薄的丝织衣衫。
[2] 板阁:即木板楼阁。

[3]文书:文章书籍。

其八十八

月头支给买花钱[1],满殿宫人近数千。　　二十一日
遇着唱名多不语[2],含羞走过御床前[3]。

注释
[1]月头:月初。
[2]唱名:点名。
[3]御床:皇帝坐卧之具。

其一一五

傍池居住有渔家,收网摇船到浅沙。　　二十二日
预进活鱼供日料[1],满筐跳跃白银花[2]。

注释
[1]日料:谓每日所需。
[2]白银花:形容鱼鳞。

其一一九

内人承宠赐新房[1],红纸泥窗绕画廊[2]。　　二十三日
种得海柑才结子[3],乞求自送与君王。

注释
[1]内人:宫中女官,亦指宫女。
[2]红纸泥窗:用红纸糊窗。
[3]海柑:即海红柑,树小而颗极大,皮厚色红。

其一三〇

老大初教学道人[1],鹿皮冠子澹黄裙[2]。　　二十五日
后宫歌舞今抛掷,每日焚香事老君[3]。

注释

[1]老大:即年纪大。

[2]鹿皮冠子:古隐士所戴之帽,用鹿皮做成。澹黄裙:谓道袍。

[3]老君:太上老君,即老子。

其一三三

内人深夜学迷藏[1],遍绕花丛水岸傍。
乘兴忽来仙洞里,大家寻觅一时忙。

二十七日

注释

[1]迷藏:即捉迷藏。

其一三四

小院珠帘着地垂,院中排比不相知[1]。
羡他鹦鹉能言语,窗里偷教鸲鹆儿[2]。

一九九〇年十一月二十八日

注释

[1]排比:比邻排列。

[2]鸲鹆(qúyù):俗称八哥。

其一五〇[1]

分朋闲坐赌樱桃[2],收却投壶玉腕劳[3]。
各把沉香双陆子[4],局中斗累阿谁高[5]。

二十九日

注释

[1]此诗又系于王建名下,为王建《宫词一百首》其一。

[2]分朋:即分组。

[3]投壶:即用矢投向盛酒的壶口,以投中多少决胜负的活动。

[4]沉香双陆子:谓以沉香木所作双陆棋子。双陆,古代一种博戏。

[5]阿谁:犹言谁。

述国亡诗

君王城上竖降旗,妾在深宫那得知。
十四万人齐解甲[1],宁无一个是男儿[2]?

注释
[1]解甲:脱下铠甲,指投降。
[2]宁无:难道没有。

张夫人

张夫人,"大历十才子"之吉中孚妻,名不详。

诮喜鹊[1]

十二月一日

畴昔鸳鸯侣[2],朱门贺客多[3]。
如今无此事,好去莫相过[4]。

注释

[1]诮:即责备。

[2]畴昔:往日。

[3]朱门:指贵族豪富之家。

[4]好去:犹言好走。相过:拜访。

崔氏

崔氏,名无考,嫁与校书郎卢某,工词翰。

述怀[1]

二日

不怨卢郎年纪大[2],不怨卢郎官职卑。
自恨妾身生较晚,不及卢郎年少时。

注释　[1]《全唐诗》于题下注曰:"校书娶崔时,年已暮,崔微有愠色,赋诗述怀。"
　　　[2]卢郎:崔氏之夫。

陈玉兰

陈玉兰,《全唐诗》云为"吴人王驾妻",收《寄夫》诗一首。而《才调集》《唐百家诗选》《万首唐人绝句》皆以为王驾作,题作《古意》。陈玉兰不见于唐宋文献,恐属后人伪托。其题为陈氏诗,约始于明末《名媛诗归》,或出于误记,或出于他图。

寄夫

夫戍边关妾在吴,西风吹妾妾忧夫。
一行书信千行泪,寒到君边衣到无[1]?

注释　[1]无:用在句末,表示疑问语气。

崔莺莺

崔莺莺,见于唐代元稹的小说《莺莺传》,谓其贞元中随母郑氏寓居于蒲东佛寺,后遇张生,二人以诗相赠答。

寄诗

自从销瘦减容光[1],万转千回懒下床。
不为傍人羞不起,为郎憔悴却羞郎。

注释　[1]容光:指风采仪容。

告绝诗

弃置今何道[1],当时且自亲。
还将旧来意,怜取眼前人。

注释　[1]弃置:抛弃。

刘媛

刘媛,生卒年不详,《全唐诗》一作刘瑗,误。女诗人,约昭宗光化以前在世。

长门怨[1]

一九九〇年十二月七日

雨滴梧桐秋夜长,愁心和雨到昭阳[2]。
泪痕不学君恩断,拭却千行更万行。

学画蛾眉独出群,当时人道便承恩[3]。 八日
经年不见君王面,花落黄昏空掩门。

注释

[1] 第一首又见系于刘皂名下。第二首又见系于罗隐名下,题为《宫词》。长门:即长门宫。汉武帝夫人陈皇后,初得宠幸,后失宠被贬至长门宫。

[2] 昭阳:即昭阳殿,汉成帝宠妃赵合德曾居住此殿。

[3] 承恩:得到君主宠幸。

刘采春

刘采春,生卒年不详,淮甸(今江苏靖江)人,周季崇之妻。生活于宪宗至文宗时,以曲艺闻名于世,尤善歌《啰唝曲》(又名《望夫歌》)。唐人范摅《云溪友议》卷下载其事迹云:"有俳优周季南、季崇及妻刘采春,自淮甸而来,善弄陆参军,歌声彻云。""采春一唱是曲,闺妇行人,莫不涟泣。"元稹曾赞她"言词雅措风流足,举止低回秀媚多。更有恼人肠断处,选词能唱《望夫歌》"。《啰唝曲》是当时颇为流行的怀远盼归的民间歌曲。"采春所唱一百二首,皆当代才子所作"。《全唐诗》于刘采春名下录《啰唝曲》六首,实际并非采春所作。

啰唝曲(六首录四)[1]

九日

不喜秦淮水[2],生憎江上船[3]。
载儿夫婿去,经岁又经年。

莫作商人妇,金钗当卜钱[4]。
朝朝江口望,错认几人船。

十日

那年离别日,只道住桐庐[5]。
桐庐人不见,今得广州书。

昨日胜今日,今年老去年。
黄河清有日[6],白发黑无缘。

注释

[1] 啰唝(hǒng)曲:即《望夫歌》,乐名。
[2] 秦淮:河名,在今江苏省南京市。
[3] 生憎:最恨。
[4] 卜钱:一种卜术,即掷铜钱,以钱的反正代阴阳,观其变化,以卜吉凶。
[5] 桐庐:隶属于浙江省杭州市,地处钱塘江中游。
[6] 黄河清:黄河水本浑浊,古人以黄河水清为祥瑞之兆。此句言黄河变清虽很少见,但终会遇到。

薛涛

薛涛(760—832),字洪度,长安(今陕西西安)人,幼随父入蜀,父卒,乃流寓蜀中。以精音律、能赋咏而知名。贞元元年(785)韦皋镇蜀,召涛侍酒赋诗,乃入乐籍。后坐事罚赴边,献诗得免,脱乐籍,居浣花溪。武元衡镇蜀时曾表为校书郎,未授,而时人呼为女校书,后世因称妓女为校书。晚居碧鸡坊,卒。涛工诗,与历任蜀帅如高崇文、王播、段文昌、李德裕等皆有唱和,与诗人元稹、王建、白居易等亦有酬答。诗善讽喻,而婉曲不露,其绝句尤妙,为历代诗评家所称。又工书法,并创为"薛涛笺",流传至今。有《薛涛诗》一卷传世。

犬离主

驯扰朱门四五年[1],毛香足净主人怜。
无端咬着亲情客,不得红丝毯上眠。

注释
[1]驯扰:驯伏。

句[1]

枝迎南北鸟,叶送往来风。

注释
[1]《全唐诗》注云:"涛八九岁,知声律。一日,其父郧指井梧曰:'庭除一古桐,耸干入云中。'涛应声云云。父愀然久之,后果入乐籍。"

李冶

李冶(? —784),或名裕,字季兰。六岁能诗,后为女道士。形貌颇雄,人目为"女中诗豪"。早岁居峡中,后游越州、剡中、长安等地,与当时名士刘长卿、陆羽、皎然皆有往来。曾受召入宫,值泾原兵乱,曾献诗朱泚,后为德宗所杀。诗长于五言,感情真切,善用民歌手法,多存汉魏古风。有《薛涛李冶诗集》行于世。

八至

十二日

至近至远东西,至深至浅清溪。
至高至明日月,至亲至疏夫妻。

寒山

寒山,生卒年不详,唐代诗僧,为玄宗至德宗时人。长期隐居于台州始丰县(今浙江天台)翠屏山,山亦名寒岩,故自号寒山子。与台州国清寺僧丰干、拾得时有过从。其诗内容复杂,多写僧人生活,亦有描写山林景色和反映农民愁苦生活之作。诗风通俗自然,多有俚语。

诗三百三首(选录四十)

一九九〇年十二月十三日

其三[1]

可笑寒山道[2],而无车马踪。
联溪难记曲[3],叠嶂不知重。
泣露千般草[4],吟风一样松[5]。
此时迷径处,形问影何从[6]。

注释

[1]本诗以下诗题为原抄本所无,编者为方便读者阅读,据《全唐诗》收录顺序所加。

[2]寒山:即台州始丰县(今浙江天台)翠屏山,亦名寒岩。

[3]联溪:溪水条条相连。

[4]泣露:即滴露。千般:多种多样。

[5]吟风:谓松树在风中有节奏地作响。一样:同样。

[6]"形问"句:谓形单影孤,无以为伴。

其七

一为书剑客[1],二遇圣明君[2]。
东守文不赏,西征武不勋。
学文兼学武,学武兼学文。
今日既老矣,余生不足云。

十四日

注释

[1]书剑客:谓携带书剑客游四方,追求功名之人。

[2]"二遇"句:谓遇到过两位圣明君主。

其十

天生百尺树,翦作长条木。　　　　　　　　十五日
可惜栋梁材,抛之在幽谷。
年多心尚劲[1],日久皮渐秃。
识者取将来,犹堪柱马屋[2]。

注释　[1]心尚劲:谓木干尚且坚实。
　　　[2]柱马屋:支撑大的房屋。马,大。

其十三

玉堂挂珠帘,中有婵娟子[1]。　　　　　　　十七日
其貌胜神仙,容华若桃李[2]。
东家春雾合,西舍秋风起。
更过三十年,还成苷蔗滓[3]。

注释　[1]婵娟子:美丽的女子。
　　　[2]"容华"句:语出曹植《杂诗》:"南国有佳人,容华若桃李。"谓女子容貌姣好,艳若桃李。
　　　[3]苷蔗滓:语出佛经《涅槃会疏第一圣行品》:"譬如甘蔗既被压已,滓无复味,壮年盛色,亦复如是。既老被压,无三种味:一出家味,二读诵味,三坐禅味。"此处谓女子老态,如甘蔗被压过后所剩渣滓。

其十四

城中娥眉女,珠佩珂珊珊[1]。　　　　　　　十九日
鹦鹉花前弄,琵琶月下弹。
长歌三月响[2],短舞万人看[3]。
未必长如此,芙蓉不耐寒[4]。

注释

[1]珂:白色似玉的美石。珊珊:玉佩声。
[2]"长歌"句:语出《列子·汤问》:"昔韩娥东之齐,匮粮,过雍门,鬻歌假食,既去,而余音绕梁欐,三日不绝。"
[3]短舞:动作幅度较小的舞蹈。
[4]芙蓉:即荷花,此用以比"蛾眉女"。

其二十八

登陟寒山道,寒山路不穷。
溪长石磊磊,涧阔草蒙蒙[1]。
苔滑非关雨[2],松鸣不假风[3]。
谁能超世累[4],共坐白云中。

注释

[1]蒙蒙:茂盛貌。
[2]非关:不是因为。
[3]假:借助。
[4]世累:世俗的牵累。

其三十一

杳杳寒山道[1],落落冷涧滨[2]。
啾啾常有鸟,寂寂更无人。
碛碛风吹面[3],纷纷雪积身。
朝朝不见日,岁岁不知春。

注释

[1]杳杳:幽渺深远貌。
[2]落落:清澈貌。
[3]碛(qì)碛:拟风中带沙之声。

其三十四

两龟乘犊车[1],蓦出路头戏[2]。　　廿二,冬至
一蛊从傍来[3],苦死欲求寄[4]。
不载爽人情[5],始载被沉累[6]。
弹指不可论[7],行恩却遭刺。

注释

[1]犊车:牛车。

[2]蓦:突然。出:演出。路头戏:同"肉子戏"相对,指在剧本、表演上没有准词、准场子,主要靠演员当场即兴发挥的剧目。

[3]蛊:毒虫。

[4]苦死:苦苦。寄:搭车。

[5]爽:违背。

[6]沉累:拖累。

[7]弹指:弹指作声,佛家用以表示许诺、愤怒、赞叹、告诫等意。此处用以表达作者无奈难言的心情。

其三十六

　　　　　　　　　　　　　　　　廿五日
东家一老婆[1],富来三五年。
昔日贫于我,今笑我无钱。
渠笑我在后[2],我笑渠在前。
相笑倘不止[3],东边复西边。

注释

[1]老婆:老妇。

[2]渠:他,指"老婆"。

[3]倘:倘若。

其五十五

桃花欲经夏,风月催不待。
访觅汉时人,能无一个在[1]。
朝朝花迁落[2],岁岁人移改。
今日扬尘处,昔时为大海[3]。　　　一九九一年一月六日

注释

[1]能无:而无。能,而,竟,表示转折。

[2]迁落:衰落。

[3]"今日"二句:用沧海桑田之典。晋葛洪《神仙传·麻姑》:"麻姑自说云:'接侍以来,已见东海三为桑田。向到蓬莱,水又浅于往者,会时略半也,岂将复还为陵陆乎?'方平笑曰:'圣人皆言海中复扬尘也。'"后用来比喻世事之陵谷变迁。

其五十八

我见百十狗,个个毛鬇鬡[1]。
卧者渠自卧,行者渠自行。
投之一块骨,相与唩喍争[2]。
良由为骨少,狗多分不平。　　　　七日

注释

[1]鬇鬡(zhēngníng):毛发蓬乱貌。

[2]唩(ái):犬类相斗龇牙咧嘴的样子。喍(chái):形容狗打架的样子。

其六十三

若人逢鬼魅,第一莫惊慑[1]。
捺硬莫采渠[2],呼名自当去[3]。
烧香请佛力[4],礼拜求僧助[5]。
蚊子叮铁牛,无渠下觜处[6]。　　　八日

注释

[1] 惊懅：惊慌恐惧。

[2] 捺硬：勉励抑制。采：理睬。

[3] 呼名：鬼魅每欲施害，必先呼彼人之名。自当去：犹随他去。

[4] 佛力：佛法救助。

[5] 礼拜：行礼求助。

[6] 觜：即嘴。

其七十

猪吃死人肉，人吃死猪肠。
猪不嫌人臭，人反道猪香。
猪死抛水内，人死掘土藏。
彼此莫相啖[1]，莲花生沸汤[2]。

九日

注释

[1] 啖：吃。

[2] "莲花"句：语本晋法显《佛国记》：阿育王建地狱，"有比丘次入其门，狱卒见之，便欲治罪……既而狱卒捉内镬汤中，比丘心颇欣悦，火灭汤冷，中生莲花，比丘坐上。"比喻得成正果。沸汤，滚开的水。

其七十一

快哉混沌身[1]，不饭复不尿。
遭得谁钻凿[2]，因兹立九窍[3]。
朝朝为衣食，岁岁愁租调[4]。
千个争一钱，聚头亡命叫[5]。

十日

注释

[1] 混沌：古代传说中央之帝，又称浑沌，生无七窍。

[2] 钻凿：《庄子·应帝王》曰："南海之帝为倏，北海之帝为忽，中央之帝为浑沌。倏与忽时相遇于浑沌之地，浑沌待之甚善。倏与忽谋报浑沌之德，曰：'人皆有七窍，以视听食息，此独无有，尝试凿之。'日凿一窍，七日而浑沌死。"

[3]因兹:因此。九窍:指耳、目、口、鼻及尿道、肛门等人体九个孔道。

[4]租调:租庸调的省称,代指唐代赋税。

[5]聚头:即聚会。亡命叫:拼命呼叫吵闹。

其七十四

不行真正道[1],随邪号行婆[2]。

口惭神佛少,心怀嫉妒多。

背后噇鱼肉[3],人前念佛陀[4]。

如此修身处,难应避奈何[5]。　　　　　　　　十五日

注释

[1]真正:纯真端正。

[2]随邪:任性胡为。行婆:指居家事佛的老妇。

[3]噇(chuáng):大吃大喝。

[4]念佛陀:即念佛,为佛教修行的一种方法,分为称名念佛、观想念佛与实相念佛,此为称名念佛,即口诵"阿弥陀佛"。佛陀,为阿弥陀佛的省称。

[5]奈何:即奈河,佛教所传地狱中之河名,生前有罪恶者无法渡过此河。

其七十六

有汉姓傲慢,名贪字不廉。

一身无所解[1],百事被他嫌。

死恶黄连苦,生怜白蜜甜。

吃鱼犹未止,食肉更无厌[2]。　　　　　　　　十七日

注释

[1]无所解:什么也不懂。

[2]厌:满足。

其八十二

我今有一襦[1],非罗复非绮[2]。

借问作何色,不红亦不紫。

夏天将作衫，冬天将作被。
冬夏递互用，长年只这是[3]。

二月七日

注释
[1]襦：短衣、短袄。
[2]罗、绮：均是质地轻软、有文饰的丝织品。
[3]长年：整年。只这是：只有这一件。

其九十七

蒸砂拟作饭[1]，临渴始掘井[2]。
用力磨碌砖[3]，那堪将作镜。
佛说元平等，总有真如性[4]。
但自审思量，不用闲争竞。

八日

注释
[1]"蒸砂"句：比喻不从根本上用心，导致枉费心力。《楞严经》："如烝砂石，欲其成饭，经百千劫，只名热砂。何以故？此非饭，本砂石成故。"
[2]"临渴"句：比喻平时无备，事到临头才想办法。语本《素问·四季调神大论》："譬犹渴而穿井，斗而铸锥，不亦晚乎？"
[3]碌砖：即甋（lù）砖，砖之方正狭长者。磨砖不能成镜，比喻须从根本上用心。《禅林类聚》载："南岳让禅师居南岳时，马祖在彼住庵，日唯坐禅，师因往问云：'在此何为？'祖曰：'坐禅。'师曰：'坐禅何所图？'祖曰：'图作佛。'师一日将砖一片于庵前磨，祖曰：'磨此何为？'师曰：'要作镜。'祖曰：'磨砖岂能成镜？'师曰：'坐禅岂能成佛？'"
[4]真如：佛教语，指永恒存在的实体、实性，宇宙万物的本体。

其九十八

推寻世间事，子细总皆知。
凡事莫容易，尽爱讨便宜。
护即弊成好[1]，毁即是成非[2]。
故知杂滥口[3]，背面总由伊[4]。

冷暖我自量，不信奴唇皮[5]。　　　　　　　　　　九日

注释

[1]护：回护。

[2]毁：谗毁。

[3]杂滥：杂乱繁多。

[4]背面：犹言正反。伊：他。

[5]唇皮：嘴皮。

其一〇〇

欲识生死譬[1]，且将冰水比。

水结即成冰，冰消返成水。

已死必应生，出生还复死。

冰水不相伤，生死还双美。　　　　　　　　　　十七日

注释

[1]譬：譬喻，比喻。

其一一三

书判全非弱[1]，嫌身不得官[2]。

铨曹被拗折[3]，洗垢觅疮瘢[4]。

必也关天命，今冬更试看[5]。

盲儿射雀目，偶中亦非难。　　　　　　辛未一九九一年二月十九日（雨水）

注释

[1]书判：唐代科考评判标准中的两条。《新唐书·选举志下》："凡择人之法有四：一曰身，体貌丰伟；二曰言，言辞辩正；三曰书，楷法遒美；四曰判，文理优长。"

[2]嫌身：容貌身姿不好。

[3]铨曹：主管选拔官员的吏部。拗折：折断，指未录用。

[4]"洗垢"句：即吹毛求疵。《后汉书·赵壹传》："所好则钻皮出其毛羽，所恶则洗垢求其瘢痕。"

[5]"今冬"句:唐代吏部每年冬季铨选授官,称为"冬集"。

其一一七

赫赫谁垆肆[1],其酒甚浓厚。
可怜高幡帜[2],极目平升斗[3]。
何意讶不售,其家多猛狗。
童子欲来沽[4],狗咬便是走。

廿日

注释

[1]整首诗化用《韩非子》猛犬酒酸之事。《韩非子·外储说右上》:"宋人有酤酒者,升概甚平,遇客甚谨,为酒甚美,县帜甚高,然而不售,酒酸。怪其故,问其所知闾长者杨倩。倩曰:'汝狗猛耶?'曰:'狗猛则酒何故而不售?'曰:'人畏焉。'或令孺子怀钱挈壶瓮而往沽,而狗迓而龁之,此酒所以酸而不售也。"赫赫:显赫盛大的样子。垆肆:酒店。

[2]幡帜:酒旗。

[3]平:满。

[4]沽:买酒。

其一二四

富贵疏亲聚,只为多钱米。
贫贱骨肉离,非关少兄弟[1]。
急须归去来,招贤阁未启[2]。
浪行朱雀街[3],踏破皮鞋底。

廿一日

注释

[1]非关:不是因为。

[2]招贤阁:用东阁招贤之典。《汉书·公孙弘传》:"弘自见为举首,起徒步,数年至宰相,封侯,于是起客馆,开东阁,以延贤人,与参谋议。"

[3]朱雀街:唐代长安街道名。

其一二八

老翁娶少妇,发白妇不耐。

老婆嫁少夫,面黄夫不爱。

老翁娶老婆,一一无弃背[1]。

少妇嫁少夫,两两相怜态[2]。

注释
[1]弃背:抛弃背离。
[2]相怜态:相亲相爱。

其一二九

雍容美少年,博览诸经史。

尽号曰先生,皆称为学士。

未能得官职,不解秉耒耜[1]。

冬披破布衫,盖是书误己。

注释
[1]耒耜(lěisì):古代耕地翻土所用的农具。

其一三四

昨夜梦还家,见妇机中织。

驻梭如有思[1],擎梭似无力。

呼之回面视,况复不相识[2]。

应是别多年,鬓毛非旧色。

注释
[1]驻:停下。
[2]况复:仿佛,似乎。

其一三五

人生不满百,常怀千载忧[1]。

自身病始可[2],又为子孙愁。

下视禾根土，上看桑树头。
秤锤落东海，到底始知休。 二十八日

注释　[1]"人生"二句：语出《古诗十九首·生年不满百》。
　　　[2]可：痊愈。

其一四〇

城北仲家翁，渠家多酒肉。
仲翁妇死时，吊客满堂屋。
仲翁自身亡，能无一人哭[1]。
吃他杯窗者[2]，何太冷心腹。 三月一日

注释　[1]能：竟然，却。
　　　[2]杯窗：指酒肉。

其一四一

下愚读我诗[1]，不解却嗤诮[2]。
中庸读我诗[3]，思量云甚要[4]。
上贤读我诗[5]，把着满面笑。
杨修见幼妇，一览便知妙[6]。 二日

注释　[1]下愚：极愚蠢的人。
　　　[2]嗤诮：嗤笑，嘲笑。
　　　[3]中庸：中等平庸之人。
　　　[4]甚要：很得要领。
　　　[5]上贤：指德才超伦之人。
　　　[6]"杨修"二句：典出刘义庆《世说新语》："曹操尝过曹娥碑下，杨修从碑上见题作'黄绢幼妇外孙齑臼'八字，曹操谓修曰：'解否？'答曰：'解。'操曰：'卿未可言，待我思之。'行三十里，操乃曰：'吾已得。'令修别记所知。

修曰:'黄绢,色丝也,于字为绝。幼妇,少女也,于字为妙。外孙,女子也,于字为好。齑臼,受辛也,于字为辞。"

其一四二

自有悭惜人[1],我非悭惜辈。
衣单为舞穿,酒尽缘歌啐[2]。
当取一腹饱,莫令两脚儽[3]。
蓬蒿钻髑髅[4],此日君应悔。　　　　四日

注释

[1]悭惜:悭吝。

[2]啐:嶉,宴饮时以歌声劝酒。

[3]儽(léi):劳累。

[4]髑髅(dúlóu):头骨,此处用以代指尸骨。

其一四七

独坐常忽忽[1],情怀何悠悠。
山腰云缦缦[2],谷口风飕飕。
猿来树袅袅[3],鸟入林啾啾。
时催鬓飒飒[4],岁尽老惆惆[5]。　　一病经旬,已是
　　　　　　　　　　　　　　　三月二十二日矣

注释

[1]忽忽:恍惚失意貌。

[2]缦缦:纡缓回旋貌。

[3]袅袅:随风摇摆貌。

[4]飒飒:衰颓貌。

[5]惆惆:忧愁痛苦貌。

其一六九

侬家暂下山[1],入到城隍里[2]。　　一九九一年三月
逢见一群女,端正容貌美。

头戴蜀样花,燕脂涂粉腻[3]。　　　　二十二日
金钏镂银朵[4],罗衣绯红紫[5]。
朱颜类神仙,香带氛氲气。
时人皆顾盼,痴爱染心意。
谓言世无双,魂影随他去。　　　　　廿三日
狗咬枯骨头,虚自舐唇齿。
不解返思量,与畜何曾异。
今成白发婆,老陋若精魅[6]。
无始由狗心[7],不超解脱地。　　　　廿五日

注释

[1] 侬家:自称,我,家为后缀。

[2] 城隍:泛指城池。

[3] 燕脂:即胭脂。

[4] 金钏:金手镯。镂:镂刻。

[5] 绯红:深红。

[6] 精魅:山精鬼魅。

[7] "无始"二句:言这些好色之人永堕轮回之道,是因为他们有了狗的贪心。无始,佛教名词,此指永堕轮回之中。

其一七四

养女畏太多,已生须训诱[1]。
捺头遣小心[2],鞭背令缄口[3]。
未解乘机杼[4],那堪事箕帚[5]。
张婆语驴驹[6],汝大不如母。　　　　廿六日

注释

[1] 训诱:训导,教育。

[2] 捺头:用手按下她的头,表示强制要求。

[3] 缄口:闭嘴不说话。

[4] 乘机杼:织布。

[5]事箕帚:用箕帚打扫,指干家务活。

[6]驴驹:傻孩子。

其一七六

以我栖迟处[1],幽深难可论。

无风萝自动,不雾竹长昏。

涧水缘谁咽,山云忽自屯[2]。

午时庵内坐,始觉日头暾[3]。

廿七日

注释

[1]栖迟:游息。

[2]屯:聚集貌。

[3]暾(tūn):此处用以形容太阳渐出貌。

其二〇六

怜底众生病[1],餐尝略不厌。

蒸豚揾蒜酱[2],炙鸭点椒盐。

去骨鲜鱼脍[3],兼皮熟肉脸。

不知他命苦,只取自家甜。

廿八日

注释

[1]底:这。病:苦痛。

[2]揾:抹。

[3]脍:细切的肉。

其二〇八

我见瞒人汉[1],如篮盛水走[2]。

一气将归家[3],篮里何曾有。

我见被人瞒,一似园中韭。

日日被刀伤,天生还自有。

廿九日

注释

[1]瞒:蒙骗。

[2]"如篮"句:即竹篮打水,比喻徒劳无功。

[3]将:拿。

其二一二

说食终不饱[1],说衣不免寒。

饱吃须是饭,着衣方免寒。

不解审思量[2],只道求佛难。

回心即是佛[3],莫向外头看。

三十日

注释

[1]"说食"句:只是嘴上说着要吃饭,这是不可能饱腹的。语出《楞严经》:"今日乃知虽有多闻,若不修行与不闻等,如人说食终不能饱。"

[2]审:详细,周密。

[3]回心:指归于正道。

其二二二

我在村中住,众推无比方[1]。

昨日到城下,却被狗形相[2]。

或嫌袴太窄[3],或说衫少长。

挛却鹞子眼[4],雀儿舞堂堂。

三十一日

注释

[1]无比方:无法比拟。

[2]形相:端详,细看。

[3]袴(kù):裤子。

[4]挛(luán):眯缝。

其二三八

寄语食肉汉[1],食时无逗遛[2]。

今生过去种,未来今日修[3]。

只取今日美，不畏来生忧。
老鼠入饭瓮，虽饱难出头。

四月一日

注释

［1］寄语：奉劝。

［2］逗遛：间歇，停留。

［3］"今生"二句：即佛教轮回果报之说。

其三〇三

有人笑我诗，我诗合典雅。
不烦郑氏笺[1]，岂用毛公解[2]。
不恨会人稀[3]，只为知音寡。
若遣趁宫商[4]，余病莫能罢。
忽遇明眼人，即自流天下。

四月二日

注释

［1］郑氏笺：汉郑玄为《毛诗传》所作之笺。

［2］毛公解：指西汉毛亨、毛苌的《毛诗诂训传》。

［3］会人：会心之人。

［4］趁宫商：指合音律。

景云

景云,生卒年不详,诗僧,安史之乱后在世。通经论,喜草书,精熟于张旭之体,久而精妙。《全唐诗》存诗三首。

画松 一九九一年四月三日

画松一似真松树,且待寻思记得无。
曾在天台山上见[1],石桥南畔第三株。

注释　[1] 天台山:在浙江天台县北。

灵澈

灵澈(746—816),本姓杨氏,字源澄,越州会稽(今浙江绍兴)人。云门寺律僧,驻锡衡岳寺,著有《律宗引源》。与刘禹锡、刘长卿、吕温过从甚密,互有诗相赠,享誉当时。

东林寺酬韦丹刺史[1]

年老心闲无外事[2],麻衣草座亦容身。
相逢尽道休官好,林下何曾见一人[3]。

注释

[1] 韦丹:字文明,京兆万年人,颜真卿外孙,中唐时大臣,唐宪宗时,封武阳郡公,升任江南西道观察使。
[2] 外事:身外之事。
[3] 林下:山林田野,指隐士归隐之处。

皎然

皎然（720—800？），俗姓谢，字清昼，一说法名昼。唐、宋人又称皎公、喜昼、昼公、昼师、然公。湖州长城（今浙江长兴）人。皎然于开元末、天宝初曾干谒侯门，应试未第。中年后皈依佛门，在杭州灵隐寺受戒出家。大历以后居湖州，往来于西山东溪草堂和杼山妙喜寺。皎然为著名诗僧，与当时文士名流交游酬唱甚密。赞宁《唐湖州杼山皎然传》谓其"于篇什中，吟咏情性，所谓造其微矣。文章隽丽，当时号为释门伟器哉"。严羽盛赞"释皎然之诗，在唐诸僧之上"（《沧浪诗话·诗评》）。今存诗五百余首。有《杼山集》传世。尚著有诗歌理论著作《诗式》和《诗评》。

寻陆鸿渐不遇[1]

四日

移家虽带郭[2]，野径入桑麻。
近种篱边菊，秋来未着花。
扣门无犬吠，欲去问西家。
报道山中去[3]，归时每日斜。

注释

[1]陆鸿渐：即陆羽（733—804？），字鸿渐，自称桑苎翁，又号东冈子，复州竟陵（今湖北天门）人。一生闭门著书，不愿为官，与女诗人李季兰、僧皎然颇友好。对茶道造诣精深，撰有《茶经》，被誉为"茶神"。能诗，然传世仅数首。

[2]带郭：近城郭。

[3]报道：告知。

投知己

五日，清明

若为令忆洞庭春，上有闲云可隐身。
无限白云山要买[1]，不知山价出何人。

注释

[1]山要买:《世说新语·排调》:"支道林因人就深公买㟃山,深公答曰:'未闻巢、由买山而隐。'"

答李季兰[1]

六日

天女来相试[2],将花欲染衣。
禅心竟不起,还捧旧花归。

注释

[1]李季兰(?—784):原名李冶,字季兰,乌程(今浙江湖州吴兴)人。唐代女诗人、女道士。《唐才子传》载:"时往来剡中,与山人陆羽、上人皎然意甚相得。皎然尝有诗云:'天女来相试,将花欲染衣。禅心竟不起,还捧旧花归。'其谑浪至此。"

[2]天女相试:典出佛门公案"天女散花"。《维摩诘经·观众生品》:"时维摩诘室有一天女,见诸天人闻所说法,便现其身,即以天华散诸菩萨大弟子上,华至诸菩萨即皆堕落,至大弟子便着不堕。""结习未尽,华着身耳;结习尽者,华不着也。"所谓"结习",佛教称烦恼。

知玄

知玄（809—881），字后觉，俗姓陈，眉州洪雅（今属四川）人。五岁能诗，十一岁削发，十五岁升座于成都大慈寺，时称陈菩萨。文宗召入顾问，会昌灭佛时谏而未纳，离长安。大中初，复入长安，住宝应寺，署为三教首座。大中八年（854）归蜀，住彭州丹景山，僖宗赐号悟达国师。今存《慈悲水忏法》三卷，《宋高僧传》有传。《全唐诗》存诗三首。

祝尧诗[1]

生天本自生天业[2]，未必求仙便得仙。
鹤背倾危龙背滑[3]，君王且住一千年。

注释

[1]祝尧诗：祝贺帝王寿诞的诗歌。

[2]生天：佛教语，指事物的产生和形成。业：佛教名词，泛指人的一切身心活动，是佛教中善恶因果学说的依据。

[3]鹤背：相传仙人多骑鹤。龙背：相传黄帝乘龙背上而升天。

子兰

子兰,生卒年不详,唐末僧人,昭宗时曾任职文章供奉,《全唐诗》编其诗一卷。

城上吟

古冢密于草[1],新坟侵官道。
城外无闲地,城中人又老。

注释　[1]冢:坟墓。

鹦鹉

翠毛丹嘴乍教时,终日无寥似忆归[1]。
近来偷解人言语,乱向金笼说是非。

注释　[1]无寥:无聊。

隐峦

隐峦,生卒年不详,唐末庐山僧人,后入蜀,《全唐诗》存诗五首。

逢老人

一九九一年四月八日

路逢一老翁,两鬓白如雪。
一里二里行,四回五回歇。

怀濬

怀濬,生年不详,僧人,善草书。乾宁中至巴东,不久以妖言惑众罪系狱,作诗自陈,乃释之。约卒于荆南南平王高从诲时(929—948),《宋高僧传》有传。《全唐诗》存诗二首。

上归州刺史代通状二首[1]

家在闽山西复西[2],其中岁岁有莺啼。
如今不在莺啼处,莺在旧时啼处啼。

九日

家在闽山东复东,其中岁岁有花红。
而今不在花红处,花在旧时红处红。

十日

注释

[1]通状:下级呈送上级的一种公文。
[2]闽山:乌石山,在今福建福州。唐天宝八载(749),勅赐乌石山为闽山,因名。

谦光

谦光,生卒年不详,金陵(今江苏南京)人,南唐僧,素有才辩,南唐元宗李璟待以国师之礼。性喜饮酒食肉。曾以赏牡丹诗讥刺时事。此诗作者一作僧文益,题为《看牡丹》。

赏牡丹应教[1]

拥衲对芳丛[2],由来事不同。
鬓从今日白,花似去年红。
艳异随朝露,馨香逐晓风。
何须对零落,然后始知空。

注释

[1]应教:应国君之命作诗本来叫应制,南唐李璟由皇帝自降为南唐国主、江南国主,在宋太祖开宝五年(972)自行贬损仪制,把"诏""制"降称为"教"。

[2]衲:僧衣。

贯休

贯休（832—912），俗姓姜，字德隐，婺州兰溪（今属浙江）人。七岁出家，二十岁受具足戒。早年漫游江西、吴越。后入蜀，王建赐号禅月大师，呼为"得得来和尚"，为之建龙华院。工诗善书画，与同代诗人、诗僧多有唱和。吴融谓"上人之作，多以理胜，复能创新意，其语往往得景物于混茫自然之际"（《西岳集序》），《宋高僧传》有传，今存《禅月集》二十五卷，《全唐诗》编诗十二卷。

胡无人[1]

霍嫖姚[2]，赵充国[3]，天子将之平朔漠。
肉胡之肉[4]，烬胡帐幄[5]。
千里万里，唯留胡之空壳。
边风萧萧，榆叶初落。
杀气昼赤，枯骨夜哭。
将军既立殊勋，遂有胡无人曲。
我闻之，天子富有四海，德被无垠[6]。
但令一物得所，八表来宾[7]，
亦何必令彼胡无人。

注释

[1] 胡无人：乐曲名，多写边塞征战及军旅生活。
[2] 霍嫖姚（piāoyáo）：即霍去病，西汉名将，河东平阳（今山西临汾西南）人，官至骠骑将军，封冠军侯。
[3] 赵充国：西汉大将，字翁孙，陇西上邽（今甘肃天水）人。武帝、昭帝时，率军反击匈奴，勇敢善战，任后将军。宣帝即位，封为营平侯。后与羌族作战，在西北屯田，促进了当地的农业生产发展。
[4] 肉：名词动用，吃。
[5] 烬：烧毁。
[6] 无垠：无边。

[7]八表:八方之外,很远的地方。

苦寒行[1]

十四日

北风北风,职何严毒[2]。
摧壮士心,缩金乌足[3]。
冻云嚣嚣[4],碍雪一片下不得。
声绕枯桑,根在沙塞。
黄河彻底,顽直到海[5]。
一气抟束[6],万物无态。
唯有吾庭前杉松树枝,枝枝健在。

注释

[1]苦寒行:乐府曲名。

[2]职:职掌。

[3]金乌:古代神话传说太阳中有三足乌,故用来代称太阳。

[4]嚣(áo)嚣:傲慢貌。

[5]顽直:谓冻得坚硬。

[6]一气:天地间的混沌之气。抟(tuán)束:拘束,不舒展。

古离别[1]

十五日

离恨如旨酒[2],古今饮皆醉。
只恐长江水,尽是儿女泪。
伊余非此辈[3],送人空把臂[4]。
他日再相逢,清风动天地。

注释

[1]古离别:乐府曲名。

[2]旨酒:美酒。

[3]伊余:我。伊为助词,无实义。

[4]把臂:握持手臂,表示亲密。

少年行(三首录一)[1]

一九九一年四月十六日

锦衣鲜华手擎鹘[2]，闲行气貌多轻忽[3]。
稼穑艰难总不知[4]，五帝三皇是何物[5]。

注释

[1]少年行:乐府曲名。

[2]擎:举起。鹘(hú):一种鹰类猛禽。

[3]轻忽:轻浮。

[4]稼:栽种。穑:收割。稼穑,泛指耕种劳作。

[5]五帝三皇:泛指传说中远古时代的帝王。

富贵曲(二首录一)

十七日

如神若仙，似兰同雪。
乐戒于极[1]，胡不知辍[2]。
只欲更缀上落花，恨不能把住明月。
太山肉尽[3]，东海酒竭。
佳人醉唱，敲玉钗折[4]。
宁知耘田车水翁，日日日灸背欲裂。

注释

[1]乐戒于极:乐极必反,应予警戒。

[2]辍:停止。

[3]太山:即泰山。

[4]"佳人"二句:即白居易《琵琶行》"钿头银篦击节碎"之意,形容富人醉生梦死的奢靡生活。

春晚书山家屋壁二首

十八日

柴门寂寂黍饭馨[1]，山家烟火春雨晴。

庭花濛濛水泠泠[2],小儿啼索树上莺。

水香塘黑蒲森森[3],鸳鸯䴙䴘如家禽[4]。 十九日
前村后垄桑柘深[5],东邻西舍无相侵。
蚕娘洗茧前溪渌[6],牧童吹笛和衣浴。
山翁留我宿又宿,笑指西坡瓜豆熟。

注释

[1] 黍饭:黄米饭。馨:香。

[2] 濛濛:浓盛的样子。

[3] 蒲:蒲草。

[4] 䴙䴘(xīchì):一种比鸳鸯大的紫色水鸟。

[5] 桑柘:桑木与柘木。

[6] 渌(lù):清澈。

诗《纪事》题作《言诗》 二十日

经天纬地物[1],动必计仙才[2]。
几处觅不得,有时还自来。
真风含素发[3],秋色入灵台[4]。
吟向霜蟾下[5],终须神鬼哀。

注释

[1] 经天纬地:谓以天地为法度。《国语·周语下》:"经之以天,纬之以地,经纬不爽,文之象也。"

[2] 仙才:即天才。

[3] 真风:淳朴的风俗。素发:白发。

[4] 灵台:指心灵。

[5] 霜蟾:秋月。

山居诗（二十四首录一）

心心心不住希夷[1]，石屋巉岩鬓发垂[2]。
养竹不除当路笋，爱松留得碍人枝。
焚香开卷霞生砌，卷箔冥心月在池[3]。
多少故人头尽白，不知今日又何之。

注释

[1] 心心：佛教语，指连绵不断的思想念头。希夷：指虚寂玄妙的境界。语出《老子》十四章："视之不见，名曰夷；听之不闻，名曰希。"

[2] 巉(chán)岩：险峻的山岩。

[3] 箔：用苇子、秫秸所制之帘。

齐己

齐己（864—938），自号衡岳沙门。俗姓胡，名得生，潭州益阳（今湖南境内）人，《宋高僧传》有传。幼孤贫，性颖悟，七岁能诗。后于大沩山同庆寺出家，又移居长沙道林寺。遍览名山大川，后又徙居庐山东林寺，晚年居江陵龙兴寺。性放逸，工诗善琴，为晚唐五代著名诗僧，诗多五言，风格遒劲，亦善书法。有《白莲集》《风骚旨格》传世，《全唐诗》存诗十卷。

剑客

一九九一年四月二十二日

拔剑绕残樽，歌终便出门。
西风满天雪，何处报人恩。
勇死寻常事，轻仇不足论。
翻嫌易水上[1]，细碎动离魂[2]。

注释

[1]易水：在河北省西部，源出易县境，入南拒马河。荆轲入秦刺秦王，燕太子丹饯别于此。《战国策·燕策三》："风萧萧兮易水寒，壮士一去兮不复还。"

[2]细碎：细小的事，此指高渐离击筑，荆轲相和歌唱等事。

七十作

二十三日

七十去百岁，都来三十春。
纵饶生得到，终免死无因。
密理方通理[1]，栖真始见真[2]。
沃洲匡阜客[3]，几劫不迷人[4]。

注释

[1]密：贴近。

[2]栖真：存养真性。

[3]沃洲：亦作"沃州"，山名，在浙江省新昌县东。上有放鹤亭、养马坡，

相传为晋支遁放鹤养马处。匡阜：江西庐山的别称。两处多僧人。

[4]劫：天地一成一毁为一劫。

谢炭

二十七日

正拥寒灰次[1]，何当惠寂寥。
且留连夜向，未敢满炉烧。
必恐吞难尽，唯愁拨易消。
豪家捏为兽[2]，红迸锦茵焦[3]。

注释

[1]次：指时间。
[2]"豪家"句：参见《晋书·羊琇传》："琇性豪侈，费用无复齐限，而屑炭和作兽形以温酒，洛下豪贵咸竞效之。"
[3]锦茵：锦制的垫褥。

野鸭

二十八日

野鸭殊家鸭[1]，离群忽远飞。
长生缘甚瘦，近死为伤肥。
江海游空阔，池塘啄细微。
红兰白蘋渚[2]，春暖刷毛衣。

注释

[1]殊：不同于。
[2]白蘋：亦作"白苹"，水中浮草。渚：水中的小块陆地。

新秋病中枕上闻蝉

二十九日

枕上稍醒醒，忽闻蝉一声。
此时知不死，昨日即前生[1]。

更欲临窗听，犹难策杖行[2]。
寻应同蜕壳[3]，重饮露华清。

注释

[1]"昨日"句：佛教有前生、今生、来生三生之说，又常以昨日、今日、明日喻前生、今生、来生。

[2]策杖：拄杖。

[3]寻：不久。蜕壳：指蝉蜕皮。古人以蝉蜕为重生。

古寺老松

三十日

百岁禅师说，先师指此松[1]。
小年行道绕[2]，早见偃枝重[3]。
月槛移孤影，秋亭卓一峰。
终当因夜电，拏攫从云龙[4]。

注释

[1]先师：已故的老师。

[2]小年：少年，幼年。

[3]偃枝：倒下的树枝。重(chóng)：重叠。

[4]拏：牵引。

怀终南僧

五月一日

扰扰一京尘[1]，何门是了因[2]。
万重千叠嶂，一去不来人。
鸟道春残雪，萝龛昼定身[3]。
寥寥石窗外，天籁动衣巾[4]。

注释

[1]京尘：比喻尘俗之事。语出陆机《为顾彦先赠妇》："京洛为风尘，素衣化为缁。"

[2]了因：佛教因明学术语，为六因之一，与"生因"对称。

[3]定：佛教语，入定的省称。
[4]天籁：自然界的声响，如风声、鸟声、水声等。

早梅[1]

一九九一年五月二日

万木冻欲折，孤根暖独回。
前村深雪里，昨夜一枝开[2]。
风递幽香去，禽窥素艳来。
明年如应律[3]，先发映春台。

注释

[1]早梅：腊梅的一种，又名雪梅、冬梅。
[2]一枝开：原为"数枝开"，郑谷改"数"为"一"。
[3]应：按时。律：节律。

春晴感兴

三日

连旬阴翳晓来晴[1]，水满圆塘照日明。
岸草短长边过客，江花红白里啼莺。
野无征战时堪望，山有楼台暖好行。

四日

桑柘依依禾黍绿，可怜归去是张衡[2]。

注释

[1]阴翳：阴云。
[2]张衡：字平子，河南南阳人。东汉科学家、文学家，曾任南阳郡主簿、郎中、尚书侍郎、太史令。精通天文历算，创制浑象、候风地动仪、指南车等，著有《归田赋》。

荆州寄贯微上人

五日

旧斋休忆对松关[1]，各在王侯顾遇间[2]。

命服已沾天渥泽[3]，衲衣犹拥祖斓斑[4]。
相思莫救烧心火，留滞难移压脑山。
得失两途俱不是，笑他高卧碧屃颜[5]。

六日

注释

[1]松关：柴门。

[2]顾遇：指被赏识而受到优待。时贯微为楚王马殷长子马希振的幕客，故言之。

[3]命服：原指周代天子赐予元士至上公九种不同命爵的衣服，后泛指各级官员所穿制服。渥泽：恩惠。

[4]斓斑：色彩错杂的样子。

[5]屃颜：高峻的山岭。

偶题

八日

时事懒言多忌讳，野吟无主若纵横[1]。
君看三百篇章首[2]，何处分明著姓名。

注释

[1]野吟：野外吟诗。若：连词，表承接。纵横：无顾忌。

[2]三百篇：指《诗经》。

尚颜

尚颜,生卒年不详,唐末诗僧,俗姓薛,字茂圣。咸通、乾符间,依徐州节度使薛能,后住荆门十年。昭宗光化间入京为文章供奉,赐紫。曾卜居庐山、峡州、潭州等地。与诗人方干、郑谷、吴融、李洞、司空图等为友,有诗唱和,卒年九十以上。诗学贾岛,亦以苦吟著称。长于五律,多抒出世之情。胡震亨《唐音癸签》卷八评其诗曰:"尚颜诗不入声相,直以清寂境构成。"《全唐诗》收录其诗三十四首。

夷陵即事[1]

不难饶白发[2],相续是滩波。
避世嫌身晚,思家乞梦多。
暑衣经雪着[3],冻砚向阳呵。
岂谓临岐路[4],还闻圣主过[5]。

九日

注释

[1] 夷陵:今湖北宜昌市东。

[2] 饶:多。

[3] 暑衣:夏天的衣服。

[4] 临岐:面临歧路,有分别意。

[5] "还闻"句:指唐僖宗幸蜀之事。

栖蟾

栖蟾,生卒年不详,唐末五代诗僧,俗姓胡。与虚中、齐己友善,曾游汉阳、润州、岭南等地,《全唐诗》存诗十二首。

游边

十日

边云四顾浓[1],饥马嗅枯丛。
万里八九月,一身西北风。
偷营天正黑[2],战地雪多红。
昨夜东归梦,桃花暖色中。

注释
[1]边:边关。
[2]偷营:出其不意地袭击敌人军营。

清尚

清尚,生卒年不详,与齐己同时,唐末诗僧,与李洞为友,以作诗苦吟闻名。《全唐诗》存诗一首。

哭僧

一九九一年五月十一日

道力自超然,身亡同坐禅[1]。
水流元在海[2],月落不离天。
溪白葬时雪,风香焚处烟。
世人频下泪,不见我师玄[3]。

注释

[1] 坐禅:禅宗静坐修行。
[2] 元:原本。
[3] 玄:指玄讲。

杜光庭

杜光庭(849—933),唐末五代道士,字宾圣(一作宾至),号东(一作登)瀛子、华顶羽人,京兆杜陵(今陕西西安)人,寓居处州缙云(今属浙江)。有才学,不第,入天台山修道。后入蜀,依王建、王衍,深得器重,赐号广成先生,封为传真天师,后隐青城山,著道教论著及传奇小说,《全唐诗》存诗一卷。

偶题

十三日

似鹤如云一个身,不忧家国不忧贫。
拟将枕上日高睡[1],卖与世间荣贵人。

注释　[1]拟:打算,将。日高睡:太阳高升而不起床。

招友人游春

十四日

难把长绳系日乌[1],芳时偷取醉功夫。
任堆金璧磨星斗[2],买得花枝不老无?

注释　[1]长绳系日乌:比喻珍惜时光。晋傅玄《九曲歌》:"岁莫景迈群光绝,安得长绳系白日。"日乌,太阳。古代传说日中有三足乌,故称。
　　　[2]磨:犹言距离近到可以相互磨擦。

吕岩

吕岩,生卒年不详,字洞宾,号纯阳子,世称回仙,为传说中八仙之一。身世记载颇多歧见,或谓河中(今山西永济)人,吕让之子。咸通间应进士不第而入华山,得仙人传授成仙。全真教奉为纯阳祖师、吕祖、吕帝。《全唐诗》收诗四卷、词三十首。

题广陵妓屏二首[1]

嫫母西施共此身[2],可怜老少隔千春。
他年鹤发鸡皮媪[3],今日玉颜花貌人。

十六日

花开花落两悲欢,花与人还事一般。
开在枝间妨客折,落来地上请谁看。

注释

[1]广陵:今江苏省扬州市。
[2]嫫母:传说为黄帝第四妃,貌丑。西施:春秋越国美女,别名夷光,亦称西子。
[3]鹤发鸡皮:形容人衰老。媪:老妇。

题诗紫极宫[1]

宫门一闲入,临水凭栏立。
无人知我来,朱顶鹤声急[2]。

注释

[1]紫极宫:中唐时期的宫观,在长安城内。
[2]朱顶:紫极宫之顶。

许宣平

许宣平，生卒年不详，新安歙县（今属安徽）人。景云中，隐居城阳山南坞，砍柴为生。每卖柴醉归，辄吟诗，长安、洛阳一带传舍中多存其题诗。相传李白曾往新安拜访不遇，题诗其壁。据云咸通中尚在，不可信。《全唐诗》收诗三首。

见李白诗又吟 二十日

一池荷叶衣无尽[1]，两亩黄精食有余[2]。
又被人来寻讨著，移庵不免更深居[3]。

注释
[1]"一池"句：高人、隐士以荷叶为衣。
[2]黄精：多年生草本植物根茎，道家认为食之可以长生。
[3]庵：圆形的草屋。

谭峭

谭峭,生卒年不详,字景升,泉州(今属福建)人,世称紫霄真人,又号正一先生、金门羽客。好黄老,于嵩山学道十余年,又遍游名山,得辟谷养气之术,著《化书》六卷,闽王王昶、南唐中主皆重之。《十国春秋》有传,《全唐诗》存诗一首。

大言诗

一九九一年五月二十一日

线作长江扇作天,靸鞋抛向海东边[1]。
蓬莱信道无多路[2],只在谭生挂杖前[3]。

注释

[1] 靸鞋:拖鞋,无跟的鞋。
[2] 蓬莱:传说中的海外仙山。
[3] 谭生:谭峭自称。

滕传胤

滕传胤，《广异记》载，大历中，有郎子神降于桐庐女子王法智，自言名叫滕传胤，京兆万年人，宅在崇贤坊。时人与酬对，深得物理，前后州县甚重之。桐庐县令郑锋，好奇之士，尝呼法智至舍，令屈滕，其辩对言语，深有士风，锋听之不倦，每见词人，谈经诵诗，欢言终日。戴孚与左卫兵曹徐晃、龙泉令崔向、丹阳县丞李从训、邑人韩谓苏修，尝集于锋宅，令召滕传胤，久之方至，众求其诗，率然便诵二首，即《郑锋宅神诗》。

郑锋宅神诗

二十二日

忽然湖上片云飞，不觉舟中雨湿衣。
折得莲花浑忘却[1]，空将荷叶盖头归。

注释　[1]浑：全。

襄阳旅殡举人

襄阳旅殡举人,生卒年不详,据传于顿镇襄阳时,选人刘某入京,逢一举人,年二十余,同行,意甚相得,因藉草倾数杯。日暮,举人指歧径曰:"某弊止从此数里,能左顾乎?"举人因赋此诗。明年,刘归襄阳,寻访举人,惟有殡宫存焉。

诗

二十三日

流水涓涓芹努芽,织乌西飞客还家[1]。
荒村无人作寒食,殡宫空对棠梨花[2]。

注释

[1]织乌:借指太阳。因太阳每日东升西落,如织梭之往来,故称。乌,太阳的代称。

[2]殡宫:坟墓。棠梨:俗称野梨,落叶乔木。

巴陵馆鬼

巴陵馆鬼,生平不详,唐代佚名诗人。

柱上诗[1]

爷娘送我青枫根[2],不记青枫几回落。
当时手刺衣上花,今日为灰不堪着[3]。

注释

[1]诗题后注:"巴陵江岸古馆,有一厅,多怪物,扃锁已十年矣。山人刘方玄宿馆中,闻有妇人及老青衣言语,俄有歌者。歌讫,复吟诗,声殊酸切。明日,启其厅,见前间东柱上有诗一首,墨色甚新,乃知即夜来人也。复以此访于人,终不能知之。"

[2]青枫:苍翠的枫树。

[3]着:穿。

崔常侍

崔常侍,某中官宿官坡馆,灯下见有四人举酒赋诗,中有一人称崔常侍。后四人踪影全无,唯余酒樽及诗。《全唐诗》收崔常侍鬼诗一首。

官坡馆联句

床头锦衾班复班[1],架上朱衣殷复殷。
空庭朗月闲复闲,夜长路远山复山。

注释　[1]锦衾:锦缎被。

卢绛

卢绛,生卒年不详,五代末至宋初人,南唐后主时曾官宣州节度使。卢未遇时,梦一白衣妇人,赠诗、词各一首,并约定将再相见于固子陂(孟家陂)。后卢降宋,于太祖开宝八年(975)被斩。临刑,有妇人姓耿名玉真者同斩,乃前时梦中之女,行刑之地恰为固子陂。《全唐诗》收卢绛梦中所得诗、词各一首。词又系于耿玉真名下。

梦白衣妇人歌词

二十四日

玉京人去秋萧索[1],画檐鹊起梧桐落[2]。
欹枕悄无言[3],月和残梦圆。
背灯惟暗泣,甚处砧声急。
眉黛小山攒[4],芭蕉生暮寒。

注释

[1]玉京:道家称天帝所居之处。

[2]画檐:有画饰的屋檐。

[3]欹枕:斜倚枕头。

[4]小山:像小山样。

张生妻

张生妻,生卒年不详,汴州(今河南开封)人。张生游宦得归,行至郑州,夜见丛草中灯火荧煌,有五六人聚饮,其妻亦在其中,张生遂以瓦块投击诸人及妻,须臾皆不见。至家,妻方头痛,问之,乃云昨梦与数人宴饮,歌数曲,忽有瓦块击中额头,张生始悟,昨夜所见,乃是妻梦。《全唐诗》收张生妻梦中歌诗六首。

梦中歌

一九九一年五月二十五日

劝君酒,君莫辞。
落花徒绕枝,流水无返期。
莫恃少年时[1],少年能几时。

花前始相见,花下又相送。
何必言梦中,人生尽如梦。

注释　[1]恃:依仗。

陈季卿

陈季卿,生卒年不详,江南人,辞家至京师举进士不第,偶访青龙寺,见寺壁绘《寰瀛图》,遂有归意。旁有终南山翁以竹叶作舟,置图中水上,陈恍惚入图登舟,旬余至家。旋复登舟,归至青龙寺,从图画中出,见山翁尚在。后陈虽登进士第,仍辟谷入终南山而去。其归途及至家后所作诗共五首,《全唐诗》作梦诗一并收入。

题潼关普通院门

二十七日

度关悲失志[1],万绪乱心机。
下坂马无力[2],扫门尘满衣。
计谋多不就,心口自相违。
已作羞归计[3],还胜羞不归。

注释

[1]失志:失意,不得志。

[2]坂:山坡,斜坡。

[3]计:打算。

裴玄智

裴玄智,生卒年不详,唐初道士,贞观中于长安化度寺洒扫十余年。寺僧见其戒行修谨,命其守无尽藏院,盗黄金无数,无人察觉,潜遁时留诗四句于壁,《全唐诗》存此四句诗。

书化度藏院壁

将肉遣狼守,置骨向狗头。
自非阿罗汉[1],焉能免得偷。

注释　[1]阿罗汉:小乘佛教的最高果位,佛教亦用来称断绝嗜欲,解脱烦恼,修得小乘果之人。

权龙褒

权龙褒,一作权龙襄,生卒年不详,则天、中宗朝曾任沧州刺史、瀛州刺史、左武将军。自矜能诗而不通声律,唯知趁韵。《全唐诗》存诗五首。

秋日述怀[1]

六月十一日

檐前飞七百,雪白后园彊[2]。
饱食房里侧,家粪集野螂[3]。

注释

[1]据《唐诗纪事》载,权龙褒于通天中刺沧州,作此诗,沧州参军不解,问之,其自释曰:"鹞子檐前飞,直七百;洗衫挂后园,白如雪;饱食房中,侧卧家里,便转集得野泽蜣螂。"闻者嗤之。

[2]彊:通"僵",僵直。形容洗后悬挂着的衣衫。

[3]螂:蜣螂。

黄幡绰

黄幡绰，生卒年不详，玄宗时优伶，性滑稽，常于戏谑中抨击时政。曾陷安史叛军中，侍禄山左右，唐军收复长安后，玄宗怜其侍己三十多年，释之。《全唐诗》存诗一首。

嘲刘文树[1]

可怜好个刘文树，髭须共颊颐别住[2]。
文树面孔不似猢狲[3]，猢狲面孔强似文树。

注释

[1]《全唐诗》于题下注曰："安西牙将刘文树，口辨，善奏对，明皇每嘉之。文树髭生颔下，貌类猴，上令黄幡绰嘲之。文树切恶猿猴之号，乃密赂幡绰不言，幡绰许而进嘲云云。上知其遗赂，大笑。"
[2]髭须：胡子。唇上曰髭，唇下为须。颔：即下巴。颐：面颊。
[3]猢狲：猕猴的一种。

朱冲和

朱冲和,生卒年不详,宪宗至宣宗朝在世,杭州钱塘(今浙江杭州)人。以明经擢第,好纵酒忤人,人称宦途恶少。《全唐诗》存诗二首。

嘲张祜[1]

白在东都元已薨[2],兰台凤阁少人登[3]。
冬瓜堰下逢张祜,牛屎堆边说我能[4]。

注释

[1]张祜(785?—852?):字承吉,贝州清河(今属河北)人。初寓姑苏,后至长安,为元稹排挤,漫游各地,晚至淮南。爱润州曲阿,隐居以终。诗多写落拓不遇情怀和隐居生活,对时政亦有所谏讽,又以宫词著名,有《张承吉文集》。

[2]白:指白居易。东都:此指洛阳。元:即元稹。薨:死。

[3]兰台:指御史台。凤阁:中书省的别称。

[4]"冬瓜"二句:胡应麟《诗薮》卷四云:"张子小名冬瓜,或以讥之,答云:'冬瓜合出瓠子。'"因冬瓜形类瓠子,都是葫芦科植物,"瓠"与"祜"同音,故以为嘲。

李昌符

李昌符（？—891？），字岩梦，一作若梦，误。陇西成纪（今甘肃秦安）人。咸通四年（863）进士及第，为"咸通十哲"之一。僖宗朝官膳部员外郎，官终膳部郎中。曾从军西北，故其边塞之作，沉郁苍凉，生动真切。《全唐诗》编其诗为一卷。

婢仆诗

春娘爱上酒家楼，不怕归迟总不忧。
推道那家娘子卧，且留教住待梳头。

不论秋菊与春花，个个能噇空腹茶[1]。
无事莫教频入库，一名闲物要些些。

一九九一年
六月十四日

注释　[1]噇(chuáng)：吃。

黎瓘

黎瓘，生卒年不详，晚唐人。《云溪友议》载："麻衣黎瓘者，南海狂生也。游于漳州，频于席上喧酗。乡饮之日，诸宾悉赴，客司独不召瓘，瓘作翻韵诗赠崔使君，坐中皆大笑，崔使君驰骑迎之。"《全唐诗》录此翻韵诗一首。

赠漳州崔使君乡饮翻韵诗[1]

十五日

惯向溪边折柳杨，因循行客到州漳[2]。
无端触忤王衙押[3]，不得今朝看饮乡[4]。

注释

[1] 翻韵：倒置诗中各句最后两字以押韵，此诗中是"杨柳""漳州""押衙""乡饮"的倒置。

[2] 州漳：即漳州，地名，位于福建省漳江畔。

[3] 衙押：即押衙，唐宋官名，管领仪仗侍卫。

[4] 饮乡：即乡饮，古代庆祝丰收尊老敬老的宴乐活动。

李都

李都,生卒年不详,进士及第,初为荆南从事。乾符五年(878)自户部尚书出为河中节度使,为李重荣所逐。后历太子少傅,中和元年(881)复为户部尚书,兼充盐铁转运等使。不久即罢使职,不知所终。《全唐诗》存诗一首。

戏答朝士

华缄千里到荆门[1],章草纵横任意论[2]。
应笑钟张虚用力[3],却教羲献枉劳魂[4]。
惟堪爱惜为珍宝,不敢传留误子孙。
深荷故人相厚处[5],天行时气许教吞[6]。

注释

[1] 华缄:对他人来信的尊称。

[2] 章草:草书一体,字各不连笔。

[3] 钟张:魏钟繇、张芝两大书法家的合称。

[4] 羲献:晋王羲之与其子王献之的合称。

[5] 深荷:深深感念。

[6] 天行时气:即时疫,瘟疫。许教吞:谓瘟疫时吞道士符水,以辟邪。全句是嘲讽朝士字丑如道士所画符咒。

郫城令

郫城令，生卒年不详，姓徐，名无考。唐末时任郫城令，女为剑南西川节度使陈敬瑄爱姬，曾寄诗于女，令其为己求彭州刺史一职。《全唐诗》存诗一首。

示女诗

十九日

深宫富贵事风流，莫忘生身老骨头。
因与太师欢笑处，为吾方便觅彭州[1]。

注释　[1]彭州：今四川彭州市。

李令

李令,名字及生卒年不详,曾为延安令,故称李令,似为江陵人,约咸通以前在世。性狡猾阴险,江陵艤院归评事曾屡次贷金与李令,并为其寄养家室,而李令竟罗织罪名诬陷归评事,归不能自明,时人皆以此为恤贫之诫。《全唐诗》收诗一首。

寄女

有人教我向衡阳[1],一度思归欲断肠。
为报艳妻兼少女,与吾觅取朗州场[2]。

注释

[1] 衡阳:今湖南衡阳一带。
[2] 朗州:州名,治武陵(今湖南常德),唐辖境相当今湖南常德、桃源、汉寿等地。

包贺

包贺,生卒年不详,约唐末至五代前期人,喜吟咏,而语多粗鄙。《全唐诗》录其诗六句。

谐诗逸句

雾是山巾子[1],船为水靸鞋[2]。
棹摇船掠鬓,风动水槌胸。
苦竹笋抽青橛子[3],石榴树挂小瓶儿。

注释　[1]巾子:头巾。
　　　[2]靸鞋:一种草制的拖鞋。
　　　[3]橛子:小木桩。

裴度

裴度,诗人小传见上册裴度篇。

语[1]

一九九一年六月

鸡猪鱼蒜,逢着则吃。
生老病死,时至则行。

注释　[1]出自《全唐诗》卷八七六"语"类《裴度语》。原有注:"度不信术数。不好服食。每语人云。"

曹著

曹著,生卒年不详,德宗贞元四年(788)进士,《全唐诗》存诗一首。

与客谜

一物坐也坐,卧也坐,行也坐。

(客。○著应声曰:在官地,在私地[1]?)

一物坐也卧,立也卧,行也卧,走也卧,卧也卧。

(著。○客不能对。著曰:我谜吞得你谜。客大惭[2]。)

注释　[1]语本《晋中州记》:"惠帝为太子,出闻虾蟆声,问人:'为是官虾蟆、私虾蟆?'侍臣贾胤对曰:'在官地为官虾蟆,在私地为私虾蟆。'令曰:'若官虾蟆,可给廪。'"客之谜底为蛤蟆,曹著以晋惠帝之典委婉点出。

[2]曹著所出之谜的谜底是蛇,故称"我谜吞得你谜"。

出版后记

这本书的名字原来不叫《钱锺书选唐诗》，它是我们根据书稿的内容另取的。杨绛先生在稿子的封面上，原来题写的名称是"《全唐诗》录 杨绛日课"，钱锺书先生又补题了"父选母抄，圆圆留念"八个字，基本道明了它的性质。后来由于钱瑗教授不幸早逝，杨先生就把这部由她亲笔抄录的稿子，赠给了吴学昭老师[1]。吴老师在征得杨先生同意后，抱着学术为公的态度，决定将其公开出版，以供有兴趣的读者研究和参考。

我们很荣幸地得到了出版该书的机会，并受吴学昭老师委托，对书稿做了必要的整理。作为负责这项工作的人，需要对这部稿子的产生过程和它的特点，略作说明。

由于钱锺书和杨绛先生在世时，从未对外提起过这部稿子，学界几乎无人知道它的存在。而它的产生，其实牵涉着一桩旧案。

杨绛先生在《我们仨》中说：

> 翻译毛选委员会的工作于一九五四年底告一段落。锺书回所工作。
>
> 郑振铎先生是文研所的正所长，兼古典文学组组长。郑先生知道外文组已经人满，锺书挤不进了。他对我说："默存回来，借调我们古典组，选注宋诗。"
>
> 锺书很委屈。他对于中国古典文学，不是科班出身。他

---

[1] 稿子的封面上有杨绛先生的赠语："此八册抄本，赠吴学昭留念。绛 2009 年 2 月 17 日。"按，原稿实为九册。

在大学里学的是外国文学，教的是外国文学。他由清华大学调入文研所，也属外文组。放弃外国文学研究而选注宋诗，他并不愿意。不过他了解郑先生的用意，也赞许他的明智。

虽然钱先生当时心存委屈，但《宋诗选注》的问世，既证明了郑振铎先生有知人之明，也证明"不是科班出身"的钱锺书于古典文学造诣很深。杨先生接着又说：

> 锺书在毛选翻译委员会的工作，虽然一九五四年底告一段落，工作并未结束。一九五八年初到一九六三年，他是英译毛选定稿组成员，一同定稿的是艾德勒。一九六四年起，他是英译毛主席诗词的小组成员。"文化大革命"打断了工作，一九七四年继续工作，直到毛主席诗词翻译完毕才全部结束。这么多年的翻译工作，都是在中央领导下的集体工作。集体很小，定稿组只二三人，翻译诗词组只五人。锺书同时兼任所内的研究工作，例如参加古典组的《唐诗选注》。

这两段文字至少说明了一个事实，那就是上世纪后半叶，社科院文学研究所的宋诗和唐诗选注工作，都是在当时的所领导统一部署下开展的。

这两项工作的最终成果《宋诗选注》和《唐诗选》，虽然都是人民文学出版社出版的，但两本书的成书过程和命运却截然不同。具体说来，《宋诗选注》是由钱先生独立承担的。用杨绛先生的话说："选宋诗，没有现成的《全宋诗》供选择。锺书是读遍宋诗，独自一人选的。他没有一个助手……那么大量的宋诗，他全部读遍，连可选的几位小诗人也选出来了。他这两年里工作量之大，不知有几人曾理会到。"（《我们仨》)杨先生这里说的绝对是实情。虽然选宋诗的难度要更大,但钱先生的工作效率却极高。《王伯祥日记》1956年4月9日曾提道:"翻阅默存《宋诗选》初稿之一部,盖日前所中寄来征求意见者也。"[1]这时候显然才只有部分样稿。1957年6月1日记云:"所中散会时默存以所撰《宋诗选》稿本全部属校读。"接下来从6月3日到6日,每天都有看稿的进度记录,到6日"全稿看完",7日"午后写信复默存,对所撰《宋诗选》提意见,备明日赴会时面交之"。8日午后"参加本所座谈会,顺以《宋诗选》稿面还默存"。从《王伯祥日记》的记载看,大概到1957年5月,《宋诗选注》就已基本定稿。到出版前,对所选的作者未再做增删(倒是1963年第二次印刷时,迫于当时的特殊环境,删掉了一个诗人——左纬和他的作品)。《宋诗选注》于1958年9月顺利出版,很快就受到了学术界的肯定和读者的好评[2],成了选本中的经典。

相比之下,《唐诗选》的成书过程要曲折得多,出版也比《宋诗选注》晚了整二十年[3]。从《王伯祥日记》看,文研所的《唐诗选》计划开始于1956年9月,最初议定由王伯祥、余冠英、陈友琴、王佩璋四人合作。但后来因为种种原因,这个工作一度主要落到了王伯祥先生的身上。到1960年初,王伯祥先生的稿子已完成了相当一部分,其2月22日日记中说:"默存来招,即同往冠英家。冠英、友琴都在,即展开《唐诗选》具体工作讨论,篇目大致已由默存选定,约明日友琴

---

[1]《王伯祥日记》,张廷银、刘应梅整理,中华书局2020年6月版。
[2] 虽然在1958年底的"拔白旗"运动中,钱锺书先生文研所的同事胡念贻、曹道衡,和出版此书的人民文学出版社编辑周汝昌、黄肃秋等,都集中写文章对该书的"资产阶级观点"做过批评。但日本京都大学的小川环树1959年在《中国文学报》上发表了《钱锺书的〈宋诗选注〉》一文,对其做了高度肯定,其后,夏承焘先生又发表了《如何评价〈宋诗选注〉》,再次说了公道话,否定的声音从此就消失了。
[3]《唐诗选》于1978年4月由人民文学出版社出版。

来我家商定落墨。"此后1962、1963两年，在《王伯祥日记》中都有关于钱锺书参与讨论《唐诗选》稿子的记录。但据后来成书的《唐诗选》前言说："本书初稿完成于一九六六年。一九七五年进行修订（重定选目、增补和修订作品注释、作家小传等）。参加初稿和修订的有余冠英（负责人）、陈友琴、乔象锺、王水照同志。钱锺书同志参加了初稿的选注、审定工作，后因另有任务，没有继续参加。"[1] 从1966年到1975年，因为下"干校"，这项工作中断了九年。据参与此项工作的王水照先生回忆，重新修订是在地震棚里进行的——那个后来被证实是伪造的所谓回纥诗人坎儿曼，就是这时加进去的。这部稿子在修订时经过了大删大改，钱先生负责撰写的"王绩等十七人"稿子[2]，最后只留了王绩、王勃两家，原来所选的诗大多也被换掉了[3]。《唐诗选·前言》里说，其"选录的标准服从政治标准第一、艺术标准第二的原则"。这个标准估计就是这次修订时提出的，余冠英先生对旧稿的删改应遵从了这一原则。

杨绛先生说："锺书选诗按照自己的标准，选目由他自定，例如他不选文天祥《正气歌》，是很大胆的不选。"[4] 由此看来，经历了十年政治运动磨砺后，对于钱锺书先生1960年代参与"选定"的《唐诗选》篇目，余冠英先生显然认为有些不合时宜了。虽然杨绛先生说"锺

---

[1] 王伯祥先生原来做的稿子似乎因某种原因未被采用，所以《唐诗选》前言最后只对他简单提了一句："王伯祥同志在世时也对这项工作给予不少帮助。"这大概是对他1962年以后参与审阅、讨论其他人撰写的《唐诗选》书稿略表的谢意。
[2] 《容安馆札记》第七百二十九则说："诸君选注唐诗，强余与役，分得王绩等十七人。"第一八八六页，商务印书馆2003年7月版。
[3] 《唐诗选》和《钱锺书选唐诗》，只有王绩的名下，选的都是《在京思故园见乡人问》和《野望》这两首，可证这是钱锺书先生原来的选目。
[4] 按，《宋诗选注》没选《正气歌》，正是"拔白旗"时被批判的理由之一。

书肯委屈,能忍耐"(《我们仨》),但不等于对这些事情会完全无动于衷。据王水照先生说,"文革"后他从上海回到北京,《唐诗选》前言起草好以后(署名是余冠英、王水照),余先生对他说:"钱先生对我们组里都有意见,你的前言给他看看。"钱先生看完前言后,曾给王水照写了五页信,但坚决表示不愿署自己的名。显然,他对后来成书的《唐诗选》是持保留意见的——特别是对其选诗的标准。

对钱锺书先生的中西文学造诣,学界已有定评,无须赘言。其于中国古典诗歌阅读之富,涵泳之深,迄今尚无人能及。遗憾的是在选注唐诗的工作中,一开始只让他扮演了个配角,而到成书时,他更被摈为跑龙套的角色。杨先生一再强调他心里的"委屈",恐怕与这事多少也有些关系。

杨绛先生在《记钱锺书与〈围城〉·钱锺书写〈围城〉》中说:"锺书选注宋诗,我曾自告奋勇,愿充白居易的'老妪'——也就是最低标准;如果我读不懂,他得补充注释。"这透露了她在学术上对钱先生有多方面的支持。所以对钱先生在选唐诗过程中遭遇的不快(有志难伸),她非常理解。为了帮他排解郁闷,作为"贤内助",她鼓励钱先生独立选一部唐诗,专门选给她看。钱先生接受了她的提议,遂以《全唐诗》为底本[1],每天选几首,她也每天抄一点。如此日积月累,最后形成了这部稿子。这就是她在封面上题写"《全唐诗》录 杨绛日课"的缘由。这项选诗和抄诗的工作,据杨先生说是"一九八五年一月一日起,一九九一年六月十九日止,共八册,抄六年"。但是在原稿第一册孟浩然《晚泊浔阳望庐山》诗旁,却有她的一条批注说:

---

[1] 钱先生在《宋诗选注》的序里曾说:"《全唐诗》虽然有错误和缺漏,不失为一代诗歌的总汇,给选唐诗者以极大的便利。"《宋诗选注·序》第18页,人民文学出版社2019年7月版。

"1983年十一月中旬书。"说明这项工作可能在1983年就断断续续开始了,到1985年才变成名副其实的"日课",比较有规律了。这部稿子抄成后,虽然没有对外公布,但在私密的范围内,是否曾跟人谈起过,我们不得而知。有消息说,胡乔木同志生前就曾劝钱先生选注唐诗,想必也是事出有因的。

由于不抱商业目的(不是出版社的约稿,没有字数、体例上的限制),也不受组织干预(非单位委托的任务,选什么不选什么可以自己决定),所以这是一部非常"随性"的选本。《唐诗选》共选了130余位诗人的630多首作品,本书则选了308位诗人的1997首作品,单从体量上就可以看出,它的覆盖面是很大的。这多少可以弥补钱先生在《宋诗选注》的序言里所感叹的那种遗憾:"我们在选择的过程里……尤其对于大作家,我们准有不够公道的地方。在一切诗选里,老是小家占便宜,那些总共不过保存了几首的小家更占尽了便宜。"[1]以唐代的大诗人为例,《唐诗选》里杜甫选了71首,白居易选了30首,本书中杜甫却选了174首,白居易选了184首。相反,李白在《唐诗选》选了64首,本书却只选了23首。很显然,钱先生完全没有顾及李白在唐代诗坛的所谓地位和影响力,他关注的只是作品本身。晚唐的小家像曹松,《唐诗选》只选了他1首诗,本书则选了9首。刘驾在《唐诗选》里只选了1首,本书则选了17首。曹邺在《唐诗选》中只选了《官仓鼠》1首,本书含这首共选了16首。裴说在《唐诗选》里根本没能挤进去,本书则选了他10首诗和2联残句。以上这几组数字,只是笔者随手抽检发现的,如果把两本书的选目仔细对比一下,除却《钱锺书选唐诗》本身的体量较大这一客观因素外,还是能看出钱先

[1]《宋诗选注·序》第17页。

生在取舍标准上有明显的个性。

《唐诗选·前言》里说："我们尽可能选取一些思想性和艺术性结合得好的作品，艺术标准中还考虑到能代表唐诗的特点。"[1]所以，《唐诗选》更准确地说应该叫"唐代诗人的诗歌选"，而《钱锺书选唐诗》则是"有唐一代诗歌的选集"；《唐诗选》是板着面孔的严肃文学的展览，《钱锺书选唐诗》则力图展示活泼泼的唐诗的方方面面。所以，它既选了大量以创作闻名的诗人的作品，也选了像唐明皇、宣宗皇帝、则天皇后、江妃、章怀太子等非诗人的作品；既选了思想性强的像杜甫的《新安吏》《石壕吏》和"三别"等诗作，也选了像韩愈的《嘲鼾睡》、曹著的《与客谜》这类有趣味性而毫无思想性可言的作品。

对文学欣赏中的主观性问题，钱锺书先生在《谈艺录·六》中有所论述："人之嗜好，各有所偏。好咏歌者，则论诗当如乐；好雕绘者，则论诗当如画；好理趣者，则论诗当见道；好性灵者，则论诗当言志；好于象外得悬解者，则谓诗当如羚羊挂角，香象渡河。而及夫自运谋篇，倘成佳构，无不格调、词藻、情意、风神，兼具各备；虽轻重多寡，配比之分量不同，而缺一不可焉。"[2]这从另一个方面也告诉我们，所有的诗歌选本其实都是主观的产物。我们评价一个选本的好坏，其实并不是看它有多公正，而是看它有没有特色，和这个特色所代表的文学观如何。就具体作品而言，决定一首诗好坏的因素很多，但在钱先生看来，其大端不外乎"情韵"与"思理"两个方面。他曾说过："予尝妄言：诗之情韵气脉须厚实，如刀之有背也，而思理语意必须锐易，

---

[1] 中国社会科学院文学研究所选注《唐诗选·前言》第23页，人民文学出版社2009年4月版。

[2] 《谈艺录》第110页，生活·读书·新知三联书店2013年7月版。

如刀之有锋也。锋不利，则不能入物；背不厚，则其入物也不深。"[1] 他还进而把这种观点扩而大之，用来概括唐、宋诗之别："唐诗、宋诗，亦非仅朝代之别，乃体格性分之殊。天下有两种人，斯分两种诗。唐诗多以丰神情韵擅长，宋诗多以筋骨思理见胜。"[2] 这两点似乎可以被看成他选诗的主要依据。

除了具备情韵和思理的诗歌之外，对在诗歌中抒写了前人所没表达过的经验，刻画体物生动传神，或在诗歌史上承上启下、开风气之先的作品，他都给予了关注。如章怀太子李贤的《黄台瓜辞》，对处在太子位上那种战战兢兢的心态的表达，过去是很少见的。有意思的是，在王初的名下（本书选了他8首诗），杨先生有这样几句批注："锺书识：大似义山。已开玉溪而无人拈出。八日。"字是杨先生写的，话是钱先生说的，可以想象，他几乎是按捺不住地跳出来强调了一下。可惜这样的文字只有一处。想必在选诗、抄诗的过程中，他们夫妇对某些作品是有过讨论的，钱先生评价王初的这几句话，显然给杨先生留下了深刻的印象。有些诗人的残句，因不成章，纵使表达的思理、经验非常独特，或取喻新颖而传神，传统的诗歌选本一般都不会关注，但钱先生认为有价值的，也予以收录。如裴说的"读书贫里乐，搜句静中忙""苦吟僧入定，得句将成功"，薛涛的"枝迎南北鸟，叶送往来风"，潘佑的"劝君此醉直须欢，明朝又是花狼藉"，高蟾的"君恩秋叶后，日日向人疏"，等等。

晚唐诗风的变化影响着宋初诗歌的发展，对历史转折时期诗风的影响与继承，钱先生似格外关注。据《容安馆札记》第七百八十九则云："晚唐小家，仅知求工字句，至谋篇之大，章法之完，概乎未

---

[1]《谈艺录》第341页。
[2]《谈艺录》第3页。

知。"[1]可证他对晚唐小家的总体评价并不算高。但本书最大的特色，恰在于选录了大量晚唐小家和他们的作品。这或许是对《唐诗选》当年修订时大肆删除这些小家的一种纠正。王水照在《读〈容安馆札记〉拾零四则》中说："此书（按，指《唐诗选》）初选600多首，其中小家约占十分之一。1962年时学术环境较为宽松，入选了不少罕见而又有艺术特色的小家作品，这些作品大都没有前人的注释可供参考，因而我们都推给了钱先生。……但《唐诗选》后在1975年修订时，这些小家显已不合时宜，就被大加删节了（时钱先生和我都未参加具体的修订工作）。"[2]

　　本书原来只是一个诗歌白文的选录（就连许多诗序杨先生也没有抄），钱先生既没有为它撰写前言，也没有拟作者小传和正文注释。我们的整理工作主要分两个方面。一是用中华书局的标点本《全唐诗》对校了杨先生的抄录稿，纠正了一些原稿的笔误，并给全书加了标点。杨绛先生在抄录诗稿的过程中，有些随意的记录性文字，则照原来的顺序和位置，用专色随文排列，以尽量保存它的原貌。也正是考虑了这个情况，本书的诗人排序，完全依照杨先生抄录《全唐诗》的顺序，没有按生年先后重新调整。二是组织力量给每位入选的作者撰写了小传，并对所有作品做了简单的注释。由于有《宋诗选注》那种个性鲜明、学术化色彩极强的诗人小传和注释风格在前，我们明知这项工作吃力不讨好，甚至会招来责难，但考虑到除学术界之外还有大量普通读者存在，为减轻他们的阅读困难，觉得这项工作还是有意义的。

　　比较遗憾的是，《钱锺书手稿集·中文笔记》和《容安馆札记》虽

---

[1]《容安馆札记》，第二四八八页。
[2]《文史》2020年第3期，第277页。

已影印出版，但由于钱先生的手稿不易辨识，限于时间和精力，这次整理本书稿时，我们未能充分利用。钱先生在阅读唐人诗集时随手所做的笔记，里面有许多针对作家的即兴议论和对具体作品的点评，若能辑补到本书每个诗人的小传或作品的注释中，将能让读者更加清晰地领会他选诗的意图。如《中文笔记》（二）第二九三页评宋之问云："五古惟《夜饮东亭》（'春泉鸣大壑，皓月吐层岑'。下句乃少陵'五更山吐月'之祖）、《题张老松树》（'日落西山阴，众草起寒色'）二首可采。下首尤散行有气骨。此外皆平平。七言长篇《明河篇》尚谐畅，亦乏精警。五言律亦稍露本质，兆尽初唐被服纨素之体，然亦鲜圆妥者。《陆浑山庄》居然右丞之先声。余则迁谪三律（'马上逢寒食'、'阳月南飞燕'、'度岭方辞国'）与《渡汉江》五绝（'近乡情更怯，不敢问来人'）唱叹无穷，清而善怨，初唐之杰作。"又如同册第二八〇页评刘希夷云："按希夷当时不为人重，及孙翌撰《正声集》，以其诗为集中之最，品题不谬。初唐人五七言古体，绮丽中而能掉臂出清新者，唯此君耳。"又云陈子昂："《感遇》三十八首，格调已古，然词意芜杂，在张九龄下。特以诗体高蹈自若，人始遂见重耳。"同册第二九四页论顾况云："大历诸家皆清丽近人，独逌翁峭直。所以皇甫持正称其'穿天心'而'出月胁'也。'上古'十三章质而切，古而达。……七古歌行尤出锋露颖，新健无伦。……近体亦清劲，讲意不讲格，然不如古体。"（按，省略处为征引的例句）论严维时还说："唐人工五律者多，宋人工七律者多。"针对具体作品的评价，也是有例可援的，如同册第二七九页说骆宾王"《在狱咏蝉》序更胜诗"，乔知之"《绿珠篇》居然能放笔直叙"。这两首诗本书都选录了。

另外，《谈艺录》和《七缀集》中有些议论，对我们认识诗人，理解作品，也是很有帮助意义的。比如《谈艺录》中评白居易时说："香山才情,昭映古今,然词沓意尽,调俗气靡,于诗家远微深厚之境,有间未达。其写怀学渊明之闲适,则一高玄,一琐直,形而见绌矣。其写实比少陵之真质,则一沉挚,一铺张,况而自下矣。故余尝谓:香山作诗,欲使老妪都解,而每似老妪作诗,欲使香山都解;盖使老妪解,必语意浅易,而老妪使解,必词气烦絮。浅易可也,烦絮不可也。"[1]钱先生的这段文字,旨在揭出,白居易的诗歌为追求浅易而会流于烦絮。他只是想就此给人们提个醒,并不是要否定白居易的成就。否则就不会一口气选他184首诗,比《唐诗选》多出了近五倍,更不会在开头说"香山才情,昭映古今"这种貌似自打嘴巴的话。我们注意到,《唐诗选》李贺的诗注中,就有不少地方吸收了《谈艺录》中的观点。《七缀集》中《中国诗与中国画》一文,在论及王维《杂诗三首》之二("君自故乡来")时说:"王维这二十个字的最好对照是初唐王绩《在京思故园见乡人问》……这首诗(按:指所举的王绩诗)很好,和王维的《杂诗》在一起,鲜明地衬托出同一题材的不同处理。王绩相当于画里的工笔,而王维相当于画里的'大写'。王绩问得周详地道,可以说是'每事问'(《论语·八佾》);王维要言不烦,大有'"伤人乎?"不问马'的派头(《论语·乡党》)。王维仿佛把王绩的调查表上问题痛加剪削,删多成一,像程正揆论画所说'用减'而不'为繁'。"[2]王绩的《在京思故园见乡人问》和王维的《杂诗三首》,本书中都已收录,有兴趣的读者自可参照这段文字,比较二者写法上的异同。

最后需要特别说明的是,选、录唐诗,只是钱锺书和杨绛先生学术生涯中一个小小的插曲。他们本来只是打算自己选、自己读,把它

[1] 《谈艺录》第497页。
[2] 《七缀集》第20页,生活·读书·新知三联书店2016年6月版。

作为日常生活的一种调剂，抄成诗录，留赠女儿。虽有人鼓励他选注一部唐诗用于出版，但钱先生已非当年选注宋诗的年龄，体力、精力都不支持他再做这种极度耗神的工作。所以，眼下的这个选本从严格意义上说并没有完成，就连它的选目都只能算是初稿。因为没打算把它用于更实际的目的，钱先生甚至都没有翻读过杨先生抄录的稿子（否则有些笔误是会被纠正的），更不会对选目做更严谨的推敲。笔者之所以在前面说它是一部"随性"的选本，不仅因为它充分体现了钱先生选诗的主观立场和独特视角，还因为它未经仔细的打磨。阅读本书的读者，一定要充分地认识到这一点，庶可使其免遭求全之毁。

由于这本书，我们不可避免地提到了中国社会科学院文学研究所的《唐诗选》。站在今天的角度来看，《唐诗选》虽成书于特殊的历史时期，多少会受点时代的局限，但负责其事的都堪称饱学之士，而且工作态度非常认真，所以该书仍不愧为优秀的选本。如今市面上的唐诗选注本虽然不少，真正能超过这个版本的还没有。我们期望读者关注《钱锺书选唐诗》，绝不是要因此否定《唐诗选》的价值。有心的读者，如果拿两个本子比较着看，说不定能有意想不到的发现和收获。

由于我们对唐诗缺乏专门的研究，对钱先生的著作了解也不深，这个整理本和这篇说明性的文字，难免会有很多不足，恳请广大读者批评指正。

周绚隆

2020年8月9日